AF303261

**Alexandra Fuchs** ist in einem kleinen Dorf in der Nähe von Stuttgart aufgewachsen. Schon früh konnten sie Bücher in ihren Bann ziehen. Bald darauf fing sie an kleine Kurzgeschichten und Gedichte zu schreiben. Daraus wurden schließlich Geschichten, die ganze Bücher füllen konnten.

# ALEXANDRA FUCHS

Erstausgabe Januar 2021

© 2021 dp DIGITAL PUBLISHERS GmbH

Made in Stuttgart with ♥
Alle Rechte vorbehalten

## Das Zeichen der Götter

ISBN 978-3-96817-200-2
E-Book-ISBN 978-3-96817-129-6

Covergestaltung: Vivien Summer
Umschlaggestaltung: ARTC.ore
unter Verwendung von Abbildungen von
shutterstock.com: © Pongstorn Pixs, © jantima14, © Angelo
DAmico, © in freedom we trust, © Archiwiz
Lektorat: Janina Klinck
Korrektorat: Katrin Gönnewig
Satz: dp DIGITAL PUBLISHERS
Druck und Bindung: Books on Demand GmbH, Norderstedt

Das Werk darf – auch teilweise – nur mit
Genehmigung des Verlages wiedergegeben werden.

Sämtliche Personen und Ereignisse dieses Werks sind frei erfunden. Etwaige Ähnlichkeiten mit real existierenden Personen, ob lebend oder tot, wären rein zufällig.

*Für Cookie, mein vierbeiniges Mini-Me <3*

*Für dich.*
*Selbst wenn Chaos herrscht, gibt es immer etwas, für*
*das es sich zu kämpfen lohnt: Freundschaft und Liebe.*

# Playlist

exile – Taylor Swift feat. Bon Iver
Wanderer – Mogli
Ocean – Elsa & Emillie
Home – Bruno Major
I Like It When You Love me – Oh Wonder
If Walls Could Talk – 5 Seconds of Summer
Better Days – One Republic
Walls – Louis Tomlinson
Hypnotized – Purple Disco Machine & Sophie and theGiants
Lovely – Billie Eilish
Flames – R3HAB, ZAYN & Jungleboi
Bohemian Rhapsody – Panic! At the Disco
Falling – Harry Styles
Drop Dead – Holly Humberstone
When the Party is over – Billie Eilish
Infinity – One Direction

# Prolog

**Ca. 1179 vor Christus**

Ich laufe übers Schlachtfeld, weiß was ich finden werde, bevor ich mein Ziel erreiche. Kampfschreie dröhnen über die Ebene, ziehen bis in den Himmel und erklingen wahrscheinlich noch im Olymp. Tote Leiber liegen über den Boden verstreut, tränken die Erde mit Blut. Um mich herum kämpfen Trojaner gegen Griechen, schlagen sich die Köpfe ein, durchbohren sich mit Schwertern und Speeren.

Ob es das wert gewesen ist? Ob die Göttinnen wissen, was sie mit ihrer Eitelkeit angerichtet haben? Selbst wenn, wäre es ihnen egal. Und das war es mir auch. Bis Kaja mir etwas schenkte. Einen Sohn. Halb Mensch, halb Gott. Die perfekte Kombination beider Seiten.

Gegen meinen Willen ist Sarpedon in die Schlacht gezogen. Sein Ehrgefühl und die Verbundenheit zu seinen Soldaten ließen keine andere Entscheidung zu. Deswegen bin ich hier, um ihn zu überreden, es sein zu lassen. Er ist mein Erstgeborener, mein einziger Sohn auf Erden, schenkte mir so viel Freude wie bisher kaum etwas in meiner Existenz.

Ich spreize meine Finger Richtung Boden, mache das Schicksal sichtbar und sehe unendlich viele Möglichkeiten, die eintreten können. Zwischen den Geisterwesen, die eine Zukunft zeigen, die vielleicht stattfinden wird, erkenne ich die Energie, die von jedem Wesen ausgeht. Die direkte Verbindung zum Schicksal. Sarpedons Energie strotzt vor Stärke und Entschlossenheit, deswegen muss ich nicht lange nach ihm suchen, finde ihn zwischen all der verblassten Energie der Toten, die bereits seit Stunden hier liegen müssen.

Er schwingt sein Schwert über seinen Kopf, hält es mit Stolz in seinen Fingern und stößt es dem Gegner ins Fleisch. Schreiend geht dieser zu Boden, kippt zur Seite und bleibt zitternd liegen.

Hufe trommeln übers Schlachtfeld. Ich drehe mich um, blicke einer neuen Truppe Krieger entgegen und mir gefriert das Blut in den Adern. Meine Muskeln verweigern mir den Dienst, verkrampfen sich derart, dass ich unfähig bin, sie zu lösen und zu bewegen. Die Geisterwesen zeigen mir, was geschehen wird. Jetzt knicken meine Beine unter mir ein und ich reiße den Mund zu einem stummen Schrei so weit auf, wie mein Kiefer es zulässt. Ich erkenne meinen Fehler, raufe mir das Haar. Wenn ich jetzt eingreife, wenn ich mich jetzt vor Sarpedon stelle, habe ich das Schicksal wissentlich beeinflusst, da ich die Zukunft gesehen habe. Einmal in meinem Leben hätte ich jemanden retten können, indem ich auf die Kräfte, die in mir schlummern, verzichte und bin gescheitert.

Ein Geisterpferd galoppiert auf meinen Sohn zu, sein Reiter rammt dem Geistersarpedon eine Lanze in die Brust, der nächste Kämpfer köpft ihn. Mit einem anderen liefert er sich einen kurzen Kampf, bis ihn ein zweiter überrennt. Ich schnippe, halte die Zeit an, lasse alles und jeden an Ort und Stelle gefrieren. Wut überkommt mich, schnürt mir die Luft ab und saugt den letzten

Rest Beherrschung aus mir raus. Das darf nicht passieren, ich bin ein Gott, meine Kinder sterben nicht! Nicht, solange ich es verhindern kann.

# Kapitel 1

## Willkommen im Irrenhaus 2.0

„Du wirst umziehen."

Schwungvoll drehe ich mich zu Higgins um, der vollkommen deplatziert in unserer Zimmertür steht und mit gestrafften Schultern zu mir sieht. Ob er ebenfalls Angst hat, dass wir Mädels beißen? Wohl kaum, immerhin hat er sich bis hierher vorgewagt. Daran sollte sich Mr Hendriks ein Beispiel nehmen.

„Nein", entgegne ich und wiederhole dieses Wort zum tausendsten Mal.

„Dein Platz ist jetzt bei ihnen."

Ich nehme meinen dunkelgrünen Schulhoodie vom Bett, falte ihn ordentlich und lege ihn in den Schrank. Irgendwie muss ich meine Gedanken und meine Finger beschäftigen, denn dieses Gespräch ist müßig.

„*Mein Platz* ist genau hier", sage ich und schließe die Schranktür. Durch das Fenster dringt die Sonne ins Innere und ich sammle meine Schulhefte sowie meine Stifte zusammen. Letztere stecke ich in ein selbstgemachtes Mäppchen, das meine Tante Allory mir vor wenigen Tagen geschickt hat. Sie hat es selbst genäht und einen eigenen kleinen Shop bei Etsy eröffnet, in dem sie diese und andere handgemachte Teile verkauft. Ich bin wahnsinnig stolz auf sie.

„Laurie, du bist nun mal eine Nachfahrin der …“, murmelt Higgins und ich halte inne, bin gespannt, ob er das Wort ausspricht. Tut er nicht, stattdessen weicht er aus. „Du gehörst zu den anderen Kindern, in ihren Flügel.“

„Ich nehme sicher nicht Kiras Platz ein.“

Seit Kira vor knapp zwei Wochen verschwunden ist, will Higgins mich dazu überreden in den Flügel der Royals zu ziehen. Vergebens. Und vollkommen sinnfrei, wenn man mich fragt. Wie üblich tut das allerdings keiner.

„Das verlangt niemand“, meint Higgins und sieht mich flehend an. Vertauschte Rollen, immerhin ist er der Direktor des Internats und ich seine Schülerin. „Trotzdem wäre es besser …“

„Wieso? Meiner Ansicht nach bringt es nur Nachteile mit sich. Zum einen müssten wir erklären, wieso ich mitten im Schuljahr umziehe. Und zum anderen würden meine Freunde sicher noch mehr Fragen stellen. Stattdessen könnten wir uns wichtigeren Angelegenheiten zuwenden. Haben Sie heute schon etwas von den Suchern gehört?“

Higgins senkt die Lider und ich weiß, was als Nächstes kommt, denn es wiederholt sich jeden Tag. Traurig schüttelt er den Kopf. „Keine Spur von Kira.“

Ich balle die Hände zu Fäusten, schlucke und presse meine Lippen aufeinander. Jedes weitere Wort ist überflüssig, denn ich kann nichts tun. Genau wie die anderen Halbgötter bin ich machtlos. Wir wurden an diesen Ort gebunden, müssen das Schicksal beschützen, koste es, was es wolle.

*Das ist doch Irrsinn*, höre ich Lucas in meinem Kopf sagen und erinnere mich an eine Unterhaltung, kurz nachdem Kira verschwunden ist. Die Szene entfaltet sich vor meinem inneren Auge, als würde sie gerade passieren.

*„Wir müssen losziehen, sie suchen", fordert Lucas.*

*„Ja, scheiß drauf, was die anderen sagen", mischt Phil sich ein und stellt sich hinter Lucas. Seine blonde Mähne wippt dabei leicht und er pustet sich eine Strähne aus den Augen.*

*Cassy schüttelt den Kopf. „Vergesst es. Wir haben eine Aufgabe."*

*„Ist Kira dir egal?" Lucas verschränkt die Arme vor der Brust. Ich kann förmlich spüren, wie die Worte sich zu Pfeilen formen und ihr Ziel treffen, mitten in Cassys Herz.*

*„Hey", mischt Elena sich ein und legt eine Hand auf Cassys Schulter, die Lucas sprachlos anstarrt. „Bist du irre?"*

*Danach herrscht Stille. Kälte dominiert den Raum und tausend Gedanken schweben unter der Decke. Sie warten nur darauf, in Sätze gepackt und ausgesprochen zu werden. Doch keiner traut sich, niemand weiß, was er sagen soll.*

*„Seit unserer Kindheit werden wir vorbereitet", flüstert Cassy und lässt sich zu Boden sinken. Sie mustert ihre Schuhe, spielt mit dem Saum ihres T-Shirts und ich versuche mein Herz zu beruhigen, das wild in meinen Ohren pocht und es beinahe unmöglich macht, Cassy zu verstehen. Ich kann ihre Gefühle so gut nachvollziehen. Jemanden zu verlieren bedeutet nicht einfach nur seine Abwesenheit zu ertragen, sondern auch ein Stück von sich selbst aufzugeben. Den Teil von sich zu verlieren, der man in der Gegenwart dieses Menschen war.*

„Seit knapp zehn Jahren gibt es nur noch uns. Wir mussten unsere Familien zurücklassen. Wir durften niemandem etwas erzählen. Wir hatten verdammt noch mal nur uns", fährt Cassy fort und ich gehe in die Knie. „Und jetzt behauptest du, sie würde mir nichts bedeuten? Ihr seid alles für mich, Lucas. Alles, wofür es sich zu kämpfen lohnt. Dennoch ist es mein Schicksal, diese Welt zu beschützen. Ich kann keine eigenen Entscheidungen treffen, denn es ist mir nicht gestattet egoistisch zu sein. Deswegen muss ich darauf vertrauen, dass jemand anderes mein Leben wieder in Ordnung bringt und Kira findet."

Erneut dominiert Stille den Gemeinschaftsraum der Jungs und ich senke den Blick. Vielleicht sollte ich nicht hier sein, denn dieses Gespräch ist unfassbar persönlich. Während Lucas mir ein guter Freund geworden ist, kenne ich die anderen kaum.

„Es tut mir leid", gibt Lucas zu und eine Gänsehaut breitet sich über meine Arme aus. Ich kann die Tränen in seiner Stimme hören und sehe auf. Sie kullern über seine Wangen, bringen zum Ausdruck, was er nicht aussprechen kann. „Es tut weh."

Cassy steht auf und schließt Lucas in ihre Arme. „Das tut es."

Danach haben wir dieses Thema nie wieder angesprochen, denn es bringt nur unsere Hilflosigkeit zum Vorschein. Wenn man bedenkt, welche mächtigen Kräfte in uns schlummern, ist das ziemlich frustrierend. Wir können nichts tun, müssen diesen Ort beschützen. Würden wir unserer Aufgabe einfach den Rücken zukehren und den Schicksalen geschähe etwas, wären wir daran schuld und hätten die Zukunft der gesamten

*Menschheit auf dem Gewissen. Früher hätte ich ohne zu zögern gesagt, dass ich alles – wirklich alles – für die Menschen tun würde, die ich liebe. Und es wäre auch weiterhin meine Antwort. Allerdings liegt nun auch die Verantwortung über das Leben von Milliarden anderer Wesen auf meinen Schultern und deswegen gebe ich Cassy recht. Wir müssen es den anderen überlassen Kira zu finden, denn unser Platz ist hier, an Maris' Seite. Wer auch immer für Kiras Entführung zuständig ist, hat es mit Sicherheit auf das Tor zur Götterwelt abgesehen.*

„Laurie, überlege es dir noch mal", sagt Higgins und holt mich damit zurück ins Hier und Jetzt. Ich lande hart auf dem Boden der Tatsachen und verdrehe die Augen.

In dem Moment erblicke ich Samiras Haarschopf hinter dem Direktor. Meine Rettung.

Verwirrt drückt sie sich an unserem Schulleiter vorbei. „Pardon, ich müsste mal kurz durch."

„Wie war der Gottesdienst?", frage ich sie und ignoriere den Direktor.

„Dieses Gespräch ist nicht zu Ende", prophezeit er, dreht sich um und geht.

Samira stellt sich neben mich und stemmt die Hände in die Hüfte. „Was war das denn?"

Ich zucke unbestimmt mit den Schultern. Gute Frage. Allerdings kann ich meiner besten Freundin wie üblich nur die halbe Wahrheit sagen. Das gebrochene Versprechen, Samira nie wieder zu belügen, brennt in meinem Herzen. Bereits kurz nach dem Schwur war mir klar, dass ich mich niemals daran halten könnte. Halbgötter treiben um uns herum ihr Unwesen, ich bin sogar selbst eine davon und kaum jemand kennt unser Geheimnis. Nur der engste Kreis ist eingeweiht und Samira sowie meine anderen Freundinnen gehören nicht dazu. „Es ging um die neuen Kurse, die ich besuchen soll", erkläre ich.

„Das Förderprogramm?"

„Genau."

Samira lacht, geht zum Spiegel und rückt ihr Hemd zurecht. Das dunkle Haar umschmeichelt ihr Gesicht und sie wischt sich eine Wimper von der Wange. „Weißt du, bei deiner Ankunft habe ich dich gefragt, ob du reich oder intelligent bist. Erinnerst du dich an deine Antwort?"

Das tue ich und grinse ebenfalls. Seit damals hat sich meine Welt um hundertachtzig Grad gedreht. Gleichzeitig habe ich Menschen kennengelernt, die ich nie wieder missen möchte. Ohne die Royals, meine Freundinnen und vor allem Maris, wäre ich wahrscheinlich weiterhin in meiner dunklen Trauer gefangen. Hätte immer noch das Gefühl, Lügen über meine Vergangenheit und mich selbst erzählen zu müssen.

„Ich hab dich in dem Glauben gelassen, ich sei reich", sage ich.

Samira nickt. „Dabei hast du ein Stipendium und bist unglaublich intelligent. Jetzt besuchst du sogar zusammen mit den Royals den Unterricht."

„Ja", hauche ich und erinnere mich an den Kampf, dem es glich, meine Wünsche durchzusetzen. Ich verstehe die Notwendigkeit, dass ich lerne meine Fähigkeiten zu beherrschen und etwas Hintergrundwissen über die Götter ist ebenfalls hilfreich. Allerdings bin ich nicht gewillt, mein komplettes Leben durcheinanderbringen zu lassen. Denn bis vor wenigen Tagen dachte jeder – mich selbst eingeschlossen – ich sei ein normaler Mensch, der die Begabung besitzt, magische Schutzschilde zu durchbrechen. Mehr nicht. Doch seit Kurzem weiß ich, dass ich eine Halbgöttin bin und der Blutlinie des Poseidon entstamme, denn ich kann den Wind beherrschen.

Samira kippt das Fenster, schnappt sich ebenfalls ihr Mäppchen und ein Notizbuch. „Frühstück?"

„Frühstück!"

Zusammen gehen wir in den Flur, lassen den Mädchenflügel hinter uns und folgen der Treppe nach unten. Der weiche rote Teppich dämpft unsere Schritte. Im Speisesaal ist es ruhig. Die langen Tische liegen verlassen vor uns, nur vereinzelt sitzt jemand an einem Platz und isst sein Frühstück. Wir legen unsere Sachen ab und schlurfen zum Buffet. Okay, ich schlurfe, Samira geht so elegant wie immer. Nur ein Earl Grey kann mein Hirn aus seinem Zombiemodus reißen.

Auf meinem Teller landen ein Brötchen, Cashewmus und eine Banane. Zudem fülle ich mir eine Tasse mit Tee und inhaliere den Duft. Bereits der Geruch zaubert mir ein Lächeln ins Gesicht. Ich rühre einen Löffel Zucker unter und trinke an Ort und Stelle einen Schluck.

„Apfel?", fragt Samira, aber ich schüttle den Kopf. So viele Vitamine am Morgen verträgt mein Körper nicht.

Zurück am Tisch setzt Samira sich mir gegenüber. „Kollidiert dein Stundenplan nicht mit dem neuen Förderprogramm?"

„Doch, allerdings haben wir es geschafft, einige Kurse so zu legen, dass ich sie nach dem normalen Unterricht wahrnehmen kann. Die Lehrer waren wirklich entgegenkommend", erkläre ich und schmiere mir mein Brot.

„Guten Morgen", sagt Francesca, die sich dicht gefolgt von Diana und Aurora zu uns setzt. Kurz darauf erscheinen Lucas und die anderen Royals. Elena drückt mir einen Kuss auf die Wange, während Lucas mir kurz die Hand auf die Schulter legt, bevor er zum Buffet eilt. Ich blicke mich um, betrachte meine Freunde, die alle zusammen mit mir am Tisch sitzen, und grinse wie eine grenzdebile Oma. Verrückt. Vor wenigen Wochen wäre es undenkbar gewesen die beiden Gruppen zu vereinen. Und doch war es so einfach.

„Was gibt's zu lachen?", fragt Manuel, der sich neben mich setzt und herzhaft von seinem Muffin abbeißt.

„Ich bin ein fröhlicher Mensch", entgegne ich und zwinkere.

„Äh, okay. Glückwunsch."

„Das heißt, du hast weniger Zeit zum Lernen?" Samira beugt sich vor und nimmt den Faden unseres Gesprächs wieder auf.

„Leider ja."

„Hochintelligent zu sein ist eben kein Zuckerschlecken", sagt Francesca und ich hätte ihr die Worte übel genommen, würde ich sie mittlerweile nicht gut kennen. Verräterisch ziehen sich ihre Mundwinkel zu einem Lachen und ich gehe auf ihren Spruch ein.

„Ich weiß", beschwere ich mich gespielt. „Aber irgendjemand muss den Job ja machen. Nicht jeder ist dafür geeignet."

Francesca zwinkert mir zu und ich grinse sie an, nehme die Teetasse zwischen meine Hände und genieße die Wärme.

Langsam füllt sich der Saal, der Geräuschpegel schwillt an.

„Rutsch mal." Ich wende den Kopf und erblicke Lucas, der sich zwischen Manuel und mich gestellt hat. Letzterer kommt der Aufforderung nach und macht Platz.

„Heute ist deine erste Geschichtsstunde bei Christa", flüstert Lucas und ich nicke. „Nervös?"

„Nein, *das,* was ich fühle, ist kaum in Worte zu fassen", gebe ich zu.

„Wieso?"

Ich erinnere mich an Kiras Verschwinden, wie abfällig Christa über sie gesprochen hat. Meine Sympathie ihr gegenüber hält sich seitdem in Grenzen, deswegen ist es keine Nervosität, die mir im Nacken sitzt, sondern eher Unbehagen gemischt mit Neugier und Aufregung.

„Meine ... äh ..." Ich suche nach einem Wort, das ich nutzen kann, ohne die Halbgötter zu verraten, „Begabung sagt vielleicht, dass ich eine von euch bin, aber im Grunde bin ich einfach nur Laurie. Laurie, die keine Ahnung hat, was es heißt ... äh ... super intelligent zu sein. Euer Leben ist komplett anders als meins. Ihr seid in einem Familiengefüge aufgewachsen, das ich nicht kenne", sage ich und fasse damit meine Bedenken zusammen. Dabei verschweige ich allerdings, dass ich im Grunde dankbar dafür bin, als normaler Mensch groß geworden zu sein. Der kurze Einblick, den Kira mir von ihrer Kindheit und dem Konkurrenzkampf unter den Götterkindern gegeben hat, reichte vollkommen.

Lucas legt mir eine Hand auf den Oberarm. „Das verstehe ich. Aber wir sind für dich da, Laurie."

„Danke", flüstere ich und stoße mit meiner Schulter sanft gegen seine. Sein blondes Haar ist dunkler geworden und hängt ihm mittlerweile in die Augen.

„Der Unterricht beginnt gleich, Turteltäubchen", sagt Francesca, steht auf und bringt ihr Geschirr weg. Verwirrt sehe ich mich um, versuche ihre Worte zu entschlüsseln und Samiras Blick kreuzt meinen.

„Was?", entfährt es mir und ich blicke hilfesuchend zu Lucas. Der zuckt jedoch nur mit der Schulter.

„Wir sind bloß Freunde", entgegne ich Francesca, nachdem sie zu uns zurückkehrt.

Sie verdreht die Augen. „Okay."

„Wirklich!"

Lucas erhebt sich ebenfalls. „Laurie hat recht. Beinahe traurig, dass Männer und Frauen nicht befreundet sein können, ohne dass direkt jeder Hintergedanken hat."

„Was erwartest du?", meint Aurora und schiebt sich das letzte Stück Toast in den Mund. „Kingswood Castle ist nicht gerade für seine Fortschrittlichkeit und Offenheit bekannt. Hier halten Mädchen und Jungs Mindestabstand und die Lehrer trauen sich nicht in den Mädchenflügel. Als würden wir sie aufessen oder so. Da ist eure Freundschaft wie ein Leuchtfeuer, das alles in Brand steckt."

Ich verdrehe die Augen. „Du übertreibst. Außerdem sind die anderen Royals ja auch befreundet. Mädchen *mit* Jungs."

„Und die waren immer Gesprächsthema Nummer eins", bemerkt Francesca.

„Stimmt." Ich hake mich bei Samira ein und sie beugt sich zu meinem Ohr.

„Du bist nicht das Mädchen, in das er verliebt ist, oder?"

Nachdem ich den Kopf geschüttelt habe, atmet Samira auf. „Entschuldige, aber ich hab es mich die letzten Tage so oft gefragt und brauchte Gewissheit. Du weißt ja, Chicks before Dicks."

Sprachlos starre ich meine beste Freundin an und einen Augenblick steht mir der Mund offen. Dann blase ich gespielt empört die Backen auf. „Bisher war mir nicht mal bewusst, dass diese Worte sich in deinem Wortschatz befinden, Samira Willey, sag das noch mal!"

Samira lacht. „Niemals. Und wenn du jemandem erzählst, dass ich das gesagt habe, werde ich es abstreiten."

„Sie lernen so schnell. Sie werden so schnell groß", zitiere ich meine Mama, die das oft zu mir gesagt hat, wenn sie der Meinung war, ich hätte eine ihrer schlechten Eigenschaften geerbt. Kurz zieht es in meinem Herzen, doch dann wende ich mich wieder meinen Freunden zu, die die Trauer vertreiben.

„Bis zum Mittagessen", sage ich und verabschiede mich von den anderen. Untergehakt gehen Samira und ich zum Englischunterricht, der eins meiner liebsten Fächer geworden ist. Mr Evans gestaltet die Stunde abwechslungsreich und offen. Jeder kommt zu Wort, jede Meinung zählt.

Trotzdem kann ich mich heute kaum konzentrieren. Ich fiebere auf die Geschichtsstunde bei Christa hin. Natürlich habe ich sofort, nachdem ich von den Royals erfahren habe, dass sie Halbgötter sind, danach gegoogelt. Mittlerweile weiß ich ein bisschen was über

Hades, Demeter, Hera, Hestia und natürlich Poseidon. Selbst über Zeus – über den keiner spricht – habe ich mich schlaugemacht. Es gibt noch eine Handvoll anderer Götter, die auf dem Olymp leben, doch ihnen hatte Zeus es nie gestattet, die Erde zu betreten. Daher gibt es ausschließlich Gotteskinder, die von diesen sechs Göttern abstammen. Außerdem gibt es noch Moira, die Göttin des Schicksals, und ihren Sohn Maris, die ebenfalls unsere Welt betreten können. Allerdings haben sie sich nie mit den Menschen verbunden. Zumindest nicht soweit ich weiß … Ich krame nach meinem Notizbuch und notiere mein Unwissen.

„Laurie?", sagt Mr Evans und ich schrecke zusammen. Mist, seine Frage ist an mir vorbeigegangen.

„Wie bitte?"

„Hamlet", meint Mr Evans und versucht mir offensichtlich zu helfen. Leider klingelt bei mir nichts. „Mit welcher List versucht er seine Mitmenschen zu täuschen und die Wahrheit zu offenbaren?"

„Wahnsinn", antworte ich, dankbar darüber, dass er die Frage wiederholt hat. „Er täuscht vor, verrückt zu sein."

„Genau."

„Gebracht hat es ihm am Ende nichts", flüstert Hugh hinter mir. Mr Evans hört es und fordert ihn auf lauter zu sprechen. „Alle sterben."

„Das ist eine schöne Zusammenfassung des Stücks", gibt Mr Evans lachend zu und meine Gedanken schweifen erneut ab.

Vor einigen Wochen habe ich selbst geglaubt dem Wahnsinn zu verfallen. Maris' Erscheinen und die Tatsache, dass er sich danach einfach in Luft aufgelöst hat, haben mich wirklich an meinem Verstand zweifeln lassen. Und auch jetzt frage ich mich manchmal, ob das hier die Wirklichkeit ist. Ob es die Halbgötter und Maris wirklich gibt. Ob ich ein Teil von ihnen bin und die Kraft habe, den Wind zu beherrschen. Oder ob ich mir die Geschichte nur ausgedacht habe und durchgedreht bin.

Jedes Mal, wenn mich der Zweifel überkommt, erinnere ich mich an Maris. Mein Herz beschleunigt sich automatisch, in meinem Magen flattert es und meine Mundwinkel kämpfen sich zu einem kleinen Lächeln nach oben. Meine Gefühle für ihn, die Verbundenheit, die zwischen uns herrscht, sie ist mein Beweis. Die Götter sind echt. Maris ist echt. Und das ist alles, was zählt.

Allerdings wünsche ich mir am Nachmittag fast, dass die ganze Sache nur ein Traum wäre. Seit dreißig Minuten sitze ich vor Christa, die mir Einzelunterricht gibt, da die Royals das Grundwissen über die Götter bereits im Kindergarten gelernt haben. Ich hingegen weiß nur das, was Google ausgespuckt hat.

Mittlerweile sind mehrere Seiten meines Notizbuchs voll und mir platzt der Schädel, dabei hat Christa gerade erst angefangen. Schon kurz nach Kiras Verschwinden habe ich gelernt, dass der Unterricht der Halbgötter sich komplett von dem der anderen Schüler unterscheidet. Vor allem darin, dass wir die Lehrer beim Vornamen nennen.

Zwar hat Christa mir versprochen, dass wir diese Stunde ausschließlich mit meinen Fragen füllen, dennoch hat sie die erste halbe Stunde einen Vortrag über die Frourá gehalten. Den Begriff kannte ich bereits aus den Gesprächen der anderen, trotzdem ist mein Wissen darüber oberflächlich.

„Hast du das so weit verstanden?", fragt Christa und ich nicke. Dann schüttle ich den Kopf.

„Es ist zu viel."

„Du musst dich anstrengen."

Ich verdrehe die Augen. „Ach, echt?"

„Woran bist du hängen geblieben?"

„Du bist ein Teil der Frourá, oder? Ihr seid eine Gemeinschaft an Gotteskindern und Menschen, die seit Jahrhunderten das Tor zur Götterwelt beschützen?"

Christa geht in dem lichtdurchfluteten Raum umher. Schließlich setzt sie sich auf die Kante des Lehrerpults und schiebt ihre dicke Brille zurecht. „Genau, so kann man es sagen."

„Haben alle Gotteskinder Kräfte?"

„Ja und nein. Jedes Gotteskind kann die Magie eines anderen sehen. Allerdings kann nicht jeder Nachfahre selbst Magie ausüben."

Ich lehne mich zurück, stecke die Hände in die Tasche meines Kingswood Castle Hoodies.

„Nicht jedes Gotteskind verfügt über besondere Fähigkeiten. Und nur ihr fünf habt durch Maris einen direkten Draht zur Göttlichkeit. Es ist Maris' Energie, die durch euch fließt. Die das, was in euch schlummert, erweckt und fördert. Ohne Maris hättest du keinen Kontakt zum Wind, könntest nicht mit ihm kommunizieren."

Nachdenklich ziehe ich meine Hand aus der Tasche und spiele mit dem Stift. „Das bedeutet, wenn ich niemals nach Kingswood Castle gekommen wäre, hätte ich bis ans Ende meines Lebens gedacht, ich sei ein normaler Mensch?"

„Möglich. Aber vielleicht wärst du eines Tages auch einem anderen Gotteskind begegnet und hättest seine Macht gespürt. Ihm gegenüber ebenfalls Visionen gehabt."

„Verstehe, aber wieso hat Maris nicht von Anfang an gespürt, dass ich ein Gotteskind bin?"

„Das ist kompliziert", meint Christa und ich ziehe die Stirn in Falten. Kompliziert ist das neue Schwarz … Zumindest fühlt es sich so an. „Maris erweckt eure Kräfte nicht aktiv. Das Schicksal bringt euch hierher, entscheidet, wessen Magie durch Maris' Göttlichkeit gefördert wird und schließlich erwacht."

„Hä?", entfährt es mir. „Kannst du das so erklären, dass es ein Mensch, der noch nie mit Göttern und den Begabungen der Gotteskinder in Kontakt gekommen ist, versteht?"

Christa lacht. „Das wird alles länger dauern, als ich dachte."

Gekränkt senke ich den Blick. Mein Gehirn ist die meiste Zeit damit beschäftigt meine Fähigkeiten und die der anderen zu akzeptieren, anstatt sie zu hinterfragen. Vieles ergibt keinen Sinn für mich und ist zu groß, um es in Gänze zu begreifen.

„Moira vergibt die Schicksalsfäden bei der Geburt jedes Wesens, klar?"

„Klar."

„Dabei bestimmt sie einen Weg. Sie legt ein Fundament, das jedes Wesen, egal ob Mensch oder Gott, beeinflussen kann. Stell dir vor, du gehst einen Pfad entlang, der vorgegeben ist. Ein großer Stein rollt dir vor die Füße. Jetzt ist es an dir, diesen zu beseitigen. Wie du es tust, bestimmt dann den Rest des Weges, verstanden?"

Ich lege Daumen und Zeigefinger auf meine geschlossenen Lider. Ja, ich habe es verstanden. Und irgendwie auch nicht. Das Schicksal ist mittlerweile zu etwas geworden, das kaum verschwommener sein könnte. Trotzdem konzentriere ich mich auf das, was Maris einmal zu mir gesagt hat und wiederhole seine Worte.

„Das bedeutet, das Schicksal ist vorgegeben und kann dennoch selbst bestimmt werden", flüstere ich.

Christa nickt. „Genau. Bei euch Auserwählten ist es ebenfalls so. Eure Begabungen sind durch eure Göttereltern vorgegeben. Moira, das Schicksal, wählt euch aus, um an Maris' Seite zu kämpfen. Das Schicksal führt euch also hierher und eure Kräfte erwachen automatisch. Und das erklärt auch, wieso Maris deine Verbindung zu Poseidon verborgen blieb."

„Ach ja?"

„Ja. Laurie, du musst deinen Geist öffnen. Du denkst noch viel zu sehr in menschlichen Strukturen."

Genervt blähe ich die Backen auf. Natürlich tue ich das. Ich habe siebzehn Jahre wie ein Mensch gelebt, da kann ich meine Weise zu denken nicht innerhalb weniger Wochen ablegen.

„Kira war bisher Poseidons Gotteskind auf Kingswood Castle", fährt Christa fort. „Doch Moira wusste, was passieren wird. Dass Kira entführt werden würde. Daher bist du hierhergekommen und sobald es nötig war, sind deine Kräfte erwacht."

„Das habe ich kapiert, dennoch beantwortet es die Frage nicht."

„Was wir in die Welt tragen, hat auch viel mit dem Bild zu tun, das wir von uns selbst haben. Du wusstest nicht, dass du eine Halbgöttin bist, deswegen konnte es kein anderer sehen. Dann aber ist deine Magie erwacht und wurde sichtbar."

„Mit anderen Worten, es gibt bisher keine plausible Erklärung?"

Christa seufzt. „Wenn dir das nicht reicht, nein."

„Es klingt einfach unlogisch."

„Götter handeln nie nach logischen Gesichtspunkten und so verhält es sich auch mit ihrem Einfluss und ihrer Kraft. Sie sind leidenschaftlich, sprunghaft und stehen ihrer Ansicht nach über allem anderen. Die Götter unterwerfen sich keiner Logik. Wenn ihnen etwas nicht passt, ändern sie es."

„Bis auf das Schicksal", gebe ich zu bedenken.

Christa klatscht in die Hände, als wäre sie überrascht, dass ich tatsächlich etwas in ihrem Universum verstanden habe. „Genau, denn das darf niemand ändern."

„Hat es nie jemand versucht?"

Christa steht auf, geht zum Fenster und blickt einige Sekunden hinaus. Nachdem ich vor einigen Tagen von Moiras Existenz erfahren habe und mir klar wurde, dass es jemanden gibt, der wahrhaftig Einfluss auf das Schicksal hat … nun ja, da bin ich durchgedreht, habe Maris einige Meter durch die Luft geschleudert und die Kraft Poseidons in mir freigesetzt. Und ich bilde mir nicht ein, über den Dingen zu stehen. Wie mag es dann erst einem Gott gehen, der die Bedeutung eines Neins nie erfahren hat?

„Eine kleine Veränderung und der ganze Lauf der Dinge wäre beeinträchtigt, dafür steht zu viel auf dem

Spiel, Laurie." Christa wendet sich mir wieder zu und verschränkt die Arme vor der Brust. „Götter sind unsterblich. Deswegen ist ihre Angst vor dem Tod auf der einen Seite kaum existent, auf der anderen gibt es nichts, das sie mehr fürchten."

„Ganz ehrlich, Christa, gibt es eine Frage, deren Antwort nicht ein Widerspruch in sich ist?"

Christa lacht. „Das ganze Universum besteht aus Widersprüchen, Laurie."

„Nicht meine Welt", entgegne ich kopfschüttelnd.

„Dieses Mal ist es sogar logisch."

„Echt?"

„Ja, Zeus, Hera, Hades ... sie alle mussten nie um ihr Leben bangen. Wissen aber, dass es eine Sache gibt, die allem ein Ende setzt: die Beeinflussung des Schicksals. Ein Eingriff würde das Weltenkonstrukt, in dem wir leben, aus den Fugen reißen und zerstören. Wir kennen die Konsequenzen einer solchen Handlung bisher nicht, trotzdem ist klar, dass es alles ändern würde. Deswegen haben die Götter große Angst davor. Sie kennen auf jede Frage die Antwort. Doch es gibt eine Sache, die ihnen verborgen bleibt und das lehrt sie Furcht."

„Verstehe. Bloß frage ich mich, wieso ihr euch so sicher seid, dass etwas Furchtbares geschieht, sollte jemand versuchen etwas zu verändern? Immerhin sagst du selbst, man könne sein eigenes Schicksal beeinflussen und dass es nicht in Stein gemeißelt ist."

Christa lehnt sich gegen das Fensterbrett. Langsam wird es dunkel draußen, dabei habe ich noch nicht einmal meine Hausaufgaben erledigt.

„Es ist eine Sache, ob du selbst deinen Weg gehst, oder ob jemand über dir steht und dich so platziert, wie es ihm gefällt", erklärt Christa und ich blinzle, um mich zu konzentrieren.

Ich reibe mir über die Stirn und schließe einen Moment die Augen. „Okay, das klingt plausibel. Allerdings hat es bisher niemand versucht, oder? Daher kann keiner wissen, welche Folgen ein Eingreifen nach sich ziehen würde."

Christa geht langsam im Raum auf und ab, während ich einen Stern in mein Notizbuch kritzle. Weiterhin dominiert die Nervosität in mir. Es ist, als würde ich die Welt, in der ich lebe, nicht verstehen. Die Götter sind mir fremd und obwohl die Royals und ich selbst besondere Fähigkeiten besitzen, fällt es mir schwer, diese Dinge zu akzeptieren.

„Zeus", sagt Christa in die Stille hinein und zieht damit meine Aufmerksamkeit auf sich. „Zeus hat es versucht."

Plötzlich bin ich wieder hellwach. Zeus. Der, dessen Namen niemand nennt. „Was ist geschehen?"

„Moira hat es verhindert."

„Schon klar, aber ich will die Geschichte dahinter hören", entgegne ich genervt.

Christa setzt sich wieder auf die Kante des Lehrerpults. Sie mustert mich und ich versuche meine Aufregung zu unterdrücken. Zeus ist neben Moira der mächtigste Gott, und gleichzeitig scheint er das schwarze Schaf der Familie zu sein. Er hat Maris kein Gotteskind zur Seite gestellt, denn der Gott verweigert dem Schicksal seinen Schutz. Ich habe dazu im Netz recherchiert, doch es war nichts zu finden. Anscheinend blieb sein Versuch, das Schicksal zu beeinflussen, vor den Menschen verborgen. Aber laut Wikipedia gibt es auch

Moira nicht. Nur die Moiren. Drei Göttinnen, die das Schicksal in der Hand halten. Nun, offensichtlich ist Wikipedia nicht vertrauenswürdig.

„Christa, bitte", flehe ich nach einigen Minuten, in denen sich Stille im Raum ausgebreitet hat.

„Nein, es ist zu früh. Ohne das Hintergrundwissen wirst du es nicht in Gänze verstehen."

„Als ob ich die Götter jemals in Gänze verstehen könnte", entgegne ich flüsternd. Mittlerweile beantworten die Royals und auch die Lehrer, die eingeweiht sind, zwar meine Fragen, allerdings lassen mich die meisten Antworten unbefriedigt zurück. Klar, das ist mein Problem, dennoch ist es frustrierend.

„Ich verstehe deinen Ärger", meint Christa und ich ziehe die Augenbrauen nach oben. „Wirklich. Du bist als normaler Mensch aufgewachsen, kennst unsere Welt und die Strukturen innerhalb der Gotteskinder nicht. Auch die griechische Mythologie ist dir fremd und wahrscheinlich hast du das meiste, was du weißt aus dem Internet." Peinlich berührt blicke ich auf mein Notizbuch. „Deswegen musst du hart arbeiten und so viel wie möglich lernen. Auch wenn es dir schwerfällt, sollten wir am Anfang beginnen. Nur wer die Geschichte kennt, kann aus den Fehlern der Vergangenheit lernen und in der Gegenwart für eine bessere Zukunft kämpfen. Ärger bringt dich nicht weiter, Ehrgeiz hingegen schon."

Ich sehe auf, denke an Kira. Wir wissen nicht, was uns bevorsteht. Wer hinter Kiras Verschwinden steckt oder was er damit erreichen will. Trotzdem hat Christa recht. Ich bin momentan das schwächste Glied in unserer Kette und wenn ich Kira helfen will, muss ich mich zusammenreißen. Ansonsten setze ich nicht nur ihr Leben aufs Spiel, sondern werde womöglich irgendwann zu Maris' Verderben. Und das darf niemals passieren.

„Gut", sage ich und lenke damit ein. Durch die Nase atme ich tief ein und konzentriere mich dann aufs Ausatmen. „Lass uns anfangen. Was muss ich wissen?"

Christa lächelt und geht zu dem Regal hinter ihrem Pult. Dort zieht sie ein dickes, in Leder gebundenes Buch heraus und kommt damit auf mich zu. Vor mir legt sie es auf den Tisch. Ehrfürchtig fahre ich über den Deckel. Ich nehme es hoch und drehe es. Nichts, kein Titel, kein Autor.

„Es ist ein Notizbuch", erklärt Christa.

„Wem gehört es?"

„Einem der Gründer der Frourá. Er hat alles aufgeschrieben, was er über die Götter, die er persönlich kannte, wusste. Seine gesamten Erkenntnisse sind zwischen diesen Seiten gebannt. Wenn du etwas über die Götter erfahren willst, dann am besten aus erster Hand."

„Er kannte sie persönlich", wiederhole ich Christas Worte.

Sie nickt. „Die Götter konnten damals, als die Frourá sich gründeten, zwar nicht mehr auf die Erde, aber einige Jahre zuvor wandelten sie hier, als wäre es der Olymp."

Vorsichtig streiche ich über das Leder, klappe die erste Seite auf und lese eine Zeile. Zumindest versuche ich es. Die Schrift ähnelt unserer, trotzdem kann ich kaum etwas entziffern. Buchstaben sind beinahe sinnlos aneinandergereiht und ergeben keinen Sinn. Ich blicke auf und Christa grinst mich an. „Was für eine Sprache ist das?“, frage ich.

„Altenglisch. Das Buch wurde vor Jahrhunderten geschrieben.“

„Na toll und wie soll ich es dann lesen?“

„Hier.“ Christa hält ein zweites Buch in die Höhe. Es ähnelt dem vor mir, allerdings sieht es deutlich moderner aus. „Ich habe eine Abschrift für dich.“

„Wieso hast du mir die nicht gleich gegeben?“

„Dann hättest du niemals die Ehrfurcht empfunden, etwas so Kostbares in den Händen zu halten, wie dieses altehrwürdige Buch.“ Christa legt das schmale, zweite Buch neben den jahrhundertealten Schinken. „Vergiss nie, was du bist. Eine Halbgöttin, die das Privileg genießt ihre Macht ausüben zu dürfen. Es ist ein Geschenk, keine Bürde.“

Vielleicht hat Christa recht, womöglich kann eine Sache aber auch beides sein – Geschenk und Bürde.

# Kapitel 2

## Du kannst sein, was immer du willst …
## außer ein Einhorn

Zum Abendessen komme ich zu spät. Der Speisesaal ist beinahe leer und das Buffet schon ziemlich dezimiert. Trotzdem ist mein Teller überfüllt, als ich zu unserem Platz gehe. Neben Lucas und Cassy begrüßen mich Francesca und Aura. Doch mein Magen knurrt laut, verlangt nach Essen und so kann ich ihrem Gespräch kaum folgen, bis der erste Hunger gestillt ist.

„Das Projekt mache siebzig Prozent der Endnote aus", meint Aura und ich blicke auf. Sie hat den Kopf in die Hände gestützt und ihr blondes Haar hängt auf dem Tisch. Francesca legt ihr den Arm um den Rücken und ich halte inne.

„Was ist los?", frage ich, den letzten Bissen kauend.

Francesca sieht zu mir. „Aura soll einen Vortrag in Englisch halten."

„Nicht einfach *einen* Vortrag", redet sich Aura in Rage. „Uns wurden Schriftsteller zugeteilt, die wir imitieren sollen. Das Stück soll sich anhören, als hätten sie es selbst geschrieben."

Sofort verstehe ich Auras schlechte Laune und lege meine Gabel zur Seite. Meine Freundin verabscheut englische Literatur. Und einen speziellen Schriftsteller ganz besonders. Wenn ich ihren Blick richtig deute, hat sie genau diesen zugeteilt bekommen.

„Das Schicksal hasst mich", murrt Aura und Cassy beugt sich nach vorne.

„Das glaube ich nicht", sagt sie und streicht ihr sanft über den Oberarm. Währenddessen drehe ich meinen Kopf zu Francesca und bedeute ihr mit den Lippen meine Vermutung. Sie nickt und drückt Aura dann näher an sich.

„Immerhin gibt es über Shakespeare viel Material, das dir bei der Recherche hilft", meint Lucas und ich lehne mich zurück, stecke die Hände in meine Beuteltasche.

Der Großteil unseres Lebens auf Kingswood Castle besteht aus Lernen. Daher nehmen auch die Noten einen enormen Stellenwert ein und für viele sind sie das einzige Gesprächsthema, das sie mit ihren Eltern haben. Nur wenige hatten eine derart glückliche Kindheit wie ich. Deswegen verstehe ich Aura und ihre Verzweiflung. Dieses Projekt zwingt sie dazu viel Zeit mit einer Aufgabe zu verbringen, die sie hasst und die ihr nicht im mindesten liegt.

„Wir helfen dir", verspreche ich und Aura sieht auf.

Sie versucht sich an einem Lächeln. „Das ist lieb, danke. Aber den Text zu schreiben ist nur die halbe Arbeit. Wir müssen ihn auch in der Art vorbringen, für die er geschrieben wurde."

„Hä?", entfährt es mir und ich spiele mit einem losen Faden meines Pullis.

„Shakespeare hat meistens Theaterstücke geschrieben, oder? Das heißt wir müssen unseren Text auch als Theaterstück vorspielen."

Ich ziehe die Augenbrauen in die Höhe. „Was? Wie gemein."

„Vor allem, da manche nur Gedichte oder Prosa haben", erklärt Francesca.

„Da hast du echt einen Glücksgriff gelandet, Aura", entgegne ich trocken.

Cassy klaut mir eine Nudel vom Teller und zwinkert mir zu, woraufhin ich sie anfunkele. „Was hast du eigentlich gegen Shakespeare?"

„Ich hab nicht einfach etwas gegen ihn. Es ist eine tiefe Abneigung. Seine Texte ergeben keinen Sinn. Worte, die aneinandergereiht wurden, mehr nicht." Aura legt ihre Stirn auf die Tischplatte und lässt die Schultern hängen. Verglichen mit den Dingen, die in der letzten Woche passiert sind, ist ihre Reaktion vollkommen übertrieben. Der Punkt ist allerdings, dass sie weder etwas von den Halbgöttern weiß noch von Kiras Verschwinden, da die Frourá und auch die Royals alles Übernatürliche geheim halten. Und deswegen ist Auras größte Sorge, dieses dumme Referat, dass sie vor so viele Herausforderungen stellt.

„Aura, hör zu", beginne ich und schiebe meinen Teller nun endgültig zur Seite. „Du schaffst das. Weißt du, warum? Weil du nicht alleine bist. Wir sind für dich da."

Francesca nickt. „Außerdem muss Ben auch einen Teil übernehmen."

„Ben?", frage ich, während Aura ihren Kopf hebt.

„Ja, er ist mein Projektpartner. Mr Hawkings hat uns in Zweierteams eingeteilt. Aber können wir jetzt das

Thema wechseln? Ich will endlich an etwas anderes denken."

Ich nicke und Francesca beginnt von Prinz Harry zu erzählen. Offensichtlich hat sie in einer Zeitschrift gelesen, dass er und seine Frau England den Rücken kehren wollen, jedoch folge ich ihr nur noch mit halbem Ohr.

Um uns herum wird es laut. Das Personal räumt das Buffet ab, wischt die Tische sauber und tauscht das benutzte Geschirr gegen sauberes. Deswegen nehme ich meinen Teller und trage ihn zu Rosa, einer jungen Studentin, die sich in der Küche etwas dazu verdient. Lächelnd nimmt sie ihn mir ab und stellt ihn auf den Rollwagen.

Meine Freunde sind schon vorgegangen, nur Lucas wartet auf mich.

„Wie war deine erste Geschichtsstunde?", fragt er.

Ich zucke mit den Schultern. „Anstrengend."

„Kann ich mir vorstellen. Sag Bescheid, wenn du Hilfe brauchst."

„Das mache ich, danke, Brokkoli."

„Hat sie dir das Notizbuch von Edward gegeben?"

„Ja", entgegne ich überrascht und Lucas lacht.

„Lass mich raten, danach hat sie dir etwas von Ehrfurcht erzählt?"

Oben angekommen stehen die Mädels vor der Tür und unterhalten sich. Lucas und ich halten auf der obersten Stufe an. Ich blicke ihn an und ziehe eine Augenbraue nach oben. „Ja, woher weißt du das?"

„Das ist ihr Ding. Sie genießt es, uns vorzuführen. Du bist nicht die erste."

„Gemein."

„Ja, aber effektiv."

„Vielleicht."

„Sehen wir uns morgen am See?"

Ich nicke. „Klar."

„Schlaf gut, Laurie", verabschiedet Cassy sich und Lucas eilt ihr hinterher.

Vor dem Gemeinschaftsraum trenne ich mich von den anderen, da ich dringend meine Hausaufgaben erledigen muss.

Die Tür zu unserem Zimmer ist nur angelehnt, weswegen ich Samira im Inneren erwarte, doch der Raum ist leer. Müde schalte ich das Licht an und lasse mich aufs Bett sinken. Allerdings bleibe ich sitzen, denn sobald mein Kopf das Kissen berührt, wird mir die Motivation fehlen wieder aufzustehen. Ich rutsche bis ans Ende und lehne mich mit dem Oberkörper an die Wand. Der Tag war anstrengend, deswegen genieße ich die Ruhe in vollen Zügen, gönne es mir sogar einige Herzschläge lang, die Lider zu schließen.

„Laurie", flüstert Maris und ich öffne überrascht die Augen, lächle ihn an. Seine blauen Augen strahlen, sein dunkles Haar glänzt und um seine Lippen erkenne ich die kleinen Falten, die sein Lächeln hineingräbt.

„Was machst du hier?"

„Dich küssen", antwortet er und beugt sich zu mir. Seine Lippen berühren meine ganz sanft. Hitze zieht durch meine Adern, kämpft sich in jeden Winkel meines Körpers vor. Ich lege die Hand an Maris Wange, halte ihn dicht bei mir, während mein Herz vor Glück übersprudelt. Dann löst er sich von mir und wir legen uns nebeneinander auf mein Bett. Sein Geruch hüllt mich ein und ich hoffe, dass mein Kissen ihn tief in sich einsaugt, damit er bleibt, auch wenn Maris längst verschwunden ist. Unsere Oberarme berühren sich und ich verschränke meine Finger mit seinen. Die Matratze ist gerade groß genug für uns beide, trotzdem knarzt der Lattenrost bei der kleinsten Bewegung.

Auf einmal füllt dunkler Nebel mein Zimmer. Er wabert unter der Decke, versperrt mir die Sicht und erzeugt eine beklemmende und mysteriöse Atmosphäre. Ich fröstle und kuschle mich an Maris, der augenblicklich ein Gefühl der Wärme durch meinen Körper schickt.

Im nächsten Moment verschwindet der Nebel, offenbart den Blick auf einen klaren Sternenhimmel. Irgendwo dahinter muss sich unsere Zimmerdecke verbergen, die ich momentan allerdings nicht sehen kann.

„Wow", entfährt es mir. „Das ist wunderschön."

Maris nickt. „Wie war dein Tag?"

„Anstrengend. Christa hat mir zwar meine Fragen beantwortet, dennoch habe ich das Gefühl, jetzt noch weniger zu wissen."

„Das ist das Problem mit der Sehnsucht nach Wissen. Es gibt kein Ende. Je mehr Antworten du bekommst, desto mehr Fragen werden aufgeworfen und du gierst immer weiter nach neuen Erkenntnissen. Es ist eine unendliche Spirale, in der man sich leicht verliert."

Über uns glitzert ein Stern, der sich langsam zur Zimmertür hinbewegt. Plötzlich wird mir bewusst, dass Maris recht hat. Bisher habe ich immer dem Ziel nachgejagt, alles über die Götter, ihre Geschichte und unseren Weg in Erfahrung zu bringen. Doch das ist utopisch und unerreichbar. Wissen ist unerschöpflich.

Frustriert schnaube ich. „Das ist Mist. Wenn ich sowieso nie alle Antworten bekommen kann, wieso überhaupt Fragen stellen?“

„Laurie, willst du vielleicht wissen, warum du atmest?“

„Nein?“, antworte ich verwirrt und kaue auf meiner Lippe, bis der Sinn seiner Worte in meinen Verstand tropft. „Oh, ach so. Hm.“

„Es ist ein Reflex. Und es liegt in unserer Natur, bis ans Ende unserer Tage nach Antworten zu suchen“, erklärt Maris. „Ich hatte Jahrtausende, um mich mit all den Sinnfragen zu beschäftigen, und womöglich wird es noch Jahrtausende dauern, bis ich akzeptiere, dass ich die Antworten niemals finden werde.“

„Belastend“, murmle ich.

Maris lacht. „Langweilig wirds jedenfalls nicht, deine Gedanken halten dich immer auf Trab. Weißt du, die Götter glauben, alles zu wissen, und es ermüdet sie derart, dass manche vergessen haben, dass es diesen Zustand nicht gibt. Niemand ist in der Lage, jemals alles zu wissen.“

„Du sprichst über sie, als wärst du selbst kein Gott.“ Nachdenklich drehe ich mich, lege meinen Kopf auf Maris’ Brust und spüre wie sein Brustkorb sich hebt und senkt. Der Himmel über uns verändert sich. Die Sterne treten in den Hintergrund. Stattdessen ziehen türkise Schlieren durch die Dunkelheit und hinterlassen helle Streifen. Nach obenhin laufen sie aus, bis sie vollkommen verblassen und ein wunderschönes Bild zurücklassen. An einigen Stellen wechseln die Nordlichter die Farbe und veranstalten ein buntes Konzert aus Schattierungen.

„Phänomenal", stelle ich ehrfürchtig fest und strecke meinen Arm nach dem Schauspiel aus. „Wie kannst du behaupten, du wärst kein Gott?"

„Das habe ich nicht", entgegnet Maris. „Trotzdem bin ich das Geschöpf Moiras. Sie ist überall und nirgendwo, sie vereint all das Wissen und kennt doch nichts. Verstehst du? Ich bin ein Gott und gleichzeitig nicht, denn in mir steckt auch ein Teil dieser Welt."

„Das würde bedeuten, du bist ebenfalls ein Halbgott?"

Maris schüttelt den Kopf. Ich spüre es an der leichten Bewegung seines Brustkorbes und meine Erinnerung meldet sich. Cassy hat versucht es mir zu erklären. Maris ist ein eigenes Wesen, der einzige seiner Art. Während wir menschliche Eltern besitzen, wurde Maris von einer Göttin erschaffen, die dabei ihre Macht mit der menschlichen Energie der Erde vermischte. Somit ist Maris ein Mischmasch aus beiden Welten, das es so vorher nicht gegeben hat.

„Der Einzige seiner Art", wiederhole ich Cassys Worte und Maris nickt. Es muss furchtbar sein, wenn niemand da ist, der einen versteht. Der die Probleme, die man hat, nicht kennt, weil er sich nie mit ihnen konfrontiert sah. Ein bisschen erinnert es mich an meine Trauer. Natürlich bin ich nicht der erste Mensch auf Erden, der jemanden verloren hat, dennoch verstand niemand meinen Schmerz. Trotzdem hat es mir geholfen mit Maris darüber zu reden. Er hat sich nie angemaßt, zu wissen, wie es mir geht, stattdessen ließ er mich erzählen und stand mir zur Seite, egal wie dumm meine Gedanken waren.

„Aber genau das macht dich aus, Maris", entgegne ich in dem Versuch, ihn aufzumuntern. „Du bist kein gedankenloser, leidenschaftlicher Gott, den es nicht kratzt, was auf der Erde geschieht. Sondern ein Wesen mit Herz und Verstand, das die Menschen und ihr Schicksal kümmert. Es ist kein Nachteil, etwas aus beiden Welten zu haben, ganz im Gegenteil, es ist sogar dein Vorteil." Ich streiche Maris mitfühlend über den Bauch. „Und weißt du, nach dem Tod meiner Eltern habe ich mich alleine und einsam gefühlt. Obwohl um mich herum Menschen waren, die genau dasselbe durchmachten wie ich, verstand mich keiner. Dann kam ich hierher, traf auf Samira, auf Lucas und auf dich. Niemand wusste von meiner Vergangenheit und den Schatten, die über mir schwebten. Ihr habt mich mit offenen Armen empfangen. Für euch spielte es keine Rolle, wer ich war, bevor ich nach Kingswood Castle kam. Ohne Hintergedanken habt ihr mich in einer der schlimmsten Phasen meines Lebens akzeptiert und aus einem tiefen schwarzen Loch gezogen, egal ob Mensch, Halbgott oder … was ist eigentlich die korrekte Bezeichnung für dich?"

Maris zuckt mit den Schultern. „Es gibt keine. Zumindest konnte ich mich bisher nie mit etwas identifizieren. Die Frourá und die Halbgötter nennen mich einen Gott und wahrscheinlich kommt das der Wahrheit am nächsten."

„*Du bist, was immer du sein möchtest, Laurie.*' Das hat meine Mum jeden Abend zum Einschlafen zu mir gesagt. Seit ich mich erinnern kann, gehört der Satz zu meinem Leben und auch wenn ich ihn lange Zeit nicht verstanden habe, ist es die wichtigste Botschaft, die meine Mum mich gelehrt hat." Ich setze mich auf und drehe mich so, dass ich Maris in die Augen sehen kann.

„Niemand sollte bestimmen, wer du bist, außer dir selbst. Deswegen ist es an dir, dir einen Namen zu geben. Willst du ein Gott sein? Dann sei einer."

Maris lacht. „Einen Moment dachte ich, du würdest sagen, ich könnte ein Einhorn sein", meint er.

„Wenn du das willst, werde ich dir dein Haar regenbogenbunt färben und dich mit Glitzer einsprühen", entgegne ich lächelnd.

„Man kann nicht einfach sein, was man will, Laurie."

„Doch natürlich."

„Nein, du bestehst aus Genen, die dich als Mensch kennzeichnen. Das ist reine Biologie."

„Maris, wirklich? Du kommst mir mit Wissenschaft?" Langsam lehne ich mich gegen die Wand hinter mir und greife nach einem Kissen, dass ich vor meinen Bauch drücke. „Wenn wir die Sache aus diesem Blickwinkel betrachten, bist du ein Wunder."

Maris lacht und ich klopfe mir gedanklich auf die Schulter. Immerhin habe ich der Situation die Ernsthaftigkeit genommen. Über uns glitzern weiterhin die Polarlichter und bei ihrem Anblick wünsche ich mir, sie würden meine Zimmerdecke nie wieder verlassen. Der bunte Schimmer verleiht dem Raum etwas Mystisches. Ich drücke den Hinterkopf gegen die Wand und schließe die Lider.

„Was glaubst du, ist Kira passiert?", frage ich in die Dunkelheit, weil ich es kaum ertrage, jemandem bei diesem Gespräch in die Augen zu schauen. Ihr Verschwinden ist nicht meine Schuld, dennoch frage ich mich die ganze Zeit, was ich hätte tun können, um es zu verhindern. Hätte ich auf sie hören und die anderen holen sollen? Hätte das etwas geändert?

Nun setzt auch Maris sich auf, das Bett knarzt und die Decke raschelt. Ich spüre ihn neben mir. Die ganze Situation belastet nicht nur die Royals und mich, sondern auch ihn, denn er fühlt sich für Kira verantwortlich. „Ihr Schicksalsfaden leuchtet, allerdings höre ich sein Flüstern nicht länger." Beides wusste ich bereits, da Maris direkt nach Kiras Verschwinden auf die Suche nach ihrem Schicksal gegangen ist. Wäre der Faden erloschen, wäre Kira nicht mehr am Leben. Wieso er sich Maris allerdings entzieht, ist ein Mysterium.

„Können wir Moira fragen?"

Maris schüttelt den Kopf. „Das hat keinen Sinn. Selbst wenn sie mit uns spricht, wird sie Kiras Schicksal niemals offenbaren und ändern können wir es sowieso nicht."

„Stimmt."

„Alles, was uns bleibt, ist darauf zu hoffen, dass der Suchtrupp etwas findet oder jemand Kontakt zu uns sucht."

Ich öffne die Lider, ziehe die Knie an, stütze meine Ellbogen darauf und vergrabe das Gesicht in meinen Händen. „Das ist scheiße." Erneut hadere ich mit dem Schicksal. Wir sitzen direkt an der Quelle, haben den Raum, in dem sich alle Schicksale befinden, direkt vor unserer Nase und dennoch ist er nutzlos.

„Die Frourá suchen seit mehreren Tagen ununterbrochen nach Kira … vergeblich. Es sind mehrere Halbgötter unter ihnen, trotzdem haben wir keinen Hinweis. Nicht einmal eine Spur. Maris …"

„Ich weiß, was du sagen willst, aber die Hoffnung aufzugeben ist keine Option. Wenn ihr jemand etwas hätte antun wollen, wäre sie längst tot."

Abermals blicke in den Himmel. Dunkle Wolken verfinstern ihn, haben die Polarlichter vertrieben. „Diese Ungewissheit macht mich fertig", gestehe ich und rutsche näher zu Maris. Er öffnet die Arme für mich und legt sie schützend um mich, sobald ich meinen Kopf an seine Brust schmiege. „Ich würde einfach gerne etwas tun."

„Das einzige, das Kira wirklich hilft, ist deine Weiterbildung. Schule deine Fähigkeiten, lerne, mit dem Wind umzugehen."

„Und das hilft Kira, weil ...?"

„Nur auf diese Art bist du auf einen Kampf vorbereitet, der uns möglicherweise bevorsteht."

Mein Magen zieht sich zusammen. In den letzten Tagen haben die Royals und ich oft über diesen Ausgang gesprochen, aber wirklich ernst nimmt ihn keiner von uns. Dazu ist es momentan zu still. Stünden wir wirklich kurz vor einem Kampf, hätte es Anzeichen geben müssen, oder? Eine radikale Gruppierung, einen Versuch, in die Schule einzudringen ... irgendetwas. Stattdessen ist Kiras Verschwinden die erste Absonderlichkeit, die seit Jahrzehnten geschehen ist.

Stille legt sich über uns und ohne den hellen Schimmer der Sterne und der Polarlichter fröstle ich. Sofort streicht Maris mir über die Arme und ich drücke mich noch enger an ihn. „Wir drehen uns im Kreis", stelle ich fest. „Seit ich hier bin, werden mir Fragen vor die Füße geworfen, auf die ich keine Antwort finde. Das ist frustrierend."

„Vielleicht. Trotzdem empfinde ich es weniger als Kreis. Wir gehen stetig voran und kehren nie wieder zum Ausgangspunkt zurück." Gedankenverloren streiche ich eine Falte in Maris' T-Shirt glatt. „Sieh nur, was alles geschehen ist. Du arbeitest an deiner Trauer, hast neue Freunde gefunden und endlich deinen Ursprung angenommen."

*Und ich habe dich*, denke ich glücklich.

Maris hat recht, wir gehen vorwärts, nie rückwärts, was wir in einem Kreis unweigerlich müssten. Womöglich lässt sich Maris' Theorie der Wissensspirale auf alle Bereiche des Lebens anwenden. Je mehr wir haben, desto mehr wollen wir erreichen.

„Danke", flüstere ich, während der Himmel seine Farben ändert. Die Polarlichter kehren zurück, bringen die Helligkeit mit sich und sofort bessert sich meine Laune. „Du bist wie die Polarlichter."

Maris lacht. „Erst ein Einhorn, jetzt die Polarlichter. Ehrlich, Laurie, die Worte deiner Mum in allen Ehren, aber man kann nicht *alles* sein, was man möchte."

Ich verdrehe die Augen und unterdrücke ein Grinsen, dann drehe ich mich so, dass ich Maris ansehen kann. Mit dem Zeigefinger tippe ich ihm gegen die Nase. „*Wie* die Polarlichter, ich sagte *wie* die Polarlichter", wiederhole ich und küsse ihn. Seine Lippen schicken kleine Stromstöße durch meine Adern, die mich von innen wärmen und ich streiche mit der einen Hand durch sein Haar, während ich mich mit der anderen abstütze. Ich löse mich von ihm, lege meine Stirn an seine Wange und atme konzentriert ein und aus. Mit wild klopfendem Herzen schließe ich die Lider.

Diese Momente liebe ich an uns. Wenn ich den Mut verliere, ist Maris da. Er bringt die bunten Farben in meine Dunkelheit. Und sobald seine Gedanken sich verfinstern, fülle ich sie mit Sarkasmus und Humor.

Wir ergänzen uns perfekt. Und in diesem Augenblick bin ich zufrieden, muss die Spirale keinen Zentimeter weiter nach oben klettern, sondern würde gerne für immer an Ort und Stelle bleiben.

„Ich muss gehen", meint Maris und ich lande auf dem Boden der Tatsachen. Bedauern kriecht an die Oberfläche und greift mit spitzen Fingernägeln nach der Zufriedenheit. Tiefe Risse bleiben zurück.

„Du bist schon viel zu lange hier, hm?", murmle ich, während ich mir wünsche, er könnte bis ans Ende unserer Tage – also meiner, denn Maris ist ja unsterblich – hier sein.

„Keine Sorge, den Schicksalen geschieht nichts." Sanft streichelt Maris mir übers Haar und drückt mir einen Kuss auf den Scheitel. Ich hebe mein Gesicht, blicke ihm in die Augen. „Es war nur ein Moment, ich habe ihn ausgedehnt, solange es mir möglich war", erklärt Maris.

„Das darfst du gerne öfter tun."

„Verliere nicht den Mut, bis ich wiederkomme, Laurie", sagt Maris ernst und ich stütze mich auf meine Oberarme, bringe mehr Abstand zwischen uns. Sofort fehlt mir seine Nähe.

„Ich gebe mein Bestes."

„Mehr verlange ich nicht."

# Kapitel 3

## Physik, der kleine Bruder von Scheiße

Meine Füße donnern auf den Asphalt, während *5 Seconds of Summer* von der roten Wüste, ihrer Heimat Australien singen, die den Blues heilt. Hätte mir vor einigen Wochen jemand gesagt, dass ich meinen Nachmittag freiwillig mit joggen verbringen würde, wäre ich umgekommen vor Lachen. Selbst jetzt, mit meinem Keuchen im Ohr, das die Musik übertönt, kann ich es kaum glauben. Gleichzeitig fürchte ich mich vor der ersten Trainingseinheit mit Darius. Persönlich habe ich ihn bisher nicht kennengelernt, aber die Erzählungen der anderen haben mir gereicht. Wenn es stimmt, was sie sagen ist er eine Mischung aus Grumpy Cat und Batman. Immer schlecht gelaunt, ihm ist nie etwas gut genug, doch gleichzeitig ist er laut Elena unfassbar heiß und beherrscht mehrere Kampftechniken, deren Namen unaussprechlich sind.

Trotzdem respektiert und bewundert ihn die ganze Gruppe. Im Gegensatz zu den anderen Lehrern, die mich in den nächsten Wochen unterrichten werden, ist er kaum älter als wir und unterrichtet erst seit einigen Jahren am Internat. Er trägt göttliches Blut in sich und gehört seit seiner Kindheit den Frourá an, wodurch er sich dem Dienst der Götter verschrieb.

Da ich noch nie in meinem Leben gegen irgendwen gekämpft habe, hielt ich es für eine gute Idee, wenigstens meine Ausdauer zu trainieren. Vor allem, da morgen meine erste Trainingsstunde ansteht.

Mit jedem Schritt leert sich mein Kopf weiter und je weniger Gedanken durch mein Hirn wandern, desto lauter hallt der Wind in mir wieder. Ich höre sein Summen, spüre die Vibration seiner Anwesenheit. Und doch ist es mir unmöglich aktiv mit ihm in Verbindung zu treten. Von einem Impuls angetrieben bleibe ich stehen, schließe die Lider und nehme die Airpods aus den Ohren. Die Sonne kitzelt auf meiner Haut und langsam beruhigen sich sowohl meine Atmung als auch mein Herzschlag. Tiere rascheln durchs Unterholz, während über mir Vögel zwitschern. Hinter meinen Lidern ist es nicht vollkommen dunkel, dafür ist es um mich herum zu hell, dennoch erdet es mich, einen Moment nur für mich zu haben. Und je ruhiger ich werde, desto deutlicher spüre ich den Wind um mich herum. Er zieht an mir, fordert mich auf, mit ihm zu spielen. Und für den Augenblick ist das Wissen über seine Anwesenheit genug, füllt mich komplett aus und lässt mich den ganzen Mist vergessen, der gerade sonst noch passiert.

Ich stecke mir die Kopfhörer erneut in die Ohren und setze meine Runde fort. Schnell passiere ich den Wald, laufe einige Zeit an Wiesen und Feldern vorbei, bis sich der Weg in einer langen Kurve dreht, zurück Richtung Internat. Schließlich erklimme ich den Hügel hinter dem Rugbyfeld und halte am höchsten Punkt inne. Vor mir liegt Kingswood Castle. Die dunklen Mauern ragen majestätisch in die Höhe und die sanften Sonnenstrahlen verleihen ihnen etwas Magisches. Beinahe ist es, als könnte ich das alte Gemäuer flüstern hören, wie es von einer längst vergangenen und doch unvergessenen Zeit erzählt.

Ich setze mich auf die Wiese und blicke nachdenklich auf mein Zuhause. Von Weitem sehe ich Manuel Runden um das Rugbyfeld drehen. Er hebt den Blick und lächelt, deswegen winke ich ihm zu. Mit einem „Hey" kommt er auf mich zu und lässt sich neben mich sinken. Seine Wasserflasche landet im Gras neben ihm, während er sich schwer atmend auf seine Hände stützt.

„Was machst du?", fragt er.

„Eine Pause. Ich war Laufen und bin bei dem Anblick versumpft."

„Verständlich."

Langsam sinkt die Sonne hinter uns gen Horizont und wirft lange Schatten auf die Erde. Meine Muskeln protestieren, wollen nach dem anstrengenden Lauf durch Stretching entspannt werden. Deswegen strecke ich meine Füße aus und greife mir an die Schuhspitzen.

„Ich ...", meint Manuel, stockt aber. Deswegen drehe ich ihm den Kopf zu und lasse meine Schuhe los. Aufmunternd lächle ich ihm zu, während er schüchtern meinem Blick ausweicht. In der Gruppe strotzt der Kerl derart von Selbstbewusstsein, dass ich mich manchmal frage, ob er sein Ego überhaupt alleine tragen kann. Wenn seine Freunde allerdings nicht an seiner Seite sind, offenbart er eine andere Seite. Dann ist er schüchtern und verletzlich. „Na ja, ich wollte nur sagen, wie schön ich es finde, dass du Teil unserer Gruppe bist."

Überrascht ziehe ich meine Beine in den Schneidersitz. „Danke, das bedeutet mir viel."

„Seit unserer Kindheit sind wir ein eingeschworenes Team und dabei haben wir den Blick nach außen verloren. Wir hatten einander, mehr brauchten wir nicht", erklärt er und ich höre ihm aufmerksam zu. „Klar, das ist weiterhin so, trotzdem habe ich mich manchmal wie ein Tiger gefühlt. Wir hatten vergessen, dass wir die Tür, die den Käfig verschloss, nur öffnen brauchten, um hinauszukommen." Manuel lässt den Kopf hängen und sein Haar fällt ihm ins Gesicht, verdeckt seine Augen. Eine Geste, die mir schon oft an ihm aufgefallen ist. Seine Art, die Welt auszuschließen.

Ich lege ihm eine Hand auf den Oberarm und bringe ihn dazu den Blick zu heben. „Möglich, aber vielleicht haben euch die anderen das Gefühl gegeben, ihr dürftet die Stäbe nicht berühren. Die Angst vor der Ungewissheit ist das Schlimmste."

Manuel nickt und ein Lächeln ziert seine Lippen. Es ist nicht die Art von Grinsen, die ich oft im Speisesaal an ihm gesehen habe. Es ist sanfter und leichter. Beides gehört zu ihm, wie die Musik zu mir.

Durstig deute ich auf die Flasche zwischen den grünen Grashalmen. „Darf ich?"

„Klar."

Gierig trinke ich einige Schlucke und spüre, wie die kühle Flüssigkeit meine Kehle hinabrinnt. Die Sonne sinkt tiefer und langsam wird es frisch.

„Du erinnerst mich an Kira", sagt Manuel plötzlich und ich verschlucke mich. Keuchend huste ich die Wassertropfen, die fälschlicherweise in meiner Luftröhre gelandet sind, heraus.

„Was?", krächze ich ungläubig.

„Es ist schwer zu erklären."

„Das glaube ich sofort", murmle ich, schraube die Flasche zu und werfe sie neben Manuel. Obwohl Kira verschwunden ist und ich sie unbedingt wiederfinden möchte, hat sie es bisher nicht auf meine Liste der Lieblingsmenschen geschafft. Ganz im Gegenteil, sie ist weiterhin jemand, den ich nicht verstehe. Sie hat Lucas fertig gemacht, ihn angeschrien und versucht unsere Freundschaft zu sabotieren. Wahrscheinlich hätten wir das bereits geklärt, wäre sie nicht entführt worden.

*Oder abgehauen*, flüstert eine Stimme in mir. Diese Möglichkeit kann ich vor den anderen nicht ansprechen, denn keiner hat gehört, was Kira mir erzählt hat. Sie hatte Angst, ersetzt zu werden, nur etwas zu sein, das man benutzt. Gleichzeitig waren ihre Freunde alles, was sie hatte. Das hätte sie niemals hinter sich gelassen. Denke ich.

Aber das spielt keine Rolle, denn selbst, wenn ich es den anderen erzählen würde, würde keiner ihre Ängste und Zweifel ernst nehmen, weil sie diese vor ihren Freunden verborgen hat. Als Christa die Tatsache, dass Kira an manchen Dingen gezweifelt hat, auf den Tisch brachte, sind die anderen direkt über sie hergefallen. Die Royals stehen hinter Kira, bedingungslos. Außerdem war ich bei dem Angriff dabei. Es gab eine Präsenz, die ich deutlich spürte.

Manuel zieht die Beine zu sich und zupft einen Grashalm aus der Wiese. „Ihr seid grundverschieden und auf den ersten Blick habt ihr sicher keine einzige Gemeinsamkeit, dabei ist es vielleicht eure größte Stärke, die euch verbindet." Gespannt wende ich mich ihm zu, kann kaum erwarten, was er sagen wird. „Habt ihr einmal jemanden ins Herz geschlossen, dann ist euer

Glaube an ihn unerschütterlich. Und die Leidenschaft, mit der ihr alles unterstützt, was er tut, kennt keine Grenzen."

Nachdenklich lehne ich mich zurück und ziehe die Wange zwischen die Zähne. Manuels Worte berühren mich, gleichzeitig kann ich ihnen nicht zustimmen. Weder was Kira betrifft noch mich. Denn dafür hadere ich viel zu oft mit den Dingen. Egal ob es sich um Situationen, Handlungen oder Gefühle handelt. Ich drehe sie, wende sie und betrachte sie von allen Seiten, muss das Gefühl haben, das Chaos zu beherrschen, um nicht in Frustration zu versinken.

„Das ist wirklich nett von dir, aber du schätzt mich falsch ein", entgegne ich.

Manuel zuckt mit den Schultern. „Findest du?"

„Ja, sonst würde ich wohl kaum an allem zweifeln. Mir wieder und wieder dieselben Fragen stellen und nie zur Ruhe kommen."

Er zieht den Grashalm immer wieder durch seine Finger. „Vielleicht sind aber genau die Zweifel das, was am Ende den Unterschied macht."

„Wie meinst du das?", entgegne ich und ziehe die Augenbrauen nach oben. „Jetzt hab ich den Faden verloren."

Manuel wirft den Grashalm zurück in die Wiese und greift nach der Flasche. Nachdenklich spielt er mit dem Verschluss, schraubt ihn schließlich ab und trinkt. „Spielt keine Rolle."

„Tut mir leid", meine ich und senke den Blick.

„Wieso entschuldigst du dich?"

„Weil mein Hirn zu langsam für deine Aussage ist." Lachen durchdringt die Luft und ich sehe auf. „Was? Lachst du mich aus?"

Sofort hält Manuel inne. „Das tue ich nicht, allerdings hat sich noch nie jemand bei mir entschuldigt, weil er mir nicht folgen konnte. Meine Brüder ziehen mich immer damit auf, dass ich nur Schwachsinn rede."

Daher kommt also die Scheu im Umgang mit anderen Menschen. „Lass dir das bloß nicht einreden."

„Ich vermisse Kira", meint Manuel auf einmal und die Schwere seiner Stimme drückt mir die Luft aus der Lunge. Ich verstehe seinen Schmerz. Nichts hilft, nichts vermag es, ihn zu mildern. Am wenigsten die Zeit. Trotzdem lehrt sie uns, den Schmerz zu ertragen und macht ihn verdaulicher.

„Wie hast du gelernt, deine Fähigkeiten zu trainieren?", frage ich daher, um ihn abzulenken. „Egal was ich tue, der Wind entzieht sich mir."

„Du musst deinen eigenen Weg finden, Laurie."

„Verstehe, aber kannst du ihn vielleicht etwas genauer beschreiben?"

Manuel schüttelt den Kopf und ich schnaube. „Das Problem ist, dass in jedem Halbgott andere Fähigkeiten schlummern. Trotzdem sind sie seit unserer Geburt da. Wir kennen sie, sind mit ihnen aufgewachsen. Natürlich in einer sehr abgeschwächten Form, da wir sie erst richtig nutzen konnten, nachdem Maris unsere Kräfte erweckt hat."

„Hm", murmle ich. Bei mir sieht die Lage etwas anders aus. Ich fand erst vor wenigen Tagen heraus, was wirklich in mir steckt. Daher gibt es keine Kindheit, aus der ich Erfahrungen ziehen könnte.

„Meine Mutter zum Beispiel, spürt Entscheidungen. Sie sagt, sie fühlt einfach, was passieren wird. Hätte sie die gleiche Verbindung zu Maris wie wir, könnte sie mit Sicherheit so etwas wie Gedankenlesen oder Handlungen beeinflussen. Auch du trägst deine Fähigkeit schon immer mit dir herum."

„Scheint, als wäre bei mir etwas kaputt", entgegne ich und versuche meine innere Unruhe zu verbergen. Denn das bin ich – unruhig. Wieso tanze ich aus der Reihe? Wieso habe ich keinen richtigen Draht zum Wind? Mein Herzschlag beschleunigt sich ganz von alleine und ich balle die Hände, um ihn zu beruhigen. Auf einmal ist mir kalt und ich schaudere, lege die Arme um mich selbst und fahre mir wärmend über die Haut.

„Quatsch", widerspricht mir Manuel. „Es ist dein Schicksal, wie könnte es falsch sein?"

Hoffentlich weiß Moira, was sie tut, denn ich habe keinen Schimmer.

Ich atme tief ein, drücke meine Handflächen auf die kühle Wiese und konzentriere mich darauf, meine Gedanken zu beruhigen. Als das Gras neben mir raschelt, öffne ich die Augen. Manuel hat sich erhoben und streckt mir die Hand entgegen. Nachdem er mich auf die Beine gezogen hat, laufen wir langsam zurück.

Nach und nach gehen die Lichter im Internat an. Bald ist Zeit fürs Abendessen, dabei habe ich noch unfassbar viele Hausaufgaben zu erledigen. Diese Schule saugt mich aus. Wann, denken die Lehrer, sollen wir all die Literatur lesen und all das Wissen in unsere Köpfe hämmern, von dem sie denken, dass es unverzichtbar sei?

„Weißt du, Laurie, was ich eigentlich sagen wollte ist, dass du dir keine Sorgen machen musst", meint Manuel, kurz bevor wir am Rugby-Feld ankommen. „Die Macht, mit dem Wind zu kommunizieren, liegt in dir, auch wenn du sie erst seit Kurzem spürst, ist sie ein Teil von dir. Früher oder später, wirst du herausfinden, wie du sie nutzen kannst."

„Danke", flüstere ich, greife nach seinem Unterarm und drücke ihn kurz.

„Cassy hatte damals auch große Probleme mit den Visionen. Es ist schwer, ein halbwegs normales Leben zu leben, wenn dich von jetzt auf gleich Bilder überfallen", meint Manuel und es tut gut zu hören, nicht alleine zu sein, denn auch ich sehe immer wieder Szenen, die ich nicht zuordnen kann. „Und ich wusste zu Beginn nicht einmal, dass ich meinen Schutzschild auf andere übertragen kann. Ich hielt meine Fähigkeit für absolut nutzlos, weil sie nur mir etwas brachte."

„Was hat euch geholfen?"

„Vertrauen."

„Vertrauen", wiederhole ich und verdrehe die Augen. Keine meiner Stärken.

„War nur ein Scherz", sagt Manuel dann lachend und stößt mich mit dem Ellbogen in die Seite. „Wir sind drangeblieben, Laurie. Haben nie aufgegeben, egal wie frustriert wir waren. Und vielleicht ist das der Schlüssel. Ich habe jeden Morgen meinen Schutzschild trainiert, habe es heraufbeschworen und ausgetestet. Cassy hingegen meditiert. Sie öffnet ihren Geist, hat gelernt, ihre Gedanken zu beherrschen."

Wir passieren die Kapelle und biegen auf den Schotterweg zum Haupteingang ab. Die Kieselsteine knirschen unter unseren Schuhen und fliegen mit jedem Schritt zur Seite weg.

Kurz vor der Eingangstür ist es Manuel, der seine Hand auf meine legt. „Jeder von uns kann dir helfen, dir zeigen, was du tun kannst."

„Das ist nett", entgegne ich lächelnd und drücke seine Finger, dann greife ich nach der Türklinke und ziehe sie zu mir.

Das Gespräch hat meine Energiereserven, die nach dem Lauf ziemlich leer waren, aufgefüllt. Neuer Mut pulsiert durch meine Adern und flüstert dem Wind zu, dass ich auf ihn warten werde. Wann immer er bereit ist, sich mir zu öffnen, bin ich hier.

Außerdem nehme ich mir vor, mit Christa zu reden. Über Kiras Verschwinden und ihre Meinung dazu. Natürlich war ich dabei, als der Wind sich gegen uns stellte und mir Steine ins Gesicht peitschte. Die Angst werde ich bis ans Ende meiner Tage nicht vergessen. Trotzdem muss ich die Möglichkeit, dass Kira den Angriff inszeniert haben könnte, in Erwägung ziehen und sie aus der Welt schaffen. Sie zu verdrängen würde das Monster der Ungewissheit nur wachsen lassen.

In der großen Halle kommen uns Mitschüler entgegen. Als sie an uns vorbeigehen, verstummt ihr Gespräch. An das Verhalten der anderen den Royals gegenüber werde ich mich nie gewöhnen.

„Vielleicht kann Maris dir helfen?", meint Manuel, kurz bevor sich unsere Wege trennen.

„Wobei?"

„Dem Wind."

„Wieso sollte er?"

„Er ist ein Gott, er kann ihn beherrschen."

„Kann er?", frage ich dümmlich. Leider fühle ich mich genau so – dumm. Viel zu oft vergesse ich, was Maris ist und was er kann.

„Klar, er kann alles."

Ach ja, stimmt. „Danke für den Tipp, ich werde ihn fragen."

Mit einem Lächeln verabschiede ich mich von Manuel und gehe zu unserem Zimmer.

Bis zum Abendessen bleibt mir eine Stunde. Eine Stunde um einen unfassbar hohen Berg an Hausaufgaben zu erledigen. Ich suche meine Unterlagen zusammen, staple sie aufeinander und nehme sie auf den Arm. Meine Airpods verstaue ich in der Schreibtischschublade und lege auch mein Handy daneben. Bevor ich die Schublade schließe, leuchtet das Display auf.

*Ob es Blake ist?* Der Gedanke begleitet mich bei jeder Nachricht, die eintrudelt, denn es ist mittlerweile vier Tage her, dass ich mich bei meinem früheren besten Freund entschuldigt und um eine zweite Chance gebeten habe. Eine Reaktion blieb allerdings aus. Vielleicht straft er mich mit Schweigen. Was ich verstehen könnte, wirklich. Trotzdem tut es weh.

Geschieht mir recht, immerhin bin ich an der Situation schuld und wahrscheinlich hat sich Blake genauso gefühlt, als ich seine Versuche, mir beizustehen, abgeblockt und ihn ignoriert habe. Das schlechte Gewissen überrollt mich. Wenn ich nur wüsste, was ich tun kann, um unsere Freundschaft zu retten ...

Die Nachricht ist nicht von Blake, sondern eine Push-Nachricht von Instagram. Netterweise teilt mir die App mit, dass Billie Eilish gerade ein Livevideo gestartet hat. Toll, danke Insta! *Okay, Laurie, du musst jetzt stark sein. Schließe die Schublade, drehe dich um und geh zur Tür. Gib bloß nicht dem Drang nach, nach deinem Handy zu greifen und ...*

Klick.

Billies leise Stimme erklingt und ich lasse mich auf meinen Schreibtischstuhl sinken. Es ist vollkommen dunkel, man sieht nichts, hört nur die rauchige Stimme, die gerade von einem wichtigen Projekt spricht. Eine weitere Nachricht fliegt von oben ins Display und holt mich aus einer Art Trance. Ich schüttle den Kopf, schließe Insta und lege mein Handy zurück.

Hausaufgaben, ich muss meine Hausaufgaben erledigen!

Frustriert darüber, dass Blake mir die kalte Schulter zeigt und ich das bisschen Freizeit, das ich hatte, mit Durch-die-Gegend-Rennen verbracht habe, mache ich mich auf zum Studierzimmer.

Zuerst hatte ich gedacht, Samira nimmt mich auf den Arm, aber die Räume heißen wirklich so. Es sind kleine Zimmer, die überall im Internat verteilt sind. An großen Tischen können die Schüler zusammen lernen, Projekte vorbereiten und konzentriert arbeiten. Für Nachfragen stehen Lexika in den Regalen und Computer an den Wänden. Sogar einen Internetanschluss gibt es. Phänomenal. Jedenfalls, wenn ich Samiras Erzählungen Glauben schenke.

Bisher habe ich alleine in der Bibliothek gelernt oder besser gesagt so getan als ob, denn in Wirklichkeit habe ich jedes Mal auf Maris gewartet. Doch jetzt, wo mir kaum Zeit bleibt, um den Stoff in mein Hirn zu bekommen, brauche ich dringend die Hilfe der anderen. Vor allem, da ich die meiste Zeit im Unterricht abgelenkt bin.

Ich folge Samiras Wegbeschreibung und finde meine Freunde schnell. Die Mädels haben sich zusammen mit zwei Jungs, die ich nicht kenne, um einen runden Tisch verteilt.

„Hey", begrüße ich die Lernenden und unterbreche damit eine hitzige Diskussion.

„Laurie, ich habe nicht erwartet, dass du kommst", sagt Samira und lächelt mich an. Sie steht auf, holt einen weiteren Stuhl und bedeutet Aura neben ihr, etwas Platz zu machen. „Wo warst du?"

„Joggen."

„Joggen", echot Francesca und ihr Unglaube beschämt mich. „Du hasst Sport."

„Jaaaa", entgegne ich und ziehe das Wort absichtlich in die Länge. Die gewonnene Zeit reicht nicht, um mir eine Lüge zu überlegen. Improvisation ist also das Stichwort. „Durch meine Erkältung habe ich öfter beim Training gefehlt und das merkt man ... es ist mir peinlich, derart hinter den anderen zurückzubleiben." Die Worte kommen mir leicht über die Lippen, denn sie sind nur eine halbe Lüge und wenn man es genau betrachtet sogar die Wahrheit. Je nachdem, wie weit man diese dehnt. Immerhin bin ich wirklich joggen gegangen, damit ich vor Darius keine allzu schlechte Figur mache.

Aura lehnt sich mitfühlend vor und legt mir eine Hand auf den Unterarm. „Ach, Laurie. Du setzt dich viel zu sehr unter Druck."

„Sportskanonen sagen das so leicht", entgegne ich.

Nun beugt sich auch der fremde Junge neben Aura interessiert in meine Richtung. Sein dunkler Schopf kommt mir bekannt vor, trotzdem bin ich mir sicher, keinen Kurs mit ihm zu haben. Zwar bin ich furchtbar darin, mir Namen zu merken, an Gesichter kann ich mich allerdings meistens erinnern.

„Ich bin Laurie", sage ich und strecke ihm meine Hand entgegen.

Aura zieht erschrocken die Augenbrauen nach oben. „Oje, wie unhöflich. Ben, das ist Laurie, sie wohnt zusammen mit Samira in einem Zimmer."

„Ben ist Auras Projektpartner", erklärt Samira und ich lächle ihm entgegen. Er hat einen festen Händedruck, was laut meinem Dad ein guter Anfang für eine echte Freundschaft ist. Denn nur jemand, der weiß, was er will, und fest für seine Prinzipien einsteht, besitzt das Selbstbewusstsein, die Finger seines Gegenübers derart stark zu drücken, dass es nicht unangenehm ist.

„Nett dich kennenzulernen", meint Ben und ich erwidere die Freundlichkeit.

„Finde ich auch. Wie läuft's mit Shakespeare?"

Sofort verschwindet der fröhliche Ausdruck von Auras Gesicht und macht Platz für Frustration. Und Verzweiflung. Beides gräbt sich tief in Form von Falten um ihre Augen. „Sagen wir so, ich hab dem guten Mann schon so oft die Beulenpest an den Hals gewünscht, dass er bis in alle Ewigkeit tot sein wird."

Ich lache. „Du Monster, wie gemein."

„Es läuft rückwärts und den Berg hinab", beschreibt Ben und zeigt auf den Block, der vor ihm liegt. Die Seite ist nahezu unbeschrieben. Lediglich einige Worte sind in einer geschwungenen Handschrift zu sehen.

„Man, dabei seid ihr solche Dramaqueens." Der zweite Junge mischt sich ein und ich blicke zu ihm. Sein Haar ist grau und mit Sicherheit geglättet. Solche perfekten Strähnen bekommt man ohne ein Glätteisen niemals hin. Ansonsten hat der Kerl Gene, für die beinahe jedes Mädchen in London töten würde.

Ben wirft einen Stift über den Tisch und trifft seinen Kumpel an der Schulter. „Ach, sei still, Ed."

Ich verkneife mir ein Grinsen, muss Ed aber insgeheim recht geben. Zumindest auf Aura trifft das zu hundert Prozent zu.

Mitfühlend lege ich ihr eine Hand auf die Schulter. „Kann ich helfen?"

„Hast du keine Hausaufgaben?"

„Einen ganzen Berg voll", entgegne ich und zeige auf meine Unterlagen.

„Kennst du dich denn mit Shakespeare aus?", fragt Ben, während die anderen sich allmählich wieder ihren eigenen Projekten widmen.

Ich mache eine So-lala-Bewegung mit der Hand. „Die meisten bekannten Stücke habe ich gelesen. Meine Mutter war ein großer Fan."

Direkt, nachdem die Worte über meine Lippen in die Freiheit entschlüpft sind, halte ich den Atem an. Ben versteht die Vergangenheitsform sofort und Mitleid legt sich über seine Züge. Mittlerweile kann ich den Tod meiner Eltern offen ansprechen. Zumindest, wenn es nicht direkt darum geht, sondern es eher eine Randinformation ist. Nachfragen ertrage ich allerdings weiterhin kaum, daher bin ich froh, dass den meisten meiner

Mitschüler sowieso die Worte fehlen, immer wenn sie vom Tod meiner Eltern erfahren. Fast alle schweigen, bisher hat nie jemand gefragt, was passiert ist. Und ich bin dankbar dafür. Auch Ben lässt die Aussage im Raum stehen, bis sie langsam zu Boden sinkt und dort verschwindet. Stattdessen nickt er einfach nur.

„Habt ihr schon den roten Faden?", erkundige ich mich, um von mir abzulenken.

Aura sieht auf. „Der Geschichte?"

„Ja."

„Nein, wir sind noch dabei zu sortieren."

„Ich hab letztes Jahr im Englischkurs gelernt, dass die Festlegung des Genres immer der erste Schritt ist. Danach könnt ihr euch Merkmale notieren und anhand derer einen Plot entwerfen."

„Das klingt gut", meint Ben und notiert sich direkt einige Stichworte. „Vielleicht hilft es uns wirklich, das Licht am Ende des Tunnels zu finden, Aurora. Ein neuer Ansatz könnte hilfreich sein und das große Nichts, auf das wir bisher gestarrt haben, in ein Etwas verwandeln." Ben hält kurz inne, dann grinst er. „Scheiße, ich glaub, ich hab zu viel Shakespeare gelesen, so geschwollen wie ich daherquatsche."

„Na?" Die zuckersüße und gleichzeitig schneidende Stimme erkenne ich sofort und ich atme tief ein. Erin beugt sich nach vorne und blickt Aura über die Schulter. Missbilligung sprüht aus ihren Augen und „Habt ihr euer Konzept schon? Ich und Seamus sind beinahe fertig."

„Glückwunsch", murrt Aura.

„Danke, wir werden nämlich gewinnen. Der Platz bei der Aufführung ist uns sicher."

Ben verdreht die Augen, als Erin sich umdreht und davongeht. Meine Sympathie für sie hält sich in Grenzen. Wie kann eine einzelne Person derart neidisch und missgünstig sein?

„Ehrlich gesagt will ich unser Stück gar nicht vor allen anderen aufführen", gesteht Ben.

„Wie aufführen?", frage ich.

Aura streicht über ihren Block. „Nachdem jeder seinen Text vorgetragen hat, entscheidet die Klasse, welche Beiträge die besten sind. Die Teams dürfen ihren Text dann vor der ganzen Stufe vortragen."

„Müssen, nicht dürfen", präzisiert Ben.

Samira blättert eine Seite ihres Notizbuchs um. „Wird schon. Konzentriert euch erst mal darauf, überhaupt etwas aufs Papier zu bringen. Erin ist eben Erin. Ignoriert sie."

„Leichter gesagt", meint Aura.

Ich greife nach meinem Physikbuch und schlage es an der Stelle auf, wo ich heute Morgen nach dem Unterricht das Eselsohr hinein gemacht hatte.

„Du abscheuliche Kreatur", kreischt Samira und ich zucke zusammen. Sie deutet auf das Eselsohr. „Wie kannst du nur? Armes Ding."

„Es ist Physik, das kann sowieso niemand leiden."

Samira streicht sanft über die Seite, als wolle sie das Buch trösten. „Gerade deswegen musst du es mit Sorgfalt behandeln. Immerhin trägt es eine Geschichte zwischen den Buchdeckeln mit sich."

„Es ist ein Lehrbuch, kein Roman."

„Das stützt meine Aussage nur, denn die Geschichte ist auch noch wahr."

Ich schnaube. „Leider verstehe ich nur Bahnhof. Physik ist so mühsam."

„Dann kann ich mich möglicherweise für deine Hilfe revanchieren", sagt Ben und mischt sich damit erneut ins Gespräch.

„Gern, wenn du weißt, was es mit dem Wirkungsgrad auf sich hat?"

„In der Tat", entgegnet Ben und wendet sich dann an seine Sitznachbarin. „Wollen wir tauschen, Aura? Dann kannst du erst mal deine Matheaufgaben erledigen, während ich Laurie Physik erkläre?"

Aura nickt. „Von Dramen und Tragödien habe ich heute sowieso genug."

Gesagt getan. Ben sitzt innerhalb weniger Sekunden neben mir und versucht mir die Gleichung und Bedeutung des Wirkungsgrads näherzubringen. Nach fünfzehn Minuten habe ich ungefähr verstanden, was es damit auf sich hat und rechne die Aufgaben aus dem Übungsbuch durch. Je schneller ich das erledigt habe, desto eher kann ich mich mit etwas beschäftigen, das wirklich Spaß macht.

„Kanntest du Kira eigentlich gut?", fragt Ben unvermittelt, als wir unsere Sachen zusammenpacken und Richtung Speisesaal aufbrechen. Wir haben uns dafür entschieden unser Zeug mitzunehmen, da wir danach sowieso in unsere Flügel gehen und sich der doppelte Weg somit nicht lohnt.

Bens Frage weckt meine Aufmerksamkeit und ich mustere ihn. Er blickt zu Boden und erst jetzt bemerke ich die kleine Narbe, die sich von seiner rechten Augenbraue bis zum Haaransatz schlängelt. Ob sie dort endet, bleibt mir verborgen, denn sein kurz geschorenes Haar ist zu dicht.

Nach einigen Schritten blickt er auf und zieht die Stirn fragend in Falten. Ach ja, er erwartet eine Antwort. „Ein bisschen", gebe ich zu. „Und du?"

„Ebenfalls."

„Woher?", entfährt es mir überrascht. Bisher war ich der festen Überzeugung, dass sich die Royals komplett von den anderen abgeschottet hatten. Und wenn ich mich daran erinnere, wie vehement Kira versucht hat Lucas die Freundschaft zu mir auszureden, kann ich mir kaum vorstellen ... wobei, eigentlich sollte mir mittlerweile klar sein, dass Kira ihre Geheimnisse hatte. Ob Ben eins davon war?

„Nur vom Tennis", erzählt er und ich lächle wissend, dabei ist die Information vollkommen neu für mich. „Weißt du, langsam frage ich mich, wo sie wirklich ist."

Ich verschlucke mich an meiner eigenen Spucke und Samira dreht sich kurz zu mir um. „Wie bitte?", keuche ich zwischen zwei Hustern. Mein Herzschlag beschleunigt sich und plötzlich rauscht es in meinen Ohren. Niemand hat Higgins' Lüge infrage gestellt, daher trifft mich Bens Aussage unvorbereitet.

Sanft klopft er mir auf den Rücken und ich reiße mich zusammen. „Wo soll sie denn sein? Bei ihrer Familie natürlich", präzisiere ich meine vorherigen Worte, nachdem ich wieder Herr über meine Sinne bin.

„Glaubst du wirklich?"

„Natürlich."

Ben zuckt mit den Schultern und Misstrauen kriecht aus einer Ecke an die Oberfläche. Vielleicht habe ich ihn falsch eingeschätzt und er ist kein Geheimnis von

Kira, sondern kennt die Wahrheit über die Halbgötter. Oder hat womöglich sogar etwas mit dem Verschwinden zu tun. Nur wie und wieso?

Ben lacht. „Du hast recht. Ich glaube, der Tratschclub meiner Mutter färbt auf mich ab. Jede Woche erzählt sie mir den neusten Klatsch aus London. Sie liebt diese Zeitschriften."

Plötzlich ist die Luft wieder getränkt von Leichtigkeit und das Misstrauen kehrt dahin zurück, wo es herkam. Eigentlich hätte mich viel früher jemand auf Kira ansprechen müssen und die Tatsache, dass es bisher niemand getan hat, ist beinahe schon traurig. Allerdings kennen ihre wenigen Freunde die Wahrheit und der Rest hat eine plausible Geschichte aufgetischt bekommen.

Ich grinse über meine eigene Paranoia und je mehr sich mein Herzschlag beruhigt, desto dümmer komme ich mir vor. Ben wollte nur höflich sein und ich halte ihn direkt für eine Bedrohung. Langsam wächst mir die Sorge um Kira und meine neue Aufgabe als Halbgöttin über den Kopf. Beinahe jeder meiner Gedanken beschäftigt sich damit.

„Weißt du, wann sie zurückkehrt?", fügt Ben hinzu, während wir den Speisesaal betreten und reißt mich damit aus meinen Überlegungen.

Ich schüttle den Kopf. „Ihre Familie braucht sie in einer schweren Zeit", wiederhole ich die Worte, die wir mit Higgins abgesprochen haben. „Bist du mit ihr befreundet?"

„Nein, Quatsch", sagt Ben eine Spur zu schnell und weckt erneut meine Neugier. Allerdings wird unser Gespräch dadurch unterbrochen, dass Ben sich verabschiedet und zum Tisch seiner Freunde geht, während ich noch eine Sekunde verwirrt mitten im Raum stehe.

Dann tragen mich meine Beine hinter meinen Freundinnen her zu unserem Platz. Ich lege meine Lernsachen ab und gehe zum Buffet. Während des Essens beobachte ich Ben. Er sitzt einige Tische weiter hinten im Raum. Ausgelassen unterhält er sich mit seinen Kumpels, lacht über Witze und stopft sich beinahe unappetitlich viel Essen auf einmal in den Mund.

Irgendetwas steckt hinter seinen Fragen, das spüre ich.

# Kapitel 4

## Was auch immer er eingeworfen hat, ich will es auch

Ich hatte schon viele saudumme Ideen, aber diese ist wirklich die dümmste von allen. Na ja, zumindest bisher, denn ich hab ja hoffentlich noch ein paar Jahre vor mir.

Ehrlich gesagt kam mir der Gedanke, als ich vor zehn Minuten in meinem Bett lag, noch viel sinnvoller vor. Jetzt zweifle ich an meinem Plan. Trotzdem greife ich nach dem Türgriff und betrete den Flügel der Royals. Die Taschenlampe meines Smartphones wirft einen kleinen Lichtkegel auf den Boden und vermischt sich mit dem Mondlicht, das durch die Fenster scheint.

Langsam schleiche ich voran, trotzdem hören sich jeder Schritt und jedes Knarren unendlich laut in meinen Ohren an. Ich ziehe den Kopf ein, rechne damit, dass gleich jemand aus seinem Zimmer kommt oder ein Lehrer mich erwischt. Vielleicht hätte ich mir eine Ausrede einfallen lassen sollen, denn die Wahrheit kann ich wohl kaum sagen.

Mein Herz hämmert gegen meinen Brustkorb und ich umklammere das Handy in meiner Hand, weil ich fürchte, es könnte mir aus den schwitzigen Fingern rutschen. Aus dem Zimmer rechts dringt ein lautes Keuchen zu mir und ich halte erschrocken inne. Dann identifiziere ich das Geräusch als Schnarchen und kämpfe mich weiter durch den dunkeln Flur.

Unter Cassys Tür, die Kiras gegenüberliegt, dringt ein Lichtstrahl hindurch. Scheiße, wieso ist sie wach? Ich drücke mich auf Kiras Zimmerseite an die Wand und arbeite mich Meter um Meter voran.

Kaum habe ich Kiras Zimmertür hinter mir geschlossen atme ich erleichtert auf. Nervös stütze ich meine Hände auf den Oberschenkeln ab und gönne mir einen Augenblick der Ruhe.

Doch meine Gedanken sind laut, deswegen richte ich mich auf und sehe mich um. Kiras Zimmer liegt verlassen vor mir. Ihr Bett ist unberührt und verwaist. Ein Schaudern überzieht meine Haut und ich schüttle es ab. Dafür habe ich keine Zeit. Entschlossen gehe ich auf den Schreibtisch zu, ziehe den Stuhl hervor und setze mich. Ich sehe die Unterlagen, die auf der Tischplatte liegen durch. Blättere durch die Notizbücher und suche nach einem Tagebuch. Denn deswegen bin ich hier.

Bens Fragen haben mich nervös gemacht. Was steckt dahinter? Ist er wirklich mit Kira befreundet? Hat sie ihm verraten, wessen Blut durch ihre Adern fließt? Und war sie in Wahrheit deshalb so gegen die Freundschaft zwischen Lucas und mir, weil sie ihn vor einem Fehler, den sie gemacht hat, bewahren wollte?

Keine Ahnung.

Doch als ich vor dem Schlafengehen meine Gedanken in meinem Notizbuch festhielt, fragte ich mich, ob Kira das auch getan hatte. Ihr Tagebuch ist womöglich der Schlüssel zu all unseren Fragen. Deswegen benehme ich mich wie eine Einbrecherin und schleiche nachts, während alle normalen Menschen schlafen, durchs Internat.

Genug. Ich kann mich über meine zweifelhafte Idee aufregen, wenn ich wieder unter meiner Decke liege. Leise ziehe ich eine Schreibtischschublade auf, leuchte hinein und wühle mich durch einen Haufen Stifte. Wer bitte hat eine Schublade nur voll mit Eddings, Kugelschreibern und Buntstiften? Die zweite Schublade sieht vielversprechender aus. Ich nehme einen Stapel loser Blätter heraus und lege sie auf den Tisch. Es sind handschriftliche Notizen ... vom Matheunterricht.

Mist.

Frustriert blättere ich sie durch, stoße jedoch auf nichts, das einem Tagebuch ansatzweise nahekommt. Deswegen packe ich sie zurück und gehe zu dem Bücherregal neben Kiras Bett. Die Bücher stehen wild durcheinander und ihre Sortierung scheint keinem Muster zu folgen. Ein Einband sticht hervor. Das leuchtende Grün hebt sich von den anderen Romanen ab. Ich ziehe das Heft hervor und sofort ist mir klar, dass es sich um ein Notizbuch handelt. Meine Haut kribbelt. Habe ich tatsächlich Kiras Tagebuch gefunden? Auf einmal zögere ich, denn es aufzuschlagen bedeutet, in ihrer Privatsphäre herumzuschnüffeln, und wäre ich an ihrer Stelle, würde ich das verurteilen. Doch ich muss es tun, es könnte uns weiterhelfen und vielleicht auf Kiras Spur bringen. Mit klopfendem Herzen schlage ich die erste Seite auf. Sie ist leer, genau wie alle anderen.

Plötzlich höre ich ein Flüstern im Flur und reagiere intuitiv. Ich lege das Buch zurück, schalte die

Taschenlampe aus und schleiche zur Tür, presse mein Ohr dagegen. Eine männliche Stimme dringt zu mir und ich halte den Atem an. Jemand antwortet, ebenfalls ein Kerl. Phil vielleicht, sicher bin ich mir allerdings nicht. Es könnte jeder der Royals sein.

Wieso schlafen die eigentlich nicht? Erst Cassy, jetzt die Jungs. Wüsste das ein Lehrer ... keine Ahnung, ob sie Ärger bekommen würden. Immerhin teilen sie sich auch einen Flügel, während die Uhren im Rest des Internats im neunzehnten Jahrhundert stehen geblieben und die Schlaftrakte strikt nach Geschlechtern getrennt sind.

Ein Kichern, dann Schritte. Sie entfernen sich von mir und ich sauge gierig Luft in meine Lunge.

Meine Glieder zittern unkontrolliert und ich lasse mich mit dem Rücken an der Tür zu Boden sinken. Müde lehne ich den Kopf gegen die Knie und schließe die Augen.

Was habe ich mir nur dabei gedacht? Hätte mich einer von ihnen erwischt, wäre ihr Vertrauen mit einem Schlag dahin gewesen. Kira kennen sie fast ihr ganzes Leben lang – sie ist Mitglied der Brokkoli-Schwur-Bande! –, während ich gerade mal ein paar Tage zu ihrer Gruppe gehöre. Und ich merke jeden Tag mehr, wie groß der Graben zwischen uns tatsächlich ist. Ich mag jeden Einzelnen total gerne, allerdings sind sie in einer anderen Welt aufgewachsen. Nicht metaphorisch, sondern wortwörtlich. Seit ihrer Kindheit wissen sie, dass sie Halbgötter sind und eines Tages Kingswood Castle besuchen, ja sogar, dass sie das Tor zur Götterwelt beschützen werden. Für mich ist das neu. Mich überfordert das ganze Wissen und ich hadere damit, während sie vor Selbstbewusstsein strotzen. Es ist schwer mit ihnen mitzuhalten und dabei ich selbst zu bleiben. Vielleicht wollte ich deswegen so dringend einen Hinweis auf Kiras Verschwinden finden, obwohl mir die Lehrer und Maris gesagt haben, dass ich nichts tun kann und die Erwachsenen die Sache regeln lassen soll. Um ein wichtiger und anerkannter Teil der Gruppe zu werden, ein Röschen ihres Brokkolis. Wobei es bei dem Schwur ja eigentlich um genau das Gegenteil ging.

Minuten später öffne ich die Lider und schalte die Taschenlampe meines Handys ein. Dieser Plan war wirklich dämlich. Deswegen räume ich alle Spuren davon weg und verlasse Kiras Zimmer auf leisen Sohlen.

Statt mir die Nacht um die Ohren zu schlagen, hätte ich lieber Kraft für den morgigen Tag sammeln sollen, denn mein Training mit Darius steht auf dem Plan.

Nur noch wenige Meter trennen mich von der Tür ins Treppenhaus. Je näher ich komme, desto schneller werden meine Schritte, bis ich beinahe renne. Ich will einfach nur raus und vergessen, dass ich heute Nacht hier gewesen bin.

Als die Tür hinter mir leise klickt, lehne ich mich dagegen und atme erleichtert aus. Zumindest, bis ich die Schritte wahrnehme. Vom Stockwerk über mir dringt schwaches Licht ins Treppenhaus, das langsam an Intensität zunimmt. Jemand kommt die Stufen herunter, genau auf mich zu.

Ich erkenne Phils Stimme, ein unterdrücktes Kichern, dann Stille. Auch der Lichtschein hält inne und ich nutze meine Chance. Auf Zehenspitzen schleiche ich die Stufen nach unten um die erste Kurve. Dort bleibe ich stehen und spähe zurück. Niemand wird mich hier vermuten und die Dunkelheit wird mich ausreichend schützen. Zumindest redet mir das meine Neugier ein.

Wer ist bei Phil? Woher kam das Kichern? Sind da etwa Mädchen bei ihnen? Und was haben sie auf dem Dach gemacht? Kennen sie den kleinen Übergang, den Maris und ich vor einigen Wochen genommen haben?

Erneut erklingt ein Kichern und ich beuge mich weiter nach vorne, um besser sehen zu können. Phil kommt in mein Blickfeld. Bei der Tür angekommen, schaltet er die Taschenlampe aus und dreht sich zu Manuel um. Meine Augen brauchen einen Moment bis sie sich an die neuen Lichtverhältnisse gewöhnen. Trotzdem erkenne ich Manuels breites, schelmisches Grinsen, das ohne Worte verdeutlicht, dass die beiden Jungs gerade etwas getan haben, das eigentlich verboten ist.

„Psst, sei leise", haucht Phil und legt seine Hand auf die Türklinke. „Bereit?"

Manuel rutscht das Grinsen aus dem Gesicht und er schüttelt den Kopf, dreht sich von Phil weg und geht wieder einige Stufen nach oben, sodass ich ihn aus dem Blick verliere.

Neugierig folge ich ihm einen Schritt und bleibe mit meiner Schuhspitze am Absatz hängen. Meine Finger suchen nach Halt, greifen wirr durch die Luft und finden ihn schließlich im Geländer. Ich klammere mich daran fest und versuche den Sturz so gut wie möglich abzufangen. Dennoch prallt mein linkes Knie unsanft gegen eine Stufe und ich keuche laut, als mich der Schmerz durchzuckt. Danach geschehen zwei Dinge gleichzeitig. Zum einen fühle ich Erleichterung darüber, dass nicht mehr passiert ist und ich nicht die

Treppe heruntergefallen bin. Zum anderen wird die Taschenlampe wieder eingeschaltet und schwenkt in meine Richtung. Ich ziehe den Kopf ein, drehe mich ungeschickt und pralle gegen die Wand. So schnell wie möglich husche ich durchs Treppenhaus nach unten. Ob mir jemand folgt oder Phil nach mir ruft, höre ich nicht, denn das Rauschen in meinen Ohren übertönt jedes andere Geräusch.

Unten angekommen renne ich durch die Eingangshalle und nach oben Richtung unseres Flügels. Mein Herz schlägt derart hart gegen meine Brust, dass ich Angst habe, es könnte mich zerreißen. Deswegen drehe ich mich nicht um, schaue kein einziges Mal zurück, denn mein Puls treibt mich immer weiter voran.

Erst direkt vor der Glastür in unseren Flur komme ich zum Stehen und stütze die Hände auf meine Oberschenkel.

„Scheiße", fluche ich zwischen zwei Atemzügen. Von plötzlicher Panik übermannt, dass Phil und Manuel mir hinterhergeeilt sein könnten, drücke ich mich gegen die Wand neben der Tür und lausche in die nächtliche Stille. Es dauert einige Atemzüge bis sich mein Kreislauf beruhigt und ich tatsächlich etwas anderes wahrnehme als meinen Herzschlag. Das Internat schweigt – zum Glück.

Da bin ich wohl mit einem blauen Auge davongekommen. Zumindest hoffe ich das, denn wenn Phil mich doch gesehen hat, habe ich morgen ganz schön viel zu erklären. Wobei ich die Jungs dann wenigstens fragen könnte, was sie auf dem Dach gemacht haben und ob noch jemand bei ihnen war. Vielleicht zwei Schülerinnen? Oder Elena und Cassy? Waren sie alle gemeinsam auf dem Dach? Tun sie das öfter? Kann ich auch nur einen Satz mit einem Punkt beenden? Nein!

Müde ziehe ich die Tür auf und gehe leise in den Flur. Keine Minute später falle ich ins Bett und schlafe nahezu augenblicklich ein.

Am nächsten Morgen werde ich von den ersten Sonnenstrahlen geweckt, zwanzig Minuten bevor mein Wecker klingelt. Ich drehe mich auf die andere Seite, blinzle und ... die Erinnerungen an meine Aktion in der vergangenen Nacht tauchen vor meinem geistigen Auge auf.

Beschämt ziehe ich mir die Decke über den Kopf und hoffe, dass mein Ausflug bis in alle Ewigkeit mein Geheimnis bleiben wird. Auch wenn mein Anliegen, Kiras Verschwinden aufzuklären, nobel war, habe ich den falschen Weg gewählt. Will ich das Vertrauen meiner neuen Freunde gewinnen, anstatt sie direkt zu vergraulen, muss ich meine Bedenken offen ansprechen. Wir sollten erwachsen genug sein, um über das Thema diskutieren zu können, ohne persönlich zu werden.

Deswegen fasse ich den Entschluss, am Abend mit den Royals über meine Gedanken zu sprechen. Vorher muss ich allerdings diesen Tag und vor allem das Training bei Darius überstehen.

Frühstück und Unterricht gehen ereignislos und viel zu schnell an mir vorbei. Mit jeder Minute, die vergeht und die der Nachmittag näher rückt, werde ich nervöser. In der letzten Schulstunde bekomme ich so gut wie nichts vom Stoff mit, starre lediglich ausdruckslos auf meinen Block.

„Bist du aufgeregt?", fragt Lucas, als wir kurz vor dem Training aufeinandertreffen.

Ich nicke. Lucas lacht.

Böse starre ich ihn an. „Was?"

„Du wirkst genauso eingeschüchtert wie wir damals. Bloß, dass wir kleine Kinder waren und dachten, Darius würde uns bei lebendigem Leib verspeisen."

„Zum Glück wart ihr keine Brokkolis", entgegne ich flüsternd.

Lucas legt mir seine Hand auf den Oberarm. „Oje, dir geht's wirklich nicht gut." Verwirrt sehe ich Lucas direkt an und hebe fragend die Brauen. „Na, der war echt flach für deine Verhältnisse."

Ich verdrehe die Augen. „Hab nur schlecht geschlafen."

„Darius ist eigentlich nett. Klar, er treibt uns dauernd an und manchmal wird er dabei auch laut, trotzdem brauchst du keine Angst zu haben."

„Hab ich nicht. Nicht direkt. Es geht nur alles so schnell und irgendwie ist mir das gerade alles zu viel", gebe ich zu. Seit ich weiß, dass es Halbgötter gibt, geht es Schlag auf Schlag. Das Erwachen meiner Kräfte, Kiras Verschwinden, nun das Training und diese ständige Ungewissheit. Droht uns Gefahr? Ist Kira abgehauen? Steht ein Kampf bevor? Machen wir uns zu viele Sorgen?

Ich balle die Hände zu Fäusten.

„Hey", sagt Lucas und ich sehe auf. „Atme, Laurie, atme." Sanft fährt er mir über den Oberarm und Wärme durchströmt mich. Lucas beherbergt das Feuer und vertreibt damit ein bisschen die kalte Panik, die droht Besitz von mir zu ergreifen.

„Danke", murmle ich und schließe die Lider. Ich lehne mich gegen ihn und atme tief ein. Momentan bin ich umgeben von Baustellen. Mein Leben gleicht einer Straße, die übersät ist mit Schlaglöchern. Sobald ich eins sehe, beginne ich damit es zu stopfen. Doch bevor ich fertig bin, taucht das nächste auf und ich muss weiter. Mittlerweile ist mein Weg holprig und mir fehlt die Kraft für eine umfangreiche Reparatur.

„Es geht vorbei", meint Lucas und nimmt mich in den Arm. Ich lehne mich gegen ihn und drücke mein Gesicht an seine Schulter. Wie ein Stromschlag durchzuckt mich ein Bild, als würde sich die Szene direkt vor meinem inneren Auge abspielen. Lucas hat sich von mir gelöst und wir befinden uns nicht länger in der Eingangshalle, sondern auf einer Wiese. Das Gras ist jedoch nicht grün, sondern braun, als hätte es seit Monaten keinen Tropfen Wasser gesehen. Kaum zwei Meter von mir entfernt kniet Lucas auf dem Boden. Er hat die Hände im Gras vergraben und den Kopf gesenkt.

Verwirrt blicke ich mich um, allerdings steht die Zeit still. Nichts bewegt sich, es ist vollkommen ruhig – und total gruselig.

Zuerst bleibe ich wie angewurzelt stehen, bewege lediglich die Augen. Dann gehe ich langsam auf Lucas zu, umrunde ihn und versuche herauszufinden, was er tut. Vergeblich.

„Laurie?", fragt Lucas und katapultiert mich damit zurück ins Hier und Jetzt. Trotzdem brauche ich einen Augenblick, um das Gesehene hinter mir zu lassen.

„Ja?", entgegne ich unsicher und merke erst jetzt, wie fest ich meine Arme um Lucas geklammert habe.

Erschrocken reiße ich die Augen auf und springe einige Schritte zurück. „Shit, hab ich dir wehgetan?"

Lucas schüttelt den Kopf. „Nein, geht."

„Tut mir leid, ich hab wieder etwas gesehen."

„Wie bei Maris?"

„Ja, bloß war es dieses Mal anders", erkläre ich und versuche das Gefühl in Worte zu packen.

„Was meinst du?"

„Bisher bin ich davon ausgegangen, dass es Visionen oder Gedanken von anderen sind, in die ich eintauche. Aber das gerade ... es ... keine Ahnung."

„Worin liegt der Unterschied?"

„Bisher habe ich die Bilder wie einen kurzen Film erlebt. Als würde ich einer Szene zuschauen. Trotzdem habe ich etwas gefühlt, allerdings kamen diese Emotionen nicht aus mir, sondern wurden mir aufgedrückt. Dieses Mal war ich *ich*. Mit all meinen Gedanken und Empfindungen. Bloß stand die Zeit still." Etwas an dem, was ich gesehen habe, irritiert mich, doch es entzieht sich mir, ich bekomme es nicht zu fassen, deswegen behalte ich es für mich. Immer noch sehe ich den knienden Lucas vor mir. Was tut er? Und wie geht die Szene weiter?

„Vielleicht solltest du mit Cassy darüber sprechen. Sie hatte anfangs auch sehr mit den Visionen zu kämpfen", meint Lucas und legt mir den Arm um die Schulter, während ich gedanklich in der Vergangenheit festhänge. Das verbrannte Gras - hatte es eine Bedeutung? War es eine Metapher für ... keine Ahnung.

„Laurie, atme", wiederholt Lucas seine Anweisung und auch dieses Mal gehorche ich. Augenblicklich klart sich das Chaos in meinem Kopf und mit jedem

Atemzug werde ich ruhiger. Dankbar greife ich nach Lucas' Finger, die mir über die Schulter hängen. „Einen Moment habe ich Darius vollkommen vergessen", gebe ich lachend zu. Dann kriecht die Nervosität zurück an die Oberfläche und der Drang wegzurennen ist plötzlich übermächtig. Mein Bett schreit nach mir, verspricht, dass es unter seiner schützenden Decke sicher sei und ich würde dem Ruf zu gern nachkommen. Stattdessen straffe ich die Schultern, denn eins habe ich in den letzten Wochen gelernt: Egal in welcher Situation ich stecke, was mich belastet und wie ich mich verhalte, es gibt Menschen, die hinter mir stehen. Die mir den Rücken stärken und sich für mich einsetzen, sollte ich es nicht können. Und einer von ihnen geht gerade neben mir und erinnert mich daran, dass ich atmen soll, wenn es mein Körper vergisst.

„Bringst du mich zum Garten?", frage ich Lucas und er nickt. „Wieso treffen wir uns eigentlich dort? Wären der Sportplatz oder die Sporthalle nicht sinniger?"

„Weil ihr zu Beginn keinen Sport macht", entgegnet Lucas.

„Was?" Habe ich mich umsonst verrückt gemacht?

Der Kies unter unseren Füßen knirscht, während wir seitlich an der Kapelle vorbeigehen. Kurz darauf taucht die Hecke vor uns auf, die das kleine Stückchen Garten einzäunt. Sofort überkommt mich die Erinnerung an den Abend als Maris mich genau an diesem Ort zum Tanz aufgefordert hat und ein Lächeln kämpft sich auf meine Lippen. Es vertreibt die Nervosität und hinterlässt reinste Glückseligkeit. Denn keine Aufregung der Welt kann mir Maris und meine neuen Freunde nehmen.

Bevor wir durch den begrünten Torbogen schreiten, bleibt Lucas stehen. „Ich muss zurück, sonst komme ich zu spät zu meiner Unterrichtsstunde."

„Oh, klar", entgegne ich. „Danke, dass du mich hergebracht hast."

„Immer."

Lucas drückt mich ein letztes Mal an sich, dann löst er seinen Arm und geht davon, während ich den Garten betrete.

Darius sitzt in der Mitte des Pavillons. Seine Augen sind geschlossen, die Beine im Schneidersitz überkreuzt. Eine leichte Brise weht ihm das helle Haar aus dem Gesicht und ich halte inne, bin überrascht von der Aura, die ihn umgibt. Kraftvoll scheint die Luft zu pulsieren und die Energie schlägt in kleinen Wellen gegen mich. Sie bildet eine Barriere, drückt mich zurück und versucht mich von Darius fernzuhalten. Ich gehe weiter, durchbreche sie und spüre augenblicklich, wie der Widerstand verschwunden ist.

Ein Meter, vielleicht ein bisschen weniger, trennen Darius und mich, als er die Augen aufschlägt.

„Laurie", begrüßt er mich und lächelt mich aufmunternd an.

„Wie hast du das gemacht?", frage ich ohne Umschweife. Darius ist zwar ein Gotteskind, trotzdem habe ich nicht damit gerechnet, dass ich seine Fähigkeiten derart spüren könnte.

„Ich kontrolliere meinen Geist, fokussiere ihn und schaffe es damit, mein Gegenüber mental zu beeinflussen", erklärt Darius und ich nicke anerkennend.

„Wahnsinn. Bisher dachte ich, wir seien die einzigen mit derart ausgeprägten Kräften."

Darius mustert mich einen Moment und steht dann vom Boden auf, ohne sich mit den Händen abzustützen. „Es hat weniger mit meinem Götterblut zu tun, ist vielmehr ein Resultat meines mentalen Trainings."

„Willst du damit sagen, jeder könnte das?"

„Nein, wahrscheinlich sind meine Gene schon hilfreich. Trotzdem können wir durch das Kontrollieren unseres Geistes, viel erreichen."

Ob mir Darius' Technik dabei helfen könnte, den Wind besser zu beherrschen?

„Es bildet die Grundlage jeder Kampftechnik, die ich dir beibringen werde. Erst wenn du im Einklang mit deinem Inneren bist, kannst du deine Stärke nach außen tragen und sie gegen deine Feinde einsetzen", meint Darius. „Deswegen werden wir mit Meditationsübungen beginnen."

„Meditation?", wiederhole ich und stöhne innerlich. Mein Kopf ist ein Schlachtfeld, das keine Sekunde schweigt.

Darius lacht. „Was hast du gedacht, wie ich meinen Geist kontrolliere?"

„Mit einem Zaubertrank?", antworte ich und zucke mit den Schultern. Darüber habe ich mir keine Gedanken gemacht, denn ich war viel zu beeindruckt.

„Setz dich." Darius deutet auf den Boden und sinkt mir gegenüber selbst aufs weiche Gras. „Nimm eine bequeme, aber gerade Haltung ein. Du kannst mit deinen Beinen und deinen Armen machen, was du willst."

Während ich angestrengt darüber nachdenke, was bequem ist, und mit dem Popo hin- und herrutsche, mustert Darius mich grinsend. „Was?", frage ich.

„Du strengst dich zu sehr an, Laurie. Hör deinem Körper zu, er sagt dir, was du tun sollst."

Meinem Körper? Zuhören? Was hat Darius eingeworfen? Es ist mein Hirn, das mit mir spricht, meine Arme, Beine und alles andere sind lediglich Instrumente, die mir helfen mich zu bewegen und Dinge auszuführen.

„So wird das nichts", sagt Darius und legt seine Hände auf meine Schultern. „Hör mir einfach zu und folge meiner Stimme." Ich nicke. „Schließe die Augen." Darius' Worte sind ruhig und schwer. Sie schließen sich wie eine Decke um mich und der leichte Druck, den sie ausüben, hilft mir mich zu konzentrieren und nicht im dunklen Nirwana der Gedanken zu verschwinden. „Richte dein Becken auf, sodass es im Einklang mit deiner Wirbelsäule ist."

Das Gras raschelt bei der kleinen Bewegung, mit der ich meinen Sitz korrigiere. Sofort vermischt sich das Geräusch mit dem Gezwitscher eines munteren Vogels, der sein Nest genau über uns zu haben scheint. Vielleicht schreit er nach seiner Mutter, die ihn hungrig im Nest zurückgelassen hat. Armes Ding.

*Laurie, konzentrier dich! Nicht denken*, herrsche ich mich selbst an. Wenn das nur so einfach wäre.

„Gut, jetzt atme ein. Spüre, wie die Luft durch deine Luftröhre in die Lunge eintritt, diese ausfüllt und bis zum letzten Rest ausdehnt. Halte die neue Energie einen Augenblick und atme dann durch den Mund aus. Nicht nur die Luft entweicht, sondern auch der Stress und die Gedanken, die dich die letzten Tage belastet haben. Drücke alles aus dir heraus, bis nichts mehr zurückbleibt und mache dich bereit, um frische Kraft durch die Nase einzusaugen."

Mit jeder Anweisung, die Darius mir gibt, merke ich, wie es mir leichter fällt, meine Umgebung auszublenden. Ich folge seinen Worten, lasse meinen Atem sprechen und trenne mich von den dunkeln Schatten der Zweifel und der Angst, die wie Gewitterwolken über mir hingen. Frei von ihnen sauge ich Luft in mich, fülle meine Kraftreserven auf und stelle mir vor, in einer Blase zu sitzen. Sie beschützt mich, gibt mir Halt und schafft eine Atmosphäre, in der ich sein kann. In der ich einfach nur existiere ohne den Erwartungsdruck anderer. Oder mir selbst.

„Höre in dich, nimm bewusst deine Arme wahr", weist Darius mich an und ich folge seiner ruhigen Stimme. „Sei dankbar, dafür, dass sie dich jeden Tag unterstützen."

Ich stutze. Das kann er kaum ernst meinen. Oder geht er wirklich davon aus, dass ich mich bei meinen Armen dafür bedanke, dass sie da sind.

„Ohne sie, wäre dein Geist beschränkt, sie komplementieren dich, genau wie der Rest deines Körpers", fährt er fort und mir wird klar, wie recht er hat. Hätte ich keine Gliedmaßen, würde das meiner Intelligenz keinen Abbruch tun, dennoch wäre ich eingeschränkt. Nichts festhalten und niemanden umarmen zu können wäre schrecklich. O Gott, wie undankbar bin ich eigentlich? Sofort konzentriere ich mich auf meine Arme und bin mir ihrer Anwesenheit überdeutlich bewusst.

„Atme noch einmal bewusst in deinen Bauch, dehne die Lunge so weit wie möglich aus und lasse den Atem danach wieder entweichen. Nimm dich an, mit all deinen Stärken und deinen Schwächen, spüre das Leben in dir und sei dankbar für dein Leben. Öffne langsam deine Augen und fokussiere deinen Blick."

Darius' Hände verschwinden von meinen Schultern und ich folge seinen Worten. „Das war der erste Schritt."

Blinzelnd versuche ich zurück in die Realität zu finden. Es fällt mir schwer, denn ich habe gar nicht gemerkt, wie alles, bis auf Darius' Stimme in den Hintergrund gerückt ist. Jetzt dröhnt das Gezwitscher übertrieben laut in meinen Ohren und ich würde mir gerne die Hände darauf pressen.

„Akzeptanz", sagt Darius und ich ziehe eine Augenbraue nach oben.

„Akzeptanz?"

„Ja, du hast akzeptiert, dass dein Körper genauso wichtig ist wie dein Geist."

Mein Blick wandert über die Wiese von einem Blumenbeet zum anderen. „Was bedeutet das?"

„Zu Beginn der Meditation dachtest du die Übung sei nutzlos. Allerdings ist es wichtig, alles an sich zu akzeptieren. Zu wissen, was man hat, was seine Stärken sind und diese auch sinnvoll einsetzen zu können. Du musst ein Gesamtbild von dir haben und im Einklang mit dir selbst sein."

Mir schwirrt der Schädel. Gerade herrschte noch eine angenehme Stille, jetzt droht er zu platzen.

„Das reicht für heute", sagt Darius und erhebt sich. Er streckt mir seine Hand entgegen und zieht mich nach oben.

„Echt?" Sicher ein Scherz, denn das Training hat kaum mehr als ein paar Minuten gedauert. Schwankend komme ich auf die Beine, halte mich zur

Sicherheit an Darius' Schulter fest. Scheiße, das war anstrengender als gedacht.

Wie auf Kommando knurrt mein Magen und ich lege die Hand auf meinen Bauch.

„Alles okay?" Darius mustert mich skeptisch.

„Klar, ich glaube, ich bin etwas unterzuckert", entgegne ich und gehe einige Schritte, stütze mich an einer Säule ab und warte, bis der Schwindel vorbei ist.

„Komm, ich bringe dich rein, im Speisesaal wartet sicher schon das Abendessen auf dich. Ein voller Magen wird dir guttun." Während ich nicke, nimmt Darius meinen Arm in die Hand und hakt mich bei sich unter. Mit jedem Meter, den wir gehen, wird die Welt klarer und am Ende des Gartens fühle ich mich wieder fest auf den Beinen.

Zufrieden atme ich aus. „Danke fürs Stützen."

„Kein Problem." Sein Lächeln ist ehrlich und ich muss zugeben, dass ich mir Darius ganz anders vorgestellt hatte. Natürlich wusste ich bereits, wie er aussieht, und ich war ihm auch schon öfter auf dem Gang begegnet, doch bis zum heutigen Tag schaute er für mich stets mürrisch drein und seine komplette Körperhaltung signalisierte Distanz. Das passte zu den Geschichten, die die Royals mir erzählt hatten. Von dem unnachgiebigen Darius, der sie keine Minute zur Ruhe kommen ließ. Allerdings habe ich heute eine weitere Facette von ihm kennengelernt.

„Was ist?" Darius sieht mich abwartend an und ich wende schnell den Blick ab. „Hab ich was im Gesicht?"

„Nein, entschuldige. Ich war nur so überrascht."

„Wovon?"

„Die Wahrheit?"

„Immer!“

Wir treten auf den Kiesweg und sofort ertönt das vertraute Knirschen. „Dir.“

„Was?“

„Die anderen haben mir von deinem Training und deinen Methoden erzählt. Da mir Sportlichkeit nicht in die Wiege gelegt wurde, war ich nervös.“

Zuerst ist es still, dann lacht Darius. „Ich verrate dir ein Geheimnis, okay? Aber du musst Stillschweigen geloben.“

„Versprochen.“

„Die Rasselbande braucht jemanden, der durchgreift. Seit ihrer Kindheit wurden sie verhätschelt und mit Samthandschuhen angefasst. Bei ihrer Ankunft im Internat wurden sie wie kleine Adelige behandelt, allerdings vergaßen manche Lehrer, dass die Halbgötter vor allem eins waren – Kinder. Einige von ihnen hatten Angst, andere vermissten ihre Familie und dann lastete dieser unfassbare Druck auf ihnen. Zu Beginn hassten sie sich“, erklärt Darius und ich horche auf.

Lucas hat das bereits erwähnt, jetzt habe ich die Chance nachzufragen. „Wieso eigentlich?“

„Dafür muss ich etwas ausholen, denn die Antwort ist eng verwoben mit der Vergangenheit der Götterfamilien. Als die Frourá sich gegründet haben, stand der Schutz der Schicksale an oberster Stelle und somit auch die Weitergabe der Magie durch die Reinhaltung des Blutes. Um beides zu gewährleisten wurden Regeln festgelegt, die bis heute gelten. Jedes Mitglied der Frourá hält sich daran und es wäre ein großer Vertrauensbruch einen der Grundsätze zu brechen.“

„Zum Beispiel?“

„Nun ja, es darf keine Verbindung zwischen Götterfamilien geben, die verschiedenen Blutlinien entspringen."

„Damit sich das Blut bei ihren Kindern nicht vermischt."

Darius nickt. „Genau."

„Und wieso hassen sie sich dann? Sie könnten doch trotzdem befreundet sein."

„Aus Freundschaft entsteht leicht Liebe, Laurie. Deswegen wurden die Götterkinder früher scharf überwacht. Daraus entstand Frustration und irgendwann eine richtige Abneigung. Die Familien fingen an, um Macht zu buhlen und sich gegeneinander auszuspielen. In ihnen schlummert das Blut verschiedener Götter und sie können den Drang, die anderen übertrumpfen zu wollen, kaum aushalten. Deswegen ist das Verhältnis untereinander nicht besonders gut. Nur die edelsten Familien begegnen sich mit Respekt."

„Das heißt, die Familien sind miteinander verfeindet?"

Darius nickt, dann schüttelt er den Kopf. „Nicht direkt, es ist eher eine tiefe Abneigung."

„Trotzdem schickt jede Blutlinie ein Kind nach Kingswood Castle."

„Ja, denn die Schicksale zu beschützen, hat die oberste Priorität. Sie wissen, was geschieht, sollten sie zerstört werden ..." Darius lässt den Satz in der Luft hängen und ich nicke. Wirklich verstehen kann ich die Gesellschaft, in der die Halbgötter leben, bisher nicht. Die Notwendigkeit, den Durchgang zur Götterwelt zu beschützen, leuchtet mir jedoch ein.

„Dann hast du dich den Royals angenommen und sie dazu gebracht, sich gegenseitig zu vertrauen?", frage ich.

„Ihr Vertrauen füreinander ist essenziell. Ohne eine gute Vertrauensbasis könnten sie kaum miteinander ein gemeinsames Ziel verfolgen. In jeder Generation stellt es die Lehrer vor eine neue Herausforderung, den Kindern beizubringen, dass sie trotz der Abneigung, die ihre Familien füreinander empfinden, ein Team sein müssen. Die Regeln der Frourá sitzen tief, diese Generation ist die erste, die eine derartige Freundschaft entwickelt hat." Darius fährt sich durchs Haar. „Davor arbeiteten die Kinder zwar immer zusammen, aber sie misstrauten einander, ließen die anderen nie nah an sich heran."

„Was ist dieses Mal anders?"

„Die Zeit, in der wir leben, und die Menschen, die die Royals hier großziehen", erklärt Darius.

Ich kicke einen Stein vor mir her. „Wie meinst du das?"

„Momentan ist alles im Wandel. Alte Strukturen werden hinterfragt und neu bewertet. Das wirkt sich auch auf die Götterfamilien aus. Ich frage mich zum Beispiel, ob der Weg, den die Frourá damals eingeschlagen haben, auch heute noch berechtigt ist."

„Hat denn nie jemand rebelliert?", frage ich neugierig.

„Nein, die Regeln sind seit jeher in ihrer Tradition verankert. Wer sie nicht respektiert, muss die Gemeinschaft verlassen und die ganze Familie lebt von dem Zeitpunkt an in Schande. Erst in den letzten Jahren haben sich die Ansichten geändert. Stimmen, die sich gegen die Regeln aussprechen, werden laut."

Mir läuft es eiskalt den Rücken hinunter. Darius' Erklärung der Frourá klingt, als wären sie eine Sekte.

„Dann verstoßen die Royals also gegen die Regeln der Frourá, indem sie befreundet sind?", frage ich, nachdem mir die Tragweite der Worte bewusst geworden ist.

Darius zuckt mit den Schultern. „Im Prinzip schon, wobei ich sagen würde, dass wir die Regeln etwas dehnen. Vielleicht sind sie die Generation, die endlich einen Wandel mit sich bringt. Die den Götterfamilien zeigt, dass ein gemeinsames Leben ohne Hass möglich ist."

„Zumindest, solange sie sich weiterhin in die richtigen Halbgötter verlieben."

„Ja", sagt Darius und bestätigt meine Vermutung.

„Du bist selbst Teil der Frourá, oder? Wieso stehst du ihren Regeln dann kritisch gegenüber?"

Darius steckt die Hände in die Hosentaschen. „Meine Schwester und ich verloren unsere Eltern, als wir noch sehr jung waren, trotzdem habe ich nie vergessen, was sie uns mitgegeben haben. Auch sie haben die alten Prinzipien zu hinterfragen begonnen und führe ihr Erbe fort." Bei seinen Worten zucke ich zusammen und sofort überkommt mich eine Welle des Mitgefühls. Unser Verlust verbindet uns auf eine Art, die ich selbst kaum verstehe. „Das tut mir leid, Darius."

„Danke, irgendwann lernt man die Lücke zu füllen, nicht?"

Ich nicke und wünsche mir diesen Punkt herbei, gleichzeitig gibt es nichts, das ich mehr fürchte. Denn es könnte bedeuten, dass ich sie vergesse, ihre

Umarmungen weniger vermisse und ihr Lachen nicht länger in meinem Gedächtnis klingt.

„Wieso bist du an diese Schule gekommen, obwohl du einen anderen Blickwinkel auf die Dinge hast als die Frourá? Du hättest all dem einfach den Rücken kehren können", frage ich, um mich abzulenken.

„Nur verändert man dadurch nichts, oder? Die Frourá zogen uns auf, da wir keine Familie mehr hatten. Trotzdem blieben wir die Kids, die ohne Mum und Dad groß wurden. Das brachte uns viele Privilegien ein und man ließ uns nahezu alles durchgehen. Bis mich jemand mit Drogen erwischte und mir endlich Grenzen aufgezeigt wurden. Caesar brachte mir das Kämpfen bei und schaffte so ein Ventil für all die Wut, die ich in mir angestaut hatte. Seine Strenge hat mir geholfen und gab mir Halt. Er hat mich angetrieben, immer über mich hinauszuwachsen und eine bessere Version von mir selbst zu werden. Das hat mich geprägt und deswegen will ich es an euch weitergeben."

„Wie ist das so?"

„Was?"

„In dem Wissen aufzuwachsen, dass es Zeus, Hera, Hades und den Olymp wirklich gibt. Dass die Geschichten, die der Rest der Welt für eine Erfindung hält, wahr sind."

Mittlerweile haben wir den Eingang erreicht und ich halte am Geländer davor inne. Erneut fliegen mir tausend Fragen durch den Kopf und Darius scheint in Plauderlaune zu sein, das muss ich ausnutzen. Außerdem kann ich mit ihm offener über alles sprechen, da er nicht zu den Halbgöttern gehört, die seit ihrer Kindheit in dem Glauben groß geworden sind, dass sie keine

Wahl haben, als ihr Schicksal anzunehmen und alles ganz großartig zu finden. Eine toxische Erziehung, würde meine Mum jetzt sicher sagen ...

„Normal würde ich sagen", erklärt Darius. „Es war eher ein Schock zu erfahren, dass die Wahrheit so vielen Menschen verborgen bleibt."

„Was meinst du?"

„Für mich gab es nur Hera, Hades, die Halbgötter und die Frourá. Erst in der Grundschule wurde mir klar, was es bedeutete, außerhalb der Frourá aufzuwachsen, und dass mein Weltbild sich von dem der anderen Kinder unterschied. Natürlich hatte man uns beigebracht, dass es andere Kulturen gibt, allerdings waren das für ein Kleinkind lediglich Geschichten und tatsächlich war es schwer, die Wahrheit beider Welten unter einen Hut zu bringen."

Erneut bin ich dankbar für meine behütete Kindheit. Ich fühlte mich nie zwischen zwei Realitäten hin- und hergerissen, konnte die Zeit mit meinen Eltern vollkommen genießen. Nichtsdestotrotz sticht die Unwissenheit in meinem Herzen. Woher kommt das Götterblut, das durch meine Adern fließt? Wussten meine Eltern davon? Und wenn ja, warum verschwiegen sie es?

Darius erklimmt die ersten Stufen. „Hast du mittlerweile herausgefunden, von wem du dein Erbe hast?"

„Nein", antworte ich und schüttle den Kopf.

„Vielleicht kann Maris dir dabei helfen?"

„Wie das?" Interessiert folge ich Darius nach oben. Er hält mir die Tür auf und lässt mir den Vortritt.

„Das Buch der Schicksale", erklärt Darius und ich höre ihm aufmerksam zu. „Darin könnte etwas über deine Vergangenheit stehen."

Okay, langsam brauche ich eine Liste, wen ich wegen was um Hilfe bitten sollte. Gedanklich notierte ich mir einige Stichpunkte, die ich später in mein Notizbuch schreiben werde.

1.  *Christa auf Kira ansprechen.*
2.  *Cassy wegen der Visionen fragen.*
3.  *Maris beherrscht den Wind und weiß vielleicht mehr über meine Herkunft.*

„Was ist das für ein Buch, Darius?"

Er geht vor mir die Treppen nach oben und einen Augenblick glaube ich, er wird mich in den Speisesaal begleiten. Doch davor bleibt er stehen. „Es beinhaltet Wissen über die Vergangenheit, die Gegenwart und die Zukunft. Wie ein Orakel."

„Wow", entfährt es mir. „Wo befindet es sich?"

Darius zuckt mit den Schultern. „Keine Ahnung, nur Maris hat Zugang dazu. Zur Sicherheit wurde es vor den Menschen und den Göttern verwahrt."

Ein Buch, das über das Wissen aller Zeiten verfügt, kann in den falschen Händen zu einer schlimmen Waffe werden. Wieso sollte Maris mir seinen Verbleib offenbaren? Ich würde es niemandem anvertrauen, denn Wissen ist Macht und kann viel zu leicht gegen einen verwendet werden. Geheime Informationen sind eine Bürde, die man nur alleine tragen kann. Je mehr Leute darüber Bescheid wissen, desto gefährlicher wird es für alle Mitwisser. Trotzdem ist dieses Buch meine Chance. Vielleicht kann Maris das Wissen nachlesen und mir davon erzählen?

„Freitag zur selben Zeit am selben Ort", weist Darius mich an und verabschiedet sich dann mit einem Winken.

Bevor ich in den Speisesaal gehe, ziehe ich mein Handy aus der Tasche, wähle Allorys Nummer und verziehe mich in eine abgeschiedene Ecke des Korridors.

„Laurie", begrüßt meine Tante mich und ich lehne mich gegen die Wand. „Wie geht es dir?"

„Hey, Allory. Danke, ich bin etwas müde und hungrig. Was hast du heute gemacht?"

Im Hintergrund raschelt es. „Einiges für meinen Etsyshop genäht. Die Arbeit macht wirklich Spaß und bei den Leuten scheinen die Teile anzukommen", erzählt sie glücklich.

„Das freut mich. Sag mal, ich rufe an, weil ich etwas wissen möchte." Unsicher fahre ich über die raue Wand hinter mir, suche nach Worten. „Wie haben sich Mum und Dad eigentlich kennengelernt?", frage ich ausweichend, um mir zu überlegen, wie ich Allory unverfänglich fragen kann, ob sie von den Halbgöttern weiß.

Erneut raschelt es, dann seufzt Allory. „Ehrlich gesagt weiß ich das nicht. Henry war zu der Zeit in London. Er hatte eine neue Stelle begonnen und als er das nächste Mal nach Hause kam, bracht er deine Mum mit. Sie heirateten schon einige Wochen später. Wir alle hielten sie für vollkommen verrückt. Aber Henry war überzeugt. Manchmal schien es mir, als würde deine Mutter vor ihrer Vergangenheit davonlaufen. Die Eltern tot, keine Verwandten – sie war ganz alleine. Henry gab ihr vermutlich das Zuhause, nach dem sie sich sehnte. Und dann kamst du, Laurie. Die beiden waren noch nicht mal verheiratet, da offenbarte deine Mum uns ihr kleines Geheimnis, das unter ihrem Herzen ruhte."

Die Geschichte kannte ich bereits. Allerdings dachte ich, Allory wüsste vielleicht mehr. Auf die Art finde ich also keine neuen Erkenntnisse. Daher wechsle ich die Vorgehensweise. „Sie fehlen mir einfach schrecklich", gestehe ich.

„Ach, Schätzchen."

„Glaubst du daran, dass es einen Himmel gibt? Dass Gott über uns wacht und uns nach unserem Tod zu sich holt?"

Allory holt tief Luft, überlegt einige Sekunden. Eigentlich ist sie ziemlich spirituell, hat wenig mit christlichem Glauben am Hut. „Wenn du mich fragst, dann gibt es eine Macht, die größer ist als wir selbst. Ob es ein Gott ist? Keine Ahnung."

„So was wie Schicksal?", frage ich mit schnell klopfendem Herzen. Ist das ein Hinweis?

Allory lacht. „Nein. Eher so wie Karma."

„Ach so, dann denkst du Gott, Zeus und Ganesha gibt es nicht?", bohre ich nach und spiele mit dem Vorhang neben mir. Draußen ist mittlerweile Dunkelheit eingekehrt. Hoffentlich verpasse ich das Abendessen nicht. Mein Magen knurrt bereits, aber dieses Gespräch ist wichtiger.

„Ich denke, Götter sind eine Erfindung von uns Menschen, um Dinge zu erklären, die nicht in unser Weltbild passen. Daher glaube ich nicht, dass es sie gibt, nein. Trotzdem herrscht eine Kraft im Universum, die unsere Vorstellungen übersteigt."

Allory klingt ehrlich. Kein Unterton, kein Zögern in der Stimme. Sollte sie etwas über die Halbgötter, Maris und das Schicksal wissen, kann sie verdammt gut lügen.

„Aber, egal wo deine Eltern sind, Laurie, am Ende wirst du sie wiedersehen", meint Allory und reißt mich aus meinen Gedanken.

Ich drücke meine Zunge an den Gaumen, versuche zu verbergen, wie sehr mich ihre Worte berühren. „Danke", hauche ich. Zwar bin ich keinen Schritt vorangekommen, trotzdem tat es gut, die Stimme meiner Tante zu hören. Ich verabschiede mich und verstaue mein Handy, dann gehe ich mit dem Gedanken in den Speisesaal, dass der Tag ganz anders verlaufen ist, als ich es heute Morgen erwartet habe.

# Kapitel 5

## Einmal Cassy für Dummies, bitte

Beim Abendessen denke ich wieder an meine nächtliche Aktion. Mein Blick gleitet zu Phil und Manuel. Ob sie mich entdeckt haben? Wohl kaum, sonst hätten sie mich mit Sicherheit damit konfrontiert. Erleichtert atme ich auf und spieße eine Karotte auf meine Gabel.

„Wie kommst du mit deinen Aufgaben voran?", fragt Samira und ich sehe auf.

„Ganz gut", lüge ich, denn in Wahrheit schmerzt der Spagat zwischen dem menschlichen und dem übernatürlichen Unterricht. Der Stoff wächst mir auf beiden Seiten über den Kopf. Deswegen sind meine To-do-Listen derart lang, dass ich das Ende nicht mehr sehen kann. „Ich wünschte, ich wäre hochbegabt", entfährt es mir und ich beiße mir auf die Zunge. Shit, wie soll ich das nur erklären? Immerhin denken die anderen, dass ich Förderunterricht bekomme, *weil* ich so intelligent bin. „In allen Fächern meine ich, nicht nur in einigen", schiebe ich hinterher und hoffe damit durchzukommen.

Samira legt mir die Hand auf den Oberarm und lacht. „Ja, es muss schrecklich sein, so intelligent zu sein. Ich habe total Mitleid mit dir."

„Tut mir leid", entschuldige ich mich und senke den Blick. Langsam geht mir die Lügerei auf den Zeiger. Und lange kann es nicht mehr dauern, bis ich mich durch eine unbedachte Äußerung verrate. Zumindest, wenn ich weiterhin unbedacht drauflos plappere.

„Laurie, entschuldige dich niemals dafür, dass dir etwas schwerfällt und du dir etwas anderes wünscht. Auch wenn ich deine Aussage im ersten Moment nicht nachvollziehen kann, verstehe ich doch den Druck, der auf dir lastet. Der Unterricht hier ist anstrengend und selbst wenn du in einigen Fächern besser bist, als die meisten von uns, darfst du die Lernerei anstrengend und scheiße finden."

„Manchmal habe ich das Gefühl, du bist keine sechzehn, sondern eine alte weise Frau, die schon mindestens ein Leben gelebt hat", entgegne ich und lege meinen Kopf gegen Samiras Schulter. Für meine Freundin bin ich einfach nur Laurie. Mit Problemen, Ecken und Kanten. Halbgötter, Schicksalsfäden und Frourá sind ihr fremd. Sie weiß nicht, dass auch nur eins davon existiert. Und vor allem hat sie keine Ahnung, dass ich ein Teil davon bin. Ich muss die Angst ablegen, etwas Falsches zu sagen und Samira gegenüber wieder ich selbst sein. Denn eins hat sie mir in den letzten Wochen mehr als deutlich bewiesen: Sie steht hinter mir und sie akzeptiert mich.

„Danke, Samira", sage ich und löse mich von ihr.

„Wofür?"

„Dass du du bist."

„Na, das habe ich gern gemacht", erwidert sie grinsend und bringt mich damit zum Lachen.

Im Speisesaal wird es langsam still. Die meisten Schüler sind bereits fertig mit dem Abendessen und auf ihren Zimmern oder in den Gemeinschaftsräumen. Auch meine Freunde und ich haben unsere Teller längst aufgeräumt und eigentlich warten wir nur auf Aura. Sie ist viel zu spät zum Abendessen erschienen, beinahe hätte sie gar nichts mehr bekommen. Erst einige Minuten, bevor das Buffet abgeräumt wurde, stürmte sie zusammen mit Ben herein. Das Shakespeare-Projekt nimmt die beiden derart ein, dass sie die Zeit vergessen haben.

„Laurie?", fragt Cassy und reißt mich damit aus meinen Gedanken.

„Ja?"

„Kommst du noch kurz mit zu uns? Ich will dir etwas zeigen."

Ich nicke. Das trifft sich gut, dann kann ich direkt einen Punkt von meiner Liste streichen.

Zusammen verlassen wir den Speisesaal, gehen den Flur entlang und die Treppen nach oben.

„Lucas hat mir erzählt, dass dir deine geistigen Fähigkeiten zu schaffen machen", meint Cassy, sobald die Tür zum Flügel der Royals hinter uns ins Schloss fällt.

„Es ist anstrengend, oder?", entgegne ich und sofort legt sich Beklemmung um mein Herz. „Man sieht etwas, das nicht in die Realität gehört und ..." Ich stocke, suche nach den richtigen Worten.

„... und kann nichts dagegen tun", beendet Cassy meinen Satz.

Ich nicke. „Genau, man steht dem hilflos gegenüber."

Cassy öffnet die Tür zu ihrem Zimmer und ich sehe es zum ersten Mal von innen. Staunend betrete ich es und drehe mich einmal um meine eigene Achse. An der

Decke hängen bunte Lichterketten, deren Lampen von einem kleinen gewickelten Ball umgeben sind. Ihr Licht sorgt nicht nur für Helligkeit, sondern verleiht dem Raum etwas Heimeliges. Die Wände sind übersät mit Bilderrahmen. Kleine, große, runde, eckige, schwarze, farbige. Eine bunte Mischung, die kaum weniger zusammenpassen könnte und doch genau das tut. Ich gehe näher, betrachte die Bilder. Zwischen Fotografien von Menschen – sicher Freunde und Familie – hängen beeindruckende Landschaftsporträts und kleine handgeschriebene Zeilen.

„Setz dich." Cassy deutet auf ihr Bett, das mit einer farbenfrohen Tagesdecke überzogen ist. An der Wand lehnen große Kissen, die dem Zimmer Gemütlichkeit verleihen.

Ich rutsche bis nach hinten und lege meinen Hinterkopf gegen den kühlen Beton. „Manchmal habe ich das Gefühl, die Kontrolle zu verlieren", gebe ich zu. „Die Visionen und Bilder sind einfach da. Sie drängen sich zwischen meine eigenen Gedanken, tauschen sie aus und ich vergesse, was zu mir gehört und was fremd ist."

„Daran gewöhnst du dich", verspricht Cassy und setzt sich in den Ohrensessel mir gegenüber. Durch seine Größe bleibt kaum noch Platz in der Mitte des Zimmers, trotzdem wirkt es dadurch nicht vollgestellt. Das Möbelstück passt hier rein, als wäre es exakt dafür gebaut worden.

Cassy zieht ihre Beine zu sich nach oben und schmiegt sich in die weichen Kissen. „Das war gelogen, Laurie." In ihren Augen schimmert Traurigkeit und zum ersten Mal, seit wir uns kennen, wirkt Cassy kraftlos. „Du gewöhnst dich nie daran, zumindest habe ich diesen Punkt bisher nicht erreicht. Aber du erträgst es leichter. Ich liebe meine Fähigkeiten und ich bin dankbar, eine der Auserwählten zu sein. Allerdings hat es einen Grund, wieso wir die Zukunft nicht kennen. Es ist leichter sie anzunehmen, wenn sie unvermittelt passiert."

Zuerst will ich widersprechen, dann wird mir klar, dass Cassy recht hat. Zumindest in einigen Punkten.

„Außerdem ist meine Gabe vollkommen nutzlos. Ich kann nicht steuern, was ich sehe", meint Cassy leise. Schmerz spricht aus ihrer Stimme und ich reiße überrascht die Augen auf.

„Du machst dir Vorwürfe", bemerke ich und Cassy senkt schuldbewusst den Blick. „Niemand kann etwas für das, was Kira und mir passiert ist, hörst du?"

„In den letzten Wochen habe ich das mentale Training vernachlässigt. Meine Gedanken sind ständig abgeschweift und daher habe ich mir die Zeit anders vertrieben. Ich dachte, es würde keinen Unterschied machen, und hatte irgendwann das Gefühl, niemals Herr über diese Visionen zu werden", offenbart Cassy und ich gehe zu ihr, setze mich auf die Kante des Sessels und schließe sie in eine Umarmung. „Außerdem frage ich mich, wozu diese Gabe gut sein soll, wenn sie mir nicht hilft, schlimme Dinge wie Kiras Entführung zu verhindern?"

Sanft fahre ich über Cassys weißblondes Haar. „Ich habe keine Antworten auf deine Fragen, dennoch weiß ich eins: Die Schuld auf sich zu nehmen, macht Kiras Verschwinden nicht ungeschehen. Es gibt keinen Grund, dich selbst zu bestrafen, Cassy. Du hättest nichts tun können, dessen bin ich mir sicher, denn ich war dabei."

Stille kehrt ein und ich konzentriere mich auf Cassys Atmung, gebe ihr die Zeit, die sie braucht. Aus dem Flur dringen die Stimmen der anderen zu uns. Dann das Schließen einer Tür und leise Musik.

„Scheint, als hätten die anderen ohne uns Spaß", sagt Cassy und lehnt sich zurück. Ich stehe auf und gehe zum Bett. Dieses Mal lasse ich die Beine von der Kante baumeln und mustere meine Stiefel. Tausend Gedanken gehen mir durch den Kopf.

„Wie ist es, die Zukunft zu sehen?", frage ich.

„Gruselig. Meistens fühle ich mich wie ein Eindringling. Eine außenstehende Person, die ihre Nase in etwas steckt, das sie nichts angeht."

Nachdenklich nicke ich. „Fühlst du dabei etwas?"

„Ja, ich bin ganz normal ich."

Und das ist der Knackpunkt. Cassys Worte bestätigen eine Vermutung, die ich seit Wochen habe. Seit ich weiß, dass jemand über eine ähnliche Gabe verfügt wie ich. Es ist nicht die Zukunft, in die ich blicke. „Bei mir war es bisher anders", erkläre ich und denke an die letzte Vision zurück, die Cassys Beschreibung näher kommt. „Neben den Bildern drängen sich mir auch Empfindungen auf." Eine Erinnerung kommt hoch. Maris und ich auf der Bank vor dem Internat. Wir unterhalten uns. Allorys Ankunft steht bevor. Ich sehe etwas. Dunkelheit liegt über dem Internat. Und neben mir sitzt jemand. Rechts neben mir. Dabei erinnere ich mich genau, dass Maris links von mir Platz genommen hatte, während auf meiner anderen Seite nur Leere gähnte.

„An was denkst du?“, fragt Cassy und beugt sich interessiert nach vorne.

„Ich habe mich zurückerinnert, an einen Augenblick, in dem mich die Bilder überrollten.“ Kurz schildere ich Cassy, was damals geschehen ist und sie kaut auf ihrer Lippe.

„Beinahe, als wärst du derjenige auf der anderen Seite“, antwortet sie, nachdem ich geendet habe.

Verwirrt lege ich den Kopf schräg und unterdrücke ein Gähnen. Jetzt rächt sich die kurze Nacht und ich spüre die Anstrengung des Tages in jeder Zelle. Draußen ist die Sonne bereits untergegangen und ich sehne mich nach meinem Bett.

„Wie meinst du das?“, entgegne ich und knacke mit den Fingern, um die Müdigkeit zu vertreiben und Leben in meine Glieder zu bringen.

Cassy steht auf und geht einige Schritte. Die Traurigkeit ist aus ihren Zügen verschwunden, stattdessen hat Neugier ihren Platz eingenommen. „Du hast gespürt, was Maris in dem Moment gespürt hat. Dass jemand neben dir saß, dort, wo du eigentlich selbst gesessen hast“

„Ja, worauf willst du hinaus?“

„Was, wenn es eben genau das ist, was du siehst?“

„Ich verstehe nicht“, entfährt es mir und Cassy hält inne.

„Sorry, manchmal vergesse ich, dass du nicht in meinen Kopf schauen kannst“, erklärt sie und bricht dann in schallendes Gelächter aus. „Nun ja, oder eben doch.“

„Cassandra, kannst du bitte in klaren Sätzen sprechen, die auch ein Außenstehender versteht? Cassy für Dummies sozusagen.“ Müde fahre ich mir durchs Haar, während Cassys Augen vor Aufregung funkeln und Fröhlichkeit an ihren Mundwinkeln zupft. Bei ihrem Anblick wird mir klar, dass sie dem Rätsel auf die Spur kommt und ich setze mich kerzengerade auf.

„Ich glaube, du kannst Gedanken lesen oder sie zumindest erahnen. Vielleicht sind es auch Empfindungen, die du fühlst und die sich als Bild manifestieren", verkündet Cassy ihre Vermutung.

Was?

Mein Hirn ist lahmgelegt und einige Sekunden läuft Cassys Aussage in einer Dauerschleife. *Ich glaube, du kannst Gedanken lesen oder sie erahnen. Ich glaube, du kannst Gedanken lesen oder sie erahnen. Ich glaube, du kannst Gedanken lesen oder sie erahnen.*

„Was?", wiederhole ich meinen Gedanken laut und durchbreche die Dauerwerbesendung damit.

„Es ergibt Sinn, oder?"

„Keine Ahnung", gebe ich zu. Gleichzeitig macht etwas in mir Klick. Wie ein Zahnrad, das sich ein Stück weitergedreht hat, bisher aber nicht eingerastet war. Ich sacke nach hinten auf meine Ellbogen und stoße mir dabei den Kopf an der Wand. Mein Schädel dröhnt.

„Steh auf", weist Cassy mich an und ich blicke verwirrt zu ihr. „Es war keine Ausrede, dass ich dir etwas zeigen wollte. In Wahrheit gibt es tatsächlich etwas, das mir hilft."

Sie öffnet ihren Schrank, schiebt die Kleider auf den Bügeln zur Seite und zieht etwas hervor. Dann dreht Cassy sich zur Tür und hängt die runde Scheibe an einen Nagel, der in das Holz eingelassen ist.

„Darts?", frage ich.

Cassy kommt zu mir, streckt mir die Hand entgegen und zieht mich auf die Beine. „Es hilft mir, meine Wut zu fokussieren."

Hinter einer imaginären Linie auf dem Boden positioniert sie sich parallel zur Scheibe. Langsam dreht sie einen Pfeil in der rechten Hand, dann hält sie ihn vor ihr Gesicht und geht mit dem linken Fuß einen Schritt zurück, sodass ihr Körper eine Linie bildet.

„Ich konzentriere mich auf den Pfeil, lege meine Hilflosigkeit, meine Wut in ihn hinein", erklärt sie. Cassys Arm zuckt nach vorne und das kleine Teil rauscht durch die Luft, bis es schließlich im inneren grünen Bereich landet. „Versuchs mal." Schwungvoll dreht Cassy sich zu mir und reicht mir einen Pfeil. Das letzte Mal, dass ich Darts gespielt habe, ist Jahre her. In meiner Kindheit hatten wir eine Scheibe, die ich nur zusammen mit meinen Eltern benutzen durfte. In der Mitte prangte eine große Micky Mouse und das Ziel war es, entweder ihre Nase oder ihre Ohren zu treffen.

„Öffne deine Brust weiter", weist Cassy mich an und ich mustere sie mit großen Augen. Erst verlangt Darius von mir meinen Händen zu danken und in sie hineinzuatmen und jetzt will Cassy, dass ich meine Brust öffne? Wie soll das gehen? Mein Blick spricht offensichtlich Bände, denn Cassy legt mir die Hand auf die Schultern und dreht meine linke weiter nach außen, bis sie parallel zur rechten liegt.

„Und jetzt konzentriere dich auf deine Wut. Denke an die Hilflosigkeit, die dich überschwemmt und lasse beides durch deine Adern in den Pfeil gleiten. Du musst loslassen, Laurie. Manche Dinge können wir nicht beeinflussen, egal wie sehr wir uns das wünschen."

Ich schließe die Lider, blende die Hintergrundgeräusche aus und fokussiere mich auf den Schmerz in meinem Herzen. Denn wenn ich ehrlich bin, ist er der Grundstein für alles.

Der Pfeil fliegt in einem hohen Bogen durch die Luft und prallt gegen die Tür. Mit einem lauten Klonk fällt er traurig zu Boden. Verlegen knete ich meine Hände. Darts ist nichts für mich. Ich habe mein Notizbuch, banne meine Gedanken auf dem Papier und nehme ihnen so die Macht über mich. Trotzdem tat das Gespräch gut, auch wenn Cassy keine Lösung für mein Problem hat. Niemand kann meine Zweifel so gut nachvollziehen wie sie. Und obwohl sie immer stark und besonnen wirkt, ein Fels in der Brandung ist, der stets eine Antwort findet, ist sie nur ein Mensch. Ein fühlendes Wesen, das nicht nur auf der Sonnenseite des Lebens steht, sondern auch mal im Schatten geht.

„Danke, Cassy“, flüstere ich. „Deine Ehrlichkeit hat mir unfassbar geholfen.“

„Wir sind immer füreinander da, Laurie, und meine Tür steht dir jederzeit offen.“

Die Musik wird lauter und ich stutze. „Was treiben die nur?“

„Lass uns nachschauen“, meint Cassy und geht zu Tür. Bevor sie sie öffnet, hebt sie den Pfeil auf und legt ihn auf ihre Kommode. „Laurie, eins noch. Könnten wir den anderen ... na ja ... verschweigen, was ...“

„Schon gut“, unterbreche ich sie. „Deine Gefühle sind bei mir sicher. Aber es macht dich nicht weniger stark, Schwäche zuzulassen. Ganz im Gegenteil. Ihr alle vermisst Kira und wahrscheinlich gibt sich jeder die Schuld für ihr Verschwinden. Ihr solltet eure Sorgen nicht voreinander verschweigen, sondern darüber reden."

Cassy nickt. „Vermutlich hast du recht. Dennoch fürchte ich mich davor. Solange ich meine Gedanken für mich behalte und sie in meinem Kopf verschließe, wirken sie weniger echt. Manchmal, wenn ich morgens aufwache, bilde ich mir ein, Kira auf dem Flur mit Phil schimpfen zu hören, weil er wieder viel zu spät aufgestanden ist."

Mir fehlen die Worte, denn jede Floskel, die mir einfällt, ist eine leere Hülle ohne Bedeutung. Nichts, was ich sage, kann Cassy trösten, alle Versprechungen wären eine Lüge, da ich selbst der Situation hilflos gegenüberstehe. Deswegen schweige ich.

Cassy drückt die Klinke herunter und zieht sie zu sich. Auf dem Flur verflüchtigt sich die Schwere, die sich in uns geschlichen hatte und mit jedem Schritt, den wir dem Gemeinschaftsraum näher kommen, wird die Musik lauter. Ich erkenne *Who do you Love* von The Chainsmokers und 5 Seconds of Summer.

„Steigt hier etwa eine Party?", frage ich Cassy und sie lächelt mich verschmitzt an. Ihre Hand liegt auf meinem Rücken und durch leichten Druck schiebt sie mich regelrecht nach vorne. Grinsend verdrehe ich die Augen. Wir sind uns heute nähergekommen und das bedeutet mir viel, denn manchmal fühle ich mich wie die Gurke auf dem Burger. Keiner will mich und dennoch gibt es mich gratis on top.

Im Gemeinschaftsraum der Mädchen stehen hundert Kerzen, deren Licht durch den Raum flackert. Sobald wir eintreten, wechselt die Musik. Mystische Klänge dringen aus den Boxen und ich schaudere. Die Sofas stehen an der Seite, während ihren Platz in der Mitte des Zimmers ein großer Tisch eingenommen hat. Auf der Tischplatte erkenne ich eine Metallschüssel und einen Weinkelch. Um den Tisch herum stehen die Royals. Sie tragen ihre Kingswood Castle Hoodies. Die Kapuzen tief ins Gesicht gezogen blicken sie mich ernst an. Cassy schiebt mich unaufhörlich weiter und mir wird mulmig zumute. Während auch meine Begleiterin ihre Mütze über den Kopf zieht, lässt sie mich alleine und geht zu den anderen. Sobald Cassy das Bild vervollständigt, nimmt sich jeder eine Kerze. Ihre Lippen bewegen sich, doch die Worte höre ich nicht. Dazu ist die Musik zu laut.

Lucas tritt einen Schritt zurück und hinterlässt eine Lücke im Halbkreis. Mit großen Schritten kommt er zu mir, reicht mir die Kerze und lächelt mich an. Unsicher nehme ich sie entgegen. Unter meinem Pulli sammelt sich der Schweiß, denn ich bin aufgeregt. Die Bräuche der Halbgötter sind mir fremd und ich will nicht in ein Fettnäpfchen treten, jetzt wo die anderen sich mir langsam öffnen.

„Was wird das?", flüstere ich Lucas zu, der mich am Oberarm zum Tisch führt. Er positioniert mich so, dass ich gegenüber den anderen stehe, zwischen uns die Tischplatte.

„Spiel einfach mit", entgegnet er leise und geht zurück an seinen Platz.

Neugierig sehe ich mich um. Neben der Schüssel und dem Glas liegen einige Kristalle und getrocknete Pflanzen auf dem Holz. Irgendwo hab ich die Blumen schon einmal gesehen, allerdings kann ich nicht sagen, wo. Die Metallschüssel ist leer und schimmert im

Kerzenschein. Plötzlich muss ich an einen Film denken, den ich zusammen mit meinem Dad gesehen habe. Dort nutzten Hexen ein ähnliches Gefäß, um ihr Blut aufzufangen und Satan zu beschwören.

Sofort wird mir kalt und ich fröstle trotz der Hitze. Gibt es den Teufel überhaupt? Eher nicht. Aber wer stünde dann im Raum, wenn wir das Böse anriefen? Hades? Verstohlen spähe ich zu Cassy, die mir jeden Tag aufs Neue beweist, dass Hades niemals das Pendant Satans sein könnte.

Lucas klopft drei Mal auf den Tisch. Danach hebt er die Hände in die Luft. Seine Handinnenflächen zeigen zu mir und beinahe erwarte ich, dass Feuer daraus hervorschießt.

„Heute ist ein besonderer Tag", sagt Lucas und ich höre, dass er schmunzelt, während er spricht. Mein Herzschlag beschleunigt sich, weil ich kaum erwarten kann, was gleich passiert, und ich puste mir eine Strähne aus dem Gesicht, die hartnäckig an meiner Wange klebt. Mir rinnt der Schweiß am Körper hinab und ich kann kaum unterscheiden, ob er von meiner Nervosität oder der Hitze rührt.

„Wir sind hier zusammengekommen, um etwas Besonderes zu feiern", fährt Lucas fort und die anderen verfallen erneut in ihren Singsang, während ich mich an der Kerze festklammere. „Ab heute wird sich alles verändern. Das Leben, wie wir es kannten, endet und eine neue Ära beginnt."

Elena, die links von Lucas steht, stößt ihm mit dem Ellbogen in die Seite und erntet dafür einen bösen Blick. Räuspernd fährt er fort und beugt sich leicht nach vorne in meine Richtung.

„Laurie, schwörst du, niemals jemandem von den Halbgöttern und unserer Macht zu erzählen?"

Und endlich verstehe ich, was das Ganze soll. Es ist ein Aufnahmeritual. Ähnlich, wie die Royals es als Kinder hatten. Sofort beruhigt sich mein Herz und quillt beinahe über vor Glück. Denn ich weiß, wie viel ihnen dieser Schwur bedeutet und dass ich ein Teil davon sein darf, ist eine große Ehre, auch wenn es für andere lächerlich erscheinen mag.

„Ich schwöre", antworte ich.

„Bevor wir den Schwur leisten, musst du auf Wunsch von Manuel und Phil eine Prüfung bestehen. Bist du bereit?"

Nein! Trotzdem nicke ich.

„Wenn du wählen müsstest, wofür würdest du dich entscheiden? Würdest du lieber für immer Elvis Presley hören oder nie wieder Musik hören können? Es gibt keine Alternativen. Wie fiele deine Wahl aus?"

Ernsthaft? Wo ist die Kamera? Passiert das gerade wirklich? Einen Moment vergesse ich zu atmen. Die Situation erscheint mir derart surreal, dass sich ein hysterisches Lachen über meine Lippen kämpft. Schnell überdecke ich es durch ein Husten und denke über die Aufgabe nach. Ist es eine Fangfrage?

„Ich kann nicht wählen, das ist grausam", entgegne ich und registriere, dass die Musik leiser geworden ist.

Lucas schüttelt den Kopf. „Du musst."

„Na gut", sage ich und atme tief ein. „Dann würde ich lieber der größte Elvis Fan auf Erden werden."

Phil reckt den Arm in die Luft und jubelt, während Manuel wütend mit dem Fuß aufstampft. Die Mädels lachen.

„Hab ich bestanden?“

Manuel schüttelt den Kopf, während Phil nickt. „Ich hab jedenfalls meine Wette gewonnen“, verkündet Letzterer zufrieden. „Gute Antwort, Laurie.“

„Ihr habt gewettet?“, empöre ich mich. „Wie gemein. Dabei gab es kein richtig oder falsch.“

Manuel schüttelt den Kopf. „Es gibt immer richtig und falsch und deine Antwort war falsch.“

„Nein, sie war richtig“, meint Phil und streckt seinem Kumpel die Zunge raus.

„Pssst, das reicht oder nehmt ihr das alles nicht ernst?“, meint Lucas, wobei mir unklar ist, wie er nach dieser Frage denken konnte, die anderen würden das Ritual ernst nehmen. Lucas bringt seine Freunde zur Ruhe und sie stellen ihre Kerzen auf den Tisch. Ich tue es ihnen gleich und wische mir dann die feuchten Handinnenflächen an meiner Jeans trocken.

Die Flammen lodern auf und je weiter Lucas seine Arme in die Höhe hebt, desto mehr züngelt ihm das Feuer entgegen. Wie zwei Tänzer vollführt Lucas mit den Flammen eine kleine Choreografie, die ich gespannt beobachte. Er hat sie komplett unter Kontrolle und die Flammen folgen seinen Bewegungen gehorsam. Langsam wird es unerträglich heiß und ich trete einen Schritt zurück, um der Hitze, die von dem Kerzenlicht ausgeht, zu entgehen. „Gelobst du, die Anwesenden dein Leben lang zu beschützen?“, fragt Lucas und steht plötzlich wieder vor mir. Die Flammen haben mich derart abgelenkt, dass ich gar nicht gemerkt habe, wie er auf mich zugekommen ist.

„Ja“, antworte ich und Lucas greift in seine Hoodietasche. Erst jetzt sehe ich, dass sie ausgebeult ist und er damit wie ein Känguru aussieht, das sein Baby vor sich herträgt.

„Brichst du diesen Schwur, wird deine Seele aus deinem Körper fahren und für immer in diesem Kuschel-Brokkoli feststecken", sagt Lucas, während er ein grünes Ungetüm hervorzieht. Ich grinse und nehme den Kuschel-Brokkoli entgegen. Dann drücke ich Lucas fest an mich und merke, wie sein Körper von Lachen geschüttelt wird.

„Danke, dass du mitgespielt hast, Laurie", sagt er, nachdem er sich von mir gelöst hat. Die anderen haben sich mittlerweile um uns geschart und ich umarme jeden kurz.

„Ehrlich gesagt hatte ich ziemlich große Angst, euer Aquaman zu sein", gebe ich zu und die Royals lachen.

„Gegen Jason Mamoa in unserer Mitte hätte ich nichts einzuwenden", meint Elena.

Ich verdrehe die Augen. „Nicht der aus den Filmen. Der aus den Comics, den jeder doof findet, weil er auf einem Seepferdchen reitet."

„Schon klar, aber wenn ich Jason Mamoa …"

„Wir haben's verstanden, Elena", unterbricht Cassy sie grinsend. „Was wolltest du sagen, Laurie?"

Stille kehrt ein und Lucas schaltet das Licht an, geht dann zu einem Fenster und öffnet es. Kühle Nachtluft strömt in den Raum und ich schaudere, da ein feuchter Film über meiner Haut liegt.

Ich drücke den Brokkoli fest gegen meine Brust und denke über meine nächsten Worte nach. All die Ängste, die ich hatte, dass die Gruppe mich nicht aufnehmen will, mich lediglich akzeptiert, weil sie quasi dazu gezwungen wird, sind wie weggeblasen. Gleichzeitig zieht es in meinem Bauch. Die Erinnerung an die Nacht, in der ich in Kiras Privatsphäre eingedrungen bin, legt sich wie ein Stein in meinen Magen. Die Royals haben mich offenherzig aufgenommen, mich zu einem Teil ihrer Gruppe gemacht, während ich ein Geheimnis hüte. Ich muss es ihnen sagen, denn sonst wäre es Heuchelei, mich ihre Freundin zu nennen.

„Leute", murmle ich und suche nach den richtigen Worten. Leider bleiben sie mir verborgen. „Es gibt etwas, das ich euch sagen muss." Fünf Augenpaare mustern mich und ich schlucke gegen das Kratzen in meinem Hals an. „Ich habe euer Vertrauen nicht verdient."

„Wovon redest du?", fragt Lucas und rümpft die Nase.

„Ehrlich gesagt habe ich Kira nachspioniert. Ich bin in ihr Zimmer eingedrungen und habe nach etwas gesucht, das auf eine Flucht hindeuten könnte."

Stille.

„Was?", entfährt es Phil. „Wann?"

Reumütig blicke ich zu Boden „Gestern Nacht. Es tut mir ehrlich leid. Irgendwie hatte ich das Gefühl, es müsste mehr dahinterstecken. Deswegen hatte ich die wahnwitzige Idee, in Kiras Sachen etwas zu finden ..." Mit jedem Wort werde ich schneller, bis es unkontrolliert aus mir heraussprudelt. Die Freundschaft der anderen ist mir ungemein wichtig, ich will sie nicht auf einer Lüge aufbauen.

„Gestern", murmelt Manuel und ich nicke. Bisher hat mir niemand den Kopf abgerissen, das werte ich als gutes Zeichen.

„Auch wenn meine Absicht gut gewesen sein mag, da ich wirklich nur einen Hinweis auf Kiras Verbleib gesucht habe, heiligt das nicht die Mittel. Es tut mir ehrlich leid."

„Du hast ihr nachspioniert", wiederholt Phil, während die anderen Royals weiterhin schweigen.

„Hast du denn etwas gefunden?", fragt Cassy und ich schüttle den Kopf.

„Nein und bitte glaubt mir, dass ich es sehr bereue."

Dann ist es auf einmal wieder ruhig. Es ist, als wüsste keiner, was er sagen soll, und in meinem Hirn rattert es. Irgendwie muss ich ihnen erklären, wie es in meinem Inneren aussieht.

„Mir ist klar, dass ihr mir zu Beginn nur vertraut habt, weil Maris es tat. Er hat euch ja geradezu dazu genötigt, mich als eine von euch zu betrachten und in euren Reihen aufzunehmen. Aber ihr könnt euch auf mich verlassen." Phil schnaubt und ich verüble es ihm nicht, trotzdem fahre ich fort. „Natürlich kennt ihr euch seit Jahren und seid aufgewachsen wie Geschwister, dennoch habe ich jeden Einzelnen ins Herz geschlossen und verlange nicht mehr als eine Chance. Eine Chance, auch einen Platz in euerm Herzen zu ergattern. Eine Chance, meinen Fehler von gestern Nacht wiedergutzumachen und euch zu beweisen, dass ich euer Vertrauen wert bin. Ich möchte Kira keinesfalls ersetzen, das ist unmöglich, stattdessen will ich genauso sehr, dass sie zurückkehrt wie ihr. Deswegen habe ich getan, was ich getan habe. In dem Moment erschien es mir richtig. Es tut mir leid."

Lucas stößt mit dem Oberarm gegen mich. „Jeder macht mal Fehler, oder? Für dich ist alles neu, denn wie du schon gesagt hast: Wir kennen uns ewig, wir können uns blind vertrauen."

„Wir hätten dich gleich einbeziehen sollen", meint Cassy und mein schlechtes Gewissen bringt mich beinahe um, weil sie den Fehler tatsächlich bei sich sucht, dabei war es meine dumme Idee.

„Bitte", flüstere ich. „Euch trifft keine Schuld. Könnt ihr mir verzeihen?"

„Wenn du versprichst, dich ab sofort auf uns zu verlassen. Wir sind ein Team, eine Familie, die sich immer den Rücken stärkt", erklärt Cassy und ich nicke, blinzle die Tränen weg, weil ich so dankbar bin, dass sie mich nicht hochkant aus dem Flügel geschmissen haben.

Ich halte den Brokkoli in die Luft. „Das tue ich."

„Seid ihr denn gar nicht angepisst", wirft Phil ein und tritt einen Schritt zurück. Wütend mustert er seine Freunde und ich verstehe ihn. Wahrscheinlich würde ich mir ebenfalls nicht verzeihen, denn mein Alleingang war ein großer Vertrauensbruch.

„Natürlich", entgegnet Cassy. „Allerdings kann ich Lauries Verhalten nachvollziehen. Wir wurden aufgezogen in dem Wissen, was wir sind. Wir wussten um unsere Kräfte. Nichtsdestotrotz waren die ersten Wochen auf Kingswood Castle ziemlich hart, erinnerst du dich?" Phil nickt und Cassy fährt fort. „Wir haben uns misstraut, gegeneinander rebelliert und wären nie Freunde geworden, hätte Darius uns nicht zurechtgewiesen."

Elena mustert ihren Bruder. „Aus Missgunst und Verachtung wurde Freundschaft, Phil. Wir können Dinge verändern, allerdings nur, wenn wir empathisch sind und uns in andere hineinversetzen. Jeder von uns hat schon mal etwas getan, das er gerne unter den Tisch kehren würde, oder hat ein Geheimnis, von dem er sich wünscht, es würde niemals ans Licht kommen, nicht? Laurie hat sich entschuldigt und die Umstände sind mehr als anstrengend … Außerdem hätte sie für ewig verschweigen können, was sie getan hat. Stattdessen hat sie unsere Freundschaft aufs Spiel gesetzt und die Wahrheit offenbart. Das ist ein großer Vertrauensbeweis."

Phil schnaubt und wendet sich zu Manuel. „Was sagst du dazu?"

„Elena hat recht", murrt er und ich muss daran denken, wie ich ihn und Phil vergangene Nacht das Treppenhaus herunterkommen gesehen habe. Womöglich verbergen auch sie etwas, das keiner wissen soll. Aber das spielt momentan keine Rolle.

Stattdessen liegt mir noch etwas auf der Seele. „Ihr habt jedes Recht wütend auf mich zu sein. Mir ist lediglich wichtig …"

„Schon gut", unterbricht Phil mich. Manuels Worte scheinen ihn besänftigt zu haben. „Es war eine blöde Idee von dir. Aber du hast den Fehler eingesehen, ihn sogar gebeichtet. Das zeugt von Stärke, deswegen sollten wir deinen nächtlichen Ausflug einfach vergessen."

Verblüfft bleibt mir der Mund offen stehen. „Danke", murmle ich und lehne mich gegen Lucas, der immer noch neben mir steht.

„Kira hätte dir wahrscheinlich den Arsch aufgerissen", mutmaßt Phil und lacht. Die anderen stimmen ein und die Schwere verschwindet aus der Luft. Er hat recht, sollte Kira jemals davon erfahren, bin ich geliefert.

Ich bin froh, dass die Royals mir vergeben haben. Sie zählen zu meinem kleinen Kreis der Vertrauten, deswegen werde ich nie wieder etwas tun, was diesen Umstand gefährden könnte.

Sekunden später wechselt die Musik und ich sehe, dass Lucas die Anlage über sein Handy steuert. Er wählt eine andere Playlist auf Spotify aus und *5 Seconds to Summer* hallt wieder durch die Boxen. Besser, viel besser. Und viel weniger angsteinflößend.

Manuel zieht sich den Hoodie über den Kopf und darunter kommt ein T-Shirt zum Vorschein. „Und jetzt lasst uns endlich feiern.“

Gespannt schaue ich mich im Raum um. „Müssen wir die ganzen Kerzen auspusten? Wie lange hat es gedauert, die alle anzuzünden?“, frage ich Lucas, während die anderen damit beschäftigt sind, den Raum in eine richtige Partylocation zu verwandeln.

„Zwei Sekunden“, antwortet Lucas und ich ziehe die Augenbrauen hoch. „Schau.“

Er blinzelt und das Feuer erlischt. Dann geht es wieder an … und erlischt erneut.

„Krass“, murmle ich ehrfürchtig. „Praktisch.“

„Manchmal schon, ja.“

Nachdem ich den Brokkoli sicher auf einem der Sofas verstaut habe, nehmen wir einige der Kerzen und stellen sie in eine Kiste. Cassy und Elena verstauen die Utensilien vom Tisch und jetzt wird mir klar, woher ich die Blumen kenne. Sie stammen aus einer Vase, die sonst auf einer der Kommoden steht. Elena berührt die Pflanzen und sie erwachen zu neuem Leben, erstrahlen in frischen Farben. Abgefahren.

„Warum wolltet ihr wissen, ob ich mich eher für Elvis Presley oder gar keine Musik entscheide?“ Ich wende mich wieder Lucas zu und entledige mich ebenfalls meines Hoodies. Mit einem gezielten Wurf landet er neben dem Brokkoli. Gänsehaut überzieht meine Arme und ich reibe mir darüber, rieche unauffällig an meinen Achseln. Zum Glück hält mein Deo das, was es verspricht.

„Manuel und Phil haben darauf bestanden, eine Frage in dem Duktus zu stellen. Leider ist uns aber nichts eingefallen, das gepasst hat. Alle anderen Fragen empfand Cassy als zu versaut und unter unserer Würde." Lucas lacht und ich würde gerne nachfragen, ob er ein Beispiel hat, doch er redet weiter. „Kai stellt manchmal solche Fragen. Er schwört, dass es psychologisch wertvoll ist. Meine Lieblingsfrage ist: Würdest du lieber gegen tausend Miniaturpferde kämpfen oder gegen eine pferdegroße Ente."

„Was? Eine Ente, die so groß ist wie ein Pferd? Wie soll jemand aus dieser Frage auf deine psychische Verfassung schließen können?"

Lucas zuckt mit den Schultern. „Kai kann das. Na ja, nach eigener Aussage jedenfalls. Wenn du mich fragst, findet er es einfach spannend, uns mit den Fragen zu ärgern. Seitdem machen wir uns manchmal einen Gag daraus. Wir stellen einem eine Frage und wetten, wie der andere sich entscheiden wird. Wer gewinnt, bekommt einen Stern."

„Einen Stern?"

Mit dem Finger deutet Lucas hinter mich und ich drehe meinen Kopf so weit, bis mein Blick auf eine Pinnwand fällt, die an der Wand hängt. Links an die Seite wurden mit einem schwarzen Marker die Namen der Royals direkt auf den Kork geschrieben. Daneben kleben kleine gelbe Sterne. Das Konstrukt erinnert mich an etwas, das meine Lehrerin in der Grundschule genutzt hat. Jedes Mal, wenn wir die Hausaufgabe erledigt hatten, bekamen wir einen Stern.

Ich breche in schallendes Gelächter aus. „Ernsthaft?".

„Ja", antwortet Lucas nickend. „In den Ferien ist es ganz schön langweilig hier."

Sofort werde ich ernst. „Fahrt ihr nie nach Hause?"

„Nein, wir werden das ganze Jahr über in Kingswood Castle gebraucht."

Lucas hat kein gutes Verhältnis zu seiner Familie, das weiß ich, dennoch ist es schwer vorstellbar, dass die Royals ihre ganze Jugend innerhalb dieser Mauern verbringen. „Irgendwie traurig", bemerke ich und setze mich auf eins der Sofas, die wieder an ihrem Platz stehen.

„Vor einigen Jahren, als wir klein waren, hatten wir damit zu kämpfen. Deswegen gab es den Schwur. Die Verbindung, die wir dadurch erschufen, gab uns Halt und ehrlich gesagt, vermisse ich mittlerweile kaum jemanden meiner Familie." Lucas nimmt neben mir Platz und reicht mir eine Schüssel mit Chips. Dankbar greife ich hinein und schiebe mir einen in den Mund. Nach dieser Anstrengung kann ich eine Portion Kohlenhydrate gut gebrauchen.

„Und jetzt seid ihr eure eigene Brokkoli-Familie", sage ich lächelnd und Lucas nickt grinsend.

„Sozusagen."

„Ich freue mich, ein Teil davon zu sein."

Cassy kommt zu uns und quetscht sich auf die Lehne neben Lucas. Ihre Hand wandert in die Schüssel und ich beobachte meinen besten Freund dabei. Denn seit seiner Offenbarung am See, dass er unglücklich

verliebt ist, haben wir das Thema nicht mehr ange-
schnitten. Dabei bin ich unfassbar neugierig, wem sein
Herz gehört. Ich vermute, es ist Cassy, deswegen stalke
ich die beiden beinahe zwanghaft. Natürlich wäre es
einfach Lucas zu fragen, bloß will ich ihm den Raum
geben, den er braucht. Sobald er bereit ist, wird er mit
mir darüber sprechen. Zumindest hoffe ich das, denn
bald platze ich vor Neugier.

„Hey", durchdringt Maris' Stimme den Raum und wir
drehen uns synchron zu ihm um. Er kommt von der
Tür zu uns rüber und ich strahle ihn an.

„Zwei Mal in einer Woche, womit habe ich das verdient?", feixe ich, als er mir einen Kuss auf den Scheitel
drückt.

Maris blickt verlegen zu Boden. „Na ja, eigentlich bin
ich wegen Super Mario hier."

„Pffff, ersetzt von einem kleinen Italiener mit roter
Mütze", entgegne ich theatralisch. „Mein Herz. Reiß es
mir doch gleich raus und trample darauf herum."

„Hätte schlimmer kommen können, Laurie", meint
Lucas und geht auf das Spiel ein. „Gegen Mario hast du
immerhin eine Chance."

Empört wende ich mich ihm zu. „Was soll das bitte
heißen? Dass ich gegen Prinzessin Peach abstinke?"

„Peach? Ne, aber bei Toadette stünden deine Karten
schlecht. Wer kann schon einem kleinen, süßen Pilz-
kopf widerstehen?", sagt Lucas und ich reiße den Mund
auf, um etwas zu entgegnen, dann schließe ich ihn wieder, weil er recht hat. Unkommentiert kann ich das allerdings nicht stehen lassen. „Das fühlt sich an, als hättest du mir ein Kompliment gemacht und mich gleichzeitig beleidigt."

Maris setzt sich auf die Kante des kleinen Tisches vor uns. „Immerhin wissen wir jetzt, dass du auf kleine, rosa Dickköpfe stehst, die dich von vorne bis hinten bedienen."

Cassy schüttelt den Kopf. „Er ist keine Prinzessin, wahrscheinlich würde sie keinen Finger für ihn krümmen."

„Manchmal ist er aber eine Diva, ich finde, das kommt Peach schon sehr nahe", wende ich ein.

Während Lucas das Gesicht schmollend verzieht, lacht Maris und lehnt sich auf seine Arme, die er auf den Knien abgestützt hat. „Stimmt. Die Toads gehören ganz dir."

Cassy verschluckt sich beinahe vor Lachen. „Mann, Lucas, Laurie und Maris haben dich direkt durchschaut."

„Hey, wieso seid ihr jetzt so gemein zu mir?", fragt Lucas und ich lege ihm die Hand auf den Oberarm.

„Na du hast doch angefangen."

„Da war's aber lustig", entgegnet er.

Cassy verdreht die Augen. „Ja, weil's nicht um dich ging."

„Möchte jemand was zu trinken?", erkundigt Maris sich und beendet damit unsere Debatte über Lucas' Vorlieben.

„Wasser, bitte", meine ich und nachdem auch die beiden anderen ihre Wünsche geäußert haben, geht Maris zu den anderen, die sich um einen Tisch mit Getränken und Knabberzeug tummeln. Zufrieden beobachte ich ihn. Seit Kiras Verschwinden hat sich einiges getan, denn obwohl Maris nie lange aus dem Raum der Schicksale wegkann, verbringt er nicht nur Zeit mit mir, sondern auch mit den Royals. Und das tut allen gut. Jetzt wissen die Halbgötter endlich, an wessen Seite sie stehen und für wen es sich zu kämpfen lohnt. Natürlich beschützen sie das Leben vieler Menschen, doch das ist ziemlich abstrakt. Maris ist ein lebendiges Wesen, das genau weiß, wovon es spricht und was es bewacht. Seit sie ihn kennen, blühen sie auf, sind interessiert an dem, für das sie ihr Leben lang ausgebildet wurden.

Maris' Lachen hallt durch den Raum und ich lehne mich glücklich zurück, schließe einige Sekunden die Lider, während Cassy und Lucas sich weiterhin über Toad und Toadette unterhalten. Zum Glück haben sie mir meinen Patzer verziehen und mir die Schnüffelei in Kiras Sachen nicht allzu übel genommen. Sonst hätte ich mir das ewig vorgeworfen.

„Müde?", fragt Maris und ich öffne die Augen, schüttle den Kopf. Er reicht mir die Wasserflasche und setzt sich neben mich.

„Nein, nur froh."

„Worüber?"

„Das Schicksal."

Verwirrt sieht Maris mir dabei zu, wie ich den Schraubverschluss löse und in tiefen Schlucken trinke.

„Wie meinst du das?"

„Gerade ist alles perfekt." Ein Stich ins Herz straft meine Worte Lügen. „Beinahe perfekt", korrigiere ich daher. „Und dafür ist eindeutig deine Mutter zuständig. Das Schicksal hat uns zusammengeführt."

„Wenn du es so betrachtest, ist alles Schicksal, denn ohne die Fäden, würde es kein Leben geben", entgegnet er und ich stoße ihn leicht mit meiner Flasche an.

„Ach, Maris, sei einfach still und küss mich."

„Das schaffe ich", meint er und lehnt sich zu mir, drückt seine Lippen sanft auf meine. Von meinem Bauch aus arbeitet sich das Kribbeln weiter nach oben, bis es sich schließlich in meinem kompletten Körper ausgebreitet hat. Es bringt eine Hitze mit sich, die mich nervös macht und gleichzeitig weiter antreibt. Doch Maris zieht sich zurück und legt seine Stirn gegen meine, während er mit dem Daumen sanft über meine Wange streicht.

Auf einmal höre ich Cassy im Hintergrund lachen und sehe mich verstohlen um. Die anderen habe ich vollkommen vergessen. Sie unterhalten sich und Phil stopft sich eine ganze Handvoll Erdnussflips auf einmal in den Mund.

Ich lehne mich zurück gegen das Sofa und lege meinen Kopf in den Nacken, bis er auf dem Polster liegt. Ein Grinsen hat sich auf meinem Gesicht festgetackert und solange das pure Glück durch meine Adern fließt, wird es nicht verschwinden. Denn es stimmt, ich bin glücklich. Trotz der Umstände, trotz Kiras Abwesenheit, trotz der Ungewissheit und all dem Neuen. Vielleicht klingt das abstrus, aber es ist die Wahrheit. Seit Langem habe ich mich nicht mehr so frei und losgelöst gefühlt.

„Wie war dein Training mit Darius?", fragt Maris. Ich merke, dass er die gleiche Haltung eingenommen hat wie ich und drehe meinen Kopf in seine Richtung.

„Weird", gebe ich zu. „Ich hatte etwas ganz anderes erwartet, doch er hat mich überrascht."

Maris streicht sich eine Strähne hinters Ohr, die ihm immer wieder zwischen die Augen fällt. „Wie das?"

„Anstatt mich im Kämpfen zu unterrichten, haben wir meditiert und … keine Ahnung, Maris, aber ich hatte das Gefühl, er nimmt mich ernst. Es schien für Darius keinen Unterschied zu machen, dass ich neu bin und deshalb mein Wissen über eure Welt beschränkt ist. Er hat meine Fragen mit Freude beantwortet und sich einfach meiner angenommen." Ich schüttle den Kopf, suche die richtigen Worte. „Mein Training scheint keine Bürde für ihn zu sein", erkläre ich. „Christa zum Beispiel ist oft genervt, wenn ich etwas nicht verstehe oder tausend Mal nachfragen muss, um die absurde Welt der Götter zu verstehen."

Meist komme ich damit gut zurecht, andere Male frustriert es mich, weil sie mir damit meine Unwissenheit vorführt. Sie zeigt mir immer wieder meine Schwäche, dabei ist das unnötig, denn ich kenne sie.

Maris schiebt seinen Arm unter meinen Nacken und zieht mich zu sich. Mein Kopf fällt sanft gegen seine Schulter und ich schließe die Lider.

„Er hat heute auch etwas erwähnt, Maris. Etwas, das Licht in meine Herkunft bringen könnte", sage ich.

„Die Bücher", flüstert Maris gegen mein Haar und ich stutze.

„Mehrzahl? Darius erwähnte nur eins."

„Es sind mehrere, ja. Allerdings ist das Wissen über die Bücher während der Jahre verblasst und die Frourá gehen davon aus, es gäbe lediglich eins."

„Verstehe", murmle ich und verziehe nachdenklich die Lippen. „Ich weiß, du darfst sie mir nicht zeigen, Maris. Trotzdem könntest du vielleicht nach einer Information suchen?"

„Nein, das bringt nichts."

Traurig setze ich mich auf, drehe mich und schaue Maris in die Augen. „Was? Wieso?", frage ich leise.

„Weil ich ewig brauchen würde, um etwas zu finden. Orakel funktionieren nach einem bestimmten Prinzip."

Meine Hoffnung schwindet. Ich habe unfassbar viele Fragen dazu, aber meine Eltern können diese nicht beantworten. Haben sie es gewusst? Kannten sie unsere Vorfahren? Und wenn ja, wieso haben sie es mir verschwiegen? Auch Allory war keine Hilfe, deswegen muss ich einen anderen Weg finden. Wahrscheinlich wussten sie es einfach nicht. Trotzdem ist das sehr untypisch für Halbgötter, denn von den Royals weiß ich, dass diejenigen, deren Blutlinien rein gehalten wurden, eine eingeschworene Gemeinschaft sind. Und da meine Kräfte stark sind und ohne weiteres erweckt werden konnten, muss auch mein Blut rein sein. Das jedoch würde bedeuten, dass Mum und Dad ebenfalls von Poseidon abstammten. Die Gedanken an sie bringen mit einem Schlag die Trauer zurück.

„Laurie", sagt Maris laut und unterbricht mein inneres Chaos. Er steht auf, reicht mir die Hand und wir verlassen den Gemeinschaftsraum. Im Flur führt er mich zu einem Fenster und reißt es auf. Die kühle Luft weht mir um die Nase und bringt mein Hirn einige Augenblicke zum Schweigen.

„Ich vermisse sie, Maris", gebe ich zu. „Mum und Dad könnten sicher helfen und meine Fragen beantworten."

Maris legt seine Arme um mich und ich lehne mich gegen seine Brust. Mein Hinterkopf ruht an seiner Schulter und ich blicke über die Felder. Kingswood

Castle ist wirklich der perfekte Ort, um das Tor zur Götterwelt zu verstecken. Weit und breit nichts außer grüner Wiesen und Wälder.

„Komm, wir gehen ein paar Schritte", flüstert Maris mir ins Ohr und löst sich von mir. Er nimmt meine Finger und verschränkt sie mit seinen, gibt mir den Freiraum, den ich momentan brauche. Denn egal, was er sagen würde, es würde nicht helfen. Es gibt keine Worte, die die Sehnsucht nach meinen Eltern mildern könnten.

Wir lassen den Flügel der Royals hinter uns und gehen das Treppenhaus nach unten.

„Erzähl mir von den Büchern", bitte ich Maris.

„Es sind Orakel. Vor ihrem Tod haben sie sich selbst mithilfe von göttlichen Artefakten zwischen die Seiten gebannt."

„Was?", entfährt es mir und ich halte inne. „Wie ist das möglich?"

„Manchmal wenn die Götter auf die Erde kamen, brachten sie Geschenke mit. Einige davon beinhalteten etwas ihrer göttlichen Macht, die dem Träger eines Artefakts bestimmte Kräfte verliehen. Damit schafften es die Orakel, ihre Seelen vor dem Tod zu bewahren und zwischen die Seiten zu bannen."

Fasziniert blicke ich zu Maris. „Wie viele dieser Artefakte gibt es?"

Maris zuckt mit den Schultern. „Es gibt keine Aufzeichnungen darüber. Die Frourá sammeln einige und haben sie in ihrem Besitz. Andere werden wahrscheinlich nie gefunden."

Ein Junge geht an uns vorbei. Sein Blick ist gen Boden gerichtet und er nimmt keinerlei Notiz von uns. Sicher einer von Maris' Tricks, mit dem er uns vor den anderen abschirmt. Ziemlich clever, wenn man bedenkt, dass niemand ihn kennt und wir gerade über etwas sprechen, das neunzig Prozent der Schüler für Humbug halten.

„Leben die Orakel dann in den Büchern weiter?", frage ich.

„Zumindest ihre Fähigkeit tut es." Maris zieht mich zur Seite und ich drücke mich gegen die Wand. Eine Gruppe Schüler kommt uns entgegen. Sie nehmen beinahe den gesamten Korridor ein. Lauthals tauschen sie sich über den Unterricht und ihre Pläne fürs Wochenende aus. Dazwischen erkenne ich Ben. Er hat seinem Kumpel eine Hand auf die Schulter gelegt und grinst über das ganze Gesicht. Meine Bedenken seinetwegen wirken bei Tageslicht beinahe lächerlich, denn er verhält sich vollkommen normal.

Als die Gruppe an uns vorbei ist, gehen wir weiter.

„Und wie funktioniert das?" Ich lenke uns zurück zum eigentlichen Thema. „Die Bücher meine ich."

„Sie verändern sich unaufhörlich. Es gibt tausend Möglichkeiten, wie die Zukunft aussehen kann und solange sie noch in den Sternen steht, ist sie veränderbar", entgegnet Maris.

Verwirrt puste ich eine Strähne aus dem Gesicht. „Irgendwie bekomme ich das nicht damit zusammen, dass unsere Leben durch Schicksale vorgegeben sind."

Dieser eine Gedanke geht mir einfach nicht aus dem Kopf. Er ist mein ständiger Begleiter und schwebt wie ein Schatten über mir, stets bereit, mein Leben zu verdunkeln.

„Wieso?", fragt Maris. Seine Stirn liegt in Falten und ich frage mich, wie es sein kann, dass diese Dinge für ihn und die Royals klar sind, während ich von Tag zu Tag damit hadere. Machen die Erziehung und die Umstände, unter denen wir aufwachsen, wirklich so einen großen Unterschied?

„Weil es sich widerspricht, Maris."

„Was denn?"

„Das Schicksal ist ein vorgegebener Faden, er wird uns von Moira bei unserer Geburt zugeteilt und endet erst, wenn wir sterben, richtig?"

„Richtig."

Ich schüttle den Kopf. „Trotzdem sagst du, die Bücher verändern sich dauernd, weil die Zukunft eben nicht feststeht."

„Genau."

„Genau? Hörst du dir eigentlich zu?"

„Meistens schon, ja", entgegnet er lachend.

„Maris, das ist nicht lustig."

Er bleibt stehen und legt mir eine Hand an die Wange. „Du hast recht, allerdings klang deine Entrüstung gerade zauberhaft."

Geschmeichelt senke ich den Blick und genieße Maris' Wärme auf meiner Haut.

„Du denkst wie ein Mensch, Laurie."

„Natürlich, ich bin ein Mensch."

Maris schüttelt den Kopf und legt seine Stirn gegen meine. „Nein, du bist eine Halbgöttin, die wie ein Mensch aufgezogen wurde. Und das ist dein Problem. Der Schicksalsfaden ist kein Faden, man spricht nur davon, um den Menschen ein Bild von etwas zu geben. In Wahrheit ist es Energie, die Moira verteilt."

„Energie?", flüstere ich und versuche es mir vorzustellen. Bloß wie? Es misslingt mir. Und dann kapiere ich, was Maris sagen will. Seine Beschreibung ist zu hoch für meinen Verstand. Beinahe zwanghaft versuche ich daher etwas daraus zu machen, das ich kenne, das mir einleuchtet. Ein Faden ergibt Sinn. Ich weiß, was ein Faden ist, und kann mir vorstellen, was seine Funktion ist. Aber Energie? Woraus besteht Energie überhaupt?

„Deswegen ergibt es keinen Sinn für dich, Laurie. Ein Faden hat einen Anfang und ein Ende. Er geht geradewegs von A nach B. So verhalten sich die Schicksale aber nicht. Du denkst einfach zu viel. Manche Dinge kann man nicht mit dem Verstand begreifen." Maris legt seine Hand auf mein Herz und sofort beschleunigt es sich. „Fühlt sich das an, als wäre es vorgegeben, als hättest du keine Wahl?"

Mit geschlossenen Augen bewege ich den Kopf leicht hin und her. Nein. Ganz und gar nicht. „Und trotzdem sind wir hier, tun genau das, was eins der Orakel irgendwann vorhergesehen hat aus den unendlichen Möglichkeiten der Realität und was meine Mutter schon bei unserer Geburt wusste. Es ist absurd und festgeschrieben, gleichzeitig logisch und veränderlich."

Ich ziehe die Augenbrauen hoch, öffne die Lider und trete einen Schritt zurück. Dabei halte ich Maris' Finger fest in meinen, während er fortfährt. „Die Welt besteht aus Gegensätzen. Tag und Nacht, Gut und Böse. Dein ganzes Gehirn ist darauf gepolt, in diesen Mustern zu denken. Deswegen kann etwas für dich nur entweder vorgegeben und unveränderlich oder frei von allen Gesetzen der Natur sein." Maris streicht mir sanft mit dem Daumen über die Wange. „Eine Verbindung der

Gegensätze scheint unmöglich. Dabei braucht es genau das, um die Welt der Götter und die der Menschen zusammenzubringen. Das Schicksal ist etwas von beidem und deswegen widerspreche ich mir nicht, wenn ich sage, die Bücher kennen die Zukunft und verändern sich unaufhörlich."

Ich lehne mich gegen die Wand hinter mir. Maris' Worte sickern schwer durch meine Hirnwindungen und mir wird klar, dass ich schlicht nicht in der Lage bin, sie in Gänze zu begreifen. Die Welt der Götter, ihre Macht und die Gesetze, denen sie folgt, sind mir fremd und werden es womöglich immer sein. Und das ist der Knackpunkt. Wie soll ich etwas verstehen, das ich nicht durchdringen kann? Es ist unmöglich. Trotzdem muss ich es annehmen und akzeptieren, denn es ständig zu hinterfragen und mir darüber den Kopf zu zerbrechen ist dumm und unsinnig. Ich muss es hinter mir lassen, Maris vertrauen und nach vorne blicken. Ansonsten werde ich niemals weiterkommen und mich bis ans Ende meiner Tage im Kreis drehen.

„Danke, bei dir habe ich nie das Gefühl dumm zu sein, du nimmst meine Fragen ernst. Das weiß ich zu schätzen", murmle ich, beuge mich vor und küsse Maris. Unsere Lippen berühren sich erst ganz sanft, dann wird der Kuss intensiver und Maris drückt mich gegen die Wand in meinem Rücken. Von meiner Körpermitte aus wandert ein Kribbeln über meine gesamte Haut. In Wellen treibt es mich an, die Nähe zwischen Maris und mir niemals enden zu lassen. Deswegen kralle ich mich in seinen Pullover und ziehe ihn zu mir. Mein Hirn schaltet ab und übergibt meinem Herzen die Führung. Es beschleunigt sich, schlägt schneller und schneller, bis ich mich von Maris trennen muss, um Atem zu holen.

Hinter uns gehen einige Schüler durch den Gang und ich erschrecke, senke ertappt den Blick. Scheiße, ich hab die anderen Schüler vollkommen vergessen. Dann fällt mir ein, dass niemand uns sehen kann und ich lehne erleichtert den Kopf gegen die Wand. Ein Hoch auf Maris' Fähigkeiten.

Erschöpft legt Maris seine Wange an meine und presst sich damit noch näher an mich. Wir verschmelzen zu einem Wesen, existieren im Gleichklang und lassen uns einige Augenblicke einfach treiben.

Erst jetzt erkenne ich, wo wir sind. Bisher waren meine Gedanken zu abgelenkt gewesen, um sich auf die Umgebung zu konzentrieren. Die Tür der Bibliothek ist wie immer geschlossen und das dunkle Holz mit den verschnörkelten Schnitzereien erinnert mich an die Eingangstür in eine andere Welt. Irgendwie ist es das auch, denn dahinter befinden sich tausend Geschichten und unendliches Wissen, dass uns in jedes erdenkliche Universum entführt.

Als eine weitere Gruppe Schüler an uns vorbeigeht, seufzt Maris enttäuscht und stößt sich von der Wand ab. Er nimmt meine Hand und hält mir schließlich die Tür zur Bibliothek auf. Das Licht im Inneren ist bereits gelöscht und ich halte verwirrt inne.

„Was tun wir hier?", frage ich.

„Ich bringe dich zu den Büchern."

„Was?", kreische ich. „Ich dachte, niemand kennt den Weg, keiner weiß, wo sie sind. Tu das nicht! Du bringst damit die Menschen und auch die Götter in Gefahr." Mit jeder Silbe wird meine Stimme höher und schneller. Ich werde keinen Schritt weitergehen, denn auch wenn Maris glaubt, das Richtige zu tun, ist es das nicht. Es hängt viel an diesen Büchern und in den falschen Händen könnten sie das Ende der Welt einläuten.

„Beruhig dich“, entgegnet Maris ruhig. Ein Lächeln liegt auf seinen Lippen. „Niemandem wird etwas geschehen, versprochen.“

„Wie kannst du dir so sicher sein?“

„Ganz einfach, du wirst morgen vergessen haben, was du gesehen hast. Der Weg wird aus deinem Gedächtnis verschwunden sein“, erklärt er und hinter uns fällt die Tür ins Schloss.

Dunkelheit umfängt mich. Meine Augen gewöhnen sich nur langsam an die fehlende Helligkeit. Sekunden später erkenne ich die ersten Umrisse und klammere mich an Maris’ Hand. Sie gibt mir Halt und bewahrt mich davor in Panik auszubrechen. Die Antwort auf die Frage, was in meiner Vergangenheit geschehen ist, liegt zum Greifen nahe. Ich muss nur meine Finger ausstrecken. Trotzdem fürchte ich mich vor den Konsequenzen.

Plötzlich erscheinen schwebende Kerzen und ich blinzle gegen das Licht an.

„Wir sollten das nicht tun, Maris“, stelle ich fest.

„Vertraust du mir?“

„Natürlich.“

Maris nickt und lässt mich los, geht voraus. „Gut, dann komm. Es besteht kein Risiko. Weder für dich noch für andere. Ansonsten wären wir nicht hier.“

Zögerlich folge ich Maris und schließe zu ihm auf. Die Kerzen schweben neben uns durch die Gänge und erleuchten den Raum unnatürlich hell. Zwischen den Regalen ist es gespenstisch still und unsere Schritte hallen laut durch die Bibliothek.

Mir ist mulmig zumute, obwohl ich mich an Maris' Seite sicher fühle. Womöglich ist es die Aufregung, die meinen Mageninhalt durcheinanderwirbelt, der kurz davor ist, nach oben befördert zu werden. Ich presse mir die Hand auf den Bauch und atme tief durch. Mit der Luft gelangt auch neuer Mut in meine Lungen und ich beruhige mich, konzentriere mich vollkommen auf den Weg, der vor uns liegt.

Am Ende des Raumes erkenne ich eine kleine, schmale Wendeltreppe, die nach oben führt. Wohin, kann ich lediglich erahnen. Maris geht voran und weist mich an, vorsichtig zu sein. Die Stufen sind schmal und ich halte mich am Geländer fest, um den Halt nicht zu verlieren. Wir gelangen auf eine Empore, in deren Wände Regale eingelassen wurden, die mit dickem Glas verschlossen sind. Dahinter befinden sich ledergebundene Bücher, die unfassbar alt wirken. Ehrfürchtig berühre ich das Glas und schaudere.

„Hier sind sie versteckt? Kann man das überhaupt ein Versteck nennen?", sage ich.

Maris lacht. „Das sind einfach nur alte Schinken, Laurie. Wir sind noch nicht am Ziel."

„Oh", entfährt es mir und ich senke peinlich berührt die Hand.

Maris geht zur uns gegenüberliegenden Wand. Er öffnet die Verglasung und greift nach einem besonders dünnen Buch. Sobald er es herausgezogen hat, kippt der Wälzer daneben zur Seite und Maris tritt einen Schritt zurück. Das Regal schwingt ihm entgegen und ein Gang offenbart sich dahinter. Er ist gerade einmal so hoch, dass wir aufrecht hindurchgehen können. Links und rechts erkenne ich Worte, die in den Stein eingeritzt wurden. Ich kann sie nicht lesen, dennoch kann ich einzelne Buchstaben ausmachen. Dazwischen prangen große Zeichen, die mich an die Runen aus *Shadowhunters* erinnern. Hoffentlich lauern hier keine Dämonen, die nur darauf warten, uns die Seele auszusaugen.

Aber selbst wenn, habe ich Maris, der sozusagen eine Universalwaffe ist, die mich vor allen Gefahren beschützt – immerhin dessen bin ich mir sicher.

„Vorsicht, Stufen", warnt er mich und ich lege eine Hand an die Wand. Zusammen gehen wir die Treppe nach unten, die bei Weitem nicht so schmal ist, wie die Wendeltreppe, die wir zuvor hochgekommen sind.

„Mein Gott, wie weit geht das denn runter?", meine ich, nachdem wir sicher mehrere Stockwerke hinter uns gebracht haben. Ob hinter der nächsten Ecke wohl das Tor zur Hölle liegt?

„Gleich müssten wir den Erdkern erreichen", antwortet Maris belustigt und ich strecke seinem Hinterkopf die Zunge raus.

„Haha, wirklich witzig."

Dann sind wir endlich unten. Sand knirscht unter meinen Füßen und ich rieche Feuchtigkeit. Kein guter Ort, um Bücher zu bunkern.

Maris hält an und ich sehe mich um. Wir stehen in einer Art Höhle. Von der Decke tropft Wasser und sickert direkt in den Boden. Weit und breit entdecke ich keinen weiteren Gang, geschweige denn eine Tür oder gar die Bücher, wegen denen wir hier sind.

# Kapitel 6

## Romantik kann ich ... nicht

„Bereit?" Maris sieht mich erwartungsvoll an und ich nicke. „Gut." Er streckt den Arm aus und lässt sein Handgelenk kreisen, als wäre er beim Yoga. Plötzlich zischt die Luft und vor uns verschwimmt die Realität. Sie reißt in zwei Hälften und offenbart etwas, das vorher noch nicht dagewesen ist. Ein Raum, mit hellem Holzfußboden und großen Regalen erscheint. Er schwebt direkt vor uns und seine Ränder verschwimmen mit der Höhle.

„What the fuck?", flüstere ich und gehe einige Schritte. Der zweite Raum hängt weiterhin in der Luft und je nachdem, wo ich mich befinde, sehe ich ihn aus einem anderen Winkel. Beinahe so, als würde ich durch ein Fenster schauen. Ich kneife mir in den Arm und lache dann über mich. Eigentlich sollte mich nichts mehr überraschen und trotzdem bin ich jedes Mal überwältigt von Maris' Macht.

„Ein Portal", erklärt er.

„Wie hast du es geöffnet?"

Verwundert mustert Maris mich. „Jeder Gott ist dazu in der Lage. Ich kann es überall erschaffen und es bringt mich an jeden Ort, den ich wünsche. Natürlich könnte ich uns auch einfach dorthin materialisieren, allerdings bekam dir das beim letzten Mal nicht sehr gut und ich dachte du würdest diese Art vorziehen."

In der Tat, das tue ich. Alleine bei dem Gedanken, an die zwei Sekunden, in denen Maris mich in meine Atome zerlegte, um sie dann im Flügel der Royals wieder zusammenzusetzen, jagt mir einen Schauer über den Rücken.

„Aber wenn du es überall erzeugen kannst … Wieso dieser Ort? Wir hätten einfach direkt im Flur verschwinden können", frage ich.

Maris lächelt, sein ganzes Gesicht strahlt derart, dass ich links ein Grübchen entdecke, das mir bis jetzt verborgen geblieben war. „Klar, aber sind wir mal ehrlich, wärst du dann derart beeindruckt gewesen?"

Meine Augen werden groß und ich boxe Maris in die Seite. „Du bist echt ein Idiot."

Allerdings sagt mir etwas, dass das nicht alles ist, denn er kaut verlegen auf seiner Unterlippe. „Außerdem brauchte ich nach dem Kuss die Dauer des Weges, um meine Gedanken zu sortieren", gibt er kleinlaut zu und jagt damit einen Schauer über meinen Rücken. Irgendwann bringt er mich noch um den Verstand.

Maris atmet tief ein und geht zum Portal. Kurz davor dreht er sich zu mir um. Zögernd mustere ich den Durchgang. Die Nervosität übernimmt wieder und zwingt den Mut und die Hoffnung auf Antworten in die Knie. Ein Tropfen klatscht mir gegen die Stirn und ich spüre, wie er langsam zwischen meinen Augen bis zur Nasenspitze kriecht. Dort tropft er auf den Boden und versickert schließlich in der Erde. Trotzdem schafft er es, mich aus dem Strudel der negativen Gedanken zu reißen und mich zurück ins Hier und Jetzt zu holen.

„Ich hab Angst", gebe ich zu und Maris nickt. „Was,
wenn die Antwort ... keine Ahnung, furchtbar ist. Vielleicht wurden meine Eltern verbannt oder so was."

„Angst zu haben ist in Ordnung. Sie sollte nur nie dein
einziger Ratgeber sein, sondern lediglich eine Facette,
die dich zu einer Entscheidung bringt", meint Maris
und greift nach meinen Fingern. „Egal was geschieht,
ich bin hier."

Zusammen schreiten wir durch das Portal und uner-
warteterweise fühle ich nichts, als wir in den kleinen
Raum treten. Kein Ziepen, kein Magengrummeln, kein
Sauerstoffmangel. Wir gehen einfach durch eine Tür.
Zugegeben, eine magische Tür, aber bis jetzt ist das die
bequemste übernatürliche Art sich fortzubewegen.

Das Zimmer hat keine Fenster. Die Holzvertäfelung
an den Wänden wirkt erdrückend, deswegen schaffen
es nicht mal die Regale voller Bücher, diesen Ort heime-
lig wirken zu lassen. Im Gegenteil, die Geschichten, die
hier aufbewahrt werden, scheinen durch den Raum zu
kriechen und sich breitzumachen. Die Luft summt und
erzählt von längst vergangenen Momenten. Mir stellen
sich die Haare auf den Unterarmen auf und ich drehe
mich einmal um meine eigene Achse.

„Shit, wo ist das Portal hin?", entfährt es mir. Sein Verschwinden ist mir entgangen und die Tür glänzt durch
Abwesenheit. „Wir kommen nur auf diese Weise raus
und rein, oder?"

Maris nickt. „Ja, anders kann der Raum nicht betreten
werden."

Ich ziehe einen Stuhl zu mir und sinke darauf. Anstatt
mit Sauerstoff ist der Raum mit Wissen gefüllt, das mir
auf die Schultern drückt. Im Hintergrund herrscht

unerschöpfliches Rauschen und bringt mich um den Verstand.

Mein Blick schweift an den Regalen entlang. Sie sind in die Wände eingelassen und im Gegensatz zur Bibliothek oder den Unterrichtsräumen quellen sie nicht aus allen Nähten. Auf einem Brett steht sogar nur ein einziges Buch. Es ist schmal und lehnt schräg gegen die Wand, als hätte es der letzte Besucher in Eile zurückgestellt. Ich gehe zu ihm, strecke meine Finger danach aus und halte kurz vorher inne. Fragend sehe ich zu Maris. Sonst bin ich weniger zögerlich, doch wenn mir heute etwas klar geworden ist, dann dass ich dieses übernatürliche Zeug wahrscheinlich niemals verstehen werde. Und bevor ich einen Krieg zwischen Göttern und Menschen verursache ... halte ich mich lieber zurück.

Maris beobachtet mich und bedeutet mir mit der Hand, dass ich es herausnehmen kann. „Nur zu. Du kannst alles erkunden.“

Das Buch liegt leicht in meiner Hand und der Ledereinband ist weich und geschmeidig. „Sind das alles Orakelbücher?“

„Nein, davon gibt es nur drei.“

Auf dem Einband steht kein Titel, kein Verweis, was sich zwischen den Seiten verbergen könnte. Ich schlage es auf und mustere die mit Tinte beschriebene Seite. Die Sprache ist mir unbekannt, weswegen ich es zuklappe und zurückstelle. Während ich durch den Raum spaziere, streiche ich über verschiedene Buchrücken, spüre ihre Unterschiede und bleibe schließlich vor einer Vitrine stehen. Im Glas spiegelt sich das Licht und ich beuge mich leicht darüber, um zu erkennen, was im

Inneren liegt. Es sind mehrere Dinge, die nebeneinander drapiert wurden. Neben einer schmalen Kette, an der ein kunstvoll verzierter Anhänger baumelt, erkenne ich einen Dolch sowie eine Feder. Ich gehe in die Knie und bin nun auf einer Höhe mit den Schmuckstücken. Sie sind wunderschön. Jedes für sich und auf seine eigene Weise.

„Das sind Artefakte", sagt Maris und ich zucke zusammen. Er steht plötzlich neben mir und knetet nervös seine Finger.

„Göttliche Artefakte?"

„Ja."

„Wieso sind sie hier und nicht bei den Frourá?"

Maris weicht meinem Blick aus und ich stehe auf. Die Antwort ist ihm sichtlich unangenehm. „Weil sie nicht wissen, dass sie existieren. Es ... also ... ehrlich gesagt behalte ich sie aus sentimentalen Gründen."

„Weil sie deiner Familie gehören", entgegne ich und lege ihm eine Hand auf den Unterarm. Es ist keine Frage, ich spüre, dass ich richtig liege. Sein Blick hat ihn verraten.

„Albern." Maris legt seine Finger auf das Glas und es verschwindet. „Sie waren mir nie eine Familie. Die Halbgötter sind mir eigentlich näher."

„Trotzdem ist es deine Herkunft. Und diese Stücke sind die einzige Verbindung, die du hast. Es ist alles andere als albern, Maris." Unruhig streicht er sich über die Hose, wischt seine Handinnenflächen daran ab. „Und selbst wenn, who cares? Du bist ein Gott, du darfst das", sage ich grinsend und mache eine ausschweifende Geste, um die Spannung aus der Luft zu nehmen. „Wahrscheinlich könntest du ein Tütü tragen und dennoch würden dir die Royals nacheifern. O Gott, stell dir Manuel in einem rosa Tüllrock vor." Ich überlege einen Moment gespielt und Maris verzieht den Mund. Es kommt einem Lächeln schon sehr nahe. „Nein, lass es. Er würde uns allen die Show stehlen mit seiner Statur und diesen Beinen", gebe ich zu.

Jetzt bricht Maris wirklich in schallendes Gelächter aus und ich atme auf. Endlich. „Du hast recht", antwortet er. „Ich kann mir Manuel ziemlich gut in einem Ballettdress vorstellen."

Einen Augenblick grinsen wir beide in unsere Vorstellung versunken vor uns hin. Dann wende ich mich wieder den Artefakten zu.

„Die Kette gehörte einer Geliebten von Zeus", erklärt Maris. Einer der Steine, die in den Anhänger eingelassen sind, reflektiert das Licht und funkelt bei jeder Bewegung. Maris nimmt ihn von seinem Platz und der kreisrunde Anhänger baumelt in der Luft. Zuerst dachte ich, es sei eine Münze doch nun, von Nahem, erkenne ich, dass ein Schwert und ein Blitz hervorgehoben sind. Darüber sind drei Steine eingelassen. Zwei weiße an der Außenseite und ein gelber in der Mitte.

„Wie hast du sie gefunden?", frage ich.

Maris legt das Schmuckstück zurück. „Sie kamen zu mir, wurden von Leuten mitgebracht, die ihre Bedeutung und Herkunft nicht kannten." Vorsichtig nimmt er die Feder hoch. Die Spitze ist verschmiert von dunkler Tinte. „Bis auf dieses Überbleibsel. Es stammt aus dem Gefieder einer Harpyie. Ich hab es online bei einer Auktion entdeckt und wusste sofort, um was es sich handelt." Maris lässt die Feder los und sie hält sich von alleine zwischen uns. „Ein Geschenk Hestias. Sie kennt die Harpyien besser als jeder andere."

Tatsächlich habe ich gedacht, die Feder stammt von einem normalen Vogel. Zumindest könnte sie dem Aussehen nach auch einem Raben aus dem Gefieder gefallen sein. „Wie sehen sie aus, die Harpyien?"

Maris zieht mich zu einem der Regale und lässt sich auf den Boden sinken. Mit dem Rücken lehnt er sich gegen die Bücher und ich tue es ihm gleich, lege dabei aber meinen Kopf gegen seine Schulter. Die Wärme tut gut und ich muss zugeben, dass ich die Müdigkeit langsam spüre.

Schnell reiße ich die Lider nach oben und blinzle heftig. Wer weiß, ob Maris mich ein weiteres Mal hierherbringt. Deswegen muss ich heute so viel wie möglich erfahren.

Maris zieht ein Buch aus dem untersten Regalfach, blättert durch den Wälzer und legt ihn offen auf seine Beine. „Eine Harpyie ist ein Mischwesen."

Aus dem Papier kriecht ein Schnabel hervor und ich zucke zusammen, kuschle mich enger an Maris. Gleichzeitig lehne ich meinen Kopf fasziniert nach vorne. Zumindest, bis der dazugehörige Schädel erscheint. Er ist riesig, mindestens doppelt so groß wie mein eigener.

„In der Mythologie werden sie als Vögel mit dem Kopf einer Frau dargestellt", sagt Maris, während sich das Federvieh aus dem Buch kämpft. Immer mehr seines überdimensionalen Körpers wird sichtbar. Sein Gefieder schimmert in verschiedenen Brauntönen und erinnert mich entfernt an einen Adler. Kreischend gibt es Laut und ich drücke mir die Hände auf die Ohren, mustere fasziniert seine großen Füße. Wahrscheinlich würde ich beide Hände brauchen, um eine Kralle zu umfassen.

„Allerdings gibt es hier einen Überlieferungsfehler. Harpyien sind intelligente Wesen und im Olymp werden sie geachtet und gefürchtet zugleich. Sie haben einen wachen Geist und benutzen ihre Fähigkeiten stets zu ihren Gunsten. Vielleicht kommt daher der Glaube, Harpyien hätten ein weibliches Haupt." Maris streckt seine Finger nach dem Tier vor uns aus und streicht ihm über den Flügel. „Manche arbeiten sogar für Zeus. Sie sind die Auftragskiller des Olymps sozusagen."

Entrüstet betrachte ich Maris, dann grinse ich, denn seine Worte sind frei von jeglicher Wertung. „Jetzt fühle ich mich geschmeichelt und beleidigt, als Frau mit einer Harpyie in Verbindung gebracht worden zu sein."

Maris wendet mir seinen Kopf zu und legt seine Wange an meine Stirn. „Mir ist es egal, was du bist, ob Mensch, Halbgott oder Maus. Hauptsache, im Inneren bleibst du du."

„Maris", flüstere ich in Ermangelung einer geistreichen Erwiderung. Seine Worte haben meinen Verstand geschmolzen und mein Herz ist sicher doppelt so groß, wie vor wenigen Minuten. Es klopft gegen meine Rippen und will Maris entgegenspringen, ihm zeigen, wie sehr es ihm gehört. Mir wird warm und ich puste mir eine Strähne aus dem Gesicht, umklammere Maris' Arm.

„Selbst wenn ich ein Riesenvogel wäre", witzle ich und versuche meine Sprachlosigkeit zu überbrücken. Wunderbar, Hirn, romantisch können wir.

„Selbst dann, wobei das ziemlich gefährlich für mich wäre."

„Wieso?"

„Bei meinem Glück würdest du mir aus Versehen die Augen auspicken", entgegnet er lachend und ich haue ihm gegen den Oberarm. „Oder absichtlich."

„Das schon eher." Schmollend schiebe ich die Unterlippe nach vorne und betrachte die Harpyie in ihrer vollen Größe. Ihr Kopf stößt an die Decke, trotzdem ist ihre Haltung elegant und ihre Augen schweifen aufmerksam durch den Raum. Der Schnabel ist dunkel und glänzt im Lichtschein der Lampe.

Ein Detail, das Maris erwähnt hat, beschäftigt mich. „Sie töten im Auftrag?"

„Ja, für Zeus."

„Und wie läuft das? Bezahlt er sie mit ... keine Ahnung, Tauben oder was auch immer Harpyien so fressen?"

Maris presst die Lippen zusammen und unterdrückt ein Lachen. „Nein, er befiehlt es."

„Das reicht?"

„Er ist Zeus, der Herrscher aller Götter."

„Ja, klar ... wie konnte ich das nur infrage stellen."

Die Harpyie legt den Kopf unter ihren Flügel und ich traue mich, sie zu berühren. Ihr Gefieder ist fest, aber dennoch weich. Vorsichtig streiche ich darüber und wage mich dann sogar an den Kopf. Ich zeige der Harpyie meine Finger, bedeute ihr, keine Angst zu haben, und lege sie dann auf ihre Stirn.

Klar, das Monstrum ist nur eine Erscheinung, die Maris erschaffen hat. Dennoch wirkt sie verdammt echt und ich habe Respekt vor ihr.

Stolz über meinen Mut wende ich mich Maris zu und ziehe meine Hand zurück. Genau im richtigen Moment, denn kurz darauf schnappt die Harpyie danach.

„Ich glaub, sie mag dich", sagt Maris belustigt und ich schnaube. Er klappt das Buch zu und das Vieh verschwindet. Trotzdem bleiben wir sitzen, genießen die Zweisamkeit, die gestohlenen Augenblicke. Maris ist schon länger auf der Erde, als er es sein sollte.

„Zeig mir die Bücher", fordere ich ihn auf und erhebe mich widerwillig.

„Hörst du sie nicht?"

„Wen?"

„Die Orakel. Sie flüstern."

Ich lasse das Hintergrundrauschen wieder zu. Bisher habe ich es vollkommen ausgeblendet. „Doch."

„Dort vorne", sagt Maris und zeigt auf das Regal, neben der Vitrine. Die Feder liegt mittlerweile wieder an ihrem Platz und auch das Glas ist zurück, schützt die wertvollen Gegenstände.

Ich mustere das Regal. Bücher verschiedener Dicke befinden sich darin. Einige sind in Leder gebunden, andere mit Stoff umhüllt. Am vorletzten Brett von oben bleibt mein Blick hängen. Es sind drei Bücher, deren eines aussieht wie das andere. Selbst die Rücken sind nahezu gleich breit. Auf den Zehenspitzen versuche ich eins zu greifen. Vergebens, ich bin zu klein.

„Sie kommen zu dir", erklärt Maris und ich blicke ihn an. „Schau." Er hebt eine Hand, dreht sie mit der Innenfläche nach oben und wartet. Keinen Herzschlag später verdeckt eins der Bücher seine Finger. Die Bewegung war zu schnell, ich konnte sie nicht mit den Augen einfangen.

„Abgefahren", flüstere ich und Maris schickt das Buch zurück.

„Versuch es selbst."

Ich tue es ihm gleich, strecke meine Hand aus und warte. Nichts geschieht. Vielleicht gibt es einen Befehl?

*Komm herunter!*, rufe ich innerlich.

Hm, nein, das ist es nicht, aber ... einen Versuch war es wert.

In meinen Gedanken formuliere ich den Wunsch an das Orakel und bitte das Buch mir zu helfen, mir den Weg zu weisen. Tatsächlich, es klappt. In meinen Händen liegt auf einmal einer der Schmöker. Wäre ich ein uraltes Buch, das unschätzbares Wissen in sich trägt, würde ich auch gebeten werden wollen, anstatt einen Befehl zu befolgen.

„Wohoo", rufe ich und nehme den Wälzer schnell in beide Hände. Der Einband ist schwer und speckig, deswegen lege ich ihn auf dem Tisch hinter mir ab. Auf der Oberseite ist ein Symbol eingestanzt. Ich fahre die filigranen Linien nach. In der Mitte befindet sich ein Stern, der aus zwei gegeneinander gerichteten Dreiecken besteht. In seinem Inneren erkenne ich weitere Dreiecke, die immer kleiner werden. Eingefasst wird der Stern von einem gepunkteten Kreis.

Das Leder bewegt sich und ich ziehe erschrocken meine Finger zurück.

*Was zur Hölle ...*

Unmöglich.

Aber meine Augen bestätigen, was meine Haut längst weiß: Das Zeichen verändert sich. An den Enden laufen die Linien des Sterns weiter, bilden kleine Formen und halten erst inne, nachdem jede Ecke um ein blattartiges

Symbol erweitert wurde. Der Innenteil dagegen wurde größer und noch mehr Verzweigungen zeichnen den Stern jetzt aus.

„Es verändert sich unaufhörlich", meint Maris und erinnert mich an seine vorherige Erklärung.

„Schon … nur …" Keine Ahnung, ich hätte nie damit gerechnet, dass selbst der Einband ein Eigenleben hat.

Ehrfürchtig hebe ich den Buchdeckel.

*Darf ich?*, frage ich das Buch im Geiste. Natürlich gibt es keine Antwort, dennoch fühle ich mich wohler. Zwischen diesen Seiten lebt eine Seele. Ein Orakel, das einst sein Leben opferte, um für alle Zeit seiner Bestimmung zu folgen und die Zukunft vorherzusehen.

Die erste Seite ist unbeschrieben, deswegen blättere ich weiter. Allerdings gibt es auch auf der nächsten nichts außer weißem Papier.

„Was …", entfährt es mir und ich blicke zu Maris. „Es ist leer."

Maris tritt hinter mich, späht mir über die Schulter. „Du hast keinen Roman vor dir, sondern ein Orakel. Es erzählt dir keine Geschichte, es beantwortet Fragen." Plötzlich liegen Maris' Hände auf meinen, er führt sie zu den Seiten und legt sie flach aufs Papier. Sie sinken ein, verbinden sich mit den Seiten. Energie durchströmt meinen Körper wie kleine Stromstöße und ich atme scharf ein. In meinen Pupillen erscheint ein Bild. Ich blinzle, doch es bleibt und überfordert meinen Verstand maßlos. Mein Magen reagiert auf die Überlastung mit Übelkeit.

Maris bewegt sich direkt auf meiner Netzhaut, zumindest erscheint es mir so. Ich schwebe leicht über ihm, betrachte das Geschehen von oben. Sofort erkenne ich die Umgebung. Wir befinden uns in der Bibliothek und ich – also mein zweites Ich auf dem Boden – bewegt sich auf Maris zu. Die Szene ist mir vertraut, denn ich habe sie schon einmal erlebt, weiß genau, was passieren wird. Maris erschreckt sich, stürmt aus dem Raum und würgt mich auf dem Gang. Dann flüchte ich in den Wald, dicht gefolgt vom Schicksalsgott.

Maris löst seine Hände von meinen und ich taumle zurück gegen seine Brust. Das Bild verschwindet, meine Sicht wird wieder klar. Augenblicklich lässt das Rumoren in meinem Magen nach.

„Das ist abgefahren“, keuche ich, berauscht von der Energie, die weiterhin durch meine Adern pulsiert.

„Du kannst in die Vergangenheit, die Gegenwart und“, Maris zögert und fährt sich mit der Hand durchs Haar, „die Zukunft blicken. Bei Letzterem zeigt dir das Orakel allerdings lediglich das, was am wahrscheinlichsten geschehen wird. Je nachdem, welche Entscheidungen du treffen wirst, ändert sich die Zukunft.“

Langsam gehe ich wieder auf den Tisch zu und betrachte das Buch. Unfassbar, dass in dem unscheinbaren Ding derartige Kräfte schlummern.

*Los jetzt, Laurie,* treibe ich mich selbst an. *Du bist aus einem bestimmten Grund hier.*

Stimmt! Deswegen lege ich die Hände wieder auf die Seiten. Zuerst geschieht nichts, dann stelle ich meine erste Frage: *Waren meine Eltern Halbgötter?*

Den Gedanken noch nicht ganz zu Ende gebracht, verbinden sich meine Finger mit dem Buch und eine Szene erscheint. Automatisch lehne ich mich zurück, will den Bildern, die direkt in meinen Augen erscheinen, ausweichen. Dann steht Maris hinter mir, gibt mir die Sicherheit, die ich brauche, um mich auf das Orakel einzulassen.

Mit den Abbildern von Mum und Dad überwältigt mich die Trauer. Ihre dunklen Finger greifen nach mir und drücken mich nieder. Meine Eltern sind mir so nah und dennoch so fern, denn mir ist klar, dass sie weiterhin tot sind.

„Ich muss dir etwas sagen", höre ich Mums Stimme und schließe die Lider, will jeden Laut genießen. Fahrig läuft sie im Raum auf und ab, während mein Dad neben einem kleinen Babybett steht.

„Shh, du musst dich beruhigen, Jenny", sagt er ganz ruhig. Erst jetzt bemerke ich, wie jung die beiden sind. An Dads Haar erkenne ich es am deutlichsten, es ist dunkelbraun und weist keine einzige graue Strähne auf. „Sonst weckst du Laurie auf", fügt er hinzu und eine Träne rollt mir über die Wange, nachdem er meinen Namen ausgesprochen hat.

„Was auch immer es ist, Jenny, wir schaffen es. Du weißt, was ich dir und dem Baby versprochen habe. Ich bleibe bis in alle Ewigkeit bei euch."

Mum bleibt stehen, geht auf Dad zu und schmiegt sich in seine Arme. Sie hadert mit sich, ich sehe es an ihrer Mimik. „Ich hab dich angelogen, Rufus." Stille, lediglich mein Mini-Me gibt grunzende Geräusche von sich. „Sie haben mich nicht verstoßen. Ich bin auf der Flucht."

Mein Herzschlag beschleunigt sich und ich strecke meine Finger aus, greife ins Leere. Zu gerne hätte ich meine Mutter getröstet, ihr Halt gegeben und in ihr Ohr geflüstert, dass alles gut werden würde. Eine Lüge, die mir leicht über die Lippen gekommen wäre, denn ich würde alles tun, um meinen Eltern noch ein Mal gegenüberzustehen.

Dad streicht Mum über den Rücken. Hält sie, während Schluchzer ihren Körper schütteln. „Die Frourá."

„Ja, wenn sie mich finden …"

Ich löse die Hände von dem Papier und sinke zusammen. Meine Beine knicken weg, als wären sie bloß zur Zierde. Heulend lehne ich mit dem Rücken gegen Maris, der mit mir zu Boden gegangen ist.

„Das Orakel fordert einen Preis", offenbart er. „Es tauscht eine Antwort gegen Lebensenergie. Während du mit ihm in Berührung bist, fließt seine Macht durch dich hindurch. Gleichzeitig gibst du damit jedes Mal ein Stückchen von dir ab."

Ich nicke. „Wieso hast du das nicht vorher erwähnt?"

„Hätte es dich davon abgehalten?"

„Nein."

„Deswegen. Wahrscheinlich hätte dieses Detail dir nur unnötig Angst gemacht."

Maris hat recht – wie immer. Meine Glieder sind schwer, meine Seele ausgelaugt. Tränen rollen mir unaufhörlich über die Wange. Zwar habe ich damit gerechnet, heute in meiner Vergangenheit zu stochern, doch hätte ich mir nie erträumt meine Eltern wiederzusehen. Darauf war ich nicht vorbereitet.

„Was hast du gesehen?", fragt Maris nach einer Weile.

Still schmiege ich mich in seine Umarmung und kämpfe gegen die Müdigkeit an. Immer wieder gehen mir die Bilder durch den Kopf. „Warst du nicht dabei?", entgegne ich, weil ich davon ausgegangen bin, dass er zugesehen hat wie ich bei seiner Frage. Aber genau das liebe ich an Maris. Er hat die Macht alles zu sehen, alles zu wissen und alles zu beherrschen und dennoch setzt er sie nicht ein. Zumindest nie ohne Grund.

Er schüttelt den Kopf und ich presse die Lider zusammen, unfähig das Geschehene auszusprechen. „Bitte", flüstere ich und Maris legt seine Hand an meine Wange. Ohne ein weiteres Wort versteht er, was ich möchte, und sieht in meine Erinnerung. Ich fühle seine Anwesenheit in meinem Kopf, denn wie bei den letzten Malen ist diese Präsenz, die sich zwischen meine eigenen Gedanken drängt, überdeutlich spürbar. Eine Gänsehaut überzieht meine Unterarme und ich presse mich an Maris, ziehe seine Körperwärme in mich. Nebel legt sich um meinen Verstand und drückt mich nieder. Gepaart mit der Müdigkeit ein beinahe unbesiegbarer Gegner. Doch ich darf nicht einschlafen. Wer weiß, wann ich die Möglichkeit habe erneut diesen Raum zu betreten – vielleicht nie. Deswegen muss ich es ausnutzen.

Ich öffne die Augen und merke sofort, dass ich das Orakel unterschätzt habe. Meine Sicht ist eingeschränkt und die Umgebung verschwommen. Wie viel Lebensenergie hat es mir abgezapft?

„Was hat das zu bedeuten?", murmle ich kaum hörbar. Selbst nach einem Räuspern ist meine Stimme dünn.

„Jetzt ist immerhin klar, dass deine Eltern zu uns gehörten. Sie sprachen über die Frourá, also wussten sie Bescheid."

Nickend lehne ich mich zurück. „Vor was ist meine Mutter weggelaufen? Und wie haben sie es geschafft, unentdeckt zu bleiben? Hat denn niemand nach ihr gesucht?"

„Keine Ahnung“, gibt Maris zu. „Allerdings sind weder die Halbgötter noch die Frourá eine Sekte. Jeder, der seinen Lebensstil ändern möchte, darf das tun.“

Skeptisch mustere ich Maris. Das entspricht nicht dem Eindruck, den ich bisher von den Halbgöttern und den Frourá habe. Alleine wenn ich an Lucas und seine Hoffnungslosigkeit vor einigen Wochen denke, weil er niemals die Person lieben darf, die sich in sein Herz geschlichen hat, wird mir eiskalt. Und das nur, weil sie einer anderen Blutlinien entstammt oder – Götter bewahrt – gar keine Halbgöttin ist.

„Das kann ich mir nicht vorstellen“, entgegne ich daher.

„Doch, Laurie. Wenn du deiner Familie und den Halbgöttern den Rücken kehren willst, hält dich niemand auf. Jedoch sollte man sich dann im Klaren sein, dass eine Rückkehr unmöglich ist. Die Halbgötter verzeihen diese Art von Verrat nicht. Sie sind genauso nachtragend wie die Götter und vergessen nie.“

„Das nennst du Entscheidungsfreiheit? Die Wahl zwischen einem selbstbestimmten Leben und der eigenen Familie?“ Ich ziehe die Stirn in Falten. „Kein Jugendlicher, der bei Sinnen ist, könnte eine derartige Entscheidung treffen. Ihnen wird die Freiheit genommen sich in die Richtung zu entwickeln, die sie möchten.“

„Von Freiheit habe ich nicht gesprochen. Lediglich von Abkehr“, meint Maris und senkt den Blick.

„Bloß frage ich mich, wieso meine Mutter derart Angst hatte. Mum war richtig aufgebracht. Sie fürchtete sich vor etwas“, sage ich und nehme den eigentlichen Faden wieder auf. Ein Gähnen unterbricht mich und ich kippe beinahe nach hinten um. Mist, ich muss mich zusammenreißen.

„Genug für heute", erklärt Maris und steht auf. Er streckt mir eine Hand entgegen, doch ich weigere mich sie zu ergreifen.

Trotzig verschränke ich die Arme vor der Brust.

„Nein, ich will mehr erfahren."

„Laurie ..."

„Es reicht nicht ...", entgegne ich und erneut laufen mir die Tränen über die Wangen.

„Das Orakel ist keine Brücke zu deinen Eltern."

„Was? Das ist ..." Ich will widersprechen, doch im Grunde hat Maris recht. Die Bilder haben eine Wunde aufgerissen, die ich gerade erst notdürftig verarztet hatte. Unaufhörlich fließt die Sehnsucht nach Mum und Dad daraus hervor und ertränkt mich. Der Wunsch, in eine weitere Erinnerung des Orakels zu tauchen und meinen Eltern auf diese Art zu begegnen, ist übermächtig, füllt mich komplett aus und beherrscht mein ganzes Sein.

Ich vergrabe mein Gesicht in meinen Händen. Wie habe ich diesen Schmerz jemals ertragen? Er raubt mir den Atem, legt sich wie ein schweres Gewicht auf meine Schultern und nimmt mir all die Farben, die ich vor wenigen Minuten noch gesehen habe. „Es ist meine einzige Verbindung, Maris."

Er tastet nach meinen Fingern, löst sie vorsichtig von meinem Gesicht und ich blicke ihn an. Unsere Augen sind auf einer Höhe, denn er ist in die Hocke gegangen. „Verliere dich nicht in der Vergangenheit, kämpfe für die Gegenwart und schaffe dir eine hoffnungsvolle Zukunft – mit mir. Deine Eltern sind tot, Laurie und diese

Bilder vergangen. Mache dir bewusst, dass hier noch so viel auf dich wartet, das dir das Schwelgen in Erinnerungen niemals geben kann."

„Du zum Beispiel", flüstere ich und klammere mich an ihn. Sein Lächeln verzaubert mich und der scheue Blick, den er mir zuwirft, lässt mein Herz höherschlagen.

„Zum Beispiel", wiederholt er. „Und deine Freunde, die Abenteuer, die nur darauf warten gelebt zu werden. Verschwende deine Hoffnung nicht an etwas, das Jahre zurückliegt."

Ich ziehe die Nase hoch, wische mir über die Augen und nicke. „Es tut weh, Maris. Sie zu sehen ist bittersüß. Schmerz und Liebe gleichzeitig, vermischt zu einem unbezwingbaren Strudel", erkläre ich. Stehen zu bleiben und weiter zuzusehen ist einfacher, als die Kraft aufzubringen, mich abzuwenden und Mum und Dad erneut hinter mir zu lassen. Außerdem ist das Buch meine einzige Chance auf Antworten. Darin schlummert das Wissen dieser Welt, aller Schicksale und ich muss herausfinden, woher ich komme, ansonsten werde ich niemals nach vorne sehen können.

„Lass uns gehen", meint Maris, doch ich schüttle den Kopf. Er mustert mich, versucht abzuschätzen, wie groß mein Dickschädel ist. Sehr groß. Überdimensional groß. „Wenn du willst, bringe ich dich erneut hierher", sagt er dann.

„Wirklich?" Ich kann mein Glück kaum fassen, denn ich weiß, welches Risiko es für Maris darstellt. Wobei ich diesen Raum niemals alleine finden würde. Die einzige Möglichkeit, ihn zu betreten, ist ein Portal und das zu erschaffen bin ich außerstande.

Während ich dankbar lächle, verdüstert sich Maris' Miene. Erneut streckt er mir die Hand entgegen und dieses Mal ergreife ich seine Finger, lasse mich auf die Beine ziehen. Das Portal erscheint und ich sehe die Bibliothek, erkenne die Regale auf der kleinen Empore, auf die wir über die schmale Wendeltreppe gelangt sind.

Wir steigen die Stufen nach unten und die Stille zwischen uns ist erdrückend. Irgendetwas hat sich verändert. Was habe ich gesagt? Womit habe ich ihn verärgert?

„Was ist los?", frage ich, nachdem wir auf den Flur getreten sind. Das Internat ist zur Ruhe gekommen. Wahrscheinlich liegen mittlerweile alle Schüler in ihren Betten und erholen sich von der Lernerei des Tages.

Abrupt hält Maris inne, dreht sich zu mir und schaut mir direkt in die Augen. Ich laufe beinahe in ihn rein und kann gerade noch rechtzeitig bremsen.

„Die Bücher werden dir nicht weiterhelfen, Laurie", meint er plötzlich und zieht die Augenbrauen zusammen. Etwas liegt über seinem Gesicht, das ich nicht deuten kann.

„Wieso?"

Anstatt zu antworten, presst Maris die Lippen aufeinander. In seinem Kopf rattert es, ich höre die kleinen Rädchen, die sich drehen und nach den richtigen Worten suchen, beinahe.

Dann zieht er mich weiter und ich stolpere hinter ihm her. Nicht, weil ich vergessen habe, wie meine Beine funktionieren, sondern weil mich seine Handlung überrascht. Meine Finger sind schwitzig in seinen und meine Atmung beschleunigt sich. Irgendetwas verschweigt er mir, doch ich verstehe nicht, warum.

„Maris", sage ich und ziehe leicht an seiner Hand. Keine Reaktion, er geht weiter vorwärts, den Flur entlang, die Treppen nach oben und bis zu unserem Flügel.

„Ich muss gehen", entgegnet er, drückt mir einen Kuss auf die Lippen und verschwindet. Einfach so.

Danke ... für nichts.

Gut, das ist etwas theatralisch, immerhin hat Maris mir geholfen und mir die Bücher gezeigt, obwohl sie eigentlich unter Verschluss sind. Ob er Ärger dafür bekommt? Wieso habe ich ihn nicht gefragt?

Trotzdem verschweigt er mir etwas, hält eine Information zurück, die ... mich verletzen könnte? Weiß er, wo ich herkomme, was es mit meiner Vergangenheit auf sich hat und behält das absichtlich für sich? Nein, das ergibt keinen Sinn. Maris war ebenso unwissend wie ich. Und dass er mich belogen hat, was das betrifft, glaube ich nicht. Seine Worte wirkten ehrlich.

Dann fallen mir die Bücher ein. Maris hat dauerhaften Zugang dazu. Er beschützt sie, ist sozusagen ihr Wächter und kennt sich damit aus. Vielleicht ist ihm der Gedanke, dort nach meiner Herkunft zu suchen, schon eher gekommen? Was hat er gesehen? Hat ihm das Buch etwas anderes gezeigt? Hat er eine andere Frage gestellt? Nein, unmöglich. Was denke ich überhaupt von ihm? Niemals würde er sich ungefragt derart in mein Leben einmischen. Selbst vorhin hat er sich zurückgehalten und mir selbst die Entscheidung überlassen, ob ich das, was ich gesehen habe, mit ihm teilen möchte.

Wütend über mich selbst fahre ich mir durchs Haar und betrete endlich unseren Flur. Es ist dunkel, lediglich der Mond scheint durch die Fenster und spendet mir etwas Licht. Ich lehne mich gegen einen Fenstersims, blicke hinaus.

Egal was Maris vor mir verbirgt, ich vertraue ihm. Er muss gute Gründe haben, nicht vollkommen offen mit mir zu sein und gewisse Dinge für sich zu behalten. Dennoch werde ich ihn beim nächsten Mal darauf ansprechen. Wir müssen zumindest darüber reden können und es gefällt mir nicht, dass er abgehauen ist, bevor ich die Chance hatte, etwas dazu zu sagen.

Draußen weht der Wind einige Blätter über den Rasen. Ich höre ihn, er ist deutlich in meinem Inneren, flüstert mir unverständliche Dinge zu.

Mist, ich hab vergessen Maris zu fragen, ob er mir zeigt, wie ich mit dem Wind umgehe. Seufzend schlurfe ich in mein Zimmer. Und trotz dessen, was ich heute erfahren habe, liegt ein Lächeln auf meinen Lippen, wenn ich an die kleine Party denke, die die Royals für mich geschmissen haben. Dafür muss ich mich morgen unbedingt bedanken.

# Kapitel 7

## Das Schicksal ist eben die größte Dramaqueen

Am nächsten Morgen treibt es mich noch vor dem Frühstück zu den Royals. Mein Abgang am Vorabend ist mir mittlerweile peinlich. Sie organisieren eine Party und ich verschwinde einfach. Außerdem habe ich meinen Brokkoli vergessen.

Auf dem Gang kommt Elena mir entgegen. Sie schließt die Tür zum Badezimmer und gähnt herzhaft. Ihr grüner Kingswood-Castle-Pulli ist ihr sicher zwei Nummern zu groß. In den Händen hält sie eine dampfende Tasse Tee. Oh, dafür würde ich jetzt morden.

„Guten Morgen", sage ich und blicke verunsichert zu Boden. „Wegen gestern ... na ja ... ich wollte mich entschuldigen."

Elena kommt auf mich zu und deutet dann in ihr Zimmer. „Willst du einen Tee?"

Schnell nicke ich und folge ihr. Ihr Zimmer zeichnet sich vor allem durch die vielen Pflanzen aus, die überall verteilt herumstehen. Auf dem Fensterbrett neben einem Farn entdecke ich einen kleinen Wasserkocher, der, nachdem Elena einen Knopf gedrückt hat, beinahe geräuschlos die Flüssigkeit in seinem Inneren erhitzt. Mit offenem Mund mustere ich das Wundergerät.

„Milch? Zucker?“, fragt Elena.

„Zucker, einen Würfel.“

Sie übergießt den Teebeutel und reicht mir meine Tasse. „Wieso bist du so früh wach?“

„Mein Verhalten gestern hat mir einfach keine Ruhe gelassen“, gebe ich zu. „Ihr bereitet diese tolle Zeremonie vor und ich haue einfach ab.“ Ich lasse mich auf ihr Bett sinken, rühre meinen Earl Grey um und entsorge dann den Beutel im Mülleimer. „Ich habe diesen Tee nicht verdient.“

Elena lacht. „Das wäre eine wirklich harte Strafe, oder? Jeder Mensch sollte seinen Tag mit einer guten Tasse Earl Grey beginnen. Danach sehen alle Sorgen viel kleiner aus, zumindest behauptet meine Mum das.“

„Meine auch“, stelle ich fest und grinse.

„Mach dir keinen Kopf, Laurie.“ Elena lehnt sich an die Kante ihres Bücherregals, das an der gegenüberliegenden Wand steht. „Wobei du verpasst hast, wie ich Manuel bei Mario Kart abgezogen habe.“

„Shit, das hätte ich zu gerne gesehen.“

Elena lacht in ihren Tee. „Ein anderes Mal.“

Ich betrachte die Pflanze auf dem Nachttisch. Sie besteht nur aus dicken Blättern, die direkt aus der Erde kommen und wild in die Höhe sprießen. Auf der Außenseite ist sie in verschiedenen Grüntönen gemustert und wirkt dadurch beinahe wie ein Streifenhörnchen – nur in blumiger Form eben.

„Das ist eine Sansevieria Fernwood“, erklärt Elena und ich nicke, als wüsste ich, wovon sie spricht. In Wahrheit habe ich keinen blassen Schimmer. Bisher ist jede Pflanze, die mir geschenkt wurde, qualvoll verendet. Meine Eltern rissen sogar Witze über meinen tödlichen grünen Daumen.

Elena beugt sich nach vorne, streicht über ein Blatt. „Ziemlich pflegeleicht und wirklich dankbar. Ihre Farbe verändert sich je nachdem, wie viel Licht sie bekommt."

„Wow, faszinierend."

„Wenn du willst, gehört der nächste Ableger dir."

Ich winke ab. „Besser nicht, das wäre ihr Todesurteil."

Lachend greift Elena nach einer Gießkanne. „Bisher ist kein Gewächs in meiner Nähe verendet und dabei bleibt es."

„Du hast gerne Grünzeug um dich, oder?"

Elena nickt. „Ihre Anwesenheit gibt mir Kraft und beeinflusst mich positiv. Ohne meine Babys würde mir etwas fehlen. Jede Pflanze hat einen Namen und sie haben alle andere Eigenschaften, auf die ich individuell eingehen muss. Sie sind kleine, wunderbare Geschöpfe. Wusstest du, dass sie miteinander kommunizieren und es merken, wenn sie etwas berührt?"

Ich schüttle den Kopf und Elena fährt fort. Sie streicht sich eine blonde Locke aus der Stirn, während sie einigen Blumen Wasser gibt. „Ihre Energie ist ein leises Summen, das ich auf der Haut wahrnehme."

Ihre Worte erinnern mich an meine eigene Verbindung zum Wind. „Wie schaffst du es, mit ihnen in Verbindung zu treten?"

„Das brauche ich nicht, ich tue es einfach. Die ganze Zeit schon. Sie sind ein Teil von mir und ich ein Teil von ihnen."

Nachdenklich kaue ich auf der Innenseite meiner Wange. „Und dann gibst du ihnen den Befehl zu wachsen?"

Elena überlegt, während sie eine Glasglocke über einem kleinen Bäumchen hochhebt und den feinen Stängel mit Wasser besprüht. „Es ist weniger ein Befehl als vielmehr ... keine Ahnung, eine Bitte? Das ist schwer zu erklären. Deine Beine oder Arme kommandierst du ja auch nicht herum. Du denkst an etwas und sie tun es. Manchmal geschieht das sogar unterbewusst, wir merken es überhaupt nicht. Mit meinen Babys verhält es sich genauso. Es ist ein Geben und Nehmen."

Ob es sich mit dem Wind ebenfalls so verhält? Möglicherweise lautet die Frage gar nicht, wie ich ihn beherrschen kann, sondern wie ich ihn dazu bekomme, mit mir eins zu werden.

Elena geht vor mir in die Hocke, betrachtet die Pflanze, deren Namen ich vergessen habe, und streicht sanft über ihre Blätter. „Ich folge dem Summen und verbinde mich mit ihm. Mittlerweile tue ich das, ohne es zu merken. Es geschieht einfach."

„Wenn es mit dem Wind nur auch derart leicht wäre."

Elena lacht. „Es dauerte drei Monate, bis ich das Summen zum ersten Mal richtig wahrgenommen habe. Und dann noch mal einige Wochen, bis ich ansatzweise verstanden habe, woher es kommt und wie es funktioniert. Phil der Überflieger konnte eine Pflanze wachsen lassen, da lernte ich gerade erst mit ihnen zu kommunizieren." Überrascht ziehe ich die Augenbrauen nach oben. „Jeder hat sein eigenes Tempo. Lass den Kopf nicht hängen und vertraue dem Wind. Er gehört zu dir, wie ein Familienmitglied. Manchmal etwas störrisch, aber dennoch liebenswert. Du musst nur abwarten.“

Ich schnaube. „Das ist leicht gesagt. Bisher verschließt er sich mir, obwohl ich ihn penetrant in meinem Kopf flüstern höre, auf meinen Armen tanzen spüre und in meinem Herzen pochen fühle.“

Sanft legt Elena ihre Hand auf meinen Arm. „Wenn du ihm ein Stück von dir gibst, wird dir der Wind auch ein Stück von sich geben.“

„Wie meinst du das?“

Sie zuckt mit den Schultern. „Das musst du selbst herausfinden.“

„Na toll“, entgegne ich und verziehe schmollend das Gesicht.

„Du musst dir selbst vertrauen, Laurie. Dir und dem Wind. Ihr seid ein Team, keine Gegenspieler.“

„*Mir* musst du das nicht sagen“, entgegne ich motzig. „Er ist die Zicke.“

Lachend erhebt Elena sich und geht zur Tür. „Ich glaube, das verbindet euch.“ Sie legt ihre Hand auf die Klinke und zieht sie zu sich. „Komm, vielleicht ist heute der Tag, an dem ihr euch endlich vertragt.“

Perplex stehe ich auf und folge ihr mechanisch. Ein Kribbeln wandert durch mich hindurch. Ich bin aufgeregt und nervös zugleich. Wird es dieses Mal klappen? Elena geht voraus, den Flur entlang und das Treppenhaus nach oben.

„Könnt ihr eigentlich einfach so aufs Dach?“, frage ich.

„Ja, der Schlüssel steckt in der Tür.“

„Gibt es irgendwelche Regeln, die ihr befolgen müsst?“

Elena überlegt einen Moment, während ich versuche nicht über den Teppich, der auf den Stufen liegt, zu fallen. Wer auch immer sich diese Konstruktion ausgedacht hat, kommt direkt aus der Hölle … oder dem Hades.

Oben angekommen stößt Elena die Tür auf und einen Augenblick bin ich geblendet von der Helligkeit. „Es gibt Regeln“, erklärt Elena. „Allerdings muss ich zugeben, dass wir einige Privilegien besitzen.“

„Schön ausgedrückt.“ Mir erscheint es eher, als könnten sich die Royals alles erlauben.

Direkt hinter dem Durchgang halte ich inne und blinzle einige Male. Die Sonne strahlt vom Himmel und wärmt mein Gesicht. Dieser Übergang zu unserem Flügel erinnert mich jedes Mal an die erste Nacht, in der Maris mich mit hierhergenommen hat. Ein Grinsen stiehlt sich auf meine Lippen und ich vermisse ihn. Zwar haben wir uns erst gestern Abend gesehen, jedoch ist es ungewiss, wann er wiederkommt. Die letzten Tage, in denen ich ihn wirklich oft sehen konnte, haben mich verwöhnt. Wird Maris morgen wieder auf die Erde kommen, in einer Woche oder erst in einem Monat? Keiner weiß das, denn er hört auf sein Gefühl und sobald das Alarm schlägt, gibt es nichts Wichtigeres, als die Schicksale zu beschützen.

„Bereit?“, fragt Elena, reißt mich aus meinen Gedanken und tritt neben mich. Ich nicke. „Gut, dann schließ die Augen.“

Mit geschlossenen Lidern klammere ich mich an das Geländer. Höhenangst war nie etwas, das mich beeinträchtigte, aber ganz wohl ist mir trotzdem nicht. Vor allem, da ich momentan beinahe blind bin.

Elena legt ihre Hand auf meine und ich zucke zusammen. „Atme ein und aus, suche nach dem Wind. Lass dir Zeit, du musst dich nicht stressen", weist sie mich an.

Ich muss ihn nicht suchen, der Wind ist immer da. Ich spüre das Vibrieren, wie er mir über die Haut streicht, eine meiner Strähnen hin und her bewegt. Einige Minuten folge ich ihm mit allen Sinnen. Höre sein Summen, fühle seine Kühle. Dieses Mal stelle ich keine Forderungen, versuche nicht, ihn zu unterwerfen und ihm meinen Willen aufzudrücken. Im Gegenteil, ich lasse mich auf ihn ein, möchte ihn verstehen und ihn für mich gewinnen. Elena hat recht, der Wind ist ein Teil von mir und als das muss ich ihn betrachten. Deswegen lasse ich los, habe keine Ansprüche und treibe vor mich hin. Meine Gedanken schweifen ab und ich stelle mir den Wind als kleinen Hund vor. Er ist ein Rabauke, der wild durch die Gegend rennt, über seine eigenen Beine fällt und sich glücklich im Gras wälzt. Doch von mir hält er sich fern, beäugt mich lediglich kritisch.

*Es ist okay, wenn du Zeit brauchst, ich verstehe das. Fremde sind mir selbst suspekt und es dauert, bis ich Menschen wirklich in mein Herz lasse*, gestehe ich dem Wind. *Du hast hier ebenfalls einen Platz. Denn du warst es, der mich ein Teil dieser Gruppen werden ließ. Erst seit du mir gezeigt hast, was in mir steckt, weiß ich, wer ich bin.*

„Laurie", flüstert Elena und ich reiße die Augen auf, habe sie vollkommen vergessen. Vor uns schwebt eine kleine Kugel. Erst beim zweiten Blick erkenne ich, dass es Blätter und Kieselsteine sind, die rotieren. Der Wind wirbelt sie herum und formt sie zu einem perfekten

Ball. Langsam gleitet sie durch die Luft auf uns zu. Eine Armlänge von mir entfernt kommt sie zum Stehen und der obere Teil der Kugel hebt ab, so weit, dass ich in ihr Inneres sehen kann. Dort entdecke ich eine rote Blume.

„Eine Amaryllis“, erklärt Elena ehrfürchtig und ich sehe sie mit hochgezogenen Augenbrauen an. „Er ist stolz, mit dir befreundet zu sein, und drückt dir gegenüber seine Zuneigung aus.“

„Kannst du seine Gedanken lesen?“, frage ich verwirrt.

Elena grinst. „Nein, aber die Blume verrät es mir. Jede Pflanze, jedes Blatt und jede Blüte hat eine Bedeutung. Und die Amaryllis steht für Freundschaft, Zuneigung und Stolz.“

„Zum Glück bist du mit mir hier hochgegangen, sonst hätte ich das Geschenk nicht verstanden.“

„Oh, er will, dass du sie nimmst“, meint Elena und mir bleibt kurz der Mund offen stehen.

„Woher weißt du das, ohne seine Gedanken zu hören? Trickst du mich aus?“

Elena kichert. „Nein, schau.“

Erneut wende ich mich der Kugel zu und dann verstehe ich, was Elena meint. Der Wind hat die Amaryllis angehoben und nun gleitet sie aus der Kugel, schwebt auf mich zu. Vorsichtig strecke ich die Hand aus, möchte nichts falsch machen und damit das dünne Band der Verbundenheit, das wir beide gerade geknüpft haben, zerstören.

Als ich die Amaryllis zwischen meinen Finger halte, zieht der Wind sich zurück. Die Kugel sinkt langsam zu Boden. Dennoch bleibt die Anwesenheit meines neuen Freundes deutlich spürbar zurück. Lächelnd betrachte ich die Blume. Etwas hat sich verändert. Zwar habe ich den Wind die ganze Zeit wahrgenommen, doch jetzt ist das Summen lauter. Es hallt nicht mehr in mir wieder, sondern ist ein Teil von mir geworden. Wie eine Saite, die jetzt mit meinem Körper in Verbindung steht und leicht schwingt.

*Danke, mein Freund,* gebe ich in Gedanken an den Wind weiter und als Antwort streicht mir eine warme Brise über die Haut. Vor uns liegt ein langer Weg, allerdings haben wir es heute geschafft, den ersten Schritt in die gleiche Richtung zu machen, anstatt voreinander wegzulaufen.

Plötzlich schlägt die Tür gegen die Wand und ich fahre herum. Aus dem Treppenhaus treten Manuel und Phil auf den Übergang. Ihre Stimmung ist ausgelassen … jedenfalls bis sie uns entdecken. Manuels Lachen gefriert und rutscht ihm von den Lippen, während Phil die Arme vor der Brust verschränkt.

„Was macht ihr hier oben?", blafft Phil seine Schwester an, die nur milde lächelt.

„Keine Panik", entgegnet Elena und greift nach meiner Hand. „Wir wollten gerade gehen."

Sie zieht mich an den beiden Jungs vorbei und mir fallen zwei Dinge auf, bevor die Tür mir die Sicht versperrt. Zum einen weicht Manuel meinem Blick aus und zum anderen umklammert Phil ein kleines Buch. Fast hätten seine muskulösen Oberarme den Einband verschluckt, doch eine Ecke steht verräterisch hervor. Sofort denke ich an den Abend, an dem ich in Kiras Zimmer herumgeschnüffelt habe. Schon einmal habe ich Phil und Manuel von hier oben alleine hinuntergehen sehen. Und unsere Anwesenheit heute hat sie aus dem Konzept gebracht, fast als hätten sie etwas zu verbergen.

*Das grüne Buch*, schießt es mir durch den Kopf. Ich sehe es nicht zum ersten Mal. In Kiras Zimmer lag ein ähnliches ... oder dasselbe?

Wissen die Jungs, wo Kira ist? Stimmt Christas Vermutung und es gab nie einen Fremden? Vielleicht ist Kira doch geflohen und die beiden haben ihr geholfen. Zumindest ist es kein Geheimnis, dass die Royals immer zusammenhalten, komme was wolle ... genau, die Royals. Kann es sein ... hängen da etwa alle mit drin?

„Was machen Manuel und Phil auf dem Übergang?", frage ich kühn, denn irgendetwas verbergen die beiden, dessen bin ich mir sicher. Ihre Körperhaltung, ihr ganzes Auftreten war eindeutig.

Elena greift nach dem Geländer und ich eile hinter ihr her, da sie immer noch meine Finger umklammert hält.

„Lernen", presst sie hervor und lächelt mir über ihre Schulter zu.

Misstrauisch ziehe ich die Stirn in Falten. „Lernen?"

„Ja, für einen Biologietest. Oder glaubst du, wir bekommen unsere A-Levels geschenkt?", schiebt sie patzig hinterher und ich entziehe ihr meine Hand, bleibe stehen, weil sie zu mir herumwirbelt. „Wir müssen genauso hart für gute Noten büffeln, wie alle anderen."

Ich hebe abwehrend die Hände und verstehe nicht, woher Elenas plötzliche Wut kommt. „Das weiß ich."

„Entschuldige", entgegnet sie einen tiefen Atemzug später ruhig. „Das Thema bringt mich zur Weißglut. Jeder denkt, wir bekommen unsere Noten einfach in den Schoß geworfen. Die Leistung dahinter sieht kaum jemand. Denn es gibt nicht nur den normalen Unterricht, den wir bestehen müssen, da ist auch noch das Training bei den Frourá.“

„Ich bin erst seit einigen Tagen Teil dieser Welt, aber schon jetzt kann ich mir vorstellen, wie hart es wird. Das würde ich niemals infrage stellen.“

Elena nickt und geht die Stufen weiter hinab, bis zum Eingang zu ihrem Flügel. Mein Misstrauen ist mit ihrer Reaktion allerdings nur gewachsen. Ist sie wirklich eingeweiht?

„Wieso lernt ihr nicht zusammen?“, frage ich und wage einen letzten Versuch, etwas aus Elena herauszubekommen. Blockt sie erneut ab, werde ich das Thema fallen lassen. Ihre Freundschaft ist mir momentan wichtiger, als hinter dieses Rätsel zu kommen. Ich bin in eine Welt geschlittert, in der ich mich nicht auskenne und jeden Verbündeten brauche, der auf meiner Seite steht.

Elena hält mir die Tür auf und ich gehe durch den Flur in ihr Zimmer, greife nach meinem Brokkoli.

„Hör zu, es ist Phil peinlich, okay, aber er braucht Nachhilfe. Manuel gibt ihm diese heimlich, deswegen lernen sie dort oben. Nur ich weiß es.“

Mit einem lauten Klonk fällt mir der Stein vom Herzen, der einen Schatten über die neue Freundschaft zu den Royals geworfen hatte. Und ich schüttle innerlich den Kopf über mich selbst. Ich wittere hinter jeder Ecke Betrug und Verrat, ein Geheimnis oder Lügen. Vielleicht ist mir das göttliche Blut zu Kopf gestiegen und ich sollte ganz dringend einen Gang zurückschalten. Die Halbgötter sind eben auch nur Menschen – jedenfalls zum Teil. Ihnen sind Dinge peinlich, sie schämen sich und behalten deswegen ihre Schwächen für sich.

„Eure Schwächen belasten euch viel zu sehr“, entgegne ich und mir kommt das Gespräch mit Cassy in den Sinn. Auch sie verbirgt etwas vor den anderen, damit diese nicht an ihrer Stärke zweifeln. Traurig, dass sie glauben, ihre Freunde würden sie dafür verachten.

Elena zuckt mit den Schultern und wendet sich einem kleinen Bäumchen zu. Sie nimmt ein Blatt in die Hand und streicht sanft darüber. Ich verabschiede mich und lasse sie alleine.

***

Am späten Nachmittag sitze ich Christa gegenüber und lasse mir erklären, wie die Götter im Verhältnis zueinander stehen und wie sich ihre Lebensweise von unserer unterscheidet. Mein Schädel dröhnt und ich versuche das Gelernte zu verstehen. An menschlichen Maßstäben gemessen, sind die Götter keine Wesen, die man anbeten, sondern eher verachten sollte. Deswegen unterbreche ich Christa.

„Habe ich das richtig verstanden? Zeus tötete seinen Vater, weil dieser all seine Kinder verspeiste – abgesehen von Zeus -, aus Angst entmachtet zu werden. Nach dem gewonnenen Kampf heiratete Zeus nicht nur seine Schwester, sondern auch andere Göttinnen und zeugte unendlich viele Kinder. Es herrschen Zwietracht, Intrigen und Lügen.“

Christa nickt. „Das solltest du bereits in der Schule gelernt haben.“

„Habe ich“, gestehe ich. „Allerdings dachte ich damals, es wären Mythen. Zu erfahren, dass all diese

Geschichten wahr sind und es die olympischen Götter gibt, ist eine ganz andere Nummer."

Sie sind kein Vergleich zu dem Gott, den christliche Kulturen anbeten. An den ich selbst geglaubt habe oder vielleicht auch immer noch glaube. Deswegen fällt es mir schwer, objektiv zu sein. Denn in meinem Empfinden sind Götter übermenschlich. Sie tun Gutes, sind für die Menschen da ...

„Liest du das Buch, das ich dir gegeben habe?", fragt Christa und ich ziehe es aus der Bauchtasche meines Hoodies. Auf den vergilbten Seiten stehen nicht nur Geschichten über die Götter, sondern auch Empfindungen und Schilderungen derer, die sie geliebt haben. Genau die machen die übernatürlichen Wesen greifbarer.

„Ja, es hilft", antworte ich und schlage die Seite auf, hinter der ein getrocknetes Blatt als Lesezeichen steckt. „Deine Erzählungen lassen sie hart erscheinen. Die in dem Buch geben ihnen Menschlichkeit."

„Sei nur vorsichtig, Laurie. Denn genau das sind die Götter eben nicht. Menschlichkeit ist ihnen genauso fremd, wie uns die Göttlichkeit. Ihr fünf bekommt einen kleinen Vorgeschmack darauf, was es bedeutet Macht zu haben. Und es wirbelt euren Kreislauf ziemlich durcheinander, oder?"

Nachdenklich nicke ich. Christa hat recht. Göttliches Blut durch seine Adern fließen zu wissen ist eine Ehre, gleichzeitig aber auch eine Bürde. Es bringt viele Probleme mit sich, für die nur wenige Menschen Verständnis haben, denn sie verstehen sie nicht.

Sofort muss ich an Kira denken. „Glaubst du wirklich, Kira ist abgehauen?" Diese Frage ist wie ein Pflaster. Je schneller man sie stellt, desto eher vergehen die Schmerzen, die sie mit sich bringt.

Christa mustert mich und eine ihrer Augenbrauen wandert über den Rand ihre Brille. „Zumindest halte ich das für eine Möglichkeit."

„Wieso?"

Ein Schnauben, verschränkte Arme und einen Schritt zurück. „Es gibt kaum etwas, das mir fernerliegt, als mit dir darüber zu diskutieren."

Mist. Das hätte ich ahnen können. Trotzdem war es einen Versuch wert. Denn selbst wenn ich jetzt weiß, was Phil und Manuel auf dem Dach machen, gibt es ein Detail, das ich mich bisher nicht getraut habe anzusprechen. „Der Angreifer hatte übernatürliche Kräfte", sage ich und wage mich weiter vor, bevor mich der Mut verlässt. „Eigentlich sind diese uns Halbgöttern vorbehalten, oder? Und zwar nur denjenigen, die Maris zur Seite stehen."

Christa verengt die Augen zu Schlitzen. „Und?"

„Wie ist es dann möglich, dass jemand den Wind kontrollieren konnte?"

„Ah", entgegnet Christa und ihre Miene hellt sich auf. Hat sie eine andere Frage erwartet? „Es gibt immer wieder Halbgötter, bei denen die Kräfte ausgeprägter sind. Meist befinden sich diese dann in der Obhut der Frourá, aber über dich wussten wir ja ebenfalls nicht Bescheid." Sie lässt den Blick aus dem Fenster in die Ferne schweifen. „Je jünger ein Halbgott, desto stärker fließt die Göttlichkeit durch seine Adern. Mit dem Alter verschwinden die Kräfte dann meist so weit, dass sie kaum noch vorhanden sind."

Entsetzt ziehe ich die Augenbrauen nach oben. „Was? Ein Kind könnte der Angreifer sein?"

„Ihr seid selbst noch Kinder, Laurie", entgegnet Christa. Leider kommt mir das die meiste Zeit nicht so vor. „Außerdem gibt es einige andere Möglichkeiten", fährt sie fort. „Ein Artefakt könnte in die falschen Hände geraten sein."

„Selbst wenn, wieso sollte der Träger uns dann angreifen?"

„Macht?"

Ich schüttle den Kopf. „Das ist doch Irrsinn."

„Ja, allerdings macht es das nicht weniger real."

Christas Blick kehrt zu mir zurück. Dieses Gespräch ging in eine andere Richtung, als ich erhofft hatte, dennoch bringt es mir Aufschluss und mich einige Schritte voran.

„Genug Zeit verplempert", weist Christa mich zurecht. Ich klappe Edwards Notizbuch widerwillig zu und kehre zu meinen Aufzeichnungen über die Götter zurück. Am Ende der Stunde platzt mir der Schädel. Zu viele Informationen in zu kurzer Zeit.

„Laurie", ruft Lucas hinter mir und ich drehe mich um. Er winkt mir zu und weicht einigen Schülern auf dem Gang aus. „Wollen wir eine Runde um den See laufen?"

Zuerst möchte ich ablehnen, denn ein Berg Hausaufgaben wartet auf mich. Außerdem will ich unbedingt weiter in Edwards Notizbuch lesen. Gleichzeitig habe ich das Gefühl, dass mein Hirn mit der Selbstzerstörung beginnt, wenn ich ihm keine Auszeit gönne.

Deswegen nicke ich. „Danke für die Party gestern."

Auf dem Weg zur Eingangstür hake ich mich bei ihm unter und auch jetzt merke ich, wie einige Schüler sich zur Seite drehen und tuscheln. Ich ziehe meinen Arm zurück, als hätte ich mich verbrannt, nur um dann erneut nach ihm zu greifen. Mich von der Meinung anderer, die mir nicht mal etwas bedeuten, beeinflussen zu lassen, ist dämlich. Für ihr Empfinden kann ich nichts und was sie denken, ist ihre Sache.

„Man gewöhnt sich daran", kommentiert Lucas und ich sehe beschämt zu ihm auf.

„Tut mir leid."

Er winkt ab. „Wie war die Geschichtsstunde?"

„Aufschlussreich. Und ernüchternd. So viele Dinge, die ich lernen muss."

Draußen zwitschern die Vögel, während mir ein kühler Wind über die Wangen streicht. Es kitzelt und ein Lachen zupft an meinen Mundwinkeln. „Lucas, heute Morgen ist etwas Großartiges passiert", platze ich hervor.

„Was denn?"

„Ich habe es geschafft, mit dem Wind zu kommunizieren. Er hat mir sogar eine Blume geschenkt." Wie ein kleines Kind hüpfe ich aufgeregt in die Höhe. „Außerdem ...", setze ich an. Darf ich Lucas von meinem Besuch bei den Orakelbüchern erzählen? Wahrscheinlich sollte ich diese Kleinigkeit für mich behalten. Daher sauge ich mir schnell etwas anderes aus den Fingern. „Außerdem habe ich die Geschichte von Imogen und Hera gelesen."

Edward hat neben seinen eigenen Erfahrungen auch die von anderen Göttergeliebten notiert. Manchmal kommt es mir beinahe so vor, als wären ihre Gefühle übermenschlich, und womöglich waren sie das. Wie könnte man sonst etwas lieben, das so viel stärker ist als man selbst und die Macht besitzt auf einer anderen Ebene zu fühlen? Hera ist nicht nur Zeus' Ehefrau, sondern auch seine Schwester. Als Göttin der Ehe hasst sie Zeus' andere Frauen und ist sehr eifersüchtig. Imogen, eine von Heras Geliebten, beschrieb Heras Gefühle als Obsession für Zeus, denn sie liebte nichts mehr als ihren Ehemann. Während Imogen sich also in Hera verliebte, vergnügte diese sich nur mit ihr, da ihr eigentliches Ziel war, Zeus' Eifersucht zu wecken. Leider vergeblich. Am Ende brachen mehrere Herzen, wenn auch aus verschiedenen Gründen. Hera ließ Imogen fallen und wendete sich einem neuen Abenteuer zu, immer in der Hoffnung, Zeus auf sich aufmerksam zu machen.

Wir erreichen den See. Friedlich liegt die Wasseroberfläche vor uns, schwappt leicht hin und her. Die Entenfamilie schwimmt ihre Bahnen und erfreut sich an den letzten Sonnenstrahlen.

„Tragisch, oder?", meint Lucas und setzt sich auf einen Stein. Ich drücke mich neben ihn und lege meinen Kopf an seine Schulter. „Dieses Adjektiv beschreibt bisher jede Geschichte, die ich über die Götter gelesen habe."

Lucas lacht. „Stimmt. Aber ich finde unerfüllte Liebe besonders schlimm."

„Vor allem, da niemand glücklich wurde", füge ich hinzu. Imogen nahm sich das Leben und Hera schwebt wahrscheinlich weiterhin durch den Olymp und versucht Zeus an sich zu binden.

Lucas nickt und ich setze mich auf, ziehe die Knie zu mir und umfasse sie mit den Armen. „Imogen tut mir irgendwie leid. Sie stand zwischen den Fronten zweier Götter, die sich nie für sie interessierten."

„Ja, allerdings hat Hera auch ihre guten Seiten. Und ehrlich gesagt glaube ich, dass sie Imogen liebte", entgegnet Lucas und wendet sich mir zu.

„Was?"

„In unserer Welt ist es nicht so einfach, jemanden bedingungslos zu lieben und hinter ihm zu stehen", meint Lucas und ich stütze meinen Kopf auf die Hände. „Es lagen Welten zwischen Imogen und Hera. Die eine verstand die andere nicht. Geheimnisse überschatteten die Leben der beiden und schließlich zerbrachen sie daran."

„Hera ließ ihre Geliebte zurück und ging zu Zeus, Lucas. Ich muss gestehen, dass das für mich nicht nach der großen Liebe klingt."

Die Enten flattern wild mit ihren Flügeln, wirbeln Wasser auf und schweben einige Meter über die Oberfläche des Sees. Dann landen sie und erneut kehrt Ruhe ein.

„Weil du unsere menschlichen Maßstäbe anlegst. Unter den Göttern ist es normal, mehrere Wesen zu lieben", erklärt Lucas.

„Und dennoch vergeht Hera nahezu vor Eifersucht gegenüber Zeus' anderen Ehefrauen."

Lucas nickt. „Du hast recht. Vielleicht wünsche ich mir für Imogen auch einfach nur, dass Hera sie wirklich geliebt hat. Jeder hat es verdient zurückgeliebt zu werden, oder?"

„Ja, du hast recht", antworte ich und bin mir unsicher, ob wir immer noch von Hera und Imogen reden. Ich ziehe die Unterlippe zwischen die Zähne und fahre mit der Zunge darüber. Das Thema ist heikel und etwas aus Lucas herauszubekommen, das er eigentlich für sich behalten will, nahezu unmöglich. Trotzdem habe ich das Gefühl, etwas sagen zu müssen.

„Vielleicht bin ich jetzt eine Halbgöttin, aber allem voran, bleibe ich deine Freundin, Lucas. Deine Geheimnisse werden meine sein, versprochen.“

Einige Sekunden ist es still und ich spüre meinen Herzschlag durch die Adern pulsieren. Die Enten haben sich zu einer kleinen Gruppe formiert und schwimmen im Einklang miteinander voran.

„Du hast deine große Liebe gefunden, oder?“, meint Lucas plötzlich und ich drehe den Kopf perplex in seine Richtung.

„Ich denke schon“, murmle ich überfordert mit der Frage, denn eigentlich habe ich mir bisher keine Gedanken über die Zukunft mit Maris gemacht.

„Man sieht es. Sobald einer von euch den anderen entdeckt, ändert sich etwas in eurem Ausdruck, eurer Körperhaltung und eurer Aura. Es scheint, als würde dich nicht mehr die Schwerkraft auf dem Boden halten, sondern Maris. Dein Licht erhellt seine Dunkelheit.“

Verwirrt blinzle ich, brauche einen Moment, um über die Worte nachzudenken. Lucas hat recht, ich liebe Maris. Er ist mein Gegenstück, zieht mich aus dem Chaos meiner Gedanken, wenn ich drohe darin zu ertrinken. Nur in einem irrt er sich. Nicht ich bin das Licht, sondern Maris ist es. Er bringt Helligkeit in mein Leben, verwandelt das Grau der Trauer und Vergangenheit in bunte Farben.

„Lucas“, murmle ich, um die Stille zu durchbrechen. Eigentlich fehlen mir die Worte und ich konzentriere mich lediglich auf meinen schnellen Herzschlag, der mir in den Ohren rauscht.

„Bei uns Halbgöttern gibt es so etwas selten“, erklärt Lucas, während ich weiterhin von der Erkenntnis, dass ich Maris liebe, gefangen bin. „Die Ehen sind arrangiert und von unserer Geburt an festgelegt.“

„Das tut mir leid.“

„Mir auch, denn momentan gehört mein Herz einer anderen und vielleicht wird es das auch noch dann, wenn ich verheiratet sein werde.“

„Fuck“, entfährt es mir. So weit habe ich bisher nie gedacht, wenn die Royals und vor allem Lucas über ihre Familienstrukturen gesprochen haben. „Wieso lehnt sich niemand dagegen auf?“

„Weil es keinen Sinn hätte. Wir sind, was wir sind. Und es gibt nur diesen einen Weg unsere Art zu erhalten.“

„Wäre es so schlimm, die Göttlichkeit zu verlieren?“

„Es wäre ein Verlust. Vor allem, da Maris plötzlich alleine dastünde“, meint Lucas und ich lasse die Schultern sinken. „Trotzdem habe ich durch Kiras Entführung etwas erkannt. Das Leben ist zu kurz. Irgendwann muss ich das Mädchen, das meine Eltern ausgewählt haben, ehelichen, doch bis dahin habe ich ein Leben und das werde ich genießen.“

Verblüfft hebe ich den Blick und sehe Lucas direkt an. „Was soll das heißen?“

„Das soll heißen, dass ich dich jetzt bitte, mir dabei zu helfen, Samira zu einem Date einzuladen.“

„Was?“, kreische ich. „Samira? Nicht Cassy?“ Ich fasse mir an die Brust. Schock wechselt sich mit Freude ab, auch wenn mir klar ist, dass diese Beziehung unter keinem guten Stern steht, gewinnt die Romantikerin in mir, die die Hoffnung auf ein Happy End niemals aufgeben wird.

„Cassy? Wie kommst du denn auf Cassy?", fragt Lucas.

„Du hast ja nichts gesagt, da musste ich meine eigenen Schlüsse ziehen", maule ich.

„Tut mir leid."

„Muss es nicht, wenn du niemals darüber gesprochen hättest, hätte ich das ebenfalls akzeptiert. Trotzdem bin ich froh jetzt Bescheid zu wissen. Ich liebe Samira und ich liebe dich. Ihr werdet also perfekt zusammenpassen." Außerdem ist das Wissen darüber, dass Samira Lucas ebenfalls interessant findet, hilfreich. Aber das behalte ich natürlich für mich.

Lucas zieht belustigt die Augenbrauen nach oben. „Das machst du daran fest, dass wir beide mit dir befreundet sind?"

„Klar, ich hab eine tolle Menschenkenntnis."

„Das heißt, du hilfst mir?" Schüchtern lächelt er und ich schiebe den Götterkram zur Seite, schwöre mir, Lucas und Samira nur als zwei Wesen zu betrachten, die ihr bisschen Glück verdient haben.

„Das heißt es", antworte ich und kann mein Grinsen nicht verbergen. Lucas zieht mich in eine Umarmung. Kaum etwas hätte mich mehr überraschen können als seine Offenbarung, da ich mir sicher war, dass Cassy seine Herzdame ist.

„Ich könnte mich niemals in Cassandra verlieben", bemerkt Lucas. „Sie ist wie eine Schwester und gehört zu meiner Familie."

„Das ist nur eine andere Art des Verliebtseins, Lucas. Liebe hat so viele Facetten, dass wir sie niemals begreifen können.“

Lucas löst sich von mir und betrachtet die Enten. Hinter den Baumspitzen sinkt die Sonne langsam gen Horizont. „Vielleicht, dennoch fühlt es sich anders an. Weißt du, Samira und ich hatten zusammen einen Kurs.“

„Wann?“

„Vor ungefähr einem Jahr. Er war freiwillig und fand immer samstags morgens statt. Wir waren fast alleine.“

„Das wundert mich nicht“, murmle ich. Man muss entweder wahnsinnig oder wirklich interessiert sein, wenn man für einen Kurs am Wochenende früher aufsteht. Ich diagnostiziere Wahnsinn – sind wir ehrlich, niemand würde sich sonst aus dem Bett quälen.

„Seit ich klein bin, lese ich alles, was es über die Sterne zu wissen gibt. Planeten, ihre Entstehung und ihr Sterben sind unfassbar interessant. Daher habe ich mich in Astronomie eingeschrieben und hätte kaum überraschter sein können, Samira dort anzutreffen. Denn ehrlich gesagt wusste ich vorher nicht viel über sie.“

Ein Vogel landet neben uns im Gras, dreht das Köpfchen hin und her.

„Wieso warst du überrascht?“

„Weil ich ein Idiot bin, Laurie. Einer, der große Vorurteile hübschen Mädchen gegenüber hat …“

„Was?“, entfährt es mir. Lautes Vogelgezwitscher untermalt meine Empörung. „Eigentlich ziemlich lustig, wenn man bedenkt, dass meine Freundinnen euch für die coolen Kids hielten.“

„Hey, wir sind die coolen Kids.“

„Du bist wirklich ein Idiot“, entgegne ich lachend und haue Lucas gegen den Oberarm.

„Dort habe ich sie von einer anderen Seite kennengelernt“, gesteht Lucas und nimmt den Faden wieder auf.

„Sie ist nicht nur schön, sondern auch intelligent.“

Lucas nickt. „Trotzdem hat sie den Lehrer zur Weißglut gebracht und ich glaube, das war der Moment, in dem meine Aufmerksamkeit geweckt war. Samira hat ihre eigene Sicht auf die Dinge und obwohl sie christlich erzogen wurde und jede Woche den Gottesdienst besucht, ist sie der Wissenschaft gegenüber offen. Nur weil sie an eine Sache glaubt, schließt das für sie eine andere nicht aus.“

„Es ist beides möglich, oder? Es kann Gott oder Götter geben und auch den Urknall und moderne Technik.“

„Ja, genau so ist es.“

Ich nehme meine Unterlippe zwischen die Finger, knete sie nachdenklich. „Würdest du es ihr sagen?“

„Was?“

„Dass du ein Halbgott bist.“

„Niemals“, entkommt es Lucas so schnell, dass er sich beinahe verschluckt.

„Auch wenn sie deine wahre Liebe ist?“

Lucas steht auf, kickt einen Stein über die Wiese. Seine Hände vergräbt er in den Hosentaschen. „Selbst dann nicht. Stell dir vor, welche Bürde es für sie wäre. Ein Geheimnis zu tragen, dass nie jemand erfahren darf und das sie vor allen verbergen müsste. Würden die Frourá davon Wind bekommen, wäre es Verrat und ich müsste die Gemeinschaft verlassen und dürfte nie wieder zurückkehren.“

Ich schlucke, muss an meine Eltern denken. War es für sie genauso? Haben sie den Frourá und ihren Familien deswegen den Rücken gekehrt? Es würde erklären, wieso sie mir nie gesagt haben, was ich bin. „Schöne Scheiße."

„Ja, es ist eins der größten Vergehen und wird sowohl von den Frourá als auch den Götterfamilien missbilligt."

„Wie oft kommt es vor, dass jemand seiner Familie den Rücken kehrt?"

Lucas zuckt mit den Schultern. „Keine Ahnung. Ich kenne niemanden, der so etwas tun würde. Aber natürlich gibt es Geschichten."

Am See wird es kälter und ich fröstle, fahre mir über die Oberarme. Die letzten Sonnenstrahlen kämpfen sich durch die Bäume und ich erhebe mich ebenfalls. Es ist Zeit, zurück zum Internat zu gehen. „Erzähl mir eine", bitte ich Lucas und hake mich bei ihm unter. „Sind sie so grausam, wie die von Hera und Imogen?"

„Manche sind schlimmer. Das Schicksal ist eben die größte Dramaqueen", sagt er lachend, doch es klingt hohl, versickert freudlos im Boden. „Bitte, lass uns über etwas Fröhlicheres reden."

„Gut, worüber?", entgegne ich traurig. Allerdings verstehe ich Lucas. Er freut sich auf sein erstes Date mit jemandem, in den er sich ernsthaft verlieben könnte. Da können einen gebrochene Herzen ganz schön runterziehen.

„Keine Ahnung."

„DC oder Marvel?", frage ich und Lucas sieht mich verdutzt an.

„Wie bitte?"

„Bist du ein DC- oder Marvel-Fan?" Im Ablenken bin ich Meisterin, darin macht mir niemand den Titel streitig.

„Fällst du immer mit der Tür ins Haus?"

Ich grinse. „Das ist die einzig wahre Methode."

„Marvel."

„Richtige Antwort", lobe ich.

Lucas legt die Stirn in Falten, während unsere Schritte vom Waldboden verschluckt werden. „Gab es etwa eine falsche?"

„Natürlich. Wer würde Aquaman schon vorziehen?"

„Was ist mit Wonder Woman oder Batman?"

Die Bäume lichten sich und bald werden wir die Kirche sehen können. Deswegen halte ich inne, denn ich möchte die Welt, die Lucas und ich uns hier innerhalb des Waldes erschaffen haben einen Augenblick länger genießen. Sobald der Kies unter meinen Schuhen knirscht, muss ich in die Realität zurückkehren, mich dem Everest an Hausaufgaben und dem Götterkram stellen. Hier kann ich das für einige Augenblicke vergessen.

„Keine Gegenfragen, Mister", sage ich und grinse ihn an. „Kaffee oder Tee?"

„Ich bin Engländer."

„Gut, ich ziehe die Frage zurück."

„Wer hat überhaupt bestimmt, dass du den Hut aufhast?", meint Lucas und lehnt sich gegen einen Baumstamm. Sein Protest ist halbherzig.

„Musik hören oder Serien schauen?", frage ich, anstatt auf seine Stichelei einzugehen.

„Serien schauen."

„Falsch."

„Bestimmt wer?“

„Ich.“

Lucas lacht. „Dann muss es ja stimmen.“

„Eine Serie wird dich niemals das empfinden lassen, was Musik in dir auslöst“, erkläre ich. „Der Interpretationsspielraum bei Serien ist viel kleiner.“

„Akzeptierst du nie die Meinung anderer?“

„Nicht, wenn sie falsch ist“, entgegne ich grinsend.

„Jetzt bin ich dran. Würdest du lieber …“

„Oh nein, ich hasse das“, meine ich und trete von einem Fuß auf den anderen. „Dieses Spiel ist gemein.“

„Das macht doch den Reiz aus. Also: Würdest du lieber einmal Billie Eilish begegnen, dafür aber nie wieder einem anderen Star oder jeden Tag einem anderen Promi.“

„Da brauche ich nicht drüber nachzudenken. Billie Eilish, Lucas. Immer Billie Eilish.“

„Immer?“

„Immer!“

„Selbst vor Maris und uns?“

„Hä? Du sagtest Promis … ihr seid nur Halbgötter.“

Lucas schnaubt gespielt. „Heutzutage machen es einem die Frauen echt nicht leicht.“ Dann kommt er auf mich zu und bleibt kurz vor mir stehen. „Danke, Laurie.“

Verwirrt blicke ich ihm in die Augen. Ich wünschte, ich könnte darin etwas lesen, erkennen, was er denkt. „Wofür?“

„Die Ablenkung. Und jetzt habe ich die Fragen aller Fragen für dich. Disney oder …“

„Nein", unterbreche ich ihn und hebe warnend meine Hand. „Diesen Satz möchtest du nicht zu Ende bringen. Es gibt kein oder. Nicht bei Disney. Niemals."

„Bist du sicher? Was ist mit ..."

„Lucas, ich meine das ernst." Langsam gehen wir weiter Richtung Kapelle. Das Gebäude beeindruckt mich jedes Mal, wenn ich daran vorbeilaufe. Es steht für die Gemeinschaft, das Gefühl von Verbundenheit, das ich seit meiner Ankunft empfinde. Wir Schüler sind nicht nur zum Lernen hier, vielmehr verbringen wir fast unsere gesamte Jugend hinter den Mauern des Schlosses.

„Warst du mal bei einem der Gottesdienste?", frage ich und mustere die bunten Fenster. Es ist dunkel im Inneren, dennoch erkenne ich die verschiedenen Farben.

Lucas schüttelt den Kopf. „Wir sind befreit von allen Veranstaltungen. Würde kaum Sinn haben, oder?"

„Warum gibt es dann überhaupt Gottesdienste?"

„Was würde deiner Meinung nach besser ins 21. Jahrhundert passen? Opfergaben für Hestia?"

Erschrocken weiche ich zurück. „Shit, macht ihr das wirklich?"

„Ja, den Mondphasen folgend, huldigen wir unseren Schöpfern. Hades liebt Ziegen."

Mein Magen dreht sich um, würde am liebsten seinen kompletten Inhalt entleeren und nie wieder eine Mahlzeit zu sich nehmen. Absurderweise steigt mir der Geruch von Blut in die Nase und ich sehe eine geköpfte Ziege auf einem großen Steintisch vor mir. Ihr rinnt der rote Lebenssaft aus den Adern, tropft in große Schalen. Die Royals tragen weiße Kutten und ihre Gesichter sind mit Blut beschmiert. Im Kerzenschein wirken sie gespenstisch und surreal, strahlen jedoch genau die Macht aus, die in ihnen wohnt.

„Das ist barbarisch“, sage ich laut.

„Und ein Witz.“

Erleichtert kehrt mein Magen an seinen Bestimmungsort zurück und augenblicklich vergeht meine Übelkeit. „Nicht lustig.“

„Hab ich jetzt auch gemerkt.“

„Also keine Opfergaben.“

Lucas schüttelt den Kopf. „Nein, wurde vor Jahren abgeschafft.“

„Jahren?“, echoe ich empört. „Nicht Jahrzehnten oder gar Jahrhunderten?“

„Nein, es war erst kurz vor unserer Geburt. Aber wenn man bedenkt, dass in England noch bis 1964 Menschen hingerichtet wurden, sind wir beinahe fortschrittlich“, entgegnet Lucas und ich schnaube.

Leider hat er recht.

„Ich verzeihe dir.“ Zum Glück habe ich meinen Humor wiedergefunden. Kurz war er mir abhandengekommen und in einer Lache aus Blut verschwunden.

„Wie großherzig von dir.“

„Danke, ich weiß. Was würdest du nur ohne mich tun?“

„In Ruhe Serien bingen und mich nicht von dir belehren lassen, dass Musik hören viel kultivierter sei“, meint Lucas und geht auf meine Blödelei ein.

„Vielleicht. Allerdings würde dir dann niemand bei Samira helfen.“

„Es war nur eine Nettigkeit von mir, dich darum zu bitten, denn eigentlich habe ich deine Hilfe gar nicht nötig.“

Ich grinse. „Oh, dein Ego ist zurück. Ich dachte schon, es sei mit meinem Humor durchgebrannt."

„Ehrlich gesagt bin ich ratlos", gibt Lucas zu und ich halte ein weiteres Mal inne. Nur noch wenige Meter trennen uns von dem Kiesweg. „Sobald ich Samira einlade, einen Film mit mir zu schauen oder Ähnliches, wird sich das ungehindert verbreiten. Dadurch wird uns die Chance genommen, den anderen vorbehaltlos kennenzulernen. Die anderen Halbgötter werden es mir ausreden."

„Mach dir keinen Kopf, Lucas. Wir lassen uns was einfallen, denn das ist ein Problem, das ich lösen kann. Ganz sicher."

Lucas geht weiter. „Meinst du?"

Wir biegen um die Ecke und Chaos empfängt uns. Ich drehe mich zu Lucas, wir schauen uns eine Sekunde an, dann rennen wir gleichzeitig los. Die Antwort auf seine Frage habe ich längst vergessen, stattdessen habe ich Mühe, die Ruhe zu bewahren.

Weißblaues Blitzlicht spiegelt sich im Glas der Fenster und einige Polizeibeamte laufen zwischen dem Eingang und ihren Autos hin und her. Bei einem Krankenwagen werden gerade die Türen geschlossen, bevor er losfährt. Die Reifen wirbeln den Kies auf und er spritzt mir entgegen.

Ich erreiche zuerst den Eingang, drehe mich einmal verwirrt im Kreis. Niemand der Anwesenden kommt mir bekannt vor und mir läuft ein kalter Schauer den Rücken hinab. Schnell eile ich ins Innere, gehe den Polizisten aus dem Weg, bis ich keuchend vor Elena zum Stehen komme. Meine Lunge brennt und mein Puls feuert mir heißes Blut durch die Adern.

„Was ist passiert?", presse ich hervor, habe Lucas aus den Augen verloren. In meinen Ohren rauscht es und vor meinen Pupillen tanzen schwarze Punkte. Der kurze Sprint vermischt mit der Angst ist zu viel für meinen Körper. Er schaltet in den Überlebensmodus und hält mich aufrecht, Gefühle werden verdrängt, Atmen hat nun oberste Priorität. Trotzdem macht sich in mir eine große Leere breit. Egal was Elena gleich sagen wird, ich bin bereit, habe Schutzvorkehrungen getroffen und werde nicht daran kaputtgehen.

„Haben sie Kira gefunden?", frage ich, weil Elena weiterhin schweigt. Das würde den Krankenwagen erklären – immerhin war es kein Leichenwagen.

„Nein, es wurde eingebrochen."

„Eingebrochen", wiederhole ich und die Leere breitet sich weiter aus, legt sich über meine Haut und schließt mich in ein Vakuum ein. Hier drinnen kann mir nichts passieren, hier drinnen bin ich sicher.

Cassy stürmt die Treppe herunter und fällt mir um den Hals. Ihr weißes Haar versperrt mir die Sicht und ich schließe die Lider, höre in mich hinein. Alles wird wieder gut. Alles wird wieder gut. Alles wird wieder gut.

„Scheiße, Laurie", meint Cassy. „Hast du Lucas gesehen? Wart ihr zusammen? Wir suchen euch schon die ganze Zeit. Keiner wusste, wo ihr seid und wir dachten ..." Sie bricht ab, löst sich von mir und mustert mich. „Geht's dir gut?"

Ich nicke. „Glaube schon. Lucas müsste hier irgendwo sein, wir waren am See und ... was ist denn passiert?"

In meiner Brust trommelt mein Herz gegen meine Rippen, fleht um Erlösung.

Cassy nimmt meine Hand. „Komm mit, wir bringen dich zu ihr."

Zusammen steigen wir die Stufen nach oben, Elena rechts von mir und Cassy an meiner linken Seite. Um uns herum wuseln andere Schüler, Lehrer und auch Rettungskräfte. Immer wieder kreuzt ein Polizist unseren Weg. Manche betrachten uns mitleidig, andere lächeln mir aufmunternd zu.

Im ersten Stock halte ich es keine Sekunde länger aus. Ich ziehe an Cassys Hand und bleibe stehen. „Bitte, ihr müsst mir sagen, was geschehen ist, sonst drehe ich durch."

Mit wachsamem Blick mustert Cassy mich. „Gut, hör zu, wir wissen es selbst nicht genau. Die Bibliothek wurde verwüstet und ..."

„Cassandra, jetzt sag schon." Muss ich ihr wirklich alle Infos aus der Nase ziehen?

Sie legt mir beide Hände auf die Schultern, während Elena meinen Arm umklammert. „Aurora wurde schwer verletzt, Samira hat leichte Verletzungen und Ben ist mit dem Schrecken davongekommen."

Ohne nachzudenken, renne ich los. Erst als ich die Tür zu unserem Flügel aufstoße, wird mir bewusst, wie dumm das war. Entweder haben sie Samira ebenfalls ins Krankenhaus gebracht, oder sie befindet sich im Krankenzimmer. Ich drehe vor unserem Zimmer um und renne die Stufen nach unten, an Higgins Büro vorbei zur Krankenschwester. Die Tür steht offen und ich trete direkt ein, sehe Samira auf der Liege sitzen. In wenigen Schritten bin ich bei ihr und ziehe sie in eine Umarmung.

Jetzt kann ich die Tränen nicht mehr zurückhalten und die Leere in meinem Inneren zerbröselt, macht Platz für Angst und Wut. Aber auch Erleichterung. Einen weiteren Menschen zu verlieren, hätte ich nicht ertragen.

„Hast du was von Aura gehört?", fragt Samira und ich drücke mein Gesicht fest in ihr weiches Haar.

„Nein, ich hab es gerade erst erfahren und bin direkt hierher."

„Mir geht's gut, Laurie. Lediglich ein verstauchter Arm."

Ich atme tief ein, rieche den Kokosduft ihres Shampoos und beruhige mich. „Was ist nur los mit dieser Schule? Bin ich Betty Cooper oder was?"

Samiras Lachen schüttelt mich durch. „Ehrlich, Laurie, wären wir in *Riverdale*, wäre eindeutig ich Betty."

Damit hat sie recht, wobei ich mir nicht vorstellen kann, dass Samira eine dunkle Seite hat. „Willst du damit sagen, ich bin eine Lodge?" Endlich kehrt meine Kraft zurück, stellt sich der Angst in den Weg und ich löse mich von Samira, betrachte sie ganz genau. Ihr Arm ist verbunden und ein großer Kratzer zieht sich über ihre rechte Wange. Sanft fahre ich die unverletzte Haut daneben entlang.

„Was ist passiert?", frage ich leise.

Samira schüttelt den Kopf. „Plötzlich lag ich auf dem Boden. Der Rest ist weg." Ihre Pupillen sind glasig, die Falten um ihren Mund und die Augen tief. Hilflos greife ich nach ihrer Hand, schließe meine Finger fest darum. „Ausnahmsweise haben wir in der Bibliothek gelernt, weil Aura und Ben einige Bücher zu Shakespeare gebraucht haben. Der Rest war längst zum Essen gegangen, doch die beiden wollten unbedingt das Stück fertig bekommen. Ich blieb, um meine Mathehausaufgaben zu vollenden und damit Aura das Abendessen nicht komplett vergisst. Auf einmal ging das Licht aus ..." Schaudern schüttelt sie. „Das nächste Bild, das sich für immer in meine Netzhaut gebrannt hat, ist Aura, die mit einer blutenden Wunde auf dem Boden liegt. Sie kam einfach nicht zu sich, Laurie", schluchzt Samira und ich lege meine Arme um sie. In ihren Gefühlen finden sich meine wieder, denn genau so ging es mir, nachdem Kira und ich um unser Leben gerannt waren und ich sie verloren hatte. Diese Hilflosigkeit werde ich niemals vergessen.

„Shhht", mache ich und streiche ihr über den Rücken.

„Der Notarzt meinte, dass sie einen Schlag gegen den Kopf bekommen hat und dann gegen ein Regal geprallt sein muss. Möglicherweise wurde dabei ihr Gehirn verletzt."

„Shhht", wiederhole ich. „Aura wird wieder."

„Das kannst du nicht wissen", entgegnet Samira. Früher, wenn meine Mutter eine dieser Floskeln zu mir sagte, mich damit beruhigen wollte, hasste ich es. Jetzt begreife ich, wieso wir sie trotzdem sagen, denn Stille ist manchmal schlimmer als eine Lüge. Stille lässt Platz für Interpretationen, Ängste und Sorgen. Eine Lüge ist in dem Moment ein wertvoller, angstnehmender Platzhalter.

„Stimmt.", bemerke ich „Trotzdem glaube ich fest daran. Gute Vibes und so."

Samira drückt mich von sich, nimmt meine Hände und faltet ihre darum. „Lass uns beten."

Perplex sehe ich dabei zu, wie sie die Augen schließt und ihre Lippen sich kaum merklich bewegen.

Beten?

Zu wem? Gott? Oder doch besser eine Ziege für Hades opfern? Ich weiß es nicht, denn ich habe meinen Glauben verloren. Obwohl mir klar ist, dass es die Götter gibt, bin ich mir unsicher, ob sie etwas an Auroras Schicksal ändern können. Wenn jemand dazu imstande ist, dann Moira.

*Bitte, Moira*, richte ich daher meine Gedanken an die Schicksalsgöttin. *Lass das nicht das Ende sein. Hilf Aura, gib ihr die Kraft, zu uns zurückzukehren.*

„Danke", murmelt Samira und ich stelle meine Sicht wieder scharf. „Er wird uns helfen."

Das bezweifle ich, gleichzeitig bewundere ich Samiras blindes Vertrauen in eine Kraft, die sich ihr nie persönlich offenbart hat. Früher ging es mir ähnlich, jetzt lebt ein Monster auf meiner Schulter, das mich jeden Tag vom Gegenteil überzeugt – die Realität. Würde es Gott – oder die Götter – kümmern, was hier auf der Erde geschieht, könnten sie wohl kaum tatenlos zusehen, oder? Unfälle wie der meiner Eltern sprechen eine deutliche Sprache und zeugen von dem unfassbaren Desinteresse.

Es klopft und wir drehen uns beide zur Tür. Ben lächelt uns scheu entgegen. „Wie geht es dir?"

Im Gegensatz zu Samira hat er keine offensichtlichen Verletzungen. Lediglich sein Haar ist etwas zerzaust und sein Hemd aus der Hose gerutscht. Er lehnt sich gegen den Türrahmen, steckt seine Hände in die Hosentaschen.

„Danke der Nachfrage, die Krankenschwester meint, ich werd's überleben. Sie hat mich auch längst entlassen, allerdings brauchte ich einen Moment für mich, um durchzuatmen. Oh, und ich darf leider einige Wochen keinen Sport machen", erklärt Samira und streckt ein Papier hoch, das mir bisher verborgen geblieben ist.

„Wie schade", murmle ich und beneide sie um ihr Attest.

Samira rutscht von der Liege. „Was ist mit dir, Ben?"

„Alles gut."

„Weißt du, was passiert ist?", frage ich, während wir das Krankenzimmer verlassen.

Zu meinem Bedauern schüttelt Ben den Kopf. „Ich kam gerade von der Toilette, als das Licht wieder anging. Da sah ich die beiden auf dem Boden liegen und hab direkt Hilfe geholt. Tut mir leid, dass ich nicht da war."

Samira winkt ab. „Schon gut, ich bin froh, dass sonst niemand verletzt wurde." Meine Freundin gähnt und gemeinsam gehen wir zurück in die große Halle. Mittlerweile hat sich das Chaos beruhigt. Das Blaulicht wurde abgestellt und einige Streifenwagen sind verschwunden. Lediglich ein Fahrzeug erkenne ich durch die großen Fenster. Die Halle ist leer, sicher hat Higgins die Schüler zusammen mit den Hausmüttern und Hausvätern in ihre Gemeinschaftsräume geschickt.

„Wir müssen herausfinden, wie es Aura geht", meint Samira und ich nicke.

Nur wie? Wer wird uns etwas sagen? Higgins? Vielleicht, jedoch muss ich ihn dazu alleine erwischen, denn nur dann kann ich meine Halbgottkarte ausspielen. „Ich hab eine Idee“, verkünde ich. „Kannst du Samira nach oben in unseren Flügel begleiten?“

„Klar“, meint Ben. „Was hast du vor?“

„Erkläre ich später.“ Schnellen Schrittes gehe ich zurück zu Higgins Büro. Er ist meine einzige Chance. Ich klopfe und öffne die Tür ohne die Antwort abzuwarten. Für gute Manieren bleibt keine Zeit.

Higgins sitzt hinter seinem Schreibtisch. Er stützt seinen Kopf auf die Ellbogen und rauft sich das Haar. Sein Büro ist groß, trotzdem platzt es aus allen Nähten. Links von mir hängt ein Wandteppich, der das einzige freie Stückchen Wand verbirgt. Der Rest ist durch Regale oder Bilderrahmen verdeckt. Nach einem Räuspern meinerseits blickt der Direktor auf.

„Was willst du hier, Laurie?“

Plötzlich fühle ich mich unwohl, denn offensichtlich gehen dem Direktor seine verletzten Schüler ebenfalls nahe. Überrascht reibe ich mir über die Wange, denn für mich ist Higgins einfach nur ein weiterer Erwachsener, der mich angelogen hat. Außerdem will er mich dazu zwingen, Kiras Platz einzunehmen. Daher haben wir nicht das beste Verhältnis. „Entschuldigen Sie die Störung, haben Sie etwas von Aurora gehört?“

Er schüttelt den Kopf und ich halte den Atem einen Augenblick an. „Sie wurde so schnell wie möglich ins Krankenhaus gebracht. Es dauert einige Stunden, bis wir Genaueres wissen. Ich stehe mit dem Arzt in Verbindung, außerdem ist Ms Whitedrop vor Ort und die Eltern wurden ebenfalls informiert.“

„Können wir irgendetwas tun? Vielleicht ins Krankenhaus fahren? Sicher würde es Aura besser gehen, wenn ihre Freundinnen da wären." Nervös wische ich meine Handflächen an meinem Hoodie ab.

Higgins schüttelt erneut den Kopf und lehnt sich in seinem Stuhl zurück. „Ihr könntet dort nichts ausrichten. Zuerst müssen die Ärzte ihren Job machen und das tun sie am besten in Ruhe."

Christa stürmt herein und mustert mich einen Augenblick missbilligend. „Wissen wir, wer das getan hat?", fragt sie dann und Higgins schüttelt den Kopf.

„Dann gibt es nur eine Möglichkeit. Laurie, ihr müsst herausfinden, wer eingebrochen ist und wonach er gesucht hat", meint Christa plötzlich und bringt mich damit völlig aus dem Konzept.

„Wie bitte?", entfährt es mir.

Higgins steht auf, geht unruhig hinter seinem Schreibtisch auf und ab, während Christa weiterspricht. „Glaubst du, das war ein Zufall? Ich habe die Großmeister der Frourá schon informiert, doch bis sie hier sind, könnte es zu spät sein. Wir müssen wissen, ob der Einbrecher den Übergang gesucht hat."

„Nein", unterbricht Higgins sie harsch und mein Blick schweift unruhig zu ihm. „Wir sollten die Kinder da raushalten."

„Raushalten", echot Christa. „Raushalten? Sie sind unsere einzige Chance."

Meine Gedanken waren bisher komplett mit der Sorge um meine Freunde beschäftigt, deswegen trifft mich Christas Einwand mit voller Wucht. „Glaubst du wirklich, dass etwas Übernatürliches dahintersteckt?"

„Keine Ahnung. Seit Jahrzehnten gab es keinen ähnlichen Fall. Allerdings sagt mir mein gesunder Menschenverstand, dass es kein Zufall sein kann. Zuerst verschwindet Kira und jetzt bricht plötzlich jemand hier ein? Wie klingt das für dich?“

Verdächtig, Christa hat recht.

„Laurie, ihr solltet abwarten, bis die Frourá hier sind“, meint Higgins und ich sehe etwas in seiner Mimik, das ich nicht zuordnen kann.

Misstrauen?

Ich fröstle, ziehe die Schultern nach oben und kaue auf der Innenseite meiner Wange herum. Nachdenklich knete ich mir die Hände. Was könnte jemand, der Kira entführt hat, bei uns in der Schule suchen? Brauchte er Informationen und hat deswegen eine von uns gekidnappt? Nein, das kann ich mir nicht vorstellen, Kira würde niemals etwas sagen. Sie würde ihre Freunde schützen, selbst wenn es sie das Leben kostete.

„Ich muss gehen“, murmle ich und eile aus dem Raum, missachte Higgins Einwand.

# Kapitel 8

## Wäre Sarkasmus meine Waffe, würde jeder Gegner sofort tot umfallen

Dieses Mal führt mich mein Weg nicht zu Samira, sondern zu den Royals. Müde lasse ich meinen Kopf gegen das kühle Glas der Verbindungstür sinken. Dahinter befindet sich ihr Flügel und ich kann laute Stimmen aus dem Gemeinschaftsraum der Jungs hören. Nur ein Moment, einige Sekunden der Schwäche, in denen ich es mir gestatte, in meinem Gedankenchaos zu versinken. In denen ich meinem Herz lausche, das sich um Aura sorgt und gleichzeitig beinahe in Panik verfällt, weil es sich vor dem fürchtet, was uns bevorsteht. In denen ich meine Lider schließe, die Kälte des Glases wahrnehme und mich nur darauf konzentriere. In denen ich an Mum und Dad denke, die mich liebten und dennoch Geheimnisse vor mir hatten.

Dann straffe ich die Schultern, öffne die Tür und stelle mich der Realität. Ich wünschte, Maris wäre hier, er wüsste sicher, was zu tun ist. Aber natürlich ist mir klar, dass er gerade jetzt, in einer solchen Situation, in seiner Zwischenwelt bleiben muss. Auf der Erde wäre er angreifbar, ein leichtes Ziel. Trotzdem fehlt er an meiner Seite.

Kurz vor dem Gemeinschaftsraum werden die Stimmen lauter. Nun verstehe ich einige Gesprächsfetzen. Hauptsächlich Worte von Lucas, der sich über irgendetwas aufregt.

„Wieso hast du es nicht kommen sehen?", echauffiert er sich als ich eintrete. Anklagend blickt er zu Cassy hinab, die auf dem Sofa Platz genommen hat.

„Gibt es einen Grund, warum du mich jedes Mal für etwas verantwortlich machst, auf das ich keinen Einfluss habe?", entgegnet Cassy ruhig und erwidert den Blick.

„Weil er Angst hat", mische ich mich ein. Denn im Gegensatz zum letzten Streit kurz nach Kiras Verschwinden bin ich nun ein Teil dieser Gruppe und traue mich, diesen Platz einzunehmen.

Cassy dreht sich um, legt ihre Arme auf die Rückenlehne. „Das gibt ihm nicht das Recht, mich zu verurteilen."

„Nein, tut es nicht", gebe ich zu. „Deswegen müssen wir uns jetzt zuerst beruhigen." Wir haben keine Zeit, uns gegenseitig zu beschuldigen, denn zum ersten Mal gibt es einen Hinweis, der uns auf Kiras Spur bringen könnte.

„Laurie hat recht", meint Cassy und übernimmt das Ruder. Dankbar gebe ich die Führung ab und gehe zu Lucas, stoße mit meinem Arm gegen seinen.

„Was sollte das", flüstere ich und er zuckt mit den Schultern.

Cassy hingegen setzt sich auf. „Lasst uns in die Bibliothek gehen und dort nach Hinweisen suchen. Vielleicht hat der Einbrecher etwas hinterlassen, dass uns Aufschluss darüber gibt, was er gesucht hat."

„Ist das nicht klar?“, frage ich und denke an die Schicksale und den Übergang in den Olymp.

„Nicht unbedingt. Es könnte Zufall sein“, meint Cassy. „Vielleicht war er lediglich hinter den alten Schätzen der Bibliothek her.“

„Das glaubst du?“ Verwundert schnaube ich. Selbst Homer Simpson könnte eine Verbindung ziehen und sich gleichzeitig einen Donut reinpfeifen und eine Dose Duffbier öffnen.

„Vielleicht ist was an Lauries Theorie dran“, bemerkt Elena und kommt mir zur Hilfe. „Seit Generationen stehen die alten Schinken zwischen den Regalbrettern und niemand hat sich dafür interessiert.“

Phil räuspert sich. „Nun ja, wenn du es so siehst, hat auch schon ewig niemand mehr nach dem Tor zur Götterwelt gesucht, oder?“

„Stimmt“, gibt Elena zu und lässt sich auf den Boden sinken. „Wonach sollen wir überhaupt suchen? Göttlichen Spuren?“

Aufgeregt knete ich meine Hände. „Gibt es so was?“

Cassy steht auf. „Den Kopf in den Sand zu stecken und darauf zu warten, dass uns die Lösung hinter dem Rätsel in den Schoß fällt, bringt uns nicht weiter. Wir sind Briten. Sherlock Holmes liegt uns im Blut.“

„Es gibt vieles, das uns im Blut liegt, Cassy“, entgegnet Phil. „Aber eine erfundene Figur eines mittelmäßigen Schriftstellers? Da hege ich meine Zweifel.“

Ich atme tief ein – sagte er gerade mittelmäßig? –, fokussiere mich auf das, was zählt – sicher kein Streit über das Können von Sir Arthur Connan Doyle –, und verschränke die Arme vor der Brust. „Ganz ehrlich, bis vor einigen Wochen dachte ich auch noch, dass griechische Gottheiten eine Erfindung wären.“

„Mein Gott, wieso streiten wir uns jetzt darüber?“, weist Cassy uns zurecht. „Gehen wir.“

Keiner widerspricht, stattdessen folgen wir ihr hinaus in den Flur.

„Du musst dich bei ihr entschuldigen“, flüstere ich Lucas zu, während wir das Treppenhaus erreichen.

Er nickt, senkt den Blick. „Ich weiß.“

„Außerdem hat Cassy recht, du gibst immer ihr die Schuld, obwohl sie sich selbst die größten Vorwürfe macht.“

Die Gänge sind leer, wahrscheinlich stimmt meine Vermutung, dass Higgins die restlichen Schüler in ihre Gemeinschaftsräume geschickt hat. Hoffentlich ist die Polizei ebenfalls weg, ansonsten dürfte es schwer werden in die Bibliothek zu kommen.

Neben mir ballt Lucas die Hände zu Fäusten. „Es ist so frustrierend, dass wir die Kräfte der Götter in uns tragen und dennoch dauernd dabei zuschauen müssen, wie schlimme Dinge um uns herum passieren. Wozu sind unsere Gaben überhaupt gut?“

Mitfühlend greife ich nach seiner Hand und drücke sie. Die Hilflosigkeit kann ich gut nachvollziehen, sie wabert auch durch mich.

„Sich darüber den Kopf zu zerbrechen ist sinnlos“, sage ich daher. „Auf manche Fragen, bekommen wir nie eine Antwort, Lucas. Deswegen ist es das Beste, sie ruhen zu lassen und das Positive in den Dingen zu sehen. Unsere Kräfte machen uns zu etwas Besonderem. Sie haben uns Menschen geschenkt, die wir so vielleicht nicht kennengelernt hätten und jetzt, genau in diesem Moment, geben sie uns die Möglichkeit, etwas Gutes zu tun. Wir können herausfinden, wer das war, denn dieses Mal hat er in unserem Revier zugeschlagen."

Ratschläge verteilen sich immer einfach, denn eigentlich habe *ich* den Preis für die größte Zweiflerin der Welt verdient und sollte den Mund nicht zu voll nehmen. Allerdings braucht Lucas jetzt keine weiteren Sorgen, er braucht einen Silberstreifen am Horizont, nach dem er greifen kann.

„Entschuldige dich bei Cassy", raune ich Lucas zu, kurz bevor wir die Bibliothek erreichen.

Vor der Tür hängt Absperrband und Elena sieht uns zweifelnd an. „Sollen wir wirklich hineingehen? Vielleicht wäre es besser, die Polizei ihre Arbeit machen zu lassen?"

„Die wird uns nicht helfen können, denn niemand kann, was wir können", bemerkt Cassy.

„Und das wäre?", murmelt Manuel.

„Leute." Cassy dreht sich schwungvoll zu uns um und stemmt die Hände in die Hüfte. „Wir sind Halbgötter, keine kleinen Babys. Im Gegensatz zu den Polizisten wissen wir, dass der Einbrecher möglicherweise kein normaler Mensch war. Während sie nach Einbruchsspuren suchen, können wir magische Siegel sichten oder göttliche Relikte aufspüren. Wir schaffen das, okay? Dazu müsst ihr euch nur etwas zusammenreißen. Endlich ist die Gelegenheit gekommen, unsere Fähigkeiten anzuwenden und unsere Kräfte für etwas Nützliches einzusetzen."

Zu meiner Überraschung ist es Lucas, der sich neben Cassy stellt und ihr zustimmt. „Tatenlos zuzusehen, wie jemand an dem Ort, der unser Zuhause ist, sein Unwesen treibt, ist falsch. Unsere Freunde wurden verletzt und auch wenn wir Angst haben, gibt es keinen anderen Weg. Wir sind die Helden, die diese Schule jetzt braucht."

Elena, Phil und Manuel nicken, während Cassy die Tür öffnet und unter dem Band hindurchschlüpft. Der Rest folgt ihr.

„Ganz schön dramatisch", sage ich zu Lucas.

„Aber wirkungsvoll."

„Stimmt."

„Und ich meinte es ernst, denn hierfür wurden wir ausgebildet. Klar dachte keiner von uns, dass wir jemals in Aktion treten müssen, doch nun ist es eben so. Wir müssen für unsere Freunde stark sein, denn sie können sich im schlimmsten Fall nicht selbst verteidigen."

Stolz lächle ich ihn an. „Du hast die Furcht überwunden."

„Nein, sie ist weiterhin da. Bloß gebe ich ihr nicht mehr die Macht, mich zu beherrschen. Angst ist kein guter Ratgeber. Dennoch hilft sie mir, die Dinge klarer zu sehen und das nutze ich aus."

Im Inneren der Bibliothek ist es dunkel, lediglich das Licht aus dem Gang spendet Helligkeit, denn die schweren Vorhänge über den großen Fenstern, verhindern, dass der Mond hereinscheint. Tagsüber werden die Bücher und andere Schätze der Bibliothek vor dem Sonnenlicht geschützt. Cassy betätigt den Lichtschalter, doch die Glasleuchter, die von der Decke baumeln, bleiben aus. „Haben sie den Strom abgestellt?", fragt sie und Lucas geht weiter ins Innere. Er entzündet eine kleine Flamme in seiner Hand, sodass Cassy die Tür schließen und unser verdächtiges Benehmen verbergen kann.

„Möglicherweise ist die Sicherung rausgeflogen?", wirft Manuel ein. Zusammen mit Phil steht er etwas abseits. Seine Augen sind so groß, dass sie einer Mangafigur ähneln und ich lächle ihn aufmunternd an, versuche ihm mit der Geste zu sagen: Zusammen schaffen wir das. Kein weiterer Schüler wird zu Schaden kommen.

„Vielleicht, nur sehen wir so kaum etwas." Cassys Gesicht wird von der kleinen Flamme erleuchtet.

„Smartphones", bemerke ich und krame meins aus der Hosentasche. „Wir können die Taschenlampen nutzen." Verdutzt sehen die anderen mich an. „Ach kommt schon, wollt ihr mir ernsthaft sagen, ihr haltet euch an diese Regel?"

Elena nickt. „Klar, außerdem nutze ich es sowieso nur, um mit meinen Geschwistern zu facetimen."

„Kein Instagram? Snapchat? Netflix? iTunes? Irgendwas?"

Elena schüttelt den Kopf und Cassy verdreht die Augen. Ich sehe es zwar nicht, trotzdem weiß ich, dass sie es tut, denn ihr Seufzen spricht eine deutliche Sprache. „Bitte, können wir uns jetzt hierauf konzentrieren?"

„Klar, tut mir leid", entgegne ich, der Schock über Elenas Aussage war einfach zu groß. Dabei hätte es mich nicht überraschen dürfen. Die Royals verlassen diese Schule nie, ihr ganzes Leben dreht sich um ihre Aufgabe und um das damit verbundene Training. Wann sollten sie Zeit haben, ihr Essen mit Fremden zu teilen?

Während ich mein Handy aus meiner Hosentasche hole und die Taschenlampe einschalte, sinniert Cassy über Stromkreise und das Kurzschließen dieser. Würde sie Griechisch sprechen, verstünde ich wahrscheinlich mehr. Daher sehe ich mich um. Weit komme ich mit dem Licht meiner Lampe nicht, denn der Strahl ist schwach. Schritt für Schritt kämpfe ich mich nach vorne und stolpere über ein Buch. Ich senke mein Handy. Auf dem Boden liegen unzählige Schmöker. Manche sind aufgeschlagen und bei einigen sind sogar Seiten lose, die tief eingerissen wurden. Deswegen gehe ich in die Knie, fahre vorsichtig über den Rücken direkt vor mir und greife nach einer Seite. Eventuell helfen sie uns dabei herauszufinden, was der Einbrecher gesucht hat. Das erste Blatt gehört zu einem Biologiebuch, erklärt die Mitose in ausführlichen Beschreibungen, das nächste verrät mir etwas über die Geschichte Englands unter der Regentschaft Queen Victorias. Leider bringen auch die dritte, vierte und fünfte Seite keinen Aufschluss. Die Bücher wurden wahllos ausgewählt, waren wahrscheinlich einfach am nächsten zum Einbrecher.

„Wusste er selbst nicht, was er sucht?“, murmle ich und gehe weiter. Auf einmal geht das Licht an und mich durchzuckt eine Erinnerung. Maris, der mich durch die Bibliothek zieht. Mein klopfendes Herz im Ohr, immer noch berauscht von dem Kuss. War das ebenfalls nach der Party? An den Kuss erinnere ich mich, wie könnte ich den vergessen ... nur, was danach geschah ... keine Ahnung. Dann der Raum mit den Orakelbüchern, die Harpyie und die Bilder aus der Vergangenheit meiner Eltern.

Ich blinzle und erneut taucht ein Bild vor meinem inneren Auge auf. Maris hat mich zu den Orakeln gebracht. Den Weg sollte ich vergessen, denn ihn zu kennen ist gefährlich. Nicht nur für mich, sondern für die ganze Menschheit.

Ist es möglich, dass ich mich erinnere? Hat Maris mir die Erinnerung gelassen? Wieso sind es dann nur Bruchstücke, die zurückkehren?

„Hast du was entdeckt?", fragt Lucas und ich schrecke zusammen. Die Flamme in seiner Handinnenfläche ist erloschen. Ich schalte die Taschenlampe ebenfalls aus und packe mein Handy weg. Dann schüttle ich den Kopf. „Nichts Interessantes", flüstere ich, mit den Gedanken weiterhin bei der Erinnerung. Hat es der Einbrecher eigentlich auf die Orakel abgesehen? Woher wusste er, wo er suchen muss? Ist er uns eventuell gefolgt? Mein Schädel brummt und ich fahre mir über die Schläfen.

„Hier endet die Spur", ruft Phil und wir gehen weiter in die Bibliothek, bis zu einer Wendeltreppe, die ... Sie führt zu einem kleinen Vorsprung und in die Wände sind Regale eingelassen. Ich war schon einmal dort oben. Zusammen mit Maris. Panik macht sich in mir breit und ich greife nach dem Geländer, klammere mich daran fest. Auf einmal ist alles wieder da. Der ganze Weg, bis nach oben. Wir haben uns von meinem Aufnahmeritual weggestohlen und Maris brachte mich hierher. Danach – gähnende Leere. Allerdings waren wir unsichtbar, sind auf dem Gang mehreren Schülern begegnet und keiner konnte uns sehen. Dennoch muss uns jemand gefolgt sein.

*Gut, beruhig dich, Laurie. Möglicherweise ist es einfach Zufall. Genau, Zufall ein schönes Wort. Das muss es sein.* Nicht einmal meinen Magen kann ich mit diesem Lügenmärchen überzeugen, denn er krampft sich zusammen, schickt Wellen des Schmerzes durch meinen Körper.

Ich muss es den Royals verraten. Meine Freunde müssen wissen, was wir getan haben. Wie wir vielleicht unser aller Schicksal ins Verderben gestoßen haben.

„Kommst du?", ruft Lucas mir von oben zu und ich nicke. Stufe für Stufe kämpfe ich mich hoch, suche nach den richtigen Worten. Vergebens. Es gibt keine Entschuldigung. Ja, wir hielten es in diesem Moment für sicher, selbst Maris, sonst hätte er mich niemals mit zu den Büchern genommen. Anscheinend lagen wir falsch, haben ein übernatürliches Wesen direkt zu den Orakeln geführt und damit die Tore für Chaos und Verderben geöffnet. Mir läuft es kalt den Rücken herunter und ich würde am liebsten meine Lider schließen und mich unter meine Bettdecke wünschen. Heute Morgen erschienen mir meine Probleme so groß, dass ich das Gefühl hatte, sie kaum alleine tragen zu können. Nun könnte ich darüber lachen und wäre gerne wieder zurück an diesem Punkt. Eins ist eben sicher: Schlimmer geht immer.

„Hast du Höhenangst?", fragt Lucas, als ich den kleinen Vorsprung erreiche. Ich schüttle den Kopf, sauge Luft in meine Lunge und zögere den Moment der Wahrheit einen Augenblick hinaus. Mein Herz klopft derart laut in meinen Ohren, dass es beinahe die anderen Geräusche übertönt. Eine Hand scheint sich fest darum geschlossen zu haben und zuzudrücken. Es sticht schmerzhaft in meiner Brust. Deswegen beuge ich mich leicht über die Brüstung und blicke in die Tiefe. Vielleicht habe ich eine andere Möglichkeit übersehen? Womöglich stehen hier oben wertvolle Bücher, die der Dieb gesucht hat, um sie auf eBay Kleinanzeigen zu verscherbeln.

Gut, ich werde albern, allerdings würde ich mich in diesem Moment an jeden Strohhalm klammern.

Lucas legt seine Hände auf meinen Rücken. „Laurie? Geht's dir gut?“

„Nein“, antworte ich. „Es gibt da etwas …“

„Der Einbrecher muss gewusst haben, wo der Gang hinter der Wand hinführt“, unterbricht Cassy mich und ich drehe mich so schwungvoll um, dass ich beinahe das Gleichgewicht verliere.

„Ihr wisst davon?“, entfährt es mir.

Cassy nickt. „Natürlich, dort ist einer der größten Schätze unserer Spezies untergebracht.“

Verwirrung ersetzt die Panik, gönnt mir eine Sekunde des Durchatmens und gibt mein Herz frei. Währenddessen zieht Cassy den schmalen Roman aus dem Regal, welches nach außen aufschwingt und einen dunklen Durchgang offenbart.

Sind Maris und ich da reingegangen?

Wahrscheinlich.

„Wer kennt den Weg noch?“, frage ich Lucas, der mir einen Arm um meine Mitte gelegt hat.

„Unsere Lehrer, Higgins und jede Halbgott-Generation, die vor uns hier war, einschließlich uns. Die Frourá wissen ebenfalls, dass die Bücher hier sind, jedoch nicht, wo genau.“

„Wieso?", murmle ich. Haben Darius und Maris mich angelogen? Ist der Standort der Orakelbücher eigentlich ein offenes Geheimnis? Wieso hat Maris mir dann die Erinnerungen an den Weg dorthin genommen? Oder besser: Wieso hat er es versucht?

„Wir müssen prüfen, ob der Einbrecher nur bis hierhergekommen ist oder wirklich unten bei den Büchern war. Vielleicht fehlt eins?", meint Cassy und geht voran.

Gefangen in meinen Gedanken folge ich ihr. Immer wieder drehen sich die Fragen in meinem Kopf und machen es mir schwer einen klaren Gedanken zu fassen. Außerdem ist eine Aussage von Maris vorherrschend, schlängelt sich durch mein Hirn und frisst es von innen auf: *‚In den falschen Händen, könnten diese Bücher unser Ende bedeuten‘.*

*Bitte lass sie noch da sein, bitte lass sie noch da ein,* bete ich und schicke meine Bitte an jeden erdenklichen Gott. Es spielt keine Rolle, wer mir hilft, Hauptsache, jemand verhindert das Ende der Welt.

Vor einer hellen Holztür halten wir inne und Cassy dreht den Knauf. Auf einmal strömen die Erinnerungen auf mich ein. Maris hat mich nicht hierhergeführt, sondern weiter nach unten, in eine Höhle. Der Eingang zu den Orakeln braucht keine Tür. Nur ein Portal gewährt Zutritt. Egal was also hinter dem Holz liegt, es sind nicht die Orakelbücher. Jedenfalls hoffe ich inständig, dass mein Hirn wieder richtig funktioniert und ich ihm vertrauen kann.

Ich halte den Atem an, lege eine Hand, an die kühle Steinwand und folge den anderen langsam durch die Tür. Im Inneren ist es dunkel. Lediglich der Mond scheint durch ein paar Fenster und beleuchtet einen weitläufigen Raum. Er erinnert mich an eine Miniaturform der Bibliothek. Regale stehen rechts und links an den Seiten und bilden einen kleinen Durchgang. Hier kann ich jedoch sogar im Halbdunkel das Ende sehen. Cassy schaltet das Licht an und ich bin einen Augenblick geblendet. Dann atme ich tief ein und entspanne mich. Die Orakelbücher sind nicht hier. Das ist ein anderer Raum.

„Was ist das?", frage ich Lucas, der neben mir steht.

„Unser Studierzimmer. Einige der ältesten Bücher auf Erden stehen hier. Es gibt sogar Aufzeichnungen der Götter selbst. Aber auch Sachbücher über unsere Kräfte und Beschwörungsformeln der Wicca", erklärt er, während ich näher an eins der Regale trete. „Hat Christa dir den Raum nie gezeigt?"

Ich schüttle den Kopf. „Nein. Wahrscheinlich muss ich erst Edwards Tagebuch beenden, bevor ich ihr würdig erscheine."

Lucas lacht. „Möglich. Die Tür ist durch einen Zauber gesichert. Nur Menschen mit göttlichem Blut können ihn betreten."

„Aber wenn der Einbrecher hier drin war, heißt das, er ist ein Nachfahre", stelle ich fest.

„Ja", bestätigt Cassy und mir läuft ein eiskalter Schauer den Rücken hinunter.

Keiner sagt etwas und dennoch denken wir vermutlich alle dasselbe. Kira.

Ihr Verschwinden wirft Rätsel auf, keiner kann sie finden und es gibt keine Anzeichen für einen anderen Angreifer. Jedenfalls konnten die Frourá, die nach Kira suchen, bisher keinen finden. Zu Beginn warteten ihre Eltern auf eine Lösegeldforderung, doch auch die blieb aus. Ich zweifle selbst manchmal an einem Angreifer, obwohl ich dabei war. Das Leben der Royals ist hart. Ihre Kindheit wird ihnen genommen, ihre Familie sehen sie kaum einmal im Jahr. Sie sind an dieses Internat gebunden, wie Maris an den Raum der Schicksale. Trotzdem kann ich mir mittlerweile kaum noch vorstellen, dass Kira abgehauen ist. Nicht ohne ihre Freunde einzuweihen. Sie hätte Lucas und die anderen niemals wortlos zurückgelassen. Keiner von ihnen würde das. Seit ich ein fester Teil der Gruppe bin, spüre ich ihren Zusammenhalt, ihre Liebe füreinander.

Um mich herum ist es still. Lucas mustert die Regale, die Buchrücken und den Raum. Sein Blick schwenkt ziellos hin und her. Mit Sicherheit ist er in Gedanken ganz weit weg. Genau wie die anderen. Niemand rührt sich oder macht Anstalten, das Studierzimmer zu durchsuchen. Zu schwer wiegt der Vorwurf, der in der Luft liegt.

„Lasst uns erst mal herausfinden, ob wirklich jemand hier drin war", meint Cassy einige Augenblicke später und reißt uns aus der Starre. „Das ist die Chance endlich die Gerüchte innerhalb der Frourá und unserer Familien zu zerschlagen. Kira ist unschuldig, oder?"

„Ja", erklingt es beinahe einstimmig und dieses Mal bin nicht ich diejenige, die zweifelt. Lucas hält den Blick weiterhin gesenkt. Seinen Freunden bleibt sein Schweigen offenbar verborgen, denn sie beginnen damit den Raum zu durchforsten.

„Ich liebe sie", flüstert er. „Sie ist meine Schwester. Ein Teil von mir. Und dennoch fällt es mir langsam schwer herauszufiltern, was wahr ist und was lediglich meiner

Vorstellung entspringt. War Kira hier? Spielt sie gegen uns?"

Beruhigend lege ich ihm die Hand auf die Schulter. „Atme, Lucas. Mit Gedankenchaos kenne ich mich aus. Es gibt nur eins, das hilft. Denke an etwas zurück, von dem du weißt, dass es wahr ist. Ein Moment, den du niemals vergessen wirst. Hast du ihn?"

Lucas nickt.

„Und jetzt halte dich daran fest. Es gibt etwas, das kann dir niemand nehmen. Deine Erinnerungen. Sie gehören dir und helfen dir durch die Zeiten, in denen du vergisst, wer du bist und wer du sein willst. Und solltest du einmal darin ertrinken, dann sei dir sicher, dass ich hier bin und dir einen Rettungsring zuwerfe." Ich drücke ihm einen Kuss auf die Wange und wünschte, wir hätten das alles längst überstanden, säßen zusammen mit Kira im Gemeinschaftsraum und könnten uns mit Schildkrötenpanzern von unseren Mario-Kart-Autos schießen. „Lange habe ich die Möglichkeit, Kira wäre abgehauen, selbst in Betracht gezogen", gebe ich zu.

„Jetzt nicht mehr?"

„Nein. Niemand, der bei Verstand ist, würde einer Familie wie euch den Rücken kehren. Kira war viel – eingebildet, arrogant und gemein –, aber Wahnsinn würde ich als keine ihrer Eigenschaften aufzählen, oder?"

„Du hast recht. Und solange es keinen Gegenbeweis gibt, bleibt sie die Kira, die ich kannte – meine Schwester." Lucas hebt den Blick, lässt seine Schultern sinken. „Danke, Laurie."

„Gerade habe ich mich wie Maris gefühlt", sage ich lachend. „Sonst gibt *er* die guten Ratschläge. Er zieht mich immer wieder aus der Dunkelheit."

„Wir brauchen Maris dafür nicht, wir haben dich", entgegnet Lucas. Ich ziehe ihn in meine Arme und realisiere, dass meine Worte nicht nur auf Kira, sondern auch auf mich zutreffen. Niemals könnte ich etwas tun, das den Halbgöttern schaden würde. Dafür liebe ich sie viel zu sehr. Sie sind meine Sicherungsleinen, geben mir neben Maris und meinen Freundinnen Halt.

Ich löse mich von Lucas, wende mich wieder den Regalen zu. „Und jetzt komm, vielleicht finden wir hier einen Hinweis, der dieses Chaos aufklärt." Vorsichtig ziehe ich einen Wälzer aus der Reihe und schlage die erste Seite auf. *Witchery – Entdecke die Hexe in dir* steht in großen Lettern auf dem Innentitel.

„Hexen?", entfährt es mir und Elena, die eine Regalreihe weiter vorne steht, dreht sich zu mir um.

„Halbgötter sind okay, aber Hexen unwahrscheinlich?"

„Ja", entgegne ich. „Nein ... keine Ahnung? Irgendwie hatte ich bisher keine Zeit mir Gedanken darüber zu machen."

„Nichts ist unmöglich", sagt sie zwinkernd und geht weiter.

Leider haben die Worte ihren Charme verloren. Zu wissen, dass die undenkbarsten Dinge geschehen können, weckt keine Hoffnung in mir, sondern Furcht.

„Hier hinten", ruft Cassy aus einer der letzten Reihen und wir eilen zu ihr. Der Gang ist übersät mit Büchern. Die, die in den Regalen verblieben sind, liegen rum, wurden zum Teil aufgeschlagen und einige Seiten scheinen zu fehlen. Zwischen alten vergilbten Werken finden sich auch moderne Ausgaben, die längst nicht mehr in Leder gebunden wurden. Das Leid der Geschichten, Erzählungen und Aufzeichnungen, die geschändet wurden, versetzt mir einen Schlag in den Magen. So viel Arbeit, die innerhalb weniger Herzschläge zerstört und auseinandergerissen wurde.

Ich greife nach einer Seite, die nur noch halb an der Bindung hängt und lese, was auf dem blütenweißen Papier steht. Die Worte sind mit der Maschine geschrieben. Es geht um Poseidon und seine Fähigkeiten. Die verschiedenen Gaben, die er seinen Nachkommen vermacht hat. Fast jeder konnte den Wind beherrschen. Manche auch das Wasser oder die Wolken. Nie gleicht eine Gabe der anderen zu hundert Prozent. Sie sind so unterschiedlich wie die Charaktere, zu denen sie gehörten.

„Aufzeichnungen zu den olympischen Göttern", bemerkt Elena, die einen der alten Schinken vom Boden hochgehoben hat.

Manuel klappt sein Buch zu. „Zeus und seine Fähigkeiten."

„Bei mir geht es um Poseidon und die Halbgötter", erkläre ich und halte die mittlerweile herausgelöste Seite hoch.

Cassy geht in die Hocke und streicht sich das Haar hinter die Ohren. „Beschwörung und Huldigung der Götter."

„Fehlt etwas Bestimmtes?", fragt Lucas und Cassy zuckt mit den Schultern, fährt mit dem Finger die Stelle entlang, an der die Seite herausgerissen wurde.

Ich gehe einen Schritt zurück, betrachte das Durcheinander erneut. Dann lehne ich mich gegen eins der Regale. Mein Magen knurrt, mein Mund ist staubtrocken. „Gibt es ein Verzeichnis, in dem der Bestand dokumentiert ist?"

„Ganz bestimmt", versichert Cassy. „Es gibt kaum etwas, über das Kai keine Unterlagen hat."

„Gut, so können wir herausfinden, was genau fehlt. Weiter kommen wir vorerst wahrscheinlich nicht."

Cassy erhebt sich, legt das Buch, das sie in den Händen gehalten hat, auf eins der Regalbretter. „Gute Idee. Nach dem Essen sollten wir ein Konzept erarbeiten, wie wir unsere Schule bewachen. Wir müssen einen Schutzschild errichten und ... irgendwie auf unsere Freunde aufpassen. Morgen können wir Kai fragen, was fehlt."

Wir lassen das Chaos, das der Einbrecher hinterlassen hat, zurück und folgen dem Gang zur Bibliothek. Die Stimmung ist gedrückt, jeder hängt seinen eigenen Gedanken nach, versucht sich einen Reim auf die Ereignisse zu machen und den Sinn dahinter zu entschlüsseln. Trotzdem spüre ich den Zusammenhalt der Gruppe. Lucas hat sich bei Cassy eingehakt, Manuel und Phil flankieren Elena. Wir sind eine Familie, die zusammenhält, komme was wolle. Nur Maris fehlt an meiner Seite. Dennoch bin ich froh, dass er nicht hier ist. Seine Anwesenheit wäre gefährlich und der Raum der Schicksale womöglich ungeschützt. So kann ich mir wenigstens einer Sache gewiss sein: Er ist sicher und das Schicksal der Menschheit ebenfalls.

Hintereinander steigen wir die Wendeltreppe hinunter und auf einmal ist mein Kopf vollkommen leer.

Seit Wochen bin ich innerlich angespannt, warte darauf, dass die dunkle Wolke, die über uns schwebt, aufbricht. Und jetzt ist es geschehen. Allerdings auf eine ganz andere Art als ich dachte, denn ich habe nicht erwartet, dass meine Freundinnen in die Sache verwickelt werden könnten.

Ich schaudere, vergrabe die Hände in meiner Beuteltasche und sehne mich nach der Wärme meines Betts.

„Ob wir wohl noch was zu essen bekommen?", fragt Elena in die Stille und sieht auf ihre Armbanduhr. „Wahrscheinlich ist der Speisesaal längst leer geräumt."

„Dann schleichen wir uns eben in die Küche", entgegne ich und bin dankbar für die Ablenkung. Mein Magen knurrt und ich drücke meine Hände gegen den Bauch. Dieser Tag hatte mindestens achtundvierzig Stunden, zumindest kommt es mir so vor und mein Hungergefühl redet mir ein, dass ich seit Wochen nichts mehr gegessen habe.

Lucas wirft einen Blick über die Schulter. „Wenn nicht abgeschlossen ist."

„Higgins wird uns wohl kaum verhungern lassen", meine ich patzig.

Lucas lacht. „Vorsicht, gleich wird sie bissig."

„Hungry Laurie ist nichts, mit dem man spaßen sollte", fügt Manuel hinzu und ich strecke ihm die Zunge raus, Zombie Laurie, Hungry Laurie, wie wollen mich meine Freunde noch betiteln? Und sollte ich mich deswegen gekränkt fühlen? Wohl kaum, denn es entspricht leider beides der Wahrheit.

„Sei froh, dass es Gehirn nur montags gibt", gebe ich zurück und schäme mich für mein Benehmen. Wir hatten alle einen harten Tag und es ist unfair mein hungriges Ich an den anderen auszulassen.

„Für einen Veganer ziemlich inkonsequent", wirft Elena grinsend ein.

Ich steige über eins der Bücher, als wir durch den Mittelgang Richtung Tür gehen. „Das ist die Rache für all die Witze, die ich mir anhören musste."

„Nicht nett", kommentiert Lucas.

„Stimmt", gebe ich ihm recht. Das Licht flackert und ich sehe auf. Die Vorhänge sind zur Seite geschoben und das Mondlicht beleuchtet die hohen Regale.

Phil kommt zu mir. „Heißt das, ich muss mich vor dir fürchten, sollte ich noch einmal sagen, dass du meinem Essen das Essen wegisst."

„Wovor schon?", entgegnet Manuel, da ich weiter die großen Fenster mustere. Irgendetwas irritiert mich an dem Anblick, irgendetwas hat sich verändert. „Hast du Angst, dass sie einen Hohlraum vorfindet?"

Phil boxt Manuel gegen die Schulter, während der ihm frech grinsend zuzwinkert.

In dem Moment, in dem ich registriere, dass es die Fenster sind, die mich irritieren, weil ich sie bisher nie von dieser Seite gesehen habe, zerbersten sie. Mit einem lauten Knall zersplittert das Glas. Instinktiv lege ich mir die Arme vors Gesicht, presse die Lider fest zusammen und drehe mich zur Seite.

„Scheiße", kreischt Elena und durchbricht das Rauschen in meinen Ohren. Adrenalin schickt leichte Stromstöße durch meinen Körper, der sich sofort anspannt. Vorsichtig öffne ich die Augen. Ich schiele an meinen Armen vorbei. In meinem Hoodieärmel prangt ein großer Riss, doch die Haut darunter ist unbeschadet. Die Vorhänge flattern im Wind, während um uns herum lauter Glasscherben den Boden zieren. Keiner rührt sich, niemand wagt es, einen Laut von sich zu geben. Nach einigen Herzschlägen, in denen nichts geschieht, traue ich mich wieder richtig zu atmen. Unwillkürlich denke ich an die Präsenz, die Kira und mich schon einmal angegriffen hat. Ist der Angreifer zurückgekehrt? Handelt es sich um dieselbe Person?

„Ist jemand verletzt?", fragt Cassy und ich sehe einen blutenden Kratzer auf ihrem Gesicht.

„Nein", antworte ich. Auf wackligen Beinen gehe ich zu Cassy, betrachte den Kratzer. Unter meinen Schuhen knirscht das Glas.

„Das sollte desinfiziert werden."

Cassy nickt. „Schlimm? Braucht es eine Naht?"

„Keine Ahnung, scheint mir zu klein dafür."

Cassys „Gut", geht im Rauschen des Windes unter. Er peitscht mir die Haare ins Gesicht und selbst die Scherben werden aufgewirbelt. Ein tornadoähnliches Gebilde bewegt sich aufs Fenster zu und dringt ins Innere.

Die Kraft, die von dem Sturm ausgeht, lässt mich an Ort und Stelle verharren. Bewundernd mustere ich den Wirbelwind, sehe zu, wie er sich ans Ende des Raumes, Richtung Wendeltreppe bewegt. Die Wolken des Tornados formen sich zu einem überdimensional großen Mund, der uns zugewandt ist.

„Er wird die Regale umpusten", prophezeit Cassy, allerdings bezweifle ich, dass er dazu die Kraft hat.

Ich habe unrecht. Kaum eine Sekunde später werde ich durch den Raum geschleudert. Der Wind, der aus den Lippen zu uns herüberdringt, ist hart wie eine Wand. Er katapultiert uns gegen das Eingangsportal.

Die Regale wackeln, dann geben sie nach, fallen wie Dominosteine. Schützend hebe ich meine Hände, in dem Wissen, dass die massiven Holzregale mich zerquetschen werden. In Gedanken bin ich bei Maris und sehe vor meinem inneren Auge meine Eltern, die mich willkommen heißen.

Wie in Zeitlupe kippt das letzte Regal in unsere Richtung. Bücher rutschen von den Brettern und werden von der Schwerkraft zu Boden gezogen. Eins streift meinen Unterarm und ich zucke zusammen. Der Krach ist unerträglich. Ich reiße die Augen auf, verfolge die Bewegung und erwarte den Aufprall des Regals. Mein Herz bleibt stehen, gibt auf, bevor es dazu gezwungen wird, nur um im nächsten Moment loszupreschen. Wie durch ein Wunder hält das Regal inne, bleibt einen Meter von mir entfernt in der Luft stehen. Gespannt starre ich auf das dunkle Holz, strecke meine Hand nach ihm aus, erreiche es jedoch nicht.

„Laurie", ruft Manuel, das vermeintliche Wunder auf zwei Beinen. Er hält die Arme in die Luft gestreckt, die Finger so weit gespreizt wie möglich und konzentriert sich auf seine Fähigkeit. Natürlich, der Schutzschild. Es hält das Regal von mir fern und verhindert meinen Tod. „Komm her."

Seine Worte durchbrechen meinen Bann. Ich renne zu ihm. Hinter ihm erkenne ich Elena. Phil und Lucas sind damit beschäftigt Cassy unter einem Berg Bücher zu hervorzuholen und ihr aufzuhelfen. Sobald wir alle neben Manuel zum Stehen kommen, sinken die Regale langsam zu Boden.

„Danke", murmele ich.

Manuel lässt die Arme sinken. „Immer gern." Er streckt die Finger Richtung Erde und um uns herum formt sich eine Art Ball, der uns abschirmt. Wie elastisches Glas erkenne ich die dünne Barriere, die zwischen uns und unserem Gegner steht. Ihr blauer Schimmer verleiht der Szene etwas Gespenstisches.

Das Glas kratzt über den Boden, bewegt sich von uns weg und wird vom Wind aufgewirbelt.

Erneut bleibt mir das Herz stehen und ich halte den Atem an, balle die Hände zu Fäusten.

Langsam nimmt das Glas neue Formen an. Große Pranken, ein schlanker Körper und ein eindrucksvolles Haupt entstehen vor unseren Augen. Wütend reißt der gläserne Löwe sein Maul auf. Kein Laut dringt hervor, lediglich Wind, der uns entgegenschlägt. Er prallt an Manuels Schild ab und ich atme erleichtert auf.

„Fuck", entfährt es Lucas und ich schüttle die Angst ab, sperre sie in einen dunklen Raum zusammen mit dem Gedanken, dass wir verlieren könnten. Dafür ist momentan kein Platz in meinem Kopf. Ich muss mich konzentrieren, die wichtigen Dinge fokussieren: Wie wir das hier überleben.

„Leute, ihr müsst mir helfen", erklingt Manuels gepresste Stimme und ich erkenne, dass die Muskeln in seinen Oberarmen zum Zerreißen gespannt sind. Schweißperlen stehen auf seiner Stirn und plötzlich erwacht die Gruppe zum Leben.

Lucas lässt zwischen seinen Händen Feuerbälle entstehen und schleudert sie dem Löwen entgegen. Doch sie sind zu winzig, erreichen ihr Ziel meist nicht einmal. Cassy steht hinter ihm beobachtet den Löwen genau, versucht eine Schwachstelle zu finden.

„Der Löwe hat keine Empfindungen, wir können ihn nicht beeinflussen“, erklärt Elena und blickt sich gehetzt um.

„Meine Kraft schwindet“, murmelt Manuel, während der Löwe jetzt nicht mehr nur Wind auf uns abfeuert, sondern auch Glasscherben, die so groß sind, dass sie meinen Kopf mit Leichtigkeit durchbohren könnten.

Langsam aber sicher übermannt mich die Gewissheit, dass wir hier sterben werden. Getötet von einem Wesen, das nicht existieren dürfte.

„Draußen gibt es Bäume und Schlingpflanzen. Wir könnten die Wurzeln wachsen lassen und gegen den Löwen nutzen“, überlegt Phil laut, während ich hilflos danebenstehe und beeindruckt bin, wie schnell die anderen sich wieder gefangen haben.

„Einen Versuch ist es wert“, entgegnet Elena.

Von der Idee der Zwillinge angefixt, eile ich zu Lucas. Ich will helfen. Irgendetwas tun. „Deine Flammen sind zu klein. Wie groß bekommst du sie?“ Er zuckt mit den Schultern. „Ich brauche jetzt die größte Kugel, die du formen kannst“, sage ich und rufe den Wind. Seit er mir die Blume geschenkt hat, hat sich ein Schalter umgelegt und ich fühle ihn direkt in mir. Deswegen ist er sofort zur Stelle, als ich ihn brauche. Zwischen Lucas’ Händen entsteht derweil ein Feuerball. Ich schaudere, denn ich sehe die blaue Schutzschicht, die Manuel aufrecht hält, immer näher an uns heranrücken. Sollte sie verschwinden, wäre das unser Todesurteil.

„Schieß“, brülle ich und schleudere die Kugel mithilfe des Windes in die Richtung des Löwen. Sie prallt gegen seine Schnauze, lässt einen Teil davon schmelzen und wir jubeln. Im selben Moment kehrt das Glas an seinen

Ursprungsort zurück und das Ungeheuer erwacht zu neuem Leben.

Wunderbar.

Wäre Sarkasmus meine Waffe, der Löwe würde sofort tot umfallen.

Eine Wurzel peitscht durchs Fenster, trifft den Löwen und reißt ihn von den Füßen. Er stürzt zu Boden, zerfällt in seine Einzelteile und bleibt eine Sekunde liegen, bevor er erneut emporsteigt wie der Phoenix aus der Asche.

Manuel geht in die Knie. Auf seiner Stirn bilden sich Schweißperlen, die ihm über die Haut rinnen. Traurig sieht er auf seine Hände. „Es tut mir leid, mir geht die Kraft aus."

Elena verlässt die Seite ihres Bruders, rennt auf Manuel zu und legt ihm die Hände auf die Schultern. Sofort entspannen sich seine geschundenen Muskeln und der Schutzschild erweitert sich einige Meter zu dem Löwen hin. Zuerst kapiere ich nicht, was passiert. Dann erinnere ich mich, wie Elena mir Kraft gespendet hat, als ich krank war.

Die Halbgötter sind ein eingespieltes Team. Sie finden im Bruchteil einer Sekunde Lösungen für ein Problem, das ich immer noch zu begreifen versuche.

Phil bewegt die Wurzeln auf und ab. Immer wieder schlagen sie gegen den Löwen, zerstören einen Teil von ihm und geben mir damit etwas Zeit zum Nachdenken. Wie schaffen wir es, unserem Gegner die Macht zu nehmen oder ihn zumindest in die Enge zu treiben?

Ist es möglich ... wäre ich in der Lage ... könnte ich jemandem die Gewalt über den Wind entziehen und ihn dazu bringen stattdessen mir zu gehorchen?

Mir bleibt keine andere Möglichkeit, als es auszuprobieren. Meine Freunde sind müde, lange werden sie den Strapazen nicht mehr standhalten und ich habe bisher kaum etwas zum Kampf beigetragen. Daher rede ich mit dem Wind, flüstere ihm süße Worte zu, versuche ihn davon zu überzeugen, auf die andere Seite zu wechseln. Leider ist das schwierig, denn der Wind hat keinen Meister, er lässt sich nichts befehlen. Vielmehr verschenkt er seine Gunst und handelt aus freiem Willen.

Während ich die wohl schwierigste Diskussion meines Lebens führe, feuert Lucas weiterhin Feuerbälle auf das Ungeheuer ab, denen ich mit meiner Gabe, den nötigen Schwung verleihe. Auch die Pflanzen geben ihr Bestes und dank Phil halten sie das Biest vorerst in Schach.

Dann fällt das Glas plötzlich mit einem lauten Knall zu Boden. Wir halten inne, warten auf den nächsten Schlag. Er kommt Sekunden später. Die Splitter erheben sich, regnen auf uns nieder und prasseln lautstark gegen Manuels Schutzschild. Er wird zurückgedrängt und es bleiben kaum noch zehn Zentimeter zwischen uns und den spitzen Geschossen. Ich zögere nicht lange, bitte den Wind zur Hilfe und versuche die Splitter umzuleiten. Es funktioniert nicht direkt, trotzdem bildet der von mir kontrollierte Wind eine weitere Barriere. Verschafft mir Zeit, nach anderen Möglichkeiten zu suchen, die uns aus dieser Lage bringen könnten.

Doch da ist nichts. Nichts, das auf irgendeine Art hilfreich wäre, nichts, das uns den Arsch retten könnte. Mein Blick schweift weiter, bleibt an etwas auf der Empore hängen – und auf einmal kämpft sich ein heller

Schimmer durch die dunkle Verzweiflung in meinem Inneren. Hoffnung.

Am Geländer oben an der Wendeltreppe steht eine Gestalt in eine dunkle Jacke gehüllt und bewegt ihre Hände, befehligt das Glas, uns zu töten. Über den Kopf hat sie eine Kapuze gezogen, die ihr Gesicht verdeckt. Trotzdem weiß ich endlich, was zu tun ist.

„Cassy, wir müssen dort hoch", sage ich und deute mit dem Kinn in Richtung unseres Gegners. „Kannst du uns ungesehen hinbringen?"

Sie nickt und wir verlieren keine Zeit. „Nimm meine Hand", weist Cassy mich an.

„Mein Schutzschild reicht nicht so weit", gibt Manuel zu bedenken. Eine Information mit der ich bereits gerechnet habe. Dennoch haben wir keine Wahl.

„Wir schaffen das", versichere ich meinen Freunden. „Haltet einfach das Glas weiterhin in Schach."

„Seid vorsichtig", meint Lucas und ich sammle meinen Mut, kann jeden Funken davon gebrauchen.

Zusammen treten Cassy und ich an den Schutzschild. „Bereit?", frage ich und atme tief durch. Meine Hände sind schwitzig und mein Herz rät mir mit wilden Schlägen von diesem Plan ab.

„Bereit", antwortet Cassy mit fester Stimme. Wir durchschreiten Manuels Schutzschild und treten unerkannt in die Schatten. Der Wind und ich halten uns die Glassplitter so gut vom Leib, wie es geht. Dabei versuche ich so wenig Wirbel wie möglich um uns zu machen, damit wir unentdeckt bleiben. Natürlich kann der Angreifer uns nicht sehen, allerdings ist es Cassy unmöglich auch den Wind zu verbergen. Konzentriert arbeiten wir uns Meter für Meter nach vorne, kommen der Wendeltreppe immer näher. Währenddessen blende ich die Geräusche in der Bibliothek vollkommen aus. Ich darf mich nicht ablenken lassen, muss darauf vertrauen, dass der Rest klarkommt, dass sie es schaffen, gegen den gläsernen Feind anzukämpfen.

„Vorsichtig", flüstere ich als Cassy über einen kleinen Haufen Bücher stolpert und beinahe das Gleichgewicht verliert. Unbeschadet schaffen wir es bis zur Treppe und ich hebe den Blick, suche nach dem Angreifer. Er steht gegen das Geländer gelehnt auf der Galerie und denkt offenbar, dass er diese Schlacht gewinnen kann. Sein Gesicht liegt verborgen im Schatten der Kapuze. Nicht mehr lange und ich werde wissen, wer es ist. Aufgeregt kribbeln meine Hände und mein ganzer Körper vibriert, kann es kaum erwarten, hinter das Geheimnis zu kommen.

Hintereinander erklimmen wir die Stufen. Auf der letzten lasse ich Cassys Hand los und forme meine eigenen zu Fäusten, stecke all meine Wut in den Wind, der diese reflektiert und gegen den Angreifer einsetzt. Überrascht von der Wucht, in Form des Windes, die ihn in den Rücken trifft, taumelt der Angreifer gegen das Geländer. Sein Oberkörper kippt vorne über. Er klammert sich ans Geländer. Währenddessen schließe ich die Lider, konzentriere mich, bitte den Wind ihn über die Brüstung zu heben.

Viel zu schnell erholt sich mein Gegenüber von dem Schock und ruft seinen eigenen Verbündeten zur Hilfe. Hart pustet mir eine Böe entgegen. Ich festige meinen Stand, verfluche mich dafür, dass mein Überraschungsmanöver schiefgegangen ist. Immerhin habe ich so meinen Freunden unten eine Verschnaufpause verschafft. Denn der Einbrecher konzentriert sich komplett auf mich. Die Frage ist nur, wie lange ich ihm alleine standhalten kann. Gekonnt treibt der Wind mich zur Seite, bringt mich dazu, meine Position aufzugeben. Der Angreifer positioniert sich parallel zu mir, sodass ich jetzt die Wendeltreppe und einige Regale im Rücken habe.

Hektisch gehe ich meine Möglichkeiten durch, während mir windgepeitschte Strähnen die Sicht versperren. Was der Idiot vor mir kann, kann ich schon lange … na ja, zumindest hoffe ich das. Dann kommen mir die Bücher in den Sinn. Damit konnte ich schon immer etwas anfangen. Und jetzt eignen sie sich wunderbar, um sie einem Arschloch gegen den Kopf zu werfen.

Bevor ich meinen Plan allerdings in die Tat umsetzen kann, kommt Cassy mir zuvor. Sie verbirgt sich hinter ihren Schatten. Beinahe wäre ihre Täuschung perfekt, doch ihre Aufregung lässt sich unvorsichtig werden und der Dolch, den sie in den Händen hält, glitzert im Mondlicht. Ich erkenne die Schneide und reiße die Augen auf.

Der Angreifer bemerkt meinen Stimmungswechsel, zählt eins und eins zusammen und kapiert, dass etwas nicht stimmt. Suchend sieht er sich um, entdeckt die Spiegelung und lässt von mir ab. Einen Moment ist es windstill und ich ahne, was geschehen wird, bevor mein Gegenüber sich bewegt. Deswegen hechte ich zu Cassy, versuche sie zu Fall zu bringen und dadurch zu schützen. Vergebens, ich bin zu langsam, zu schwach.

Eine Druckwelle schleudert uns nach hinten und ich bekomme gerade noch Cassys Hand zu fassen. Schmerzhaft prallt meine Hüfte gegen das Geländer.

Der Wind kriecht unter uns, hebt unsere Beine und lüpft uns über die Brüstung. Wir kippen hintenüber und fallen wie Kartoffeln zu Boden.

Ein Schrei quält sich meine Kehle nach oben, bleibt kurz vor meinen Lippen stecken, während ich versuche nach dem Geländer zu greifen oder irgendwo sonst Halt zu finden. Es gibt keinen, da ist lediglich Luft.

Luft! Natürlich.

Ich flehe den Wind an, bitte ihn, uns zu retten. Tränen quellen mir aus den Augen, laufen über meine Wangen und ich klammere mich an Cassys Hand. In ihrem Gesicht spiegelt sich, was mein Inneres noch zu verdrängen versucht: die Panik einer Todgeweihten.

# Kapitel 9

## Lieber Tod, nimm meinen Mittelfinger und verpiss dich

Wir prallen hart auf den Boden und mir wird die Luft aus der Lunge gedrückt. Wobei, das stimmt nicht ganz, denn der Fall geht weiter, allerdings abgeschwächter und sanfter. Ich drehe meinen Kopf. Wir schweben in der Luft, der Wind hat uns gerettet, trägt uns sachte gen Boden. Überwältigt presse ich die Lider zusammen, warte bis wir auf festem Untergrund zum Liegen kommen und rolle mich dann zu Cassy. Gegen ihre Brust gelehnt lasse ich den Tränen freien Lauf. Gönne mir diesen Augenblick, bevor ich mich wieder der Realität stelle und mich gegen den nächsten Schlag unseres Angreifers wappne.

„Cassy", höre ich Manuel rufen, während Lucas meinen Namen brüllt. Sekunden später sind unsere Freunde bei uns und eine schützende Kugel aus blauem Licht stülpt sich über uns.

„O Gott, ich dachte, wir sterben", presst Cassy hervor und ich schluchze.

„Geht's euch gut?", fragt Elena und ich hebe meinen Kopf, setze mich auf. Langsam versiegen die Tränen und ich lasse meinen Blick schweifen, mustere die

Balustrade und nicke gleichzeitig. Der Angreifer ist weg. Wahrscheinlich hat er den Moment unseres Falls genutzt und ist in den geheimen Gang verschwunden.

Lucas kniet sich neben uns. „Fehlt euch wirklich nichts?"

„Meine Rippen fühlen sich an, als wären sie zersplittert und ich habe morgen sicher den schlimmsten Muskelkater meines Lebens, aber ansonsten geht es mir gut", fasse ich zusammen und streiche mir vorsichtig über die Brust. Alleine unter der leichten Berührung könnte ich schreien. Gleichzeitig bin ich nur froh, diesen Tag überlebt zu haben, und zwar mit all meinen Gliedmaßen.

„Mir dröhnt der Schädel", murmelt Cassy und ich mustere zuerst sie, dann den Rest meiner Freunde.

Wir leben.

Wir haben es tatsächlich geschafft.

Die Erkenntnis sickert langsam in meinen Verstand und ich sinke mit dem Oberkörper zurück auf den Boden. „Scheiße, wir leben", entfährt es mir, dann schrecke ich auf. Trotzdem ist es noch nicht zu Ende. Der Angreifer treibt weiterhin sein Unwesen, ist lediglich auf der Flucht. Und bis wir ihn gefasst haben, schweben wir in Gefahr.

Die Bibliothek ist komplett zerstört. Die Regale liegen wie Dominosteine auf dem Boden. Daneben die Bücher, die einmal in ihnen gestanden haben, und jetzt ein trauriges Bild abgeben. Durch die zerbrochenen Fenster erkenne ich den Mond, er zieht ein erschrockenes Gesicht, das mir als Kind immer eine Heidenangst eingejagt hat.

„Gibt es einen weiteren Ausgang?", werfe ich in die Runde und deute die Wendeltreppe hinauf.

Elena nickt. „Ja, eine kleine Tür im Flügel des Lehrerpersonals. Sie ist hinter einem Gemälde verborgen."

„Elena, du bringst Cassy zur Krankenschwester. Der Rest wird versuchen weitere Spuren zu finden, einverstanden?", schlage ich vor und stehe auf. Die Welt dreht sich, weswegen ich nach Lucas Arm greife und Halt suche. Auch Cassy ist wacklig auf den Beinen und lehnt sich gegen Elena.

„Äh, Leute?", meint Elena, als wir Richtung Tür gehen. „Hier kommen wir nicht raus. Eins der Regale blockiert die Tür."

Wahrscheinlich ist uns deswegen niemand zu Hilfe gekommen, denn der Lärm kann unmöglich unentdeckt geblieben sein. Zum Glück, weitere Schüler oder Lehrer hätten alles nur verkompliziert.

„Bleibt hinter uns, okay?", weist Manuel uns an und dreht sich um, geht Richtung Wendeltreppe zurück. Wir folgen ihm. Oben angekommen öffnen wir die geheime Tür und treten in den Gang. Jeder meiner Muskeln ist angespannt und wartet darauf, dass der Fremde unerwartet auftaucht, uns beschießt oder etwas anderes geschieht.

Es bleibt still. Keine neue Gefahr, kein weiterer Angriff. Kurz vor dem Ausgang wird es enger. Die Steinwände sind scharfkantiger und es erfordert einiges an Konzentration, nirgends hängen zu bleiben. Einer nach dem anderen schlängeln wir uns hindurch und Manuel, der die Spitze unserer Gruppe bildet, drückt schließlich die Tür auf. Er lehnt sich mit seinem ganzen Gewicht dagegen, schafft es dennoch nur mühsam.

Ein Durchgang offenbart sich und ich erkenne den Flügel der Lehrerschaft. An den Wänden hängen große Gemälde und Queen Victoria mustert mich missbilligend, als ich aus dem Gang heraustrete.

„Was ist das?", murmelt Phil und ich drehe mich zu ihm. Er hält ein kleines braunes Quadrat in der Hand, reicht es Manuel und inspiziert die Stelle, an der es zuvor gelegen hat, genauer. „Ein Stofffetzen", bemerkt er und hebt ihn ebenfalls auf. „Der Idiot muss hängen geblieben sein."

Gespannt gehe ich zur Seite, damit die anderen Platz haben und ebenfalls ins Licht treten können. Danach schiebt Lucas die Tür zurück. Wir stellen uns im Kreis um Manuel, der das Fundstück zwischen seinen Fingern dreht. „Ist das ein Cardholder?"

„Ja", sagt Elena und nimmt ihm das Teil aus der Hand. „Aus Leder. Von Gucci. Ziemlich edel."

„Wundert mich nicht", gebe ich zu und lenke damit die Blicke auf mich. „Wer auch immer gerade versucht hat uns umzubringen, muss euren Kreisen entstammen und er kennt sich hier aus. Wahrscheinlich vermisst er das Teil nicht mal."

Cassy streckt ihren Arm aus und Elena gibt den Cardholder weiter. „Du hast recht, Laurie. Wir sollten deinen Gedanken weiterspinnen. Der Angreifer kennt sich also aus. Das kann nur zwei Dinge bedeuten: Entweder war er einmal Schüler hier oder es gibt jemanden, der ihn mit Informationen füttert."

„Oder er *ist* noch Schüler", entgegnet Phil und mir wird schlecht. Vor meinen Augen tanzen Punkte und ich blinzle heftig, um sie loszuwerden.

„Nein", flüstere ich. „Das hätten wir bemerkt."

„Wie denn?", meint er und zuckt mit den Schultern.

Ist es möglich, dass jemand einen derartigen Vertrauensbruch vor uns verbergen konnte? „Maris", entfährt es mir dann. „Er hätte die negative Präsenz gespürt, oder nicht?"

Cassy zuckt mit den Schultern. „So wie er bei dir direkt wahrgenommen hat, dass du ein Halbgott bist?"

„Das ist gemein."

„Aber wahr. Ich will seine Macht damit auch gar nicht kleinreden, immerhin ist er ein Gott. Trotzdem müssen wir uns bewusst machen, dass womöglich nichts an dieser Schule ist, wie es scheint. Unser Zuhause ist nicht mehr sicher."

„Und selbst wenn es niemand von unseren Mitschülern ist, gibt es dennoch jemanden, der uns ausspioniert und Informationen weitergibt", bemerkt Lucas.

Seine Worte sind wie Schläge in die Magengrube. Bisher haben wir uns hier sicher gefühlt, denn das Internat ist unser Heim. An diesem Ort leben unsere Freunde, die Menschen, die wir als zweite Familie bezeichnen. „Es gibt niemanden mehr, dem wir vertrauen können."

Ich greife nach Lucas' Hand, brauche einen Anker, der verhindert, dass ich den Boden unter den Füßen verliere. Jeder könnte Informationen nach außen tragen. Was, wenn es Samira ist oder Aurora? Was, wenn wir unser Halbgötter-Dasein nicht so gut versteckt haben, wie wir dachten? Was, wenn noch jemand so ist, wie ich und hinter Maris' Zauber schauen kann? Dann könnte einer meiner Mitschüler direkt vor unserer Nase sitzen und gegen uns spielen. Wir würden es nie merken.

Gänsehaut überzieht meinen Körper und ich schüttle mich, friere, während mir heiß ist.

„Da ist was drin", meint Cassy plötzlich. Sie greift in den obersten Schlitz des Cardholders und zieht etwas hervor.

„Haare?", entfährt es mir.

Zwischen Daumen und Zeigefinger lugt ein kleines Büschel hervor. An der Unterseite ist es zusammengebunden, wie die erste abgeschnittene Strähne eines Kleinkindes, die man der Erinnerung halber aufbewahrt.

„Was soll das?", fragt Elena und ich zucke die Schultern.

„Zufall?", meint Manuel.

„Egal, es könnte uns auf die Spur des Einbrechers bringen." Cassy hält die Strähne besser ins Licht und sie funkelt in den buntesten Farben. „Das stammt von keinem Menschen, wahrscheinlich nicht mal von der Erde. Oder hat jemand von euch schon einmal Haar gesehen, das Licht reflektiert, wie Glas es tut?"

„Nein", stimmt Lucas zu. „Aber zu wem gehört es dann?"

Ich beuge mich nach vorne, mustere das Fundstück und bin überwältigt von den vielen Farbschattierungen, die ich erkenne. „Beinahe göttlich", murmle ich.

„Nein", belehrt Cassy mich. „Eigentlich sehen die Götter aus wie wir, denn unsere Körper wurden nach ihrem Abbild geformt. Viel eher denke ich, dass es von einem anderen Wesen stammt. Einer Chimäre oder dem Kerberos?"

Elena atmet erschrocken ein und macht einen Schritt zurück. „Beide sind an die Götterwelt gebunden. Wie sollen sie unserem Angreifer in die Hände gefallen sein?“

„Keine Ahnung“, gibt Cassy zu und steckt das Büschel zurück in den Cardholder, welchen sie in ihrer Hoodietasche verstaut. „Christa kann uns sicher helfen.“

Lucas schüttelt den Kopf. „Nein, du darfst ihr nichts davon erzählen. Niemandem. Womöglich können wir das zu unserem Vorteil nutzen, allerdings nur, wenn wir es für uns behalten und der Angreifer nicht weiß, dass wir ihm auf der Spur sind.“

„Stimmt“, meint Cassy und fährt sich über die Schläfen. Zwar macht sie jetzt einen besseren Eindruck als vor einigen Minuten, dennoch sollte sie untersucht werden. „Allerdings brauchen wir Hilfe. Sicher bekomme ich etwas aus Christa raus, ohne dass sie es merkt.“

„Lass mich das machen“, sage ich. „Von mir erwartet sie dumme Fragen.“

Lächelnd nickt Cassy, lehnt sich erneut gegen Elena, die direkt nach ihrer Hand greift und ihr die nötige Energie spendet. „Gute Idee, Laurie.“

„Lasst uns gehen. Cassy braucht einen Arzt und wir sollten das Durcheinander in der Bibliothek erklären“, meine ich. „Wir bleiben bei der Wahrheit. Haltet euch vage, vor allem, was unseren Angreifer angeht. Je weniger wir vorgeben geschnallt zu haben, desto sicherer sind wir.“

Zusammen gehen wir den Flur entlang, genießen die Ruhe und wahrscheinlich macht gerade jeder für sich, eine kleine Bestandsaufnahme. An mir ist alles dran, Arme, Beine und der Dickschädel. Damit habe ich während des Kampfes tatsächlich kaum noch gerechnet.

Meine Rippen und meine Wirbelsäule schmerzen. Ich lasse die Fingerknöchel knacken, kreise mit den Händen und dem Kopf.

Funktionsfähig.

Zum Glück.

Trotzdem brennen meine Muskeln, wollen endlich ihre Ruhe und sich von den Strapazen des Tages erholen. An meinem Unterarm ziert ein tiefer Riss meinen Schulhoodie. Die Ränder sind ausgefranst und mit Blut beschmiert. Vorsichtig greife ich an ihnen vorbei, ziehe sie auseinander. Ein tiefer Kratzer lacht mir entgegen, eine Erinnerung an diesen Kampf, die mich bis ans Ende meines Lebens begleiten wird. Mittlerweile ist die Blutung gestillt, lediglich die feinen Glassplitter darin bereiten mir Sorge. Ich beginne damit sie herauszupulen, habe den Schmerz unterschätzt und atme beim ersten Stechen hektisch ein. Als frisches rotes Blut meinen Arm hinabläuft, höre ich auf.

Unser Weg ist nicht lang, außerdem dürfte es derart spät sein, dass alle in ihren Betten liegen. Daher klopft Lucas Minuten später an die Wohnungstür der Krankenschwester. Niemand öffnet.

„Ohrstöpsel?“, überlege ich.

Phil schnaubt. „Wohl eher Schlaftabletten.“

„Ist auch egal“, mischt Elena sich ein und lässt Cassy gegen die Wand gelehnt zu Boden gleiten. Ihre Wangen sind ganz weiß. „Wir brauchen Hilfe.“

Hektisch krame ich mein Smartphone aus der Tasche. Das Glas ist gesprungen, selbst das Gehäuse hat einige Beschädigungen davongetragen. Ich drücke den Homebutton, doch das Display bleibt dunkel.

Mist.

Mir wird schwindelig und ich drücke mich gegen die Tür, schließe die Lider. Wenn Cassy sich das Rückgrat verletzt hat ... nein, daran darf ich jetzt nicht denken. Wir haben diesen Kampf gewonnen. Niemand wird uns diesen Sieg nehmen können. Selbst wenn der Tod es versucht, werde ich mich ihm in den Weg stellen und ihm meinen Mittelfinger zeigen. Er kann Cassy nicht haben.

„Klopft gegen jede Tür", befiehlt Phil, reißt mich aus meinen Gedanken und wir gehorchen. Mit der Faust hämmere ich gegen das Holz, rufe die Namen der Lehrer und versuche auf uns aufmerksam zu machen. Doch dieser Flügel scheint komplett ausgestorben zu sein.

„Was in Gottes Namen", entfährt es Mr Hendriks als er um die Ecke biegt und ich falle ihm beinahe um den Hals. Erschrocken reißt er die Augen auf, hebt die Hände. Wahrscheinlich geben wir ein seltsames Bild ab, mit unseren zerzausten Haaren und den zerkratzen Gesichtern. Ganz zu schweigen von dem wilden Ausdruck in den Augen, der jeden von uns infiziert hat, seit unsere Freundin zu Boden gegangen ist.

„Wir brauchen einen Arzt", rufe ich. „Schnell."

Mr Hendriks stellt keine weiteren Fragen, eilt davon und kommt zusammen mit Higgins, Christa und der Krankenschwester zurück. Außerdem hält er ein Handy an sein Ohr und telefoniert offensichtlich mit einem Arzt oder der Notrufzentrale. Erleichtert atme ich auf, bin unfassbar glücklich, die Erwachsenen zu sehen.

Während die Krankenschwester direkt auf Cassy und Elena zueilt, kommt Higgins zu mir, packt mich an den

Schultern und starrt mir in die Augen. „Was ist geschehen?“

„Die Bibliothek … ein gläserner Löwe … der Wind … ein Fall“, stottere ich und merke, wie mir der Druck von der Lunge genommen wird. Endlich kann ich wieder richtig atmen und in dem Moment, in dem ich versuche die Ereignisse zusammenzufassen, realisiere ich sie zum ersten Mal. Tränen rinnen mir lautlos über die Wangen und ich halte inne, schüttle nur den Kopf und bringe Abstand zwischen mich und Higgins.

Ich stehe inmitten meiner Freunde, blicke mich um. Zeit und Raum sind aus den Fugen geraten. Unbeteiligt verfolge ich das Geschehen während die anderen sich bewegen, als müssten sie sich durch Wackelpudding kämpfen. Die Krankenschwester hat eine Liege organisiert, auf die sie Cassy mithilfe von Higgins in Slow Motion hebt. Manuel dreht sich zu Phil, lehnt den Kopf gegen seine Schulter, während Lucas und Christa eine Wunde an Elenas Bein inspizieren, die bereits heilt.

„Vorsicht“, ruft jemand und bricht damit den Bann. Die Zeit kehrt zurück, nimmt ihre Arbeit wieder auf. Der Mann, dessen Stimme sie dazu verleitet hat, rennt an mir vorbei. Seine Tasche knallt neben Cassy auf die Trage und er kümmert sich direkt um meine Freundin. Leuchtet in ihre Augen, drückt verschiedene Punkte und befragt sie zu den Geschehnissen. Weitere Ärzte strömen in den Gang und ich frage mich, ob sie Bescheid wissen, ob ihnen klar ist, dass wir keine normalen Menschen sind. Einer von ihnen greift nach meinem Arm, hebt ihn in die Höhe und besieht sich die Wunde. Er säubert sie und mich durchfährt ein Brennen, das sich meinen ganzen Arm hinauf bis in mein

Hirn zieht. Danach geht er weiter. Hat er mit mir gesprochen? Keine Ahnung, denn es ist still, mein Gehör verweigert den Dienst.

„Geht's dir gut?", fragt jemand direkt neben meinem Ohr und ich zucke zusammen. Mit einem Schlag sind die Geräusche zurück. Ich nicke, bringe keinen Ton über die Lippen. Dankbar nehme ich die Decke entgegen, die er mir um die Schultern legt und ziehe sie eng um mich.

Für heute war ich stark genug, jetzt ist es an der Zeit, dass ich mich dem hingebe, was ich den ganzen Abend hinter dicken Mauern verborgen habe, um einen klaren Kopf zu behalten. Angst, Wut und Frustration.

Langsam lasse ich die Lehrer, Ärzte und Halbgötter hinter mir, entferne mich immer weiter von ihnen, bis endlich Stille einkehrt. Der Gedanke, dass meine Freunde, die heute Nacht zu meiner Familie geworden sind, in guten Händen sind, erfüllt mich mit Glück und gibt mir die nötige Kraft, die ich brauche, um mich die Treppen nach oben zu schleppen. Vor unserer Zimmertür sammle ich meine letzte Energie, drücke die Klinke hinunter und trete in den dunklen Raum. Samira liegt in ihrem Bett, hat die Decke bis zum Kinn gezogen und atmet ganz friedlich. Bevor ich mich auf meine Matratze setze, beobachte ich sie einige Momente. Ihre Gesichtszüge sind entspannt. Hoffentlich träumt sie von einem besseren Tag, einem, an dem sie und ihre Freundin nicht verletzt worden sind.

Vor mir erscheint plötzlich ein Papierkranich aus dem Nichts. Er schwebt auf mich zu, landet direkt in meinen Händen. Ohne ihn zu öffnen, weiß ich, woher er kommt. Es gibt nur eine Person, die dazu in der Lage ist und mir so etwas schicken würde – Maris.

Mit wenigen Griffen falte ich das Papier auseinander und lese die Botschaft, die mich mitten ins Herz trifft.

*Ich bin da. In deinen Träumen begegnen wir uns.*
*In Liebe.*

Schnell schiebe ich die Traurigkeit, die aufkeimt, zur Seite, lege mich hin und schließe die Lider. Sobald ich anfange, die Gedanken an den Kampf, meine verletzten Freunde und Maris zuzulassen, habe ich verloren. Sie werden mich in den Wahnsinn treiben und so lange durch meinen Kopf schwirren, bis die ganzen Fragen, die heute aufgerufen wurden, eine Antwort gefunden haben.

Deswegen vertraue ich auf Maris, hoffe darauf, dass er auf mich wartet, seine Arme beschützend um mich schlingt und die Welt für einen Moment stillsteht.

Wärme empfängt mich als ich die Augen aufschlage. Ich blinzle gegen die Sonnenstrahlen und drehe mich zur Seite, schmiege mich an Maris.

„Bist du wach?", fragt er und ich schüttle den Kopf.

„Wohl kaum, sonst wärst du nicht hier, oder?"

Maris lacht. „Im übertragenen Sinne meine ich."

„Dann hättest du besser gefragt, ob ich schlafe", bemerke ich müde und lasse meinen Blick schweifen.

„Merke ich mir fürs nächste Mal, Besserwisserin."

Wir liegen auf einem Himmelbett, dessen weiße Vorhänge im Wind wehen. Das Meer rauscht im Hintergrund und ich erkenne Berge am Horizont. Die Sonne steht hoch am Himmel, spendet wertvolle Lebensenergie und sorgt dafür, dass ich das Gefühl habe zu verbrennen.

Mein Kopf liegt auf Maris Brust, die sich gleichmäßig hebt und senkt. Er streicht mir den Oberarm entlang und ich bekomme eine Gänsehaut. „Wie geht's dir?“

„Keine Ahnung“, gebe ich zu. „Gerade wünsche ich mir, für immer hier zu bleiben, bei dir.“

„Das wäre schön“, meint Maris leise. „Doch dann würdest du dein ganzes Leben verpassen.“

Ich schnaube. „Auf Tage wie diesen kann ich getrost verzichten.“

„Es tut mir leid“, entgegnet Maris, doch ich will seine Worte nicht hören, schüttle energisch den Kopf. Will überhaupt nicht darüber sprechen, sondern den Augenblick genießen. Die Sonne auf meiner Haut spüren, die salzige Seeluft auf meinen Lippen schmecken und Maris unter mir wahrnehmen. „Ich hätte da sein müssen“, fährt er fort und ich drücke mir die Fäuste auf die Ohren. Kindisch, aber wirkungsvoll, denn Maris stoppt. Er legt seine Hände um meine, bringt mich dazu, sie sinken zu lassen und ihn anzuschauen. „Hör mir zu.“

„Bitte“, flehe ich und merke, dass meine Augen brennen. Allein der Gedanke an den Kampf, die Verletzungen und vor allem unsere Hilflosigkeit nimmt mir den Atem. „Bitte“, hauche ich erneut.

Maris zieht mich zu sich nach oben, sodass unsere Köpfe auf gleicher Höhe sind. Er legt seine Stirn an meine und ich schließe die Lider, sehe Cassy und mich fallen. Dieses Mal schlagen wir auf dem Boden auf, brechen uns alle Glieder und sterben an Ort und Stelle. Ich verlasse meinen Körper, schwebe über ihm und mustere ihn traurig. Es hat nicht viel gefehlt, dann wäre es wirklich dazu gekommen. Ja, wir haben den Angreifer vertrieben und überlebt. Dennoch stand ich die meiste Zeit nur untätig hinter meinen Freunden, die um unser Leben gekämpft haben. Wäre Manuels Schutzschild nicht dagewesen, hätte er nicht derart schnell reagiert … das Regal wäre auf mich gefallen, bevor der Kampf überhaupt richtig angefangen hatte.

Auf einmal verstehe ich Lucas' Frustration noch besser, spüre die Wut, die auch von ihm Besitz ergriffen hatte. Ich bin eine beschissene Halbgöttin und dennoch total unnütz.

„Bitte", flüstere ich ein weiteres Mal und kann den Schluchzer nicht länger zurückhalten. Das war nur ein kleiner Exkurs in meine Gedanken und ich wünschte, ich könnte sie ungedacht in meiner Hirnrinde verschwinden lassen.

„Nein, Laurie. Dir geht es nicht gut. Ich spüre den Schmerz, die Wut und deine Angst. Wenn du das jetzt hinunterschluckst und es verdrängst, wird es nur schlimmer. Es treibt dich um, begleitet dich, egal wohin du gehst, und schwillt zu einem unüberwindbaren Berg an Ballast an." Maris streicht mir über die Wange, wischt eine einsame Träne weg. „Du hast mir beigebracht, dass ich in deiner Gegenwart sein kann, wer ich wirklich bin. Ich muss nichts verbergen, keine Emotionen, keine Gedanken und am wenigsten meine wahre Natur. Nun verlange ich von dir dasselbe. Erzähl mir davon, sprich dir die Schatten von der Seele."

„Wir wären beinahe gestorben, Maris“, spreche ich endlich die Worte aus, die sich unaufhörlich in meinem Schädel drehen.

„Das seid ihr aber nicht“, entgegnet er ruhig und bringt Abstand zwischen unsere Köpfe. Seine blauen Augen schimmern, als würde das Meer darin sein Unwesen treiben. Daran halte ich mich fest, um mich nicht komplett in der Dunkelheit, die mein Inneres durchdringt, zu verlieren.

„Laurie, du musst aus den Erinnerungen auftauchen. Was euch heute geschehen ist, kann keins meiner Worte ungeschehen machen. Dennoch musst du aufhören dich zu fragen, was passiert wäre, wenn ... Ihr seid nicht gestorben, ihr habt es geschafft.“

„Aber hätte –“, bemerke ich und Maris legt mir den Finger auf die Lippen.

„Nein. Es ist genau so gewesen, wie es war. Kein hätte oder wäre. Dir den Kopf darüber zu zerbrechen, was hätte sein können, wäre etwas anderes passiert, ist müßig und sinnlos. Versuch dich auf die positiven Dinge zu konzentrieren.“

„Positive Dinge?“, murmle ich.

„Ihr habt bisher keine Kampferfahrung gegen echte, tödliche Gegner. Dennoch habt ihr dem Kerl in den Arsch getreten. Super Mario wäre stolz auf dich und Luigi würde dich sicher in seine nächste Mansion mitnehmen, damit du ihm beim Geisterjagen hilfst.“ Maris legt seine Hand an meine Wange, zieht mein Gesicht zu sich und küsst mich.

Und plötzlich ist er da, der Hoffnungsschimmer in der Dunkelheit. Maris hat verdammt noch mal recht. Ich hatte bisher keinerlei Kampftraining, kann gerade erst seit einigen Tagen den Wind wirklich nutzen und konnte den anderen kaum eine Stütze sein, dennoch haben wir es geschafft, den Kerl in die Flucht zu schlagen. Sobald ich mich mehr auf die anderen einlasse, von ihnen lerne und eine würdige Nachfolgerin für Kira werde, können wir es schaffen. Gemeinsam werden wir die Schicksale und das Leben der Menschen beschützen.

„Danke", flüstere ich und lehne mich gegen Maris, der seine Arme um mich schlingt.

Er schüttelt den Kopf. „Ich konnte den Raum nicht verlassen", presst er hervor und das Rauschen des Meeres verschluckt seine Worte beinahe.

„Ich weiß."

„Als ich gemerkt habe, was bei euch los ist, war es schon zu spät."

„Ich weiß."

„Das Gleichgewicht war durch die Magie, die in der Luft schwebte, gestört. Wäre ich zu euch gekommen, hätte ich die Schicksale gefährdet."

„Ich weiß."

„Es tut mir leid."

„Ich weiß und bin froh, dass du nicht da warst", meine ich und Maris verkrampft sich. „Doch, ehrlich. So warst du in Sicherheit und im Nachhinein war es der richtige Weg."

„Aber, wenn ..." Mein Lachen unterbricht Maris und ich lehne mich ein Stück von ihm weg, mustere ihn belustigt. „Was?"

„Willst du, dass ich dich zitiere? Du musst aufhören dich zu fragen, was passiert wäre, wenn ..."

Maris stimmt mit ein. „Ratschläge zu verteilen ist eben einfacher, als sie zu befolgen."

„Das stimmt." Dann erzähle ich Maris, was geschehen ist. Jedes Detail verlässt meine Lippen. Und je mehr ich rede, desto mehr schwindet die Furcht vor dem Unbekannten und einem neuen Angriff. Stattdessen wächst die Gewissheit, dass wir es auch ein weiteres Mal schaffen werden. Denn jetzt sind wir vorbereitet und haben die Chance, eine bessere Version von uns selbst zu werden.

„Ich hab euch gesehen", offenbart Maris und sein Blick verfinstert sich. Die Fältchen um seine Augen graben sich tief in seine Haut, während er die Lippen zusammenpresst, bis sie kaum noch sichtbar sind. „Nicht alles, nur das Ende."

„Der Fall", mutmaße ich.

Maris nickt. „Kurz davor hab ich euch endlich gefunden."

„Woher wusstest du von dem Angriff?"

„Dazu muss ich etwas weiter ausholen", meint Maris und lehnt sich mit dem Rücken gegen das Kopfteil. Er öffnet seine Arme einladend und ich sinke gegen ihn. „Die Erde ist für die Menschen geschaffen worden. Mit der Zeit haben sich Wesen eingeschlichen, die zwar übermenschlich erscheinen, aber dennoch ihren Ursprung auf der Erde haben."

„Du meinst Hexen und so was?", frage ich und Maris nickt.

„Ihr hingegen stammt von den Göttern ab. Sie leben normalerweise in einer Welt, die anderen Gesetzen folgt. Sie ist auf ihre Kräfte und ihre Magie eingestellt, kann damit umgehen." Gebannt starre ich auf das

Wasser, verfolge wie die Wellen sich den Strand hinaufarbeiten, um sich dann wieder zurückzuziehen. „Auf der Erde hingegen herrschen andere Regeln. Magie wird nur in einem gewissen Maß absorbiert. Ist zu viel davon in der Atmosphäre, wird das Gleichgewicht gestört, was irgendwann zur kompletten Zerstörung führen kann. Deswegen hat Moira die Reißleine gezogen und den Göttern verboten, auf die Erde zu kommen. Meine Welt wiederum ist ein Durchgang. Klar, sie hat ihre eigenen Vorgaben, dennoch ist sie eine Mischung aus Erde und Olymp, verbindet beides. Und ich, der Beschützer dieses Raums, bin ein Teil von ihm.“ Verwirrt ziehe ich die Augenbrauen nach oben und spiele mit meinen Händen. Unruhig rutsche ich herum. Irgendwo habe ich den Faden verloren. Das Gefüge, das Maris mir nahezubringen versucht, übersteigt meine Vorstellungskraft. „Okay, warte. Stell es dir so vor: dein rechter und linker Daumen sind durch einen Faden verknüpft. Wenn du einen der Finger bewegst, leitet die dünne Schnur das weiter und die Erschütterung wird an den anderen Finger weitergegeben, ohne dass dieser sich je bewegt hat. So fühlt es sich für mich an, wenn zu viel Magie auf der Erde gewirkt wird. Wie eine Vibration die aus meinem Innersten kommt und mein ganzes Denken einnimmt.“

Ich hebe meine Hände, strecke die Daumen aus und stelle mir eine feine Verbindung dazwischen vor. Die Erklärung ist so einfach, endlich ergeben Maris’ Worte einen Sinn.

„Nachdem ich das Ungleichgewicht wahrgenommen habe, suchte ich nach dir“, gibt Maris zu. „Ich konnte euch sehen, aber nicht eingreifen oder helfen. Es ist frustrierend, dass ich hier festsitze.“

„Maris, es ist deine Bestimmung. Du wurdest dafür erschaffen.“

Er schnaubt und ich drehe mich zu ihm um, nehme sein Gesicht zwischen meine Hände und küsse ihn. Vorsichtig berührt seine Zunge meine Unterlippe und ich schließe die Augen. Wärme breitet sich von meiner Mitte ausgehend über meiner Haut aus. Sie bringt eine Gewissheit mit sich, die ich seit dem Gespräch mit Lucas in mir trage. Ich liebe Maris. Mein Herz, meine Seele und mein ganzes Sein gehören ihm, denn er macht aus mir den Menschen, der ich immer sein wollte. Er entfacht eine Stärke, die ich alleine nie gefunden hätte und die für immer verborgen geblieben wäre.

Nach allem, was wir durchgemacht haben, brennt die Erkenntnis in mir und mit jedem Wort wird die Flamme weiter angefacht.

„Ich liebe dich“, sage ich, nachdem wir uns voneinander gelöst haben. Mein Herz hat seinen Rhythmus verloren, hämmert unkontrolliert gegen meine Brust und macht mir das Atmen unfassbar schwer. Trotzdem bin ich noch nicht fertig. „Du bist mein Licht, Maris. Als meine Eltern starben, dachte ich, die Welt hätte an Farbe verloren. Durch dich sehe ich wieder bunt. Durch dich fühle ich wieder. Durch dich lebe ich wieder.“

„Laurie“, haucht er und streicht mir eine Strähne hinters Ohr. „Ich liebe dich auch.“

Meine Gefühle und mein Körper laufen Amok. Mir ist heiß, während ich fröstle und mich gegen Maris drücke. Liebe verschwimmt mit Angst. Hoffnung und Furcht geben sich die Hand. Verbundenheit und

Unverständnis vermischen sich zu etwas komplett Neuem, das seinen Sinn erst noch finden muss. Und vielleicht sind wir beide genauso. Zwei Seiten, wie Tag und Nacht, die im Ursprung kaum ungleicher sein könnten und sich dennoch perfekt ergänzen.

Es gibt so viel, das ich ihm sagen will bevor ... nein, ich muss aufhören darüber nachzudenken, dass ich vielleicht sterben könnte. Selbst wenn ich ein normaler Mensch wäre und jetzt friedlich in meinem Bett liegen würde, könnte ich morgen früh tot sein, weil das Schicksal etwas anderes für mich geplant hat. Das ist das Leben. Es endet bei jedem auf die gleiche Weise, ob wir wollen oder nicht.

Deswegen lasse ich die negativen Gedanken hinter mir und kuschle mich entspannt an Maris. Wenn ich diesen Moment losgelöst von allem anderen betrachte, vergesse, was geschehen ist und eventuell noch geschehen wird, ist er perfekt. Ich lehne an dem Mann, den ich liebe und der mein Leben komplett macht.

„Du meintest doch, du hast uns gesehen und alles beobachtet. Wie funktioniert das? Schaust du einfach aus dem Fenster und erkennst die Erde? Oder nutzt du dafür ... keine Ahnung, eine Kristallkugel?“, frage ich nach einer Weile, in der ich die Wellen beobachtet habe.

Maris lacht. „Das ist schwer zu erklären, denn in Wahrheit ist es eher so, dass ich meine Augen schließe und sie dann in einer anderen Realität öffne. Dabei wandert nur ein Teil meiner Seele, mein Geist. Der Körper bleibt, wo er ist.“

„Das heißt, du kannst jeder Zeit sehen, was woanders passiert?“

Maris nickt und streicht mir den Oberarm entlang.

„Ich hab mir das immer ganz anders vorgestellt. Endlich ergibt das Sinn."

„Was meinst du?"

„Na ja, wenn es hieß, dass Gott alles sieht. Dann konnte ich mir das nie vorstellen. Wie soll das gehen? Er sieht alles, zu jeder Zeit an jedem Ort ... Überleg mal, wie es in Gottes Kopf dann aussehen muss. Da gibt es keinen Platz für irgendetwas außer den Geschichten all der Menschen, die auf der Erde existieren. Jedes Mal nach dem Gottesdienst hatte ich Mitleid mit Gott, weil er sein Leben gibt, um uns zu beschützen."

„Das wäre grauenvoll. Alleine die Vorstellung ..." Maris schüttelt den Kopf, ich spüre die Bewegung an meinem Haar. „Mir ist es auch nicht möglich zur gleichen Zeit an tausend Orten zu sein. Genau betrachtet kann ich einfach nur die Zeit für mich missbrauchen und so würde es dann wirken, als könnte ich überall zeitgleich sein."

„Ist es momentan nicht gefährlich, wenn du den Raum des Schicksals verlässt?", frage ich traurig, denn ein Ja würde seinen Weggang bedeuten.

„Doch, deswegen muss ich dortbleiben."

Verwirrt setze ich mich auf, rücke ein Stück von Maris ab und mustere ihn.

„Aber gerade bist du hier bei mir. Nicht nur ein Teil deines Geistes, sondern dein Körper und ..." Ich mache einen großen Kreis mit meiner Hand. „Eben alles von dir."

„Das ist die Traumwelt, Laurie. Hier gibt es keine Gesetze."

„Keine Gesetze?"

„Du willst es immer genau wissen, oder?“, sagt er und seine Mundwinkel ziehen sich nach oben.

Deswegen senke ich verlegen den Blick. „Ich komme mir vor, als stünde ich in einem Meer aus Nebel, da muss ich jede Gelegenheit nutzen, damit sich dieser lichtet und ich endlich wieder in die Sonne treten kann.“

„Sehr metaphorisch.“

„Danke“, meine ich und verdrehe die Augen. „Wahrscheinlich habe ich bei Auras Projekt zu viel Shakespeare abbekommen.“

„Klingt danach.“

„Zurück zur Traumwelt“, bestimme ich und Maris rutscht hin und her. Er fixiert einen Punkt hinter mir und ich drehe mich um. Am Horizont erkenne ich einen kleinen Schatten im Meer. Je näher er kommt, desto größer wird er. Einige Hundert Meter von uns entfernt taucht ein Blauwal durch die Oberfläche. Das Wasser tropft ihm von der Haut und fließt zurück ins Meer. Beim Anblick des gigantischen Tieres verschlägt es mir die Sprache, es ist wunderschön. Im Sonnenlicht glänzt es in den Regenbogenfarben und vermittelt etwas Majestätisches. Anstatt wieder abzutauchen, schwebt er einige Meter über dem Sand. Langsam bewegt er sich auf uns zu. Direkt über dem Himmelbett bleibt er stehen und ich strecke den Arm aus. Leider ist er zu kurz, daher schaffe ich es nicht, den Wal zu berühren. Plötzlich zerfließt das Tier in Wasser, das wie ein sanfter Platzregen auf uns niederprasselt. Instinktiv presse ich meine Lider zusammen und fühle, wie das kühle Nass meine Haut hinunterläuft. Als ich die

Augen öffne, ist der Schatten über uns verschwunden und meine Klamotten komplett trocken.

„Unglaublich", entfährt es mir und ich wende meinen Blick erneut dem Meer zu.

„Es heißt, die Seele verlässt im Traum den Schlafenden und geht auf Reisen. Dieser Glaube entspringt der Wahrheit", erklärt Maris. „Wir sind hier, berühren uns, fühlen die Anwesenheit des anderen, doch eigentlich sind wir beide gerade an anderen Orten. Du liegst in deinem Bett und ich hänge bei den Schicksalen fest."

„Wenn du in die Traumwelt kommen und mir Gesellschaft leisten kannst, würdest du nicht auf die gleiche Weise auch auf die Erde können? Sozusagen nur einen Teil von dir dorthin schicken, während der andere zurückbleibt?" Hoffnung keimt auf und ich klammere mich an den Strohhalm.

„Es geht", entgegnet Maris. „Allerdings wäre ich dort angreifbarer und für den Unbekannten leichter zu erreichen."

„Dabei dachte ich, du bist ein Gott und damit unbesiegbar. Da habe ich mich wohl geirrt", bemerke ich und reize ihn damit absichtlich. Irgendwann in den letzten Sekunden ist uns die Leichtigkeit abhandengekommen und Humor ist meine Art, sie wiederzufinden.

Maris lacht und ich klopfe mir innerlich auf die Schulter. Er packt mich, wirbelt mich herum und drückt mich auf die Matratze. „Willst du etwa mein Ego ankratzen?"

„Funktioniert es denn?", frage ich mit klopfendem Herzen.

Maris küsst mich, liebkost meine Lippen einen Augenblick und ich genieße, wie meine Haut überall, wo er sie berührt, vor Hitze vergeht. Mein Hirn ist leer, die Gedanken verschwunden und es fühlt sich an, als wären Maris und ich ein Wesen mit zwei Herzen. „Vielleicht“, gesteht er zwischen mehreren Küssen. Dann greift Maris nach meiner Hand, verschränkt meine Finger mit seinen. „Los, wenn wir weiter hier liegen bleiben, kommen wir sicher nicht dazu, deine Fragen zu beantworten.“

„Wäre okay“, flüstere ich und fixiere Maris Lippen, während er sich mit der Zunge darüberleckt. Mein Verstand protestiert heftig, braucht Antworten, doch mein Verlangen bringt ihn zum Schweigen.

Abwartend mustert Maris mich, scheint mit seinen eigenen Gedanken zu kämpfen. „Deine Entscheidung“, meint er schließlich. Seine Mimik hat sich verändert, das Verlangen in seinen Augen, das ich Momente zuvor wahrgenommen habe, ist verschwunden.

„Willst du mir etwas sagen?“

Maris schüttelt den Kopf. Ich erkenne, wie er die Zähne aufeinanderpresst und seine Wangenmuskeln sich dadurch bewegen. „Sicher?“, hake ich nach.

„Ja.“

Langsam krieche ich zur Bettkante und rutsche mit meinen nackten Füßen in den Sand. Wann habe ich mich meiner Socken entledigt? Egal, sicher so ein Traumweltending. Ich sinke einige Zentimeter ein und genieße die Wärme, höre in mich. Mein Innerstes und ich sind uns einig: Maris verbirgt etwas. Momentan ist er offenbar nicht bereit, es mit mir zu teilen. Obwohl Geduld keine meiner Tugenden ist, werde ich mich darin üben müssen, warten, bis er so weit ist. In meine Entscheidung fließt sicherlich auch ein, dass ich unfassbare Angst vor seinem Geheimnis habe. Wieso? Ganz einfach: Wäre es etwas, dass unsere Beziehung nicht belasten würde, könnte er es einfach aussprechen.

„Lass uns spazieren gehen", schlage ich vor. Der Moment ist vorüber, mein Kopf hat die Gedanken wieder eingeschaltet, die sich nun unaufhörlich darum drehen, was Maris beschäftigt.

„Wir haben einen kleinen Cardholder gefunden", informiere ich ihn, um mich abzulenken. „Wahrscheinlich gehört er dem Angreifer."

„Konnte das einen Hinweis liefern, wer er ist?"

Ich schüttle den Kopf. „Nein, allerdings fanden wir darin ein Büschel Haar."

„Haar?", wiederholt Maris angeekelt.

„Ja, es schimmert in den buntesten Farben. Cassy ist sich sicher, es stammt aus der Götterwelt." Wir gehen auf das Meer zu, so lange, bis das kühle Nass unsere Füße umspielt.

„Woher sollte der Angreifer es haben?", bemerkt Maris und greift nach einer Muschel, die er mir reicht. Ich drehe sie zwischen den Fingern, zucke mit den Schultern.

„Keine Ahnung. Wieso sollte uns überhaupt jemand angreifen? Und was wollte er in der Bibliothek? Apropos, da fällt mir etwas ein ... Der Raum, in dem die Orakelbücher aufbewahrt werden, ist doch sicher, oder?"

„Natürlich, wieso fragst du?"

Nervös kaue ich auf der Innenseite meiner Wange. „Hast du meine Erinnerung an den Weg dorthin verschwinden lassen?"

„Ja, aber ich wollte nichts verändern, deswegen klafft dort jetzt vielleicht ein kleines Loch. Eine Unebenheit in deiner Erinnerung sozusagen. Allerdings sollte es dich kaum belasten.“

„Das ist es nicht, Maris. In Wahrheit erinnere ich mich. Der Weg die Stufen hinauf, der Geheimgang und die Höhle, dann das Portal. Es kam zurück“, gebe ich zu und halte die Luft an. Mein Herz setzt aus, wartet auf seine Reaktion.

Ungläubig starrt Maris mich an, versucht die Worte zu verarbeiten, ihnen Sinn zu verleihen. „Was?“

„Womöglich lief etwas schief, weil ich eine Halbgöttin bin?“

„Nein, das dürfte keine Rolle spielen.“

„Woran liegt es dann? Bin ich kaputt?“

„Wohl eher ich“, murmelt Maris und ich drehe mich zu ihm. Er hat den Blick abgewandt, mustert das Meer.

„Das glaube ich nicht. Erinnerst du dich an unser erstes Treffen? Ich konnte dich sehen, während du den anderen Schülern und Halbgöttern verborgen geblieben bist.“

Verblüfft zieht Maris die Augenbrauen nach oben. „Ich dachte, Moira hätte das eingefädelt, damit du auf uns aufmerksam wirst. Aber was, wenn sie dafür gar nicht zuständig war? Wenn nicht *sie* den Schleier für dich gehoben hat? Was, wenn es an dir liegt, wenn *du* etwas Besonderes bist?“

„Ich bin eine Halbgöttin, ist dir das nicht besonders genug?“, antworte ich und blödle herum, will der Ernsthaftigkeit aus dem Weg gehen, die hinter seiner Vermutung steckt.

„Mir ist egal, was du bist, Laurie. Ich kenne deine Ängste, deine Hoffnungen und deine Seele. Mehr brauch ich nicht zu wissen", meint Maris und holt mich aus meinen Gedanken.

Lächelnd ziehe ich unsere Hände, die immer noch miteinander verschränkt sind, an meine Lippen und drücke ihm einen Kuss auf die Fingerknöchel.

„Glaubst du, ich bin vielleicht gar keine Halbgöttin?", frage ich und mein Puls beschleunigt sich, weiß nicht, ob es vor Freude oder Furcht geschieht. Gerade habe ich gedacht, endlich angekommen zu sein, endlich herausgefunden zu haben, was ich bin. Jetzt behauptet Maris, es könnte mehr dahinterstecken, und zerstört damit ein Stück der Sicherheit, die mir die Zugehörigkeit zu den Royals gegeben hat.

*Sie bleiben weiterhin deine Freunde, sie bleiben weiterhin die Menschen, die heute Nacht an deiner Seite standen und beinahe ihr Leben gegeben hätten*, flüstert eine Stimme in mir und ich entspanne mich augenblicklich. Sie hat recht.

„Keine Ahnung", gibt er zähneknirschend zu. „Bis vor zwei Sekunden hätte ich bei all den Schicksalen unter meiner Obhut behauptet, du bist eine. Doch nun … du hast Kräfte, du entstammst unserer Welt und gleichzeitig gab es vorher niemanden, der konnte, was du kannst."

Ich lache freudlos auf. „Wir sollten die Möglichkeit in Betracht ziehen, dass ich wirklich einfach nur kaputt bin."

Bei Maris' Worte muss ich daran denken, wie er nach meiner Ankunft einen Schatten über der Schule gesehen hat. Ein Detail hatte sich verändert und das

Schicksal zum negativen beeinflusst. So sehr, dass Maris eine Gefahr sah. Zwar haben wir einen Zusammenhang zwischen mir und dem Unheil schnell verworfen, jetzt bin ich mir allerdings unsicher, ob das zu voreilig war. Ich blicke durch Maris' Schutzschilde, durchbreche seinen Gedankenzauber und bin womöglich sogar in der Lage, noch mehr seiner Kräfte abzuwehren.

„Es spielt keine Rolle, was du bist", meint Maris. „Eins bleibst du nämlich für immer – Laurie. Die Laurie, die sich in mein Herz geschlichen hat. Die Laurie, die mich aus der Trance erweckt und meine Existenz wieder lebenswert gemacht hat. Die Laurie, die ich liebe."

„So einfach?"

„So einfach."

# Kapitel 10

## Dahingerafft von einem gläsernen Löwen ... macht mich das jetzt zu Cinderella?

Hitze ist das Erste, das ich wahrnehme. Meine Augen sind verklebt und ich bin unfähig mich zu bewegen. Krampfhaft durchsuche ich meine Erinnerungen. Ist das die Hölle? Bin ich gestorben? Dahingerafft von einem gläsernen Löwen? Immerhin kann niemand behaupten, es wäre kein spektakulärer Tod gewesen.

Meine Lider haften aneinander, während mein Mund staubtrocken ist und mir die Haut von den Knochen brennt. Definitiv die Hölle.

Dann ein Gedanke, ein Fetzen der Geschehnisse und auf einmal kehrt alles zurück. Wir haben gewonnen, wir haben es überstanden.

Wo bin ich dann?

Verwirrt reiße ich die Augen auf und erkenne unsere Zimmerdecke. Das Atmen fällt mir schwer, denn etwas drückt meine Brust zusammen. Deswegen drehe ich den Kopf, drücke mein Kinn nach unten. Ein blonder Schopf gefolgt von einem Oberkörper, der auf mir schläft. Elena bewegt sich mit jedem meiner Atemzüge.

Ich bewundere sie dafür, dass sie es geschafft hat, sich zu mir ins Bett zu quetschen. Bei der Größe unserer Schlafstätten muss es einer Partie Tetris geglichen haben.

„Du bist wach", sagt Samira ruhig von ihrer Seite des Zimmers. Ich wende ihr den Kopf zu und versuche mich an einem Lächeln. Mir tut jeder Muskel im Körper weh. Trotzdem ziehe ich meine Arme unter Elena hervor und bewege meine Finger, die mittlerweile eingeschlafen sind.

„Wie geht's dir?", frage ich Samira und mustere ihren bandagierten Arm. Sie liegt in kompletter Kingswood-Castle-Montur auf ihrem gemachten Bett und liest in einem Buch. Die Sonne erhellt das Zimmer und wirft tiefe Schatten in den Raum.

„Besser. Nachdem du gegangen warst und Ben mich hier abgeliefert hatte, kam die Krankenschwester noch mal vorbei und hat mir ein Schlafmittel gebracht. Seit Langem hab ich nicht mehr so gut geschlafen. Und heute war ich vom Unterricht freigestellt. Leider hat man mir das erst gesagt, nachdem ich dort aufgetaucht bin."

„So ein Mist."

„Ja, aber ich bin zu Tode erschrocken, als ich die beiden heute Morgen hier vorgefunden habe. Was auch immer sie mir gegeben haben, ich war vollkommen ausgeknockt. Habe nichts mehr mitbekommen."

Verwirrt ziehe ich die Stirn in Falten. „Die beiden?"

Samira setzt sich auf und schwingt die Beine vom Bett. Mit dem Buch deutet sie auf etwas, das auf dem Boden zu liegen scheint. Mühsam hebe ich den Kopf und entdecke Lucas. Er hat sich mein I-Ah Kuscheltier geschnappt, nutzt es als Kissen, während er den kleinen Brokkoli fest umklammert an seine Brust drückt. Bequem ist sicher etwas anderes. Allerdings hätten wir niemals zu dritt in dieses Bett gepasst.

„Lucas ist kurz aufgewacht, hat was von beurlaubt und Unfall gemurmelt und ist wieder eingeschlafen. Ihr habt den ganzen Tag verpennt. Ist was passiert?", fragt Samira und deutet auf die Kratzer in Lucas Gesicht.

Was soll ich ihr sagen? Die Wahrheit ist keine Option, gleichzeitig möchte ich keine weiteren Lügen erfinden. Daher wechsle ich das Thema. „Erzähl mir zuerst, wie es Aura geht. Gibt es Neuigkeiten aus dem Krankenhaus?"

Samira nickt. „Heute Morgen hat Higgins unseren Jahrgang zusammengerufen. Aurora ist endlich aufgewacht. Beim Sturz hat sie einen harten Schlag gegen den Kopf bekommen, was eine Gehirnerschütterung verursacht hat." Samira klappt das Buch zusammen und legt es auf den Nachttisch. „Aber zum Glück hat es uns nur leicht erwischt, wenn man bedenkt, wie die Bibliothek aussieht. Higgins meinte, dass der Einbrecher eine Gasleitung beschädigt haben muss. Das Gas hat sich in dem Raum gesammelt und als dann eine Sicherung im Raum durchgebrannt ist, ist die ganze Bibliothek in die Luft geflogen."

Ah, der Direktor hatte sich also bereits eine Erklärung einfallen lassen. Kommt mir gerade recht.

Ich nicke. „Ja, wir waren dabei", gebe ich zu und bleibe so bei der Wahrheit. Die Lüge stammt von Higgins, nicht von mir.

„Was?" Entgeistert reißt Samira die Augen auf. „Wieso?"

Äh ... ja ... eventuell hätte ich mir darüber zuerst Gedanken machen sollen. „Ich musste einfach sehen, wo es passiert ist und was ... keine Ahnung. Nachdem ich bei Higgins war und er mir gesagt hatte, dass wir nichts für Aura tun konnten, war ich wütend und hilflos. Ich musste irgendetwas tun. Deswegen bin ich in die Bibliothek und die Royals haben mich begleitet", sage ich und erzähle im Prinzip die wahre Geschichte.

„Und was wolltest du dort?"

Ich zucke mit den Schultern. „Hinweise finden. Es war dumm, das weiß ich jetzt."

Samira schweigt, lässt ihren Blick durch das Zimmer wandern als würde sie es zum ersten Mal sehen und bleibt schließlich an Lucas hängen. Vielleicht hat sich ihre Sicht auf die Dinge wirklich verändert. Zumindest liegt hier zum ersten Mal ein Junge.

Ob jemand davon weiß? Sicher nicht.

„Wurde einer von euch verletzt?", fragt sie nach einer Weile.

„Cassy ist schlimm gestürzt, der Rest ist mit ein paar Kratzern davongekommen."

Samira spielt mit einer Haarsträhne, lässt sie immer wieder durch ihre Finger gleiten. „Zum Glück. Wieso hat Higgins nicht erwähnt, dass ihr in der Bibliothek wart?"

„Wahrscheinlich wollte er niemanden beunruhigen. Oder uns vor der Polizei schützen. Wir haben das Absperrband ignoriert und einen Tatort betreten", entgegne ich und hoffe Samiras Zweifel an der Story damit zu zerstören. „Behalte es bitte für dich, okay?"

„Na klar, ich erzähle nichts, versprochen. Das hätte böse ausgehen können, Laurie."

Ich nicke. „Ja, keine gute Idee auf eigene Faust Sherlock Holmes zu spielen."

„Stimmt."

Samira kaut auf ihrer Lippe herum, betrachtet Lucas versonnen und ich bin mir unsicher, was sie denkt. Fühlt sie sich unwohl? Kommt Lucas ihr wie ein Fremdkörper vor?

„Tut mir leid, dass sie unser Zimmer belagern", meine ich und schiebe die Decke so weit wie möglich nach unten. Elena strahlt eine unerträgliche Hitze aus. Beinahe habe ich das Gefühl, sie beherrscht das Feuer und nicht Lucas. Wie gerufen weht eine kühle Brise durchs gekippte Fenster und schenkt meiner Haut Erlösung. Ich lächle dem Wind zu, obwohl das natürlich dämlich ist, er hat ja keine Augen. Allerdings ist der Wind mittlerweile wie ein Freund und es fällt mir schwer, ihn nicht als fühlendes Wesen zu betrachten.

„Es ist okay für mich", antwortet Samira und verzieht dabei das Gesicht, als könnte sie ihre Worte selbst kaum glauben. „Tatsächlich habe ich das nicht erwartet, denn heute Morgen war mir Lucas Anwesenheit unangenehm." Ihre Decke raschelt, als sie sich bewegt und sich bequemer hinsetzt. „Nicht weil er ein Junge ist … nur falls du das denkst. Sondern … na ja … du weißt schon." Sie senkt ihre Stimme, beugt sich ein Stück zu mir und überprüft dabei durch einen Blick noch mal, ob Lucas wirklich schläft. Tut er. Seine Lider sind geschlossen und die Brust hebt und senkt sich gleichmäßig. „Weil ich ihn mag."

Aufmunternd lächle ich ihr zu und kann ihren wilden Herzschlag beinahe bis zu mir hören. Stolz über sich selbst, dass sie die Worte hier, vor ihrem schlafenden Crush ausgesprochen hat, grinst Samira und gibt mir damit einen Hoffnungsschimmer. Denn egal was in der Halbgötterwelt geschehen sollte, Samira wartet am nächsten Morgen auf mich und bringt die Normalität zurück in mein Leben.

Mein Magen knurrt und Elena bewegt sich, dreht ihren Kopf in meine Richtung. Trotzdem bleiben ihre Augen geschlossen. Vorsichtig streiche ich ihr das Haar aus dem Gesicht und fahre dabei über einen Kratzer. Die Kruste ist hart unter meinen Fingern.

„Ist das Abendessen schon vorbei?", frage ich und taste intuitiv nach meinem Smartphone, um nach der Uhrzeit zu sehen, bis mir einfällt, dass es gestern kaputtgegangen ist. Frustriert ziehe ich meinen Arm zurück und fahre mir übers Gesicht. Mist, das muss ich Allory beichten. Sicher ist ein neues gerade nicht drin, denn seit dem Tod von Mum und Dad waren wir meist knapp bei Kasse. Instagram und Co. werde ich kaum vermissen, meinen Musikplayer dagegen sehr. Wie soll ich es ohne ihn aushalten? Musikhören ist für mich wie atmen – lebensnotwendig.

„Nein, sollte gerade in vollem Gange sein", informiert Samira mich und ich nicke nachdenklich. Eigentlich habe ich keine Lust in den Speisesaal zu gehen. Gerade ist es mir dort zu laut, zu voll und zu wild. Trotzdem schreit mein Magen nach Befriedigung.

„Wieso bist du dann hier?"

Samira zuckt mit den Schultern, mustert ihre Hände. „Heute Morgen haben mich alle angestarrt, als wäre ich ein seltenes Tier. Der Phönix, der wieder aus der Asche auferstanden ist oder so. Ich hasse es, im Mittelpunkt zu stehen und sitze deswegen bereits den ganzen Tag auf meinem Bett."

„Oje. Verstehe. Das tut mir leid."

„Danke, aber ich würde dir trotzdem etwas holen gehen, wenn du willst."

Ich winke ab, obwohl mir das Herz bei ihren Worten aufgeht. „Schon gut, ich hab noch eine Tüte Nüsse in der Schublade." Unter schlimmen Verrenkungen schaffe ich es, an sie heranzukommen, ohne Elena oder Lucas aufzuwecken. „Waren die heute schon mal wach?"

„Nur Lucas kurz."

Was sie wohl zu mir trieb? Und ob es Cassy gut geht? Muss es einfach. Das Gespräch mit Maris heute Nacht hat mir gutgetan und mir die Furcht genommen. Ich kann den Zustand, in dem wir momentan leben, nicht ändern, meine Sicht darauf allerdings schon. Deswegen will ich mich auf die guten Dinge fokussieren und positiv in die Zukunft schauen.

„Wir haben sie ganz schön falsch eingeschätzt, oder?", murmelt Samira auf einmal und ich wende ihr meinen Kopf zu. Nachdem eine Handvoll Nüsse in meinem Mund verschwunden ist, strecke ich Samira die Tüte zu. Sie steht auf, kommt mir entgegen und schüttet sich eine Portion in ihre Hand, die sie zu einer kleinen Schüssel geformt hat.

„Wen?", frage ich und ziehe meine Augenbrauen nach oben.

„Die Royals."

„Wie meinst du das?"

„Hättest du vor einigen Wochen gedacht, dass wir jemals befreundet sein könnten? Geschweige denn, dass zwei von ihnen in unserem Zimmer übernachten?" Sie lächelt, steckt sich eine Nuss zwischen die Lippen und hat den Blick in die Ferne gerichtet. Nachdem sie gekaut hat, spricht sie weiter. „Jahrelang haben wir nebeneinanderher gelebt, wussten kaum etwas über den anderen und gleichzeitig dachten wir, sie in Gänze zu kennen."

Ich muss sofort an den Zauber denken, von dem Lucas mir erzählt hat. Deswegen haben sich die Mädchen auch jedes Mal so seltsam verhalten, wenn ich sie auf die Royals angesprochen habe. Sie bewunderten sie, während sie ihnen beinahe gleichgültig waren. Damals hat das für mich keinen Sinn ergeben, heute weiß ich, dass es ein Schutzmechanismus von Moira ist, um die Schicksale und ihre Krieger zu bewahren. Offensichtlich haben wir den Zauber selbst durchbrochen, indem wir die Mädels in unser Leben geholt haben. „Es war nicht eure Schuld."

„Wie?"

„Äh." Na toll, da war mein Mund wieder schneller als mein Hirn. „Ich glaube, dass es ein normaler Mechanismus unseres Gehirns ist. Für euch schienen die Royals unerreichbar und das schon seit so langer Zeit. Trotzdem waren sie da, ein Teil eures Lebens. Deswegen habt ihr irgendwann angefangen Dinge auf sie zu projizieren, die ihr euch wünschtet, aber von denen ihr dachtet, sie lägen außerhalb des Möglichen. Und daran habt ihr euch gewöhnt. Es ist schwer aus Gewohnheiten auszubrechen."

Samira nickt. „Dabei sind wir im Grunde alle gleich. Teenager, die nicht wissen, was die Zukunft bringt. Getriezt von unseren Eltern, die nächsten Premierminister oder Führungskräfte zu werden. Dabei wollen wir nur eins: glücklich und frei sein.“

Gebannt mustere ich Samira. Ihre Worte berühren mich, denn sie hätten kaum besser passen können. Egal ob Mensch oder Halbgott, wir haben dieselben Probleme. Wir haben Ängste und Wünsche, selbst wenn diese sich voneinander unterscheiden, kämpfen wir alle unsere eigenen Kämpfe und hoffen eigentlich nur, gehört zu werden. Denn in unseren Herzen schlägt die Sehnsucht danach, wahrgenommen und verstanden zu werden.

Die letzten Tage und Wochen waren hart und währenddessen haben wir viel zu oft vergessen, dass unsere Jugend nie zurückkehren wird. Dass wir irgendwann den Blickwinkel, den wir momentan auf die Dinge haben, verlieren werden. Deswegen sollten wir innehalten so oft es möglich ist und den Augenblick genießen.

Stille kehrt in unser Zimmer ein. Mein Kauen hallt laut in meinen Ohren wider und ich starre zur Tür. Auf einmal ist mein Kopf ganz leer und ich fühle einen Augenblick nichts. Beinahe als würde die Welt stillstehen und ich die Luft anhalten. Ist es Zufriedenheit? Eine Prise Glück in dem ganzen Chaos? Dann setzen die Gedanken wieder ein und ich merke, wie mir die Luft wegbleibt. Wie konnten derart viele Dinge innerhalb weniger Wochen geschehen? Um all das zu verstehen brauche ich dringend Hermines Zeitumkehrer.

„Geht’s dir gut, Laurie?“ Samira hat sich nach vorne gebeugt, mustert mich kritisch.

Nein, mir geht es nicht gut. Ich habe gerade gegen einen gläsernen Löwen gekämpft, wir suchen immer noch nach Kira und Aurora liegt im Krankenhaus. Außerdem weiß ich jetzt zwar, dass meine Eltern wahrscheinlich wussten, was sie waren und was sie an mich vererben würden. Trotzdem bleiben so viele Fragen offen. Fragen, die ich ihnen niemals stellen kann, weil sie tot sind. Weil sie viel zu früh aus dem Leben gerissen wurden. Und mein Freund ist gefangen in einer Zwischenwelt, aus der er nicht entfliehen kann. Gleichzeitig klopft die Schule an, macht mir deutlich, wie schwer meine A-Levels sein werden.

Dies mag vielleicht unser Tiefpunkt sein, aber Maris hat recht. Wir haben auch etwas gelernt, müssen das neue Wissen nutzen und uns von ihm voranbringen lassen.

Wahrscheinlich müssen wir sowieso erst mal die Wogen bei Higgins glätten. Keine Ahnung, ob er weiß, was geschehen ist und was die anderen ihm erzählt haben. Ich hätte gestern Abend bei meinen Freunden bleiben und sie unterstützen müssen. Das schlechte Gewissen sitzt mir im Nacken, allerdings brauchte ich die Ruhe für mich, musste vor den Geschehnissen fliehen, ansonsten wäre ich an Ort und Stelle durchgedreht.

Elena bewegt sich, ihre Augen huschen unter den geschlossenen Lidern hin und her. Sie gähnt und blickt mir dann entgegen.

„Guten Morgen", sage ich lächelnd.

„Wie spät ist es?"

Ich zucke mit den Schultern. „Die Sonne ist mittlerweile fast wieder untergegangen und das Abendessen haben wir gerade verpasst."

„Mist“, murmelt sie mit belegter Stimme. „Dabei schreit mein Magen nach etwas zu essen.“

„Meiner auch“, meint Lucas plötzlich und setzt sich auf. Ob er etwas von unserem Gespräch mitbekommen hat?

Raschelnd strecke ich den Arm aus. „Nüsse?“

„Nein, danke“, lehnt Lucas ab und reibt sich über die Augen. Verwirrt sieht er sich um, und sein Blick stockt bei Samira. „Tut mir leid, dass wir … einfach so eingedrungen sind.“

Sie wischt seine Bedenken mit einer Handbewegung weg. „Schon okay. Laurie hat mir erzählt, was passiert ist. So ein Erlebnis geht nicht spurlos an einem vorbei“, meint sie und senkt ihren Kopf, mustert verlegen ihre Finger. Ich kann ihnen ansehen, dass sie beide etwas sagen möchten, sich aber nicht trauen.

„Wie geht’s Cassy?“, frage ich daher, weil es mich die ganze Zeit beschäftigt.

Elena rutscht von mir runter und ich kann endlich die Decke zur Seite schieben. Die Klamotten kleben an meiner Haut. „Besser. Sie durfte sogar in ihrem eigenen Bett schlafen“, erklärt Elena und ich nicke. „Ihr Arm war ausgekugelt, die Schmerzen müssen unerträglich gewesen sein. Außerdem hatte sie psychisch an den Geschehnissen zu knabbern … Cassy gibt sich die Schuld.“

Wieso hat sie denn nichts gesagt? Mir ist nicht aufgefallen, dass etwas mit ihrem Arm nicht stimmte.

Zwar hat uns der Wind gerettet, trotzdem verstehe ich, wieso Cassy sich schlecht fühlt. Mir ginge es sicher ebenso, auch wenn es vollkommener Quatsch ist. Wir haben unser Bestes gegeben, getan, was wir konnten. Niemand hat an irgendetwas Schuld, außer derjenige, der den gläsernen Löwen erschaffen und wahrscheinlich Kira entführt hat.

„Wieso fühlt sie sich schuldig?", fragt Samira und Elena beißt sich auf die Unterlippe, als ihr bewusst wird, dass sie meine Mitbewohnerin vollkommen vergessen hat.

Lucas steht auf, streckt sich und rückt seine Uniform zurecht. „Hunger", sagt er und rettet den Moment. „Bärenhunger, wenn ihr versteht."

Sofort springt Samira auf. „Oje", entgegnet sie grinsend. „Ist es so schlimm, wie wenn es Laurie nach Hirn dürstet?"

Ich verdrehe die Augen. „Gemein."

„Aber wahr", meint Lucas und wendet sich Samira zu. „Schlimmer."

„Dann sollten wir schnell etwas dagegen tun", bestimmt Samira, während Elena und ich uns ebenfalls erheben.

Angeekelt zupfe ich an meinem Hoodie. „Ich brauch dringend frische Klamotten."

Elena schnuppert an ihrem eigenen Oberteil. „Wir auch. Treffen wir uns in fünfzehn Minuten vor dem Speisesaal? Vielleicht kommen wir irgendwie in die Küche."

„Guter Plan", stimme ich zu und ziehe mir den Hoodie über den Kopf.

***

Der Speisesaal ist leer und das Licht gelöscht, als ich ihn betrete. Samira ist nicht mitgekommen, ihre Mutter hat sie angerufen und auf einmal sind bei ihr die

Dämme gebrochen. Sobald sie die Stimme ihrer Mum hörte, schienen die Ereignisse Realität zu werden und sie musste sich den Kummer von der Seele reden. Ähnlich ging es mir bei Maris, deswegen habe ich sie alleine gelassen und bin ohne sie losgezogen. Mittlerweile ist es spät und sicher ist das Personal bereits gegangen. Dennoch knurrt mein Magen und ich werfe einen Blick über die Schulter, bevor ich weiter Richtung Küche gehe. Eigentlich ist es Schülern verboten den Gang zu betreten, doch das wilde Tier in meinem Inneren, das knurrt wie eine Raubkatze, treibt mich voran.

Die Küche ist noch offen und das Licht brennt. Vorsichtig stoße ich die Tür ein kleines Stück auf und spähe ins Innere. Es ist still. Ich kann niemand entdecken und wage mich daher vor. Auf der Anrichte liegt ein großer Laib Brot, den ich mir schnappe. Dann schleiche ich weiter zum Kühlschrank und ziehe wahllos Dinge hervor, nutze meine Bauchtasche für den Transport. Meine Nerven sind angespannt und ich rechne jeden Augenblick damit, dass mich jemand erwischt. Da sehe ich einen Baumwollbeutel, greife danach und lasse das Brot hineinfallen. Außerdem wandern noch weitere Gebäckstücke, sowie Gemüse und Aufstriche hinein. Nachdem der Beutel voll ist, schließe ich den Kühlschrank und drehe mich um. Gerade in dem Moment geht die Tür auf und mir bleibt das Herz stehen. Ich ducke mich hinter die Anrichte, halte den Atem an.

Es scheppert und ich zucke zusammen, da das Geräusch kaum einen Meter von mir entfernt ist. Vorsichtig spähe ich um die Ecke und entdecke eine Angestellte. Sie wirft gerade einen Beutel in den Müll, dreht sich dann um und geht zu einem Waschbecken. Dort schrubbt sie ihre Hände sauber. Das ist meine Chance. Mit klopfendem Herzen krabble ich auf allen Vieren von ihr weg Richtung Ausgang. Sobald sie sich zum Händeabtrocknen von mir abwendet, hechte ich zu Tür und schlüpfe hinaus.

Nachdem ich den Gang verlassen habe, lehne ich mich kurz vor dem Speisesaal gegen die Wand und atme tief durch. Das war knapp. Sobald sich meine Atmung normalisiert hat, treibt mich der Hunger weiter. Die fünfzehn Minuten müssen längst um sein, wo sind Elena und Lucas nur? Ich gehe ihnen entgegen und komme im Treppenhaus an meine Grenzen. Die Stufen fühlen sich an wie die Besteigung des Everest. Meine Muskeln nehmen mir den Kampf immer noch übel und auch mein Kreuz war schon einmal glücklicher. Beides schmerzt bei der Anstrengung und ich klammere mich ans Geländer. Schritt für Schritt schleppe ich mich und meine Ausbeute nach oben. Wenige Meter vor dem Ziel entfernt, mache ich eine Pause und sehe Elena. Mit verschränkten Armen steht sie von innen mit dem Rücken an die Tür gelehnt und wippt mit dem Fuß.

„Lucas", ruft sie aufgebracht, doch eine Antwort bleibt aus. Stattdessen dreht sie den Kopf, entdeckt mich. Sie reißt die Tür auf und kommt auf mich zu. „Lass mich dir helfen."

Dankbar strecke ich ihr meinen Stoffbeutel entgegen. „Tut mir leid, aber Lucas musste unbedingt noch duschen und jetzt weiß er offensichtlich nicht, was er anziehen soll ... total lächerlich."

Meine Lippen verziehen sich von ganz alleine zu einem Lächeln. Lucas ist eben verliebt. Sicherlich war ihm sein Erscheinungsbild vor Samira peinlich. Irgendwie süß. „Schon gut, Elena. Hauptsache, wir bekommen etwas in den Magen."

Zusammen tragen wir das Essen in den Gemeinschaftsraum der Mädchen und fallen auf eins der Sofas. Selbst sitzen tut weh. Wie grausam.

Ich hole das restliche Zeug aus meiner Hoodietasche und wir inspizieren unser Abendessen. Es könnte definitiv schlimmer sein. Neben dem Brot habe ich auch nach Oliven, verschiedenen Aufstrichen, etwas Käse und Gemüse gegriffen. Elena zaubert ein Taschenmesser aus ihrem Zimmer und bringt nicht nur Phil und Manuel, sondern auch Cassy und Lucas mit. Letzterer schwebt auf einer Parfümwolke ins Zimmer.

„Mann, bist du in dein Aftershave gefallen?", scherzt Phil und wedelt mit seiner Hand vor dem Gesicht herum, um den Duft zu vertreiben.

Manuel lacht. „Aftershave, als ob das einer von uns brauchen würde ..."

Cassy setzt sich neben mich und ich schließe sie kurz in eine Umarmung. „Ich bin so froh, dass es dir gut geht." Ihr rechter Arm hängt in einer Schlinge und ist an ihren Oberkörper fixiert. „Wie geht's der Schulter?"

„Tut weh, als hätte mir jemand das Gelenk mit einem Löffel entfernt."

„Shit, hast du Schmerzmittel bekommen?"

Sie nickt. „Laurie, hör mal ... gestern, habe ich einen Fehler gemacht und ..."

„Nein", unterbreche ich sie direkt und erhebe meine Stimme so, dass alle mir zuhören. „Es sind keine Entschuldigungen nötig, oder?" Die anderen stimmen mir zu und ich drehe meinen Kopf wieder zu Cassy. „Wir waren vollkommen unvorbereitet auf einen solchen Kampf. Zwar habt ihr hart trainiert, aber sind wir mal ehrlich, den Ernstfall zu erleben ist eine ganz andere Sache. Das sollten wir mitnehmen und uns weiterhin verbessern. Wir müssen Darius um ein neues Konzept bitten, gleichzeitig sollten wir uns aufeinander verlassen. Voneinander und vor allem miteinander lernen."

Lucas nickt. „Du hast recht. Lasst uns zuerst essen, dann überlegen wir, was unsere nächsten Schritte sind." Einvernehmliches Gemurmel tritt ein und wir machen uns über die Lebensmittel her. Ich greife nach dem Brot und zerrupfe es. Die Stücke reiche ich herum.

„Wo ist Samira?", fragt Lucas.

Kauend lächle ich ihn an. „Ihre Mum hat angerufen, da habe ich sie alleine gelassen."

„Verstehe", sagt er enttäuscht und greift nach einer Karotte.

Nachdem mein Bauch bis zum Rand mit Köstlichkeiten gefüllt ist, lehne ich mich glücklich zurück. Gefrässige Stille beherrscht den Raum und jeder widmet sich seinen eigenen Gedanken. Bis auf Phil und Manuel haben alle ordentlich reingehauen.

„Kein Hunger?", meine ich zu ihnen.

Manuel beugt sich nach vorne und fischt sich eine Olive aus dem Glas. „Wir waren beim Abendessen."

„Was habt ihr eigentlich gestern zu Higgins gesagt? Samira erzählte etwas von einer Gasexplosion", sage ich und streiche mir über den Bauch, weil ich zu viel gegessen habe. Den Weg zurück in mein Zimmer werde ich wohl kugelnd bestreiten.

„Die Wahrheit", gibt Phil zu. „Natürlich bin ich kaum ins Detail gegangen und hab ihm unseren Fund verschwiegen. Trotzdem erschien es mir am sinnvollsten, so nah wie möglich bei den realen Ereignissen zu bleiben. Falls jemand nachfragt, was sicher geschehen wird, müssen wir uns weder absprechen noch eine Lüge wahren."

Cassy drückt kurz Phils Arm. „Guter Einfall."

„Danke." Sein Grinsen zieht sich beinahe von einem zum anderen Ohr. „Er ist direkt zusammen mit Christa, Darius und Kai in die Bibliothek gezischt. Keine Ahnung, was sie dort getrieben haben."

„Glaubst du, sie verschweigen was?", frage ich.

Phil zuckt mit den Schultern. „Ehrlich gesagt war ich froh, dass sie uns in Ruhe gelassen haben, egal aus welchem Grund."

Elena beugt sich nach vorne und stützt die Arme auf ihre Knie. „Denkt ihr, der Angreifer hat Kira entführt?"

Nachdenklich lasse ich meinen Blick durch den Raum schweifen. „Es kann kaum Zufall sein, dass uns jemand mit der Kraft des Windes angreift, Kira dann plötzlich weg ist und jetzt wieder ein Angreifer den Wind beherrscht, oder? Allerdings erschließt sich mir nicht, was er von Kira will."

„Wissen", entgegnet Cassy. „Vielleicht gibt es gar keinen Spion, wie wir gestern Nacht dachten, sondern Kira liefert dem Angreifer Infos."

Die Vermutung sackt schwer in meine Hirnrinde, schlägt ihre Krallen hinein und tut alleine beim Gedanken daran weh. Kira würde ihre Freunde niemals freiwillig verraten ... zumindest nicht, ohne unter großen Schmerzen zu leiden.

„Wir sollten", beginnt Lucas, dann bricht ihm die Stimme. Er räuspert sich und fährt dann fort. Sicher hat er an dasselbe gedacht wie ich. „Wir sollten das im Hinterkopf behalten. Allerdings wäre es töricht, einen Spion auszuschließen. Solange wir nicht wissen, was vor sich geht, müssen wir alle Möglichkeiten in Betracht ziehen."

„Vielleicht hilft uns eine Liste? Wir sollten notieren, wer uns komisch erscheint, denn zwölf Augen sehen mehr als zwei", bemerke ich.

Cassy nickt. „Ja, gute Idee. Bisher fällt mir niemand ein, den ich sofort verdächtigen würde. Euch?"

„Nein", gebe ich zu. Minutenlang ist es ruhig. Lediglich Kaugeräusche sind zu hören, denn wir hängen unseren Überlegungen nach, versuchen Anzeichen für einen möglichen Verräter zu finden. Nichts. Selbst meine Vermutungen zu Kiras Verschwinden wurden mittlerweile zerschlagen ... obwohl ... es gibt da doch eine Person, die mir komisch erscheint – Ben. Er hat nach Kira gefragt und er war in der Bibliothek. Gleichzeitig hat er sich aber um Samira und Aurora gekümmert.

„Was haltet ihr von Ben?", äußere ich meine Bedenken.

Cassy setzt sich aufrecht hin. „Ben?"

„Er ist in Auroras Englischkurs und hält ein Referat mit ihr. Als ich ihn kennenlernte, fragte er mich nach Kira", erläutere ich. Nervös zupfe ich an meinem Hoodiebändel. Bisher lag ich stets falsch mit meinen Anschuldigungen und habe Menschen des Öfteren zu Unrecht verurteilt, deswegen habe ich ein mulmiges Gefühl dabei, Ben an den Pranger zu stellen.

Manuel greift erneut nach einer Olive. „Ich war zusammen mit ihm im Tennis. Eigentlich erschien er mir ziemlich sympathisch."

„Was wollte er denn über Kira wissen?“, fragt Cassy.

„Wo sie wirklich ist und ob ich echt denke, sie sei einfach so mitten im Schuljahr zu ihrer Familie gefahren. Ich hab ihm dann verklickert, dass sie eine schwere Zeit durchmacht und deswegen weg sei.“

Kurz kehrt Ruhe ein und Cassy denkt nach. „Schon seltsam, denn eigentlich war die Geschichte, die Higgins erzählt hat, plausibel.“

„Ja, stimmt“, stelle ich fest. „Wobei ich mich zuerst tatsächlich gewundert habe, wieso nicht mehr Schüler nach Kira fragen. Immerhin würde sie sich dann einfach von Zuhause aus bei ihren Freunden melden, oder? Bis mir einfiel, dass ihr einfach keinen Kontakt zu den anderen hattet. Niemand war früher mit euch befreundet.“

Cassy kaut auf ihrer Unterlippe, dann scheint sie eine Entscheidung getroffen zu haben. „Trotzdem kann ich mir nicht vorstellen, dass er etwas damit zu tun hat. Neugierig, ja, aber ein Verräter? Was sollte er schon verraten? Er hat nichts mit uns zu tun und würde er uns nachstellen, hätten wir das bemerkt.“

„Denke ich auch“, stimmt Phil zu und der Rest nickt.

Mittlerweile ist der Tisch ziemlich leer. Das Gemüse haben wir verspeist, Brot und Gebäck ebenfalls. Lediglich ein paar leere Behälter und Aufstriche sind übrig. Mein Magen drückt unangenehm auf meine Organe, dennoch habe ich Lust auf etwas Süßes. Ein Stück Schokolade vielleicht.

„Moment“, meint Elena auf einmal und ich drehe mich zu ihr, mustere sie gespannt. „Heißt das, wenn uns jemand ausspioniert, dann muss es einer unserer

Verbündeten sein? Jemand, der täglich mit uns zu tun hat?"

Cassy nickt langsam. „Sonst wüsste er wohl kaum so viel über unsere Kräfte und wo sich die Bibliothek der Halbgötter befindet, oder?"

Da kommt mir auf einmal etwas in den Sinn. Alleine bei dem Gedanken verschlucke ich mich und Cassy klopft mir auf den Rücken. „Scheiße, die einzige Person, die wusste, dass wir uns in der Bibliothek aufhalten, war Higgins."

„Higgins?", echot Lucas. „Er ist ein wichtiges Mitglied der Frourá. Meine Familie kennt ihn seit Generationen und er war Gast bei vielen Familienfesten. Tut mir leid, aber ich kann mir nicht vorstellen, dass er etwas damit zu tun hat."

Cassy steht auf, verschränkt ihre Arme vor der Brust und läuft durch den Raum. Auf dem Weg holt sie einige Wasserflaschen aus einem Schrank und stellt sie auf den Tisch. Dankbar schnappe ich mir eine und trinke in großen Schlucken. Mir war gar nicht bewusst, wie durstig ich war.

„Lucas hat recht. Jedoch ist das ein Argument für und gegen Higgins zugleich. Auf der einen Seite ist er ein Verbündeter, kennt uns nicht nur oberflächlich, sondern ist fest in unseren Strukturen verankert. Wieso also sollte er sich einem fremden Angreifer anschließen? Andererseits hat er die Möglichkeiten. Er kennt jedes Detail über uns und diese Schule."

„Vielleicht war es Zufall, dass der Angreifer noch in der Bibliothek war", bemerkt Elena. „Klar, er ist eingebrochen und hat etwas gestohlen, aber ich meine später. Möglicherweise haben Aurora und Samira ihn überrascht? Es war schon spät und normalerweise sind wir um die Zeit beim Abendessen, oder? Was, wenn sie ihn erschreckt haben und er sich dann verstecken musste. Als wir kamen, hat er die Gelegenheit genutzt ..."

Ich schnaube. „Woher wusste er, wann wir zu Abend essen?"

„Na ja, ich habe nicht gesagt, dass es niemanden gibt, der ihm Informationen zuspielt. Trotzdem finde ich Higgins zu verdächtigen falsch."

„Wir sollten niemandem vertrauen", bemerkt Phil und ich stimme ihm zu.

„Montag früh gehe ich direkt zu Christa und Darius. Zum einen will ich etwas über das Haar herausfinden, zum anderen brauchen wir einen besseren Trainingsplan. Ich muss mich in euer Team finden, endlich mit dem Kampftraining anfangen und mehr dazu lernen. Leider muss ich gestehen, dass ich mich bisher kaum für eure Fähigkeiten interessiert habe und das war ein Fehler. Maris hat mich darauf gebracht, dass wir alleine zwar nur halbe Götter sind, doch wenn wir unsere Kräfte vereinen, kommt dabei eine ganz schön explosive Mischung heraus, oder?"

Elena lacht. „Ich bin stolz auf uns, Freunde. Die Lage sah zwischendurch echt schlimm aus, trotzdem haben wir nicht aufgegeben und uns da durchgekämpft."

„Stimmt", meint Cassy, die gegen den Fenstersims lehnt. „Dank Laurie, die den richtigen Riecher hatte und den Typ entdeckt hat."

Ich winke ab, denn ehrlich gesagt hatte ich die meiste Zeit über das Gefühl, den anderen ein Klotz am Bein zu sein.

„Gestern hab ich mich wirklich wie Aquaman gefühlt, total nutzlos", gebe ich zu.

„Wenn du Aquaman bist, kann ich dann Superman sein?" Lucas ignoriert die Schwere meiner Worte, lenkt lieber vom Thema ab und ich liebe ihn dafür.

„Superman? Wirklich? Batman passt irgendwie besser zu dir."

„Was?", erwidert er empört. „Der ist nur reich und hat keine wirkliche Begabung."

Phil beugt sich vor, unterbricht unseren Disput „Ich will Captain Marvel sein."

„Falsches Universum, du Idiot." Lucas verdreht die Augen und seufzt theatralisch. Wir brechen in Gelächter aus, während Phil schmollend die Unterlippe verzieht.

Ich bin überrascht, dass ich das nach dem gestrigen Tag so befreit kann. Allerdings fühle ich mich unter meinen Freunden sicher und wenn wir jetzt in ständiger Angst leben würden, würde sich das nur negativ auf uns auswirken. Dadurch würden wir nicht vorsichtiger werden, im Gegenteil. Trotzdem müssen wir etwas tun. „Wir müssen unsere Mitschüler beschützen." Ich setze mich auf, pule das Plastiketikett der Wasserflasche ab. „Gibt es eine Art Zauber, mit dem wir die Schule schützen können?"

Cassy stößt sich vom Fensterbrett ab und kommt wieder näher. Neben dem Tisch bleibt sie stehen. „Das Problem ist, dass wir nicht wissen, wovor wir sie schützen sollen. Egal welche Art von Magie, sie muss präzise eingesetzt werden. Selbst wenn wir uns Hilfe bei den Wiccas holen, ist unser Wissen über den Feind bisher zu gering."

„Was ginge, wäre eine Art Stolperdraht", bemerkt Lucas. „Wir könnten unsere Energie bündeln und um das Gebäude legen. Dann würden wir merken, sobald es jemand betritt oder verlässt."

Ich schüttle den Kopf. „Bei so vielen Schülern und Lehrern, wie hier aus- und eingehen wäre das keine Hilfe, sondern eher eine Belastung."

„Nachts wäre es aber vielleicht eine Lösung", entgegnet Phil. „Außerdem könnten wir abwechselnd durch die Schule patrouillieren, dann wären wir bei einem erneuten Angriff schneller vor Ort."

Erneut schüttle ich den Kopf. „Bei der Größe von Kingswood Castle könnte das ganze Schauspiel vorbei sein, bevor wir es überhaupt bemerken."

„In Kombination mit dem Stolperdraht von Lucas, hat es aber Sinn", sagt Phil energisch und ich zucke mit den Schultern. Aus meiner Sicht gleicht das einem Himmelfahrtskommando, da die Schule zu groß für uns ist. Trotzdem verstehe ich seine Sehnsucht, überhaupt etwas tun zu können. Daher stelle ich meinen Widerspruch ein und beteilige mich an der Planung. Nachdem wir vereinbart haben, dass Zweierteams sinnvoll sind, notiert Elena, wer welche Nächte übernimmt. Irgendwann müssen wir schließlich schlafen.

„Kann ich das Haarbüschel noch mal sehen", meine ich später zu Cassy.

„Klar, komm, ich hab es in meinem Zimmer."

Zusammen lassen wir den Gemeinschaftsraum hinter uns. Cassy fischt den Cardholder aus ihrem Nachttisch und reicht ihn mir. Das Haarbüschel befindet sich weiterhin im obersten Fach. Ich hole es heraus, drehe es im Licht und bin überwältigt von seiner Schönheit.

Regenbogenfarben glitzern im Licht, solange ich es drehe. Halte ich inne, könnte man meinen, es handle sich um braunes Katzenhaar.

„Was soll der Effekt bezwecken?", murmle ich nachdenklich.

Cassy zuckt mit den Schultern, während ich mir die Beschaffenheit und das Aussehen einpräge. Natürlich muss ich vorsichtig sein und kann Christa nicht direkt darauf ansprechen, allerdings möchte ich gewappnet sein, sollte sie etwas sagen, das zu unserem Fundstück passt. Deswegen mustere ich das Büschel intensiv, rieche sogar daran.

Danach gebe ich es Cassy zurück und wir gehen wieder in den Gemeinschaftsraum. „Ich mache dir übrigens wirklich keinen Vorwurf", stelle ich klar. „Mit deinem Angriff wolltest du uns und vor allem mich beschützen. Es war nicht deine Schuld, dass er schiefging."

„Danke, Laurie", entgegnet sie, legt mir kurz den Arm um die Schultern und drückt mich an sich. „Das bedeutet mir viel, denn ich habe mir wirklich große Vorwürfe gemacht, mich irgendwie nutzlos gefühlt."

„Cassy, du machst dir zu viel Druck. Ohne dich hätte ich es niemals ungesehen an dem Löwen vorbeigeschafft. Deine Anwesenheit und deine Fähigkeit waren essenziell", versichere ich ihr. Nur noch wenige Schritte trennen uns von dem Gemeinschaftsraum. Ich bleibe stehen, will das Thema aus der Welt schaffen und Cassy die toxischen Gedanken nehmen. „Außerdem sind mentale Fähigkeiten genauso wichtig, wie Lucas' Feuer oder meine Verbindung zum Wind."

„Wenn ich meine Fähigkeit kontrollieren könnte, vielleicht.“

„Wir arbeiten daran und möglicherweise finden wir sogar etwas darüber heraus, das du bisher nicht wusstest.“

„Darüber habe ich bisher nie nachgedacht. Glaubst du, in mir liegt etwas verborgen, das ich bisher nicht kenne?“

Ich nicke. „Möglich. Wenn du willst, können wir zusammen trainieren.“

„Ja, gerne“, meint Cassy fröhlich und wir betreten den Gemeinschaftsraum.

# Kapitel 11

## Verändere dein Schicksal oder es ändert dich

Bis spät in die Nacht sitzen wir im Gemeinschaftsraum und quatschen, lachen und machen Blödsinn. Ich ziehe Manuel bei Mario Kart ab, während Lucas knapp eine Runde vor mir durchs Ziel brettert.

„Was hast du getankt? Red Bull?", frage ich empört.

Er grinst. „Neee, sonst hätte ich Flügel, oder?"

„Leute, ich muss ins Bett", informiert uns Elena. Cassy ist bereits auf dem Sofa eingeschlafen und da Lucas' Jubelschreie und mein Gefluche sie nicht aufgeweckt haben, frage ich mich, was überhaupt dazu in der Lage ist.

Ich gähne und strecke meine Arme, lasse die Handgelenke knacken. Zwar haben sich meine Muskeln bereits etwas erholt, dennoch spüre ich die Anstrengung weiterhin. Von Elena habe ich mir erklären lassen, dass unsere Körper schneller heilen. Eine neue Information, die mir gelegen kommt. Bisher ist mir das nie aufgefallen, allerdings war ich früher selten krank. Falls doch, dann hat es mich richtig getroffen. Dann lag ich einige Tage im Bett und danach ging es wieder. Mein jetziger Zustand spricht allerdings für Elenas Behauptung, sonst hätten sich meine Muskeln und auch mein

Rückgrat sicherlich nicht derart schnell erholt. Vielleicht hätte ich sogar ins Krankenhaus gemusst oder zumindest einige Tage das Bett hüten müssen.

„Wir sehen uns morgen", verabschiede ich mich und schleiche durch die Gänge. Zwar hat Elena mir angeboten bei ihr zu schlafen oder Kiras Bett zu nutzen, aber ich habe abgelehnt. Ich brauche meine eigene Matratze, die mich willkommen heißt, sich anfühlt wie ein Zuhause.

Phil hat mir eine Taschenlampe geliehen, mit der ich die Gänge erhelle, da mein Handy ja leider ein Opfer des gläsernen Löwen wurde. Insgeheim trauere ich ihm wirklich nach. Mir fehlt die Musik auf den Ohren. Das Licht der Lampe wirft einen gespenstigen Strahl entlang meines Weges und verleiht der Schule etwas Mystisches. Hinter jeder Ecke erwarte ich jemanden und mein Herz klopft so laut, dass ich kein anderes Geräusch wahrnehme.

Zum Glück erreiche ich unser Zimmer ohne Zwischenfall, schäle mich aus meinen Klamotten und falle in mein Bett. Kaum habe ich die Augen geschlossen, drifte ich weg.

Dieses Mal ist es nicht Maris, der mich empfängt. Statt am Strand zu liegen, stehe ich im Regen. Schwere Tropfen prasseln mir aufs Haar und ich presse instinktiv die Lider zusammen, ziehe die Schultern nach oben. Ich stehe vor dem Haus meiner Freundin. Es regnet in Strömen, deswegen ziehe ich die Jacke enger um mich. Das Vordach bietet kaum Schutz vor dem kalten Nass und mein linker Ärmel ist bereits vollkommen durchnässt. Nervös blicke ich mich um, checke mein Handy. Über mir rumpelt ein Donner und ich zucke zusammen, überlege, wieder ins Haus zu gehen. Allerdings warten dort nur Betrunkene auf mich. Darauf habe ich keine Lust, denn genau davor bin ich ja auf der Flucht. Die Stimmung ist gekippt und Amy hat mich angeschrien, weil sie glaubt, ich sei in Blake verliebt und würde es vor ihr verschweigen. Logische Argumente haben mir nicht weitergeholfen, dazu war ihr Alkoholpegel zu hoch, und so habe ich mich entschieden, Dad anzurufen. Auf ihn kann ich mich immer verlassen. Gleich würde ich neben ihm im Auto sitzen und zu Led Zepplin singen, während der Scheibenwischer gegen die Wassermassen ankämpft. Der Gedanke hilft mir, dem Regen standzuhalten und nicht wieder zu den anderen ins Haus zu gehen.

Erneut rollt ein Donner über Bromley. Der kleine Vorort von London erstrahlt im hellen Licht des Blitzes und ich erkenne am Ende der Straße das Auto meines Dads. Endlich entspannen sich meine Glieder und ich hüpfe die Treppe hinunter, gehe ihm ein paar Schritte entgegen. Verwirrt halte ich am Absatz inne. Ein Déjà-vu überfällt mich. Ich weiß, was geschehen wird, ich habe diese Szene bereits einmal erlebt. Dennoch zucke ich zusammen als der Blitz den Baum in zwei Teile spaltet, ihn auf die Straße krachen lässt. Der darauffolgende Aufprall ist wie ein Schlag gegen den Brustkorb. Schockiert kreische ich, reiße den Mund so weit auf, dass Regen hineintropft. Dann gerät die Zeit aus den Fugen, hält mitten in der Bewegung inne. Selbst die Tränen, die vom Himmel fallen, verharren in der Luft, schweben einige Sekunden und fließen schließlich rückwärts. Gebannt schaue ich dabei zu wie der Blitz sich nach oben zurückzieht, das Auto wieder auf die Straße gelenkt wird und sich im Rückwärtsgang von mir entfernt. Dann setzt die Zeit wieder ein, folgt ihrem normalen Lauf. Die Tropfen treffen mich wie Geschosse, vermischen sich mit den Tränen, die mir mittlerweile über die Wangen rinnen und drücken mir die Luft aus der Lunge. Erleichtert beginnt mein Herz in einem normalen Rhythmus zu schlagen, erwacht langsam aus seiner Starre und versorgt mein Hirn erneut mit Sauerstoff und Blut. Ich stütze mich auf meine Knie, weil ich sonst umkippen würde, und atme gierig ein und aus.

*Es ist nichts geschehen, Laurie*, beruhige ich mich selbst. Das war lediglich eine Erscheinung. Vielleicht habe ich mehr Alkohol im Blut, als ich dachte.

Die Welt dreht sich um mich herum und ich stütze mich an einer Straßenlaterne ab, klammere mich an das kühle Metall. Sobald ich aufrecht stehe, läuft mir der Regen in die Augen und ich blinzle heftig dagegen an, fahre schließlich mit meiner Hand über die Stirn und wische das Wasser so gut es geht weg.

Ein weiterer Donner durchbricht die Nacht, doch dieses Mal klingt es als müsse er sich durch eine dicke Schicht Watte kämpfen, bevor er an meine Ohren dringt. Verwirrt sehe ich mich um. Mein Blick bleibt an einer Frau hängen, die mitten auf der Straße steht, genau dort, wo zuvor das Auto meines Dads entlanggefahren ist. Sie mustert mich unverhohlen, hat den Kopf schief gelegt, während ein Lächeln ihre Lippen ziert. Ihr Körper ist in ein helles Kleid gehüllt, welches das Mondlicht reflektiert. Langsam streckt sie den Arm nach mir aus und meine Beine setzen sich automatisch in Bewegung.

Bevor mein Verstand überhaupt begreift, was vor sich geht, bin ich nur noch wenige Meter von der Frau entfernt. Das lange blonde Haar umspielt ihre Schultern und fällt in leichten Locken beinahe bis zu ihrer Hüfte. Sie greift nach meiner Hand, verflicht ihre Finger mit meinen und zieht mich zu sich, überbrückt den letzten Abstand zwischen uns. Wärme durchzuckt mich, vertreibt das schlechte Gefühl und die Tränen. Stattdessen kämpft sich Stärke nach oben, redet mir ein, dass mir nie wieder etwas geschehen kann.

„Laurie", haucht die Frau meinen Namen. Erst jetzt erkenne ich, dass ihre Kleidung nicht wie erwartet aus Stoff besteht, sondern Nebel ihre Haut bedeckt. Er umwabert sie wie ein Bestandteil ihrer Selbst und bewegt sich zusammen mit ihr hin und her.

„Wer bist du?", frage ich und auf einmal hört der Regen auf. Wie meine Tränen versiegt er, als hätte es ihn nie gegeben. Lediglich das Wasser auf dem Boden ist Zeuge davon, dass er einmal niedergegangen ist.

Die Frau lacht, legt die andere Hand an meine Wange. „Erkennst du mich nicht? Ich war bei deiner Geburt dabei."

Traurig schüttle ich den Kopf, schäme mich dafür, sie vergessen zu haben. „Es tut mir leid."

„Das muss es nicht, mein Kind. Du warst immer etwas Besonderes für mich."

„Wieso?"

„Weil ich nie wusste, wer du in Zukunft einmal sein wirst."

„Wie bitte?"

Sie dreht sich von mir weg, zieht mich mit sich und auf einmal wird es mir klar.

„Du bist Maris' Mutter."

Moira nickt lächelnd. „Das bin ich."

Ehrfurcht flammt in mir auf. Natürlich bin ich bereits einem Gott begegnet, immerhin ist Maris einer, allerdings ist Moira nicht nur eine Göttin, nein, sie ist auch seine Mutter. Sie hat den Mann erschaffen, dem mein Herz gehört und für den ich mein Leben geben würde. Gleichzeitig gibt sie jedem Wesen auf dieser Erde einen Lebensweg mit, schenkt ihm sein Schicksal. Die Erkenntnis überrollt mich wie ein LKW. Meine Eltern sind gestorben. Das hier ist nur ein Traum. In der Realität war Moira nicht da, sie hat es nicht rückgängig gemacht, sondern geschehen lassen. Wütend balle ich die Hände zu Fäusten. Es hätte nur einen Gedanken, nur einen Wink von ihr gebraucht und meine Eltern würden leben.

„Wieso bist du hier?", frage ich leise, darum bemüht die Beherrschung aufrechtzuerhalten.

„Weil ich hier sein muss."

Innerlich verdrehe ich die Augen, traue mich nicht, es offen zu tun. Götter sind manchmal anstrengend. Sie sagen nie, was sie meinen, sprechen stets in Rätseln. „Weiß Maris, dass du in meinem Traum bist?"

„Nein."

„Was willst du von mir?"

„Dir helfen."

Ich ziehe die Augenbrauen nach oben. Geholfen hätte es mir, wenn sie vor Monaten genau an dieser Stelle gestanden und alles rückgängig gemacht hätte. „Warum?", frage ich, anstatt meine Gedanken auszusprechen.

„Weil es meine Aufgabe ist."

Seit ich von Moiras Existenz weiß, beschäftigt mich eine Frage, die sich immer wieder von Neuem in meinem Kopf dreht. „Hätte ich etwas verändern können?"

Moria mustert mich, drückt meine Hand. „Darauf gibt es keine Antwort."

Entgeistert starre ich sie an und die Wut übernimmt die Führung. „Natürlich gibt es die, es gibt immer eine."

„Nein, dieses Mal nicht. Zerbrich dir nicht den Kopf darüber, was hätte sein können. Denke lieber daran, was ist und was werden kann."

Ich entziehe ihr meine Finger, als hätte ich meine Haut verbrannt, und atme tief durch. Es ist unfair, Moira die Schuld an etwas zu geben, für das sie vermutlich nichts kann, trotzdem bin ich aufgewühlt und will eigentlich nur eins – dass der Schmerz endlich vorbeigeht. Dass ich endlich Antworten auf meine Fragen finde und zur Ruhe kommen kann.

„Weißt du, was vor sich geht?", wechsle ich daher das Thema.

„Ja und nein."

Gespannt warte ich auf eine Erläuterung, doch sie bleibt aus. Stattdessen dreht Moira sich um, geht einige Schritte. Ich folge ihr in die Nacht hinein und schlinge meine Arme um mich. Wie sehr wünsche ich mir Maris an meine Seite. Er wüsste, welche Fragen er stellen müsste, er wüsste etwas mit den kryptischen Antworten anzufangen.

Allerdings besteht die Möglichkeit, dass es gar nicht Moira ist, mit der ich mich gerade unterhalte. Wieso sollte sich eine Göttin in meine Träume stehlen? Zumal ihre Antworten total unhilfreich sind.

„Berechtigte Frage“, meint Moira und ich erstarre. Habe ich das gerade laut gesagt? „Nein, trotzdem weiß ich es, ohne deine Gedanken lesen zu können.“

„Woher?“

„Ich sehe Möglichkeiten, Dinge die passieren könnten. Daher kann ich gut einschätzen, was Menschen beschäftigt.“

Das bedeutet, meine Gedanken gehören zwar mir, aber dennoch kann Moira bereits voraussehen, was ich tun und sagen werde? Wunderbar. Jetzt verstehe ich, wieso manche Götter unbeliebt sind.

„Zwar habe ich das Gefühl, dich bereits zu kennen, dennoch konnte ich es mir nicht verkneifen, das Mädchen aufzusuchen, an das mein Kind sein Herz verloren hat“, meint Moira und ich halte einen Moment den Atem an.

„Deswegen bist du hier?“

Sie zuckt mit den Schultern. „Auch, ja. Allerdings muss ich dich warnen.“

„Wovor?“

„Den Schicksalen. Du darfst sie nicht verändern. Niemandem ist es gestattet in den Lauf der Dinge einzugreifen. Mögen die Beweggründe noch so edel sein. Eine Änderung bringt massive Folgen mit sich und könnte alles zum Einsturz bringen, das wir kennen und schätzen.“

Moiras Worte ergeben keinen Sinn. „Wie jeder andere kenne ich mein Schicksal nicht, daher könnte ich es gar nicht ändern, selbst wenn ich es wollte.“

„Erinnere dich stets daran. Vergiss es niemals und gib dich nicht deinen Gefühlen hin.“

„Könntest du etwas genauer werden, bitte? Momentan fällt mir nur eine Möglichkeit ein, wie ich etwas an meinem Schicksal ändern könnte und das wäre, indem ich die falsche Entscheidung treffe. Wie soll ich mich also gegen etwas wenden, wenn ich weder weiß, worum es geht, noch, wann ich vorsichtig sein muss?“ Frustriert fahre ich mir durchs Haar.

„Wenn es an der Zeit ist, wirst du die Bedeutung meiner Worte verstehen.“

„Du meinst, wenn es zu spät ist.“

Moira betrachtet mich einen Moment. „Ich verstehe, wieso er sich in dich verliebt hat, Laurie. Ihr habt meinen Segen.“

„Äh ... danke?“ Was antwortet man bitte darauf, wenn einem eine Gottheit seinen Segen gibt, um den man gar nicht gebeten hat?

Ein breites Grinsen erscheint auf Moiras Gesicht. „Vergiss niemals, wo du herkommst. Deine Wurzeln sind das, was dich zu etwas Besonderem machen.“

„Weißt du etwas über meine Herkunft?“

„Natürlich, ich habe dich schon dein ganzes Leben lang begleitet.“

„Wieso?“

„Weil du etwas Besonderes bist.“

Ich schnaube. Nicht hilfreich. „Und was macht mich dazu?“

„Das kann ich dir nicht sagen. Niemand darf das Schicksal verändern, nicht einmal ich.“

„Aber ist nicht alleine deine Anwesenheit in einem meiner Träume ein Bruch?“

Moira lacht. „Du bist intelligent und verstehst es, hinter die Dinge zu schauen. Dein Kopf ist voller Fragen und du hältst nie etwas zurück. Maris hat es nicht einfach mit dir, oder?"

„Also, er ist auch kein einfacher Kerl", entgegne ich und schiebe schmollend die Unterlippe vor.

„Ich bewege mich in einer Grauzone, Laurie. Solange ich dir keine Details zu deinem Schicksal verrate, bleiben deine Entscheidungen genau das – deine", erklärt Moira.

„Dann bist du wirklich vor allem hier, um mich kennenzulernen", bemerke ich ungläubig und ziehe die Unterlippe zwischen meine Zähne, kaue vorsichtig darauf herum.

„Maris glaubt, dass ich ihn nicht liebe. Er irrt. Er ist das Größte, das ich je erschaffen habe, das Einzigartigste, das diese Welt je gesehen hat, und das Wunderbarste obendrein."

„Das ist er", stimme ich zu und auf einmal merke ich, dass die Szenerie sich verändert. Wir stehen auf einem großen Plateau. Über uns scheint die Sonne, beleuchtet den Wald im Tal und lässt die herbstlichen Blätter in den buntesten Farben leuchten. Mein Blick schweift in die Ferne und ich habe das Gefühl bis ans Ende der Welt sehen zu können. Es ist atemberaubend.

„An diesem Tag, im Regen ... du hättest nichts verändern können Laurie. Entscheidungen wurden getroffen, Wege eingeschlagen", offenbart Moira und obwohl mir das längst klar war, da Maris etwas Ähnliches gesagt hat, nimmt es mir dennoch eine Last von den Schultern. „Seit deiner Geburt steht das Ereignis fest. Es musste so kommen, es gab keine andere Möglichkeit. Und das geschieht selten."

„Was hat das zu bedeuten?“, will ich wissen und spüre, wie mein Herzschlag sich beschleunigt.

Moira zuckt mit den Schultern. „Das müsst ihr selbst herausfinden.“

„Bin ich der Grund für ihren Tod?“

Keine Antwort.

„War meine Anwesenheit der Grund für den Unfall?“

Keine Antwort.

„Weißt du, was hier vorgeht?“

Immer noch keine Antwort. Moira starrt in die Ferne, mustert die Sonne dabei, wie sie sich viel zu schnell bewegt. Und auf einmal breitet sich eine Gewissheit in mir aus, die mir den Boden unter den Füßen wegzieht und mir die Luft zum Atmen nimmt. Ich falle ins Bodenlose, obwohl ich mit beiden Beinen fest auf der Erde stehe.

„Mussten sie für mich sterben? Hängt alles zusammen? Gab es deswegen keinen anderen Ausweg? Wer ist unser Feind? Wer kämpft gegen uns?“, schreie ich ihr meine Fragen entgegen.

Dann ist es dunkel. Ich schwebe, werde getragen von einem warmen Wind, der mich immer weiter in die Höhe bringt. Woher ich das weiß, ohne etwas sehen zu können, ist mir nicht klar. Ich spüre einfach, dass wir aufsteigen, zumindest bis ich falle. Denn auf einmal ist der Wind weg, hat mich alleine gelassen. Alleine in einer Welt, in der ich vergessen habe, wo oben und unten ist. In einer Welt, in der ich vergessen habe, wo mein Platz ist. In einer Welt, die ich nicht mehr kenne, die ich nicht mehr kennen will.

Ich schrecke hoch. Die Dunkelheit ist einem Zwielicht gewichen und ich erkenne unser Zimmer. Mein Bett, die Decke, die von mir gerutscht ist und auf dem Boden liegt. Samira, die auf ihrer Seite liegt und friedlich schlummert. Leise stehe ich auf, schleiche mich aus dem Zimmer und weiß nicht, wo ich hingehen, was ich mit mir anfangen soll. Hoffentlich begegne ich Cassy und Elena nicht, die heute durch das Schloss patrouillieren.

Der Traum hat Spuren hinterlassen, die mich womöglich mein ganzes Leben lang begleiten werden. Narben haben sich in mein Herz gebrannt und beeinträchtigen es beim Schlagen.

Ich zittere, friere bis auf die Knochen. Wie ferngesteuert gehe ich ins Badezimmer, entledige mich meiner Klamotten und steige unter den heißen Wasserstrahl. Mein Hirn ist wie gelähmt, kann die Empfindungen des Traums nicht verarbeiten und quittiert den Dienst. Kann ich verstehen, würde ich auch gern. Stattdessen halte ich mein Gesicht direkt unters Wasser, genieße die Wärme auf der Haut und versuche nicht durchzudrehen, ordne die Informationen, die Moira mir gegeben hat. Eins steht fest: Ich muss herausfinden, was sie damit gemeint hat, dass das Schicksal meiner Eltern mit meiner Geburt besiegelt wurde, und dafür gibt es nur einen Weg: Ich muss zu den Orakeln. Nur sie können mir sagen, was geschehen ist. Leider ist das ohne Maris unmöglich, denn er ist mein Türöffner.

Scheiße.

Ich klatsche mit der flachen Hand gegen die Fliesen und die Tränen kämpfen sich zurück an die

Oberfläche. Reicht es nicht, dass wir gerade genug mit einem direkten Angreifer zu tun haben?

*Es tut mir leid, Mum und Dad. Ich wollte nie für euren Tod verantwortlich sein. Könnte ich … gäbe es eine Möglichkeit, die Zeit zurückzudrehen, ich würde alles ändern, würde verhindern, dass ich je geboren werde.*

*Laurie,* hallt auf einmal die Stimme meiner Mutter in mir wider. *Glaubst du wirklich, das ist es, was wir uns wünschen? Mitnichten. Es ist genau das Gegenteil. Ein Leben ohne dich wäre für uns als Eltern nicht lebenswert gewesen.*

„Ich vermisse euch so sehr", wispere ich und lehne meinen Kopf gegen die Wand, presse die Lider so fest zusammen, dass es wehtut. Mein Inneres ist wund und blutet. Moira hat die alten Verletzungen erneut aufgerissen. Doch dieses Mal werde ich nicht daran kaputtgehen. Dieses Mal bin ich stärker. Vielleicht sehe ich gerade keinen Unterschied zwischen Schuld und Unschuld, vielleicht ist das Licht am Ende des Tunnels, den ich dachte durchquert zu haben, wieder in weite Ferne gerückt. Dennoch stehe ich auf, lasse nicht zu, dass die Dunkelheit mich mit sich zieht. Es gibt Menschen, die sich auf mich verlassen, die darauf warten, dass ich an ihrer Seite stehe und kämpfe.

Deswegen steige ich aus der Dusche, ziehe mich an und gehe zurück in mein Bett. Dort schalte ich die kleine Nachttischlampe ein und notiere mir die nächsten Schritte in meinem Notizbuch. Es hilft mir, meine Gedanken zu ordnen und Klarheit darüber zu bekommen, was gerade wichtig ist und was ich auf später verschieben kann.

*Wieso bin ich das Schicksal meiner Eltern? Orakel Moira denkt, ich will mein Schicksal ändern. Warum?*

Plötzlich fällt mir Maris ein. Am Strand hat er etwas vor mir verschwiegen, wollte ein Geheimnis für sich behalten. Weiß er, was seine Mutter meint? Kennt er den Grund dafür, dass ich das Schicksal verändern will? Das muss er, oder? Zwar kann er nicht in die Möglichkeiten der Zukunft eintauchen. Dennoch hat er mir einmal erzählt, dass er spüren kann, wofür sich ein Mensch entscheiden wird.

Wird es einen Zeitpunkt in der Zukunft geben, an dem ich irgendwann falsch abbiege? Treffe ich eine verheerende Entscheidung und Maris hat es gefühlt? Wieso warnt er mich nicht?

Wahrscheinlich weil er genau so sehr an die Gesetze des Schicksals gebunden ist wie Moira. Er darf nicht eingreifen, niemanden beeinflussen.

Frustriert lege ich mir die Hände über die Augen. Mir war von Anfang an bewusst, dass Maris anders ist, dass eine Beziehung mit ihm niemals leicht sein würde. Aber nur weil er mir etwas verschweigt, heißt das wohl kaum, dass er mich weniger liebt. Er ist ein Gott. Er beschützt die Lebenswege der Menschen. Seine höchste Aufgabe besteht darin, das Gleichgewicht zwischen den Welten zu wahren und somit sicherzustellen, dass sowohl Menschen als auch Götter eine Zukunft haben. Wie kann ich es ihm da übel nehmen, wenn er mir etwas verschweigt, schließlich geschieht es auch zu meinem eigenen Schutz.

Meine Gedanken drehen sich, suchen nach einem Halt, nach einem Punkt, an dem sie ansetzen können.

Vergebens.

Die Orakel sind eine Möglichkeit, allerdings nur in Kombination mit Maris, der momentan nicht auf die Erde kann. Wobei ... vielleicht schaffe ich es auch allein, zu den Orakelbüchern zu gelangen? Es wäre ein Risiko, könnte jedoch gleichzeitig die Lösung allen Übels sein. Möglicherweise befindet sich in den Büchern der Grund für den Tod meiner Eltern. Bei Moira klang es, als wäre bei meiner Geburt etwas geschehen, das den Lauf der Dinge nachhaltig geprägt hat. Ein Blick in die Vergangenheit könnte also offenbaren, wieso ich hier bin und wieso jemand versucht uns anzugreifen.

Müde klappe ich mein Notizbuch zu, lösche das Licht und kuschle mich unter meine Decke, den Esel und den Brokkoli fest an mich gedrückt. Die Musik fehlt mir, deswegen lassen sich meine Gedanken nur schwer im Zaum halten. Trotzdem schaffe ich es, sie unter Kontrolle zu bringen, indem ich an Maris denke. Ich wünsche mich zurück an den Strand, in seine Arme, und drifte endlich in einen traumlosen Schlaf.

# Kapitel 12

## Queen hat die Herrschaft über
## mein Hirn …

Am Montag nach dem Angriff stehen wir zusammen mit Christa, Darius, Higgins und weiteren Lehrern im Büro des Direktors. Cassy hat noch mal geschildert, was geschehen ist und wir sind uns einig, dass unser Training intensiviert werden sollte. Zumindest vorübergehend, denn ehrlich gesagt will ich weiterhin meinen Abschluss machen.

„Im schlimmsten Fall müsst ihr ein Jahr wiederholen", meint Higgins und sagt das so leicht dahin, immerhin geht es ja nicht um sein Leben. „Der Schutz dieser Schule hat Priorität."

„Laurie muss schnellstmöglich ins Team integriert werden", bemerkt Darius und ich nicke. „Das Training sollte täglich mehrere Stunden eurer Zeit beanspruchen. Außerdem solltet ihr eure Ausdauer und euren Geist stärken."

Eine Diskussion über Kampftechniken, Vor- und Nachteile von Schwertern und Schusswaffen sowie die Notwendigkeit der Geschichtsstunden entbrennt. Ich verdrehe die Augen und lehne mich gegen Lucas, schließe die Lider.

Am Morgen nach Moiras Besuch habe ich beschlossen darüber zu schweigen. Zwar zerreißt es mich innerlich, dennoch ist es das kleinere Übel. Alleine den Gedanken laut auszusprechen, dass ich den Tod meiner Eltern verursacht haben könnte, bringt meinen Magen dazu, sich umzudrehen. Vorerst halte ich es daher für besser, das Geheimnis für mich zu bewahren. Es gibt genug Dinge, die uns beschäftigen und sollte ich bei meiner Suche nach der Wahrheit eine Information finden, die uns auch dem Angreifer näherbringt, sind die Royals die Ersten, die es erfahren.

„Geht's dir gut?", flüstert Lucas mir zu und ich öffne die Augen, schaue ihn müde an.

„Bin nur genervt", gebe ich zu. „Sie führen sich auf wie Wilde. Jeder möchte sein Fach verteidigen, es als das wichtigste auf Erden herausstellen. Dabei vergessen sie, dass es hier um unser Leben geht und nicht um ein dummes Schulfach."

Lucas grinst. „Lehrer eben. Hast du schon was von Aurora gehört?"

„Ja, ihr geht es viel besser. Ende der Woche soll sie entlassen werden. Die Ärzte wollen auf Nummer sicher gehen und sie lieber etwas länger dabehalten, denn die Wunde an ihrem Schädel ist in den ersten Tagen bei jeder Bewegung wieder aufgeplatzt."

„Hauptsache, sie erholt sich. Manchmal braucht der Körper eben etwas Zeit."

„Ich bin wirklich froh, wenn sie wieder zu Hause ist. Die Stimmung in unserem Flügel ist gedrückt. Ohne Aura fehlt etwas", bemerke ich und verschränke die Arme vor der Brust.

Darius tritt in den nächsten Minuten sicher der Schaum aus dem Mund, denn er scharrt wütend mit seinen Füßen. Anscheinend nimmt man seinen Vorschlag nicht ernst. Genauer betrachtet sehen sie alle unglücklich aus.

„Ich denke, Kai hat recht", mischt Higgins sich ein und mein Blick wandert zu der Person, von der er spricht. Kai ist ein kleiner Mann mittleren Alters. Sein Haar ist ihm sicher schon vor Jahren ausgefallen und hat eine Glatze hinterlassen. Auf der Nase sitzt eine dicke Brille, die er sich gerade zurechtschiebt.

„Es geht nicht darum, recht zu haben", entgegnet er. „Wir sollten einen offenen Diskurs führen, anstatt darüber zu sinnieren, welcher Unterricht der sinnvollste ist oder wer den Kindern am meisten beibringen kann."

Am liebsten würde ich ihm applaudieren. Endlich jemand, der es rafft. Bisher hatte ich keinen Unterricht bei Kai, da ich von Darius und Christa zuerst die Grundlagen beigebracht bekommen sollte. Allerdings ist er mir jetzt schon sympathisch, denn er stellt sein Ego nicht über unsere Leben.

„Darius", fährt Kai fort. „Du erstellst einen Trainingsplan, um die Kräfte der Halbgötter zu trainieren. Christa und ich listen auf, welche wichtigen Details der Geschichte die Kinder wissen sollten. Maurice wird sich Strategien überlegen, wie wir die Gaben der Kinder am besten kombinieren könnten. So nutzen wir das Potenzial von uns allen."

„Ich würde gerne meine normalen Stunden bei Christa fortführen", werfe ich ein. „Mein Wissensstand ist zu mickrig, deswegen wäre es sinnvoll, zusätzliche Stunden zu nehmen."

Christa lächelt mich glücklich an und jetzt fehlt mir Kira, die sicher die Augen verdreht hätte. „Eine tolle Idee, Laurie. Löbliche Einstellung. Denn Wissen ist Macht, nicht?"

Higgins räuspert sich. „Gut, außerdem werde ich die Frourá bitten zu überlegen, wie wir die Schule mit weiteren Maßnahmen schützen können. Bisher scheint es der Angreifer auf kein Menschenleben abgesehen zu haben und das ist unser Glück. Ich würde das Internat ungerne schließen, es ist das Zuhause vieler junger Leute."

Darius nickt. „Bis heute Abend haben Maurice und ich einen Trainingsplan aufgestellt. Wir werden euch über die neuen Einheiten informieren. Allerdings solltet ihr den Tag nicht ungenutzt lassen. Geht Joggen, meditiert und lest euch in Texte anderer Halbgötter ein. Vielleicht können ihre Aufzeichnungen euch etwas Neues über eure eigenen Fähigkeiten offenbaren." Maurice verschränkt die Arme vor der Brust und ich mustere ihn einen Moment. Seine Muskeln bewegen sich unter dem Stoff des dünnen Pullovers, wirken so hart wie Stahl. Damit könnte er Captain America eindeutig Konkurrenz machen.

„Und wir können direkt eine Geschichtsstunde einlegen, Laurie", meint Christa und ich richte mich auf, verlasse hinter ihr den Raum. Wir biegen in den Flur mit den Lehrerwohnungen und ich zögere. Eigentlich bin ich davon ausgegangen, dass wir an unseren üblichen Platz gehen. Sie schließt ihre Wohnungstür auf und bedeutet mir einzutreten. Unruhig spiele ich mit dem Saum meines T-Shirts. Es ist mir unangenehm in ihre

Privatsphäre einzudringen, selbst wenn es mit ihrer Erlaubnis geschieht.

„Möchtest du einen Tee?", fragt Christa und ich nicke, stehe deplatziert im Flur. „Geh einfach geradeaus durch, dann kommst du ins Wohnzimmer. Setz dich." Sie streift sich die Schuhe von den Füßen und geht rechts durch eine Tür. Unschlüssig, ob ich ihrer Aufforderung nachkommen oder einfach an Ort und Stelle auf sie warten soll, entledige ich mich ebenfalls meiner Schuhe.

Schließlich siegt meine Neugier und ich mache mich auf den Weg ins Wohnzimmer. Langsam öffne ich die Tür und bin überrascht, wie geräumig der Raum ist. Weiße Möbel dominieren ihn, lassen das Wohnzimmer beinahe steril erscheinen. Das Herzstück jedoch ist eine große dunkelbraune Couch, die Platz für eine ganze Fußballmannschaft bietet. Zwischen den Fenstern gegenüber der Tür, thront eine Kommode, die übersät mit unterschiedlichen Bilderrahmen ist.

Jetzt gibt es zwei Möglichkeiten: ansehen und spionieren oder brav aufs Sofa setzen und sich die ganze Zeit fragen, welche Art Person hinter Christa steckt. Sind es Freunde, die mir entgegenlächeln oder doch eher Katzen? Zeigen die Bilder ihre Familie oder nur sie selbst?

Letztendlich entscheide ich mich für eine Mischung aus beiden Möglichkeiten. Ich laufe eine Runde durch den Raum und komme dabei *zufällig* an der Kommode vorbei. Im Gehen mustere ich die Fotos. Das erste zeigt Christa zusammen mit einer älteren Frau, vielleicht ihrer Mutter. Sie grinsen in die Kamera und scheinen glücklich zu sein. Auf dem nächsten steht Christa mit einem großen Hund am Strand. Ein weiteres ist ein

Porträt einer jungen Frau, die nachdenklich zur Seite schaut, während sie fotografiert wurde.

Der Wasserkessel kreischt und ich zucke zusammen, fühle mich ertappt. Deswegen steuere ich das Sofa an und lasse mich drauffallen. Das Material ist weich und wenn ich bis zur Rückenlehne nach hinten rutsche, baumeln meine Beine in der Luft.

Wenige Minuten später betritt Christa das Wohnzimmer. Sie bringt ein Tablett mit einer Teekanne, Tassen sowie einem Block und Stiften mit.

„Falls du dir etwas notieren willst", sagt sie und setzt sich. „Nach den aufregenden letzten Tagen, dachte ich, hier hätten wir es gemütlicher."

Nie in diesem Leben hätte ich erwartet, dass Christa und ich einen guten Draht zueinander finden könnten. Allerdings muss ich zugeben, dass ich sie am Anfang falsch eingeschätzt habe. Sie hat ihre Prinzipien, sie liebt, was sie tut und hält sich deswegen strikt an die Regeln, jedoch muss das nicht per se etwas Schlechtes sein.

„Danke für das Papier", entgegne ich und greife nach einer Tasse, schütte etwas Tee hinein. Dann schiebe ich sie zu Christa und gieße mir selbst ein. Seit wir das Büro des Direktors verlassen haben, überlege ich, wie ich das Thema am besten anschneide, ohne verdächtig zu wirken. Sollte Christa etwas mit der Sache zu tun haben, wüsste sie sofort, was wir gefunden haben.

„Hast du in Edwards Tagebuch weitergelesen?", fragt Christa und ich schaue zu ihr auf, nicke.

„Ja, allerdings habe ich einige Fragen, bevor wir mit dem normalen Unterricht anfangen. Der Idiot, der uns angegriffen hat, formte die Glassplitter mithilfe des

Windes zu einem riesigen Löwen. Deswegen frage ich mich, ob es Tiere in der Götterwelt gibt?“

Christa nippt vorsichtig an ihrem Tee. „Es gibt viele Wesen, die unseren Tieren ähneln oder eine Mischung aus mehreren darstellen. Von einem gläsernen Löwen habe ich allerdings bisher nie gehört.“

„Was für Wesen sind das? Halten die Götter sie, wie wir Haustiere oder sind es eher selbstständige Geschöpfe?“

„Das kommt darauf an. Kerberos zum Beispiel ist ein Dämonenwesen, das die Erscheinungsform eines dreiköpfigen Hundes einnimmt. Er bewacht den Eingang zur Unterwelt und befolgt die Befehle Hades’. Ein Pegasos hingegen ist ein geflügeltes Pferd und steht Menschen bei, kann aber auch seinem eigenen Willen folgen.“

„Sieht der Kerberos dann lediglich aus wie ein Hund, oder hat er auch die typischen Merkmale?“

„Wie meinst du das?“

„Du sagtest, er sei ein Dämon, der wie ein Hund aussieht. Irgendwie fällt es mir schwer, mir das vorzustellen. Hat er auch einen echten Hundekörper mit Fell und dergleichen oder ist es lediglich eine Erscheinung.“

Christa lacht. „Du willst also wissen, ob der Hades ein Hundehaarproblem hat?“

„Genau“, entgegne ich und zucke mit den Schultern. „Ist doch spannend.“

„Nein, es gibt keine Staubflusen im Hades. Der Kerberos nimmt lediglich die Gestalt des Tieres an.“

Ich nicke nachdenklich und kaue einen Augenblick auf der Wangeninnenseite herum. Das bedeutet, das Büschel, das wir gefunden haben, stammt von keinem

Dämon. „Pegasos hingegen ...“, meine ich und lasse den Satz dann in der Luft hängen. Christa versteht und fährt fort.

„Ja, er hatte echtes Haar und richtige Flügel.“

„Leben diese Tierwesen ausschließlich in der Götterwelt oder gibt es sie auch bei uns, versteckt in Höhlen oder an entlegenen Plätzen?“

Christa trinkt einen Schluck Tee, stellt dann ihre Tasse auf den Tisch und überschlägt die Beine. Im Gegensatz zu mir sitzt sie nur auf der Kante des monströsen Sofas. „Heutzutage findet man sie ausschließlich im Olymp. Allerdings haben es die Götter früher genossen ihr Spielzeug, denn das sind die meisten Wesen nun mal für sie, mit auf die Erde zu bringen. Sie haben zusammen mit den Menschen Feste gefeiert und Wettkämpfe veranstaltet. Tier gegen Mensch, Tier gegen Tier, Gott gegen Tier ...“

„Das bedeutet, man könnte heute noch Überbleibsel dieser Wesen auf der Erde finden?“ Ich taste mich langsam voran, auch wenn mein Herz sich bei Christas Worten beschleunigte, dränge ich es zur Ruhe. Wir müssen uns beherrschen. Deswegen wische ich mir die feuchten Handinnenflächen an meiner Jeans ab und greife nach meiner Tasse.

„Ja, die Frourá besitzen eine Sammlung solcher Relikte. Allerdings sind sie unter Verschluss.“

„Wieso?“

„Weil sie aus einer anderen Welt stammen. Wie bei beinahe allem aus der Götterwelt, muss man im Umgang mit diesen Dingen Vorsicht walten lassen.“

Die Artefakte der Götter kommen mir in den Sinn und ich verschütte beinahe meinen Tee, weil ich derart unruhig bin. „Das heißt sie besitzen Kräfte."

„Nicht direkt. Wie jeden Gegenstand kann man die Relikte für seine Zwecke benutzen. Deswegen wachen die Frourá über die göttlichen Überbleibsel. Einfach alles, was aus der anderen Welt stammt, landet bei ihnen."

„Wozu könnte man die Relikte denn benutzen?"

„Da gibt es viele Arten. Knochen zum Beispiel könnten für Forschungszwecke missbraucht werden. Ein Sterblicher hatte vor Urzeiten das Blut einer Harpyie getrunken, um selbst zu einer zu werden."

„Hat es funktioniert?"

Christa schüttelt den Kopf. „Natürlich nicht. Glaub niemals alles, was du hörst, manches ist einfach Humbug. Der Alte war wahnsinnig und verlor am Ende den Verstand."

„Schade."

„Besitzt man genug für einen Zauber, könnte man eins der Geschöpfe im Olymp kontaktieren und durch ihn eine Art Zugang haben. Verschreibt sich zum Beispiel ein Pegasos seinem Seelengefährten, dann tut er alles für ihn. Er würde Kämpfe gegen Götter ausfechten oder versuchen auf die Erde zu gelangen." Christa faltet die Hände auf ihrem Knie. „Gleichzeitig wäre es auch möglich sich Fähigkeiten eines Wesens anzueignen."

„Fähigkeiten?"

„Nun ja, nehmen wir mal den Phönix. Er ist mit der Unsterblichkeit gesegnet. Würde also jemand seine Fähigkeiten auf sich selbst zu projizieren, wäre es vermutlich schwer, ihn zu töten."

Bei den letzten beiden Theorien werde ich hellhörig. Beides ergibt Sinn und könnte den Angreifer dazu verleitet haben, das Haar bei sich zu tragen. „Wie funktioniert so etwas?“

„Ganz unterschiedlich, Laurie. Außerdem gibt es tausend weitere Gründe, wieso göttliche Artefakte verschlossen sein sollten. Allen voran *Der Wunsch*.“

„Der Wunsch“, echoe ich und stelle meine Tasse zurück auf den Tisch, fülle sie erneut mit mittlerweile lauwarmem Tee.

„Ja, es ist wie ein Verlangen, eine tiefe Sehnsucht danach, selbst die Kräfte eines Gottes zu besitzen und auf dem Olymp zu herrschen. Den Wunsch, die Macht, die von einem Überbleibsel ausgeht, in dir selbst zu spüren und sie als Teil deiner selbst bezeichnen zu können, verschwindet nie wieder. Bei Menschen ist die Begierde meist so groß, dass sie nach wenigen Tagen in Kontakt mit einem Relikt, dem Wahnsinn verfallen. Halbgötter kommen damit besser zurecht. Manche sind sogar immun dagegen.“

„Spannend“, täusche ich Interesse an diesem Detail vor. Ich sollte mich vor Christa nicht zu sehr auf einen Aspekt dieses Gesprächs beschränken und daher tue ich so, als ob ich die Auswirkungen solcher Gegenstände interessant finde. Dabei würde ich viel lieber mehr über das zuvor Gesagte erfahren. „Gibt es in der nahen Vergangenheit Fälle solchen Wahnsinns?“

„Kaum. Wie gesagt, sind die Relikte sicher.“

„Gibt es ein Verzeichnis über alles, was die Frourá gesammelt haben?“, frage ich. Vielleicht finden wir so einen Hinweis darauf, zu welchem Wesen das Haarbüschel gehört, wer es entwendet hat und wofür es genutzt wurde. Na ja, zumindest, wenn es aus dem Besitz der Frourá gestohlen wurde. Sollte es auf anderem Weg in die Hände des Angreifers gekommen sein, ist das eine Sackgasse.

„Natürlich, es ist in der Bibliothek. Einige tierische Überbleibsel befinden sich ebenfalls im Internat“, erklärt Christa und ich versteife mich. Dieses Mal schwappt etwas des Earl Grey über meine Finger. Möglicherweise sind wir dem Angreifer näher auf den Fersen, als wir dachten. Sollte das Büschel ein Teil des hiesigen Bestandes sein, dann könnte die Lösung dieses Rätsels direkt vor uns liegen. Nervös rutsche ich auf dem Sofa hin und her, balanciere die Tasse dabei zwischen meinen Händen.

„Auch in der Bibliothek? Dann wurde vielleicht etwas gestohlen?“, meine ich unverfänglich und darum bemüht, meine Stimme beiläufig klingen zu lassen.

Christa schüttelt den Kopf. „Nein, in Higgins Büro.“

„Was?“ Das ergibt keinen Sinn. Wenn die Sachen so gefährlich sind, wieso sollte der Direktor sie in seinem Büro vor aller Augen aufbewahren.

„Es gibt neben dem Büro einen weiteren Raum, den wir dafür nutzen, um ungestört über die Halbgötter, die Frourá und alles damit Zusammenhängende zu sprechen. Er ist durch einen Sicherheitscode geschützt. Nur bestimmte Leute haben Zutritt. Wir brauchten einen Ort, der vor den Uneingeweihten sicher, gleichzeitig aber auch Menschen zugänglich ist“, meint Christa und ich nicke. Deswegen schied die Bibliothek aus, denn der geheime Teil davon ist nur Halbgöttern zugänglich, was allerdings nicht alle Mitglieder der Frourá sind. „Außerdem hat der Direktor ein Faible für Tierwesen.

Er kennt sich damit besser aus als jeder andere von uns. Womöglich ist er daher der bessere Ansprechpartner."

„Befindet sich dort auch eine Auflistung der Geschöpfe?", frage ich und ignoriere ihre Aussage. Higgins steht weiterhin auf meiner Verdächtigenliste. Nur weil die anderen ihn seit ihrer Kindheit kennen, könnte er dennoch die Seiten gewechselt haben. Daher wäre er einer der letzten Leute, die ich zu diesem Thema befragen würde.

„Ja", antwortet Christa. „Aber wenn du dich wirklich für die Tierwesen interessierst, solltest du Higgins um eine Stunde bitten."

Scheint, als würde ich darum nicht herumkommen. „Das mache ich, danke, Christa. Es ist wirklich interessant, wie ähnlich sich unsere Welten sind und wie sehr sie sich gleichzeitig voneinander unterscheiden."

Christa nickt. „Vor allem, wenn man bedenkt, dass die Menschen nach göttlichem Vorbild erschaffen wurden und sich in eine ganz andere Richtung entwickelt haben."

„Haben eigentlich alle Götter die gleichen Kräfte?"

„Nein, es gibt einige Grundlagen, über die alle verfügen. Die Unsterblichkeit zum Beispiel. Andere Kräfte sind auf ihre Aufgaben zugeschnitten. Nehmen wir Maris zum Beispiel. Seine Geburt war kein Zufall, es gab einen Auftrag, für den Moira ihn erschaffen hat, und dafür ist er perfekt. Er hat die Begabungen, die er braucht, um die Schicksale zu beschützen."

„Dann verhält es sich damit anders als bei uns Halbgöttern. Wir kriegen unsere Kräfte durch Veranlagung und unsere Blutlinien und müssen mit ihnen wachsen.

Die Fähigkeiten der Götter hingegen wurden auf ihre Bestimmung zugeschnitten."

„Genau."

„Hat die Magie auch etwas mit der Welt zu tun, in der wir leben?"

„Wie meinst du das?"

„Na ja, ich weiß, dass die Erde nur ein gewisses Maß an Göttlichkeit verträgt, da sie für die Menschen ausgerichtet ist. Der Olymp hingegen muss ja quasi aus übernatürlichen Energien bestehen. Würden wir also die Seiten wechseln, würden sich dadurch unsere Fähigkeiten verändern?"

„Als die Götter damals hier waren, haben sie keine Kraft eingebüßt. Sie brachten ihre Gaben mit und waren unbesiegbar. Bisher war nie ein Halbgott auf dem Olymp. Daher kann ich diese Frage nicht in Gänze beantworten. Allerdings könnte es durchaus sein, denn momentan lebt ihr quasi von Maris, der eure Kräfte erweckt. In der Götterwelt würdet ihr diese Verbindung wahrscheinlich nicht benötigen, könntet sie aus der Energie der Atmosphäre ziehen und womöglich sogar neue Fähigkeiten entdecken."

Nachdenklich nicke ich. „Aber nachdem Moira die Tore versiegelt hat, ist danach noch mal ein Gott in unsere Welt gekommen?"

„Nein, ansonsten würden wir sicher im Krieg leben."

Überrumpelt zucke ich zurück. „Im Krieg?"

„Moira hat angedroht, den Durchgang mit ihrem Leben zu schützen. Ihre Aufgabe ist es, den Menschen ein Schicksal zu bieten. Hätten die Götter die Schicksale zerstört, wäre sie gescheitert. Das ist genauso ihre Aufgabe, wie die Schicksale zu bewachen. Beides kann sie nicht zulassen. Deswegen stellte sie sich Zeus in den Weg. Kaum einer war jemals so mutig, wie sie."

Gänsehaut kriecht mir die Arme hinauf, bis zu meinen Schultern. Bei dem Namen des Göttervaters, schrillen meine Alarmglocken.

„Ich glaube, es ist an der Zeit, dass du mir erklärst, was Zeus verbrochen hat und wieso niemand seinen Namen erwähnt."

Christa trinkt gerade einen Schluck Tee und hält in der Bewegung inne. Kurz presst sie die Lider zusammen, dann nickt sie. „Du hast recht. Wir sprechen nicht gerne über ihn, denn er hat uns seinen Schutz entzogen, hat sein Glück über das der Menschen gestellt und nur seinen eigenen Vorteil im Blick."

„Geschah das, bevor das Tor verschlossen wurde oder danach?"

Mit einem lauten Klonk stellt Christa ihre Tasse auf den Tisch. Sie reibt sich mit den Handflächen über die Hose und ich erkenne ihre Nervosität. „Davor. Es liegt so weit in der Vergangenheit, dass es kaum Aufzeichnungen darüber gibt. Die Menschen kennen die Geschichte nur in ihren Grundzügen. Dank der Überlieferungen der Götter konnten wir die Geschehnisse rekonstruieren."

„Okay, verstehe. Es ist also alles schon echt lange her."

„Genau, dennoch verliert es nie an Dramatik. Wie du weißt, darf das Schicksal nicht verändert werden", meint Christa und ich beginne beinahe hysterisch zu lachen, kann es gerade noch unterdrücken. Wieso pocht jeder mir gegenüber so sehr darauf? Halten mich alle für eine Idiotin? Für eine Schwachstelle? Ich hab's verstanden, ich darf das Schicksal nicht verändern.

Durch die Nase atme ich tief ein, zwinge mich selbst zu Ruhe. Christa weiß nichts von meinem Treffen mit Moira, daher ist es lächerlich zu denken, sie spielt darauf an. Die letzten Tage haben mich mürbe gemacht und die kleinste Kleinigkeit lässt mich aus der Haut fahren. Das muss ich dringend wieder unter Kontrolle bringen.

Christa räuspert sich. „Kennst du die Ilias von Homer?"

Nachdenklich schüttle ich den Kopf. Noch nie gehört.

„Aber der Trojanische Krieg sagt dir sicher etwas?"

Dieses Mal nicke ich.

„Homer ist ein griechischer Autor. Er hat einige Jahrhunderte vor Christus gelebt. Zur Hochzeit der Götter. Die Griechen verehrten die Götter, trugen ihren Glauben weiter und brachten die Götter dazu auf die Erde zu kommen. Sie wurden angebetet und gefürchtet. Homer schrieb Geschichten über sie, die zum Teil seiner Fantasie entsprangen, zum Teil allerdings auch real sind. In seinen Aufzeichnungen findet sich eine kurze Episode über Sarpedon. Er war Heerführer im trojanischen Krieg."

Sofort muss ich an Brat Pitt im Kinofilm *Troja* denken. Wie er seinen Speer gegen den Feind erhebt und um die schöne Helena kämpft. Allerdings bezweifle ich, dass die Verfilmung wirklich viel mit der Realität zu tun hat.

„In Homers Überlieferung finden sich nur spärliche Informationen über Sarpedon. In einer göttlichen Schrift hingegen heißt es, er war ein Sohn Zeus, einer der ersten Halbgötter. Es gibt Erzählungen darüber, dass Sarpedon das einzige Wesen war, das Zeus – neben sich selbst – bedingungslos geliebt hat. Und wenn du mich fragst, ist das die einzige Erklärung für sein Verhalten. Zeus ist der mächtigste Gott, den es gibt. Er ist es nicht gewohnt, dass etwas nicht nach seiner Pfeife tanzt. Auch das Schicksal unterwirft sich ihm in den meisten Fällen, denn er kann die Wege oft zu seinen Gunsten beeinflussen, ohne dass er etwas am Schicksal an sich ändert. Doch es gibt eine Sache, der auch Zeus tatenlos ausgeliefert ist – dem Tod.“ Christa legt eine dramatische Pause ein und ich ahne, worauf das hinausläuft. Ein Kloß bildet sich in meinem Hals und ich schlucke heftig dagegen an. Ehrlich, ich verstehe die Menschen nicht, die Götter sein wollen. Jede ihrer Geschichten endet dramatisch. Es herrschen Krieg, Zwietracht und Missgunst. „Sarpedon war ein Halbgott, er lebte auf der Erde und kämpfte in einem Krieg, aus dem keiner als Sieger hervorgehen sollte, denn jede Seite erlitt erhebliche Opfer. Das Schicksal nahm seinen Lauf und Sarpedon fiel in einer Schlacht. Danach soll ein Unwetter über das Land gezogen sein, wie es die Erde noch nie gesehen hatte und nie wieder sehen sollte.“ Christa streicht sich eine Strähne aus dem Gesicht, rückt ihre Brille zurecht. „Einige sprechen davon, dass sie dachten, es wäre das Ende ihres Zeitalters gekommen. Doch das Unwetter war nicht meteorologischer Natur. Zeus entlud seine Wut und ließ seine Trauer an den Menschen aus. Er machte sich auf zu den Schicksalen, wild entschlossen, Sarpedon zurückzuholen und seinen Lebensweg zu ändern. Moira wusste natürlich längst, was er vorhatte und stellte sich ihm in den Weg. Sie ließ ihn nicht durch, verhinderte, dass er das Gleichgewicht zerstörte. Das vergaß er ihr nie. Sie hingegen hält ihm allein den Versuch, ihre Gesetze zu brechen und die Welt zu zerstören, noch bis heute vor. Beide können einander nicht vergeben und tragen seitdem den Hass auf den anderen mit sich im Herzen."

Das Gefühl lässt mich nicht los, dass die Götter auf einem ganz anderen Niveau streiten. Ein kleiner Zank zwischen Vater und Tochter artet in Jahrtausende anhaltenden Hass aus. Klar, die Gründe, weswegen sich die Götter miteinander anlegen, sind andere als pubertäre Trotzanfälle, dennoch verstehe ich ihre Welt nicht. Es gibt kaum Liebe, obwohl eigentlich alle Götter eine große Familie sind, weil sie entweder von Zeus erschaffen wurden oder mit ihm verwandt sind. Stattdessen herrschen Missverständnisse, Eifersucht und Neid. Rache und Intrigen stehen auf der Tagesordnung und alles scheint sich einzig um Macht zu drehen.

„Dabei konnte Moira gar nichts für den Tod des armen Jungen", bemerke ich und Christa zuckt mit den Schultern. „Deswegen gibt es kein Gotteskind aus seiner Linie, das die Schicksale beschützt, oder?"

„Genau. Zwar hat er eingelenkt und ließ Moira den Durchgang versiegeln. Trotzdem haben seine Gotteskinder Moira nie vergeben und dem Schicksal den Rücken gekehrt. Ihre Herkunft verbot es ihnen, sich uns anzuschließen und deswegen verließen sie unseren Kreis und leben seitdem ihr eigenes Leben."

Verwirrt verziehe ich den Mund, ziehe die Nase kraus. „Was bedeutet das? Gibt es noch lebende Gotteskinder von Zeus? Haben sie die Blutlinie ebenfalls rein gehalten oder ist sie … nun ja … im Sand verlaufen."

Christa zuckt mit den Schultern. „Keine Ahnung. Der Kontakt ist abgebrochen, sie haben sich gänzlich zurückgezogen und verschwanden im Untergrund."

„Das bedeutet, da draußen könnten Halbgötter herumlaufen, die das Schicksal hassen und es deswegen auf uns abgesehen haben?" Christa nickt und ich springe auf. „Und das sagt mir keiner? Ernsthaft? Ist denn bisher niemand auf die Idee gekommen, dass unser Angreifer eins von Zeus' Kindern sein könnte?" Aufgebracht gehe ich um das Sofa herum und laufe einige Schritte auf und ab. Es ergibt plötzlich alles Sinn. Zeus hasst Moira, er wirft ihr vor, den Tod seines geliebten Sohnes nicht verhindert zu haben und sinnt nach Rache.

Christa bleibt wider Erwarten ruhig, gibt mir einige Minuten und schenkt sich derweil eine neue Tasse Tee ein. Ich beobachte sie dabei, frage mich, ob sie die Kanne von Mary Poppins hat oder wie es möglich ist, dass sich immer noch Earl Grey in ihr befindet, obwohl wir sicher schon jeder mindestens zwei Tassen getrunken haben. „Warum sollte Zeus euch angreifen?"

„Um Rache zu üben?"

„An wem? Moira?"

„Natürlich."

„Nein. Solltet ihr sterben, folgt auf euch eine neue Generation. Er kann wohl kaum alle Halbgötter auslöschen. Zeus ist vieles, aber nicht dumm."

„Vielleicht denkt er, es würde Moira verletzen?"

„Dann würde er sich nicht derart dilettantisch anstellen, Laurie. Kein Gott würde das."

„Was, wenn er nur die Befehle gibt? Hast du darüber schon nachgedacht?"

„Sicher. Was glaubst du, was wir nach Kiras Entführung getan haben? Däumchen gedreht?" Christa lacht freudlos auf und nippt dann an ihrer Tasse. „Bestimmt nicht. Wir sind alle Möglichkeiten durchgegangen und zu dem Schluss gekommen, dass Zeus damit nichts am Hut hat. Und nach dem letzten Angriff bin ich mir sogar sicher."

„Wieso?"

„Weil Zeus oder einer seiner Anhänger niemals Material über die Halbgötter, ihre Fähigkeiten und dergleichen gestohlen hätte. Wozu auch? Zeus weiß bereits alles über euch."

Christas Argumente haben Sinn und meine Schultern sacken runter. Beinahe hatte ich die Lösung, beinahe war sie greifbar. Dennoch bleibt Zeus auf meiner Liste stehen. Er hat definitiv ein Motiv und – sollten die Blutlinien erhalten worden sein – auch die Möglichkeit. Allerdings sagt mir mein Bauchgefühl, dass er nicht der einzige Verdächtige ist. Sicher hat nahezu jeder Gott eine Rechnung mit dem Schicksal offen und Rache steht in der Stellenbeschreibung der Götter quasi an erster Stelle.

Christa hebt den Deckel der Kanne und ich setze mich wieder aufs Sofa. Innerlich zerfressen von Unruhe und unbeantworteten Fragen habe ich dennoch das Gefühl, heute einen Schritt weiter gekommen zu sein. Selbst wenn ich nicht herausgefunden habe zu welchem Tier das Haarbüschel gehört, kann ich mir vorstellen, was der Kerl damit angestellt hat. Überdies bin ich endlich im Bilde, wieso die Halbgötter niemals Zeus' Namen erwähnen und er ihrer Ansicht nach der Ursprung allen Übels ist. Und tatsächlich kann ich sie verstehen. Der stärkste Gott von allen hat sie im Stich gelassen, weil er nie über den Tod seines geliebten Sohnes hinweggekommen ist und seiner Tochter die Schuld dafür gibt. Mit Trauer kenne ich mich aus. Sogar mein mickriges Menschenherz ist beinahe daran zerbrochen. Dennoch habe ich gelernt, damit zu leben und hatte nicht den Drang anderen das Leben schwer zu machen.

„Der Tee ist alle", stellt Christa fest und reißt mich aus meinen Gedanken. Ich sehe auf, mustere sie einige Sekunden ohne den Sinn ihrer Worte entschlüsseln zu können. „Das waren ganz schön viele Informationen für einen Tag. Lass uns morgen weitermachen."

Mechanisch nicke ich, stehe auf und Christa bringt mich zur Tür. Erst das Einrasten des Schlosses zerrt mich aus der Starre. Mein Hirn ist überfüllt mit Ideen, Vermutungen und Mutmaßungen. Für jeden Verdacht gibt es einen Faden, der lose in meiner Hand hängt. Sie haben verschiedene Farben, lassen sich nicht verknüpfen, bis ich keine Verbindung zwischen ihnen entdeckt habe. Deswegen muss ich das gerade Gehörte aus meinem Kopf bekommen. Ich schlage den Weg in mein Zimmer ein, hole dort mein Notizbuch hervor und verlasse das Schloss. Im Internat finde ich keine Ruhe. Dort muss ich ständig an die Geschehnisse der letzten Tage denken. Mein Herz sehnt sich nach Freiheit. Es will den Klammergriff, in dem es sich befindet, seit Aurora und Samira angegriffen wurden, loswerden, nicht mehr ständig damit rechnen müssen, dass etwas Schreckliches passieren könnte.

Mit jedem Meter, den ich dem See näher komme, entfaltet sich meine Lunge ein Stück mehr und es

überrascht mich kaum, dass eine mir den Rücken zuge-
wandte Gestalt am Ufer sitzt.

Ich lasse mich neben Lucas ins Gras sinken und blicke
auf die Wasseroberfläche. Die Sonne spiegelt sich darin, blendet mich einen Augenblick. Trotzdem kann ich
nicht wegschauen, sondern bin gebannt von der Schönheit des Schauspiels.

„Hat Christa dich entlassen?“, fragt Lucas und lächelt
mich an.

„Der Tee war alle.“

„Verstehe.“

Danach schweigen wir, versinken in dem Strudel unserer eigenen Gedanken. Die Stille ist nicht unangenehm, denn sie ist frei gewählt. Zwischen Lucas und
mir gibt es genug Themen, die wir ansprechen könnten, stattdessen haben wir uns bewusst entschieden, einige Zeit zu schweigen und uns den Raum zu geben,
den wir brauchen.

„Christa hat mir Zeus’ Geschichte erzählt“, bemerke
ich dann und Lucas wendet mir das Gesicht zu. „Ziemlich dramatisch, die Götter, was?“

Lucas lacht. „Etwas. Wobei ich Zeus verstehen kann.
Er hat das Wertvollste in seinem Leben verloren und
als er die Chance sah, daran etwas zu ändern ... wie
hätte er sie ungenutzt lassen können?“

„Es wäre eine Lüge zu behaupten, dass ich Zeus’
Wunsch dumm finde. Ich hätte ebenfalls alles gegeben,
den Unfall meiner Eltern verhindern zu können. Allerdings nicht vor dem Hintergrund Millionen anderer
Menschen damit zu schaden. Zumindest glaube ich
das“, entgegne ich und Lucas zuckt mit dem Schultern.
„Was ich jedoch null nachvollziehen kann, ist der

Jahrtausende überdauernde Hass, der in der Götterwelt herrscht. Sie benehmen sich wie kleine Kinder, die glauben ihnen gehöre alles."

„Netter Vergleich", meint Lucas grinsend und ich merke, dass ich das Notizbuch heute vermutlich nicht brauchen werde. Das Gespräch schafft es, die losen Stränge in meinem Kopf zu ordnen. „Und irgendwie zutreffend. Überleg mal, du bist der mächtigste Gott. Dein Vater hat versucht dich zu töten und du bist deinem Schicksal nur entgangen, indem du ihm zuvorgekommen bist. Du kennst nichts anderes als Krieg und Rache. Deine Gefühle sind explosiv und du musst dich nie beherrschen, denn die Welt liegt dir zu Füßen. Außerdem ist dein Leben unendlich. Da können ein paar Jahrtausende schon mal wie ein Wimpernschlag erscheinen." Lucas fährt sich durchs Haar. „Beinahe tut er mir leid. Er hat die Liebe seines Vaters nie kennengelernt und bis auf Moira hat ihm nie jemand seine Grenzen aufgezeigt. Stattdessen lebt er in dem Glauben das Universum beherrschen zu können. Irgendwie verständlich, dass er ausrastet, wenn er seinen Willen nicht durchsetzen kann, oder?"

Lucas hat recht. Ich vergleiche die Götter ständig mit uns Menschen, setze die gleichen Maßstäbe an und habe kein Verständnis dafür, wenn sie leidenschaftlich handeln und sich von ihren Gefühlen mitreißen lassen. Ich vergrabe mein Gesicht in den Händen, denn in meinem Hirn fühlt es sich an, als würde Queen ganz laut und in Dauerschleife *Bohemian Rhapsody* singen. Es ist eine Achterbahnfahrt der Gefühle und immer, wenn ich gerade etwas verstanden habe, kommt ein neuer Aspekt an die Oberfläche, der alles in ein neues Licht

rückt. Möglicherweise war es falsch, die Götter und
ihre Welt verstehen zu wollen. Ich muss damit beginnen manche Dinge hinzunehmen, ohne sie zu hinterfragen. Momentan muss ich mich auf das konzentrieren, was zählt. Darauf, herauszufinden, wer uns angreift, ob ich wirklich für den Tod meiner Eltern verantwortlich bin und am wichtigsten: darauf, wie wir
Kira finden und schlussendlich diesen Zirkus beenden.
Danach habe ich genug Zeit, um mich mit den Göttern
zu beschäftigen, in ihren Geschichten abzutauchen
und mich zu entscheiden, ob ich sie bewundere oder
verachte.

„Glaubst du, Zeus hat etwas mit dem Angriff auf uns
zu tun?", frage ich und mustere Lucas. Er hat seinen
Kopf auf den linken Arm gestützt und lässt den Blick
über den See schweifen.

„Nein, kann ich mir nicht vorstellen", meint er und
untermauert damit Christas Worte. „Für mich ergibt es
keinen Sinn. Klar, wir haben auch keinen anderen Anhaltspunkt, dennoch sehe ich keinen Grund, wieso
Zeus uns tot sehen will."

„Rache?"

„Möglich, jedoch glaube ich, dass wir dann bereits
hinüber wären. Vergiss nicht, er ist der Mächtigste von
ihnen. Wahrscheinlich reicht ein Schnippen seiner-
seits und wir fallen tot um."

Ich reiße die Augen auf. Darüber habe ich bisher
nicht nachgedacht. „Einfach so? Ohne, dass er die Erde
überhaupt betreten muss?" Lucas zuckt mit den Schultern und ich greife nach einem Stein, drehe ihn zwischen meinen Fingern. „Übrigens habe ich Christa auf
die Tierwesen angesprochen."

„Und?“

„Zwar weiß ich bisher nicht, von welchem Tier das Haar stammt, aber womöglich hatte der Angreifer es bei sich, um so die Fähigkeiten des Wesens auf sich selbst zu übertragen.“

„Was? So was geht?“ Lucas Stimme überschlägt sich beinahe vor Überraschung und es tut gut, dass diese Information auch für ihn neu ist.

„Anscheinend.“

„Krass. Das könnte bedeuten, dass der Angreifer einfach nur ein Mensch ist …“, murmelt Lucas und ich nicke. Wir stehen in dem Punkt wieder am Anfang.

„Christa meinte aber auch, dass Higgins uns helfen könnte. Er liebt die Tierwesen und der Raum neben seinem Büro sei mit Überbleibseln von ihnen gefüllt.“

Lucas springt auf. „Worauf warten wir? Je eher wir herausfinden, was der Kerl mit dem Haar angestellt hat, desto näher kommen wir womöglich Kira.“

„Sollen wir einfach so in Higgins Büro stürmen?“, frage ich und erhebe mich ebenfalls.

„Wieso nicht?“

„Vielleicht sollten wir uns zuerst überlegen, was wir ihm sagen?“

„Dass der Löwe unser Interesse geweckt hat? Wenn magische Tiere wirklich seine Leidenschaft sind, brauchen wir gar nicht mehr, dann wird er uns den Rest von alleine zeigen.“

Mehr Überredung braucht es nicht, denn ich will Antworten. Wir eilen den Waldweg entlang, an der Kapelle vorbei, durch die Eingangstür direkt vor Higgins Büro. Lucas klopft ohne zu zögern und ich spiele nervös mit meinen Fingern. Sollte Higgins auf der anderen Seite stehen, laufen wir womöglich gerade wortwörtlich in die Höhle des Löwen. Meine Nerven sind auf einmal zum Zerreißen gespannt, denn die Situation ist heikel. Weiß er über den Angreifer und dessen Haarbüschel Bescheid, könnten wir uns mit dieser Aktion verraten.

„Lucas, wir sollten wirklich vorsichtig sein“, flüstere ich meinem besten Freund zu und zupfe an seinem Ärmel. Wir hätten diese Aktion diskutieren sollen und nicht einfach darauflosstürmen dürfen. Ein ungutes Gefühl überkommt mich und ich wackle nervös mit dem Fuß.

„Lass uns besser umdre–“, meine ich, doch da öffnet Higgins auch schon die Tür und unterbricht mich. Gut, jetzt heißt es, Augen zu und durch. Mein Herz schlägt mir bis zum Hals und ich balle eine Hand zur Faust, um mich zu konzentrieren.

„Ja?“, fragt Higgins und mustert uns verwirrt. „Ist was passiert?“

„Nein“, antwortet Lucas und setzt ein scheues Lächeln auf. „Ehrlich gesagt kommen wir gerade von Christa. Wir hatten sie nach dem gläsernen Löwen gefragt, weil er uns nach einem realen Vorbild gestaltet vorkam und sie schickte uns zu Ihnen.“

Der Blick des Direktors hellt sich auf und er tritt einen Schritt zur Seite. Unfassbar, Lucas hatte recht. Es braucht nichts weiter als Interesse. „Kommt rein, ich erzähle euch gern, was ich weiß.“

Nachdem Higgins die Tür hinter uns geschlossen hat, geht er zur linken Seite seines Büros, schiebt den Wandteppich zur Seite und ich erkenne den Durchgang von dem Christa gesprochen hat. Glänzendes Metall schützt die wertvollen Überbleibsel und hält jede

Art von Eindringling zurück. Sollte ein Stück in der Sammlung fehlen, könnten wir Higgins sofort überführen.

*Oder auch jeden anderen, der den Raum öffnen kann*, erinnere ich mich an Christas Worte. Denn sie hat mir bereits erklärt, dass auch andere Leute den Zugangscode kennen. Trotzdem wäre es ein Erfolg, denn wir könnten den Verdächtigenkreis eingrenzen.

Jetzt sehe ich das kleine Kästchen neben der Tür, in das Higgins gerade einige Zahlen eingibt. Ein Piepsen lässt die Richtigkeit dieser verlauten und ich erhasche einen Blick ins Innere. Der Direktor schiebt den Teppich weiter zurück und bedeutet uns hineinzugehen.

Der Raum ist größer als gedacht. Im Grunde ist es eine Spiegelung von Higgins Büro. Nur, dass der Tisch in der Mitte viel größer ist und Stühle um ihn herumstehen. Die Wände sind mit Regalen und Schränken vollgestellt in denen ich Bücher, Glaskästen und andere Kuriositäten entdecke. In einem Glaskasten entdecke ich Schmetterlinge, die auf Kork gepinnt waren. Mein Blick schweift weiter, über Buchrücken, deren Titel ich nicht entziffern kann, hin zu einer Vitrine. Ich trete näher. Im Inneren liegen auf einem samtigen Kissen, einige Knochen. Vorsichtig berühre ich das Glas, schüttle dann den Kopf und schreite weiter.

Die Fenster zieren dicke Vorhänge, die dem Raum etwas Mystisches verleihen. Sie werden von einer goldenen Kordel zurückgehalten, sodass Licht in den Raum dringen kann. Ich drehe mich herum und mir stockt der Atem. Mir gegenüber steht ein Glasbehälter im Regal. In der klaren Flüssigkeit schwimmt ein Auge, das mir entgegenblickt. Ansonsten scheint der Raum jedoch wie jeder andere zu sein.

Was habe ich erwartet?

Zaubertränke? Kessel? Alraunen? *Laurie, wir sind nicht in Hogwarts.* Ich schüttle über mich selbst den Kopf.

Ich gehe zu dem Augapfel, mustere ihn in der klaren Flüssigkeit. Er treibt an der Oberfläche. Plötzlich verändert sich seine Pupille, wird kleiner und fokussiert mich. Ich schrecke zurück und halte mir eine Hand ans Herz. Das Ding schaut mich an. Es ist nicht tot, es ist lediglich von seinem Körper getrennt. Bei dem Anblick verabschiedet sich mein Magen und ich wende mich ab, stütze mich auf einen Stuhl und gebe alles, um mein Frühstück bei mir zu behalten.

„Erzählt mir von dem Tier“, sagt Higgins und ich nutze seine Frage, um mich von den Überbleibseln verschiedener Tiere abzulenken. Ob es noch mehr in diesem Zimmer gibt, das lebt?

„Es war ein überdimensionaler Löwe. Er bestand komplett aus Glas und wurde vom Wind aufrechterhalten“, beschreibe ich meine Beobachtungen atemlos.

Higgins nickt und blickt zur Decke, dabei lehnt er sich gegen die Tischplatte und verschränkt die Arme. „Und alle Körperteile stammten eindeutig von einem Löwen? War es keine Chimäre?“

„Nein“, meint Lucas und läuft an den Regalen entlang. Er ist eindeutig besser dafür geeignet, den Raum zu inspizieren, deswegen sorge ich dafür, dass der Direktor sich nicht allzu sehr mit ihm beschäftigt. Da kommt mir eine Idee, wie wir etwas über den Angreifer herausfinden könnten.

„Gibt es denn besondere Eigenschaften des Löwen in der griechischen Mythologie?", frage ich. „Vielleicht hat er ihn nicht grundlos gewählt?"

„Möglich." Higgins reibt sich über die Nase. „Der Löwe ist ein starkes Tier, er geht immer als Sieger hervor. Er kennt seinen Gegner, hat aber auch einige körperliche Vorteile. Viele Löwen oder Mischlöwen der Götterwelt können Energien aufspüren. Sie sehen, was einmal da war, auch wenn es schon längst verschwunden ist. Außerdem hören sie sehr gut und ihr Blick ist messerscharf. Deswegen besitzen Chimären den Kopf eines Löwen."

„Verstehe, dann könnte der Angreifer dieses Tier gewählt haben, weil er sich bereits als Sieger sieht. Er stellt sich über uns und hält sich für den Mächtigsten?", fasse ich zusammen.

Higgins nickt. „Eine effektive Art, etwas über jemanden zu erfahren."

„Stimmt, man kann ja auch durch ein Haustier auf den Besitzer schließen", bemerke ich. „Sehen die magischen Tiere denn immer aus wie auf der Erde? Oder gibt es zum Beispiel Schweine mit drei Köpfen oder Einhörner mit Glitzerfell?" Meinen Ton lasse ich so interessiert wie möglich klingen, blicke mich gleichzeitig aber um, damit Higgins nicht bemerkt, was wirklich hinter der Frage steckt. Denn die Antwort könnte uns direkt zu dem gesuchten Tier führen, dessen Haarbüschel in Cassys Zimmer liegt.

„Es gibt tatsächlich einige Wesen, die unseren Tieren zum Verwechseln ähnlich sehen. Gleichzeitig haben wir aber auch den Kerberos, den dreiköpfigen Hund oder die Hydra, die aus tausend Schlangenköpfen besteht. Manche von ihnen besitzen ein Fell, dass es vermag, sie vor Feinden zu tarnen. Sie können es an ihre Umgebung anpassen, indem sie Lichtreflexe auf eine bestimmte Art brechen."

Plötzlich fällt der Groschen. Das ist es. Deswegen haben wir ihn nicht gesehen. Durch das Haarbüschel konnte er sich vor uns verbergen. „Unfassbar", murmle ich und sehe zu Lucas. Er nickt, hat es ebenfalls verstanden und kommt zu uns.

Higgins lacht. „Sie sind faszinierend, oder? Alleine über den Phönix könnte ich stundenlang philosophieren. Ich hab sogar eine echte Feder hier." Langsam stößt er sich von der Tischkante ab und geht zu einem Schrank hinter mir. Er öffnet die Glastüren und greift nach der Feder – ebenfalls hinter Glas. Sie leuchtet orange und im ersten Moment habe ich den Eindruck, sie brennt. „Unsterbliche Wesen, die sich selbst aus ihrer Asche regenerieren."

„Wenn wir das nur auch könnten", schwärmt Lucas und mir klappt beinahe der Mund auf. Spielt er das gerade? Oder ist das sein Ernst? Ich kann es nicht sagen. Er wird nicht mal rot oder schwitzt oder ... keine Ahnung, stirbt tausend Tode, wie ich es tue.

Higgins stellt die Feder auf den Tisch und ich beuge mich darüber. Meine Finger bewegen sich wie von selbst zum Glas und fahren über die kühle Oberfläche. Beinahe habe ich das Gefühl, das Feuer unter meiner Haut zu spüren.

„Ja, Lucas, das wäre was, nicht? In der Tat ist es mithilfe eines Zaubers möglich, sich gewisse Eigenschaften eines Tieres anzueignen", berichtet Higgins bereitwillig und nun erkenne ich ein leichtes Zucken um

Lucas' Mundwinkel. Der Direktor ist Wachs in seinen Händen und ich bewundere meinen Freund dafür. Vor allem, weil er sein Talent, andere zu beeinflussen, bisher nie ausgenutzt hat. Jedenfalls nicht in meiner Anwesenheit.

„Muss man dafür ein Halbgott sein?", werfe ich ein und richte mich wieder auf.

„Nein", antwortet Higgins. „Sicher ist es leichter, wenn man eine gewisse Magie in sich trägt, allerdings stammt der Zauber von unseren Freunden, den Wiccas. Sie haben einen Zauber entwickelt, mit dem sie sich die Energie von Dingen und Menschen in ihrer Umgebung zu eigen machen können. Um sich die Fähigkeiten eines göttlichen Tieres zunutze zu machen, wandeln die Halbgötter ebendiesen Zauber der Wiccas ab."

„Spannend", bemerkt Lucas und Higgins nickt glücklich.

„Wieso dürfen Sie diese Überbleibsel eigentlich hierbehalten?", frage ich. „Geht der Wunsch, sich ihrer zu bedienen und die Göttlichkeit zu spüren, nicht von jedem Stück aus?"

Higgins sieht mich interessiert an. „Doch, das tut er. Allerdings ist dieser Raum gesichert und ich selbst bin immun gegen das Begehren. Bisher habe ich nie den Wunsch verspürt, etwas für meine eigenen Zwecke zu missbrauchen. Ich bewundere die Wesen und würde sie niemals auf diese Weise entehren."

Lucas lehnt sich interessiert vor. „Das heißt, man müsste in direktem Kontakt zu einem der Stücke stehen, um die Anziehungskraft wahrzunehmen?"

„In der Tat, mein Junge. Es gibt …“, beginnt er, wird jedoch durch das Klingeln seines Telefons unterbrochen. „Entschuldigt mich“, sagt er und geht in sein Büro.

„Jetzt wissen wir immerhin zwei Dinge mit Gewissheit“, flüstert Lucas mir entgegen und ich ziehe fragend die Stirn in Falten. „Zum einen, dass der Angreifer sich mithilfe dieser Magie vor uns verborgen hat und zum anderen steht nun fest, dass Higgins kein Spion ist, oder?“

„Was? Wieso?“

„Hätte er etwas mit der Sache zu tun, hätte er irgendwie auf unsere Fragen reagiert, meinst du nicht?“, stellt Lucas fest und ich muss ihm recht geben. Der Direktor hat keine Miene verzogen. Ganz im Gegenteil, er hat jede Frage gewissenhaft beantwortet und uns sogar einen wichtigen Hinweis geliefert. Das würde er wohl kaum tun, stünde er auf der Seite unseres Feindes. Trotzdem fällt es mir schwer, ihn von meiner Liste zu streichen. Der Grund ist, dass jetzt nur einer bleibt – Ben.

„Laurie, gute Neuigkeiten“, meint Higgins, nachdem er den Raum erneut betreten hat. „Das waren gerade Auroras Eltern. Sie kann aus dem Krankenhaus entlassen werden. Zwar wird sie zunächst für eine Woche nach Hause fahren, aber danach nimmt sie wieder am Unterricht teil.“

Erleichtert atme ich auf und lächle glücklich. „Danke, das ist toll. Sie fehlt uns sehr.“

„Nun ja, wir sollten wieder zu den anderen gehen und uns in unserer Meditation üben“, sagt Lucas und geht Richtung Ausgang. „Danke, dass Sie Ihr Wissen mit uns geteilt haben. Es war ein interessanter Exkurs.“

„Gern, immer gern“, beteuert Higgins und lässt das schwere Metall hinter uns einrasten.

# Kapitel 13

## Achtung, tief fliegende Anmachsprüche

„Nach rechts", schreit Manuel und ich schlage einen Haken, versuche mein Gleichgewicht zu halten, fliege aus der Kurve und kippe zur Seite. Danach ziehe ich mir die Augenbinde vom Gesicht und bleibe frustriert liegen.

Schöne Scheiße.

Die Höhle, in der wir trainieren, ähnelt der, in die Maris mich gebracht hatte, um das Portal zu den Orakeln zu erschaffen. Sie ist perfekt für unsere Zwecke geeignet, da wir vor den Blicken der Schüler geschützt sind. Allerdings ist es ziemlich dunkel und mir fehlt ein Fenster, ich komme mir wie von der Außenwelt abgeschnitten vor. Die Höhle, die wir über den Gang hinter dem Bild im Lehrerflügel erreicht haben, ist beinahe so groß wie unsere Sporthalle in London. Davon abgesehen gibt es kein elektrisches Licht, sondern Fackeln die wir bei unserer Ankunft entzünden. Der Boden ist dreckig und besteht aus einer dicken Schicht Staub und Sand. An manchen Stellen durchdringen ihn Steine, was einen Sturz wirklich unangenehm macht.

Trotzdem bin ich jedes Mal beeindruckt, wenn ich innehalte und mich umsehe. Die unterirdischen Gänge der Schule sind gigantisch und alleine die Tatsache, dass es derart große Höhlen gibt, lässt meinen Atem stocken. Ich frage mich, was sich noch hier unten versteckt?

Seit einer Woche folgen wir Darius' und Maurices Trainingsplan. Der erste Punkt darauf ist, das Vertrauen den anderen Halbgöttern gegenüber zu stärken. Ich finde nicht, dass wir daran arbeiten müssen, allerdings haben die beiden Lehrer keine Kritik zugelassen. Also wälze ich mich die meiste Zeit im Dreck, weil ich in der Dunkelheit einfach nutzlos bin. Dabei spielt es keine Rolle, ob ich auf Manuel höre oder nicht, denn es liegt an mir. Es liegt an meinem fehlenden Sinn für Gleichgewicht, sobald mir das Augenlicht genommen wird.

„Was hat das mit Vertrauen zu tun?", murmle ich wütend vor mich hin. „Kann ich nicht einfach von einer Klippe springen und mich von den anderen auffangen lassen?" Lauter füge ich hinzu: „Können wir nicht etwas anderes üben?"

„Nein", bestimmt Darius und kommt mit verschränkten Armen auf mich zu. Er reicht mir die Hand und hilft mir hoch. Meine Hose ist gezeichnet von großen Dreckklumpen, die ich mir vom Stoff klopfe. „Ohne es zu wissen, haben wir eine deiner Schwächen entdeckt. Daran musst du erst recht arbeiten."

„Wozu? Falls mal der Strom ausfällt? Das ist lächerlich und alle anderen sind schon viel weiter. Lediglich Manuel und ich müssen die Übung ständig wiederholen", entgegne ich und bleibe neben Manuel stehen.

„Macht weiter." Darius reicht mir die Augenbinde und ich nehme sie schnaubend entgegen.

„Es tut mir leid, Manuel", beteuere ich und werfe einen Blick zu den anderen. Maurice hat uns in Zweierteams eingeteilt, die nach einigen Übungen ausgetauscht werden. Morgens geht es darum, unsere Kräfte kennenzulernen, sie zu verbessern und aufeinander abzustimmen. Nachmittags üben wir uns in Meditationen und danach schulen wir uns im Nahkampf. Dabei lernen wir nicht nur neue Techniken, sondern kämpfen auch gegeneinander. Natürlich geht es dabei gesittet zu, dennoch habe ich bisher den ein oder anderen blauen Fleck davongetragen. Wirklich böse mit mir sind allerdings meine Muskeln. Noch nie in meinem Leben habe ich sie auf Dauer so sehr beansprucht wie jetzt. Wahrscheinlich gründen sie gerade einen Betriebsrat und sinnieren darüber, wie sie mich absägen können, damit endlich wieder bessere Arbeitsbedingungen herrschen. Ich gähne, denn zusätzlich zum Training patrouillieren wir nachts durch das Internat. Da gestern mein bester Freund und ich an der Reihe waren, habe ich kaum geschlafen.

„Versuch es mal einzeln", meint Lucas gerade zu Cassy und ich beobachte sie einen Augenblick. Die beiden arbeiten an Cassys Gabe, die Schatten zu beherrschen.

Verwirrt hebt Cassy die Hände. „Was meinst du?"

„Bisher befehligst du einen Schatten, der uns alle verbirgt. Vielleicht kannst du kleinere für jeden von uns erschaffen."

„Was?"

„Na ja, ich dachte ...", meint Lucas und lässt den Satz unvollendet in der Luft hängen.

„Das ist ... wieso habe ... warum ... bin ich da nie draufgekommen?", stottert Cassy und zieht Lucas in eine Umarmung. Mittlerweile ist sie die Bandage los, kann ihren Arm wieder normal benutzen.

Ich wende mich ab. Ihr Erfolg freut mich. Auch wenn unsere Fähigkeiten unterschiedlicher kaum sein könnten, hat jeder von uns seine eigene Sichtweise darauf. Manuel nimmt Dinge anders wahr als Phil, Cassy sieht Details, die mir verborgen bleiben. Deswegen haben wir in der Woche einiges geschafft und tatsächlich fühle ich mich auf einen weiteren Angriff besser vorbereitet. Bislang ist es zum Glück ruhig, selbst nachts scheint das ganze Schloss in einen Dornröschenschlaf zu fallen. Niemand rührt sich, nichts bewegt sich. Dieser Zustand der Stille nimmt mir etwas den Druck von den Schultern und seit die Hinweise und Ereignisse nicht mehr Schlag auf Schlag folgen, konnte sich auch mein Gehirn wieder entspannen und ich habe einen Plan gemacht. Der Schutz der Schule und unserer Mitschüler sowie die Verteidigung der Schicksale haben oberste Priorität. Deswegen fokussiere ich mich voll und ganz auf das Training. Erst danach bin ich in der Lage, herauszufinden, wo meine Wurzeln liegen, wie meine Geburt mit dem Tod meiner Eltern zusammenhängt und wer hinter den Angriffen steckt. Aber natürlich steht an oberster Stelle, Kira zu suchen. Jedoch sind mir und den Royals die Hände gebunden. Wir dürfen das Internat nicht verlassen und müssen auf die Frourá vertrauen. Darauf, dass Kiras Eltern ebenfalls ihr Kind zurückwollen und die Suche vorantreiben.

Auch die Orakel zu befragen, habe ich zurückgestellt, denn der Schutz unserer Schule ist wichtiger als alles andere. Sobald sich das Gleichgewicht beruhigt hat, wird Maris mich ein weiteres Mal dort hinbringen, das hat er versprochen.

„Noch 'ne Runde?", fragt Manuel und legt seine Hand auf meine Schulter. Ich zucke zusammen, war vollkommen in Gedanken versunken.

Nickend lege ich mir die Augenbinde um den Kopf und atme tief durch. Dunkelheit schließt mich ein und sofort beschleunigt sich mein Puls. Das Blut rauscht in meinen Ohren und ich atme durch den Mund.

„Ich bringe dich dann jetzt zum Startpunkt", erklärt Manuel und führt mich zu einem Kreuz auf dem Boden. Darius hat es zu Beginn der Übung mit Kreide aufgemalt. „Bist du fertig?"

„Nein, aber lass es uns hinter uns bringen."

Manuel lässt mich los und geht durch den Parcours. Auf seinem Weg verändert er die Hindernisse, damit ich nicht weiß, wo etwas steht und an welcher Stelle ich ausweichen muss. Neben Kisten haben Darius und Maurice Stühle und Topfpflanzen angeschleppt, die verstreut auf dem dreckigen Boden stehen und mich jedes Mal zu Fall bringen.

„Los", ruft Manuel und ich renne. Das Ziel ist es, innerhalb weniger Sekunden unseren Partner zu erreichen, ohne gegen ein Hindernis zu prallen oder in meinem Fall, auf dem Boden zu landen. Mit ausgestreckten Armen laufe ich darauflos und konzentriere mich, einen Fuß vor den anderen zu setzen.

*Ich schaffe das, ich schaffe das, ich schaffe das,* rede ich mir gut zu und wiederhole das Mantra in meinem Kopf. Gleichzeitig konzentriere ich mich auf Manuels Stimme und ändere nach seinem Befehl die Richtung.

Wir kommen uns näher, ich höre es und werde unaufmerksam. In einer Kurve rutscht mir der Fuß weg. Doch dieses Mal lande ich nicht auf dem Hintern. Instinktiv habe ich den Wind gerufen, habe ihn gebeten, mir zu helfen. Er stützt mich, gibt mir Halt und bleibt auch an meiner Seite, als ich längst wieder auf beiden Beinen stehe. Wie von selbst übernimmt er die Führung, dirigiert mich durch leichten Druck und stützt mich, wenn ich drohe das Gleichgewicht zu verlieren.

„Laurie“, meint Manuel plötzlich direkt vor mir und ich nehme die Augenbinde ab. „Du hast es geschafft.“

Wahnsinnig vor Freude hüpfe ich auf und ab, lege ihm die Arme um den Hals und ziehe ihn einfach mit. Zusammen springen wir im Kreis. Ob Darius es als Schummeln ansehen würde, wenn er wüsste, dass ich Hilfe hatte? Greift uns erneut jemand an, steht der Wind mir ebenfalls zur Verfügung. Wieso sollte ich also darauf verzichten, ihn zu nutzen? Warum habe ich es nicht längst getan? Vielleicht ist genau das das Ziel unserer Übungen. Über den Tellerrand hinaussehen und Dinge ausprobieren, die wir vorher nie getan haben.

„Ich brauche eine Pause“, sage ich atemlos zu Manuel und wir gehen zu unseren Taschen, trinken einen Schluck.

Kurz darauf schickt uns Maurice zum Abendessen. Die Mahlzeiten geben uns einen Tageablauf vor und das ist gut so, denn seit wir das Training intensiviert haben, bleibt kaum Freizeit. Außerdem musste ich meinen normalsterblichen Unterricht aufgeben. Für Englisch, Geschichte und Biologie ist einfach kein Platz zwischen dem ganzen Götterkram.

Umso weniger kann ich es erwarten, unter die Dusche zu springen und in den Speisesaal zu kommen. Seit heute Morgen ist Aura zurück. Bisher konnte ich sie noch nicht persönlich willkommen heißen, deswegen muss ich das so schnell wie möglich nachholen.

Ich schultere meine Tasche und gehe mit Manuel zusammen an Elena und Phil vorbei. Sie versuchen gerade den Sand dazu zu bringen, sich zu vermehren. Bisher können die beiden nur Pflanzen wachsen lassen, Darius hat jedoch die Hoffnung, dass sie es vielleicht auch mit einer anderen Materie schaffen könnten. Leider ohne Erfolg. Wenn ich allerdings daran denke, wie Elena Manuel bei dem Angriff des Löwen gestützt und ihm Kraft gegeben hat, weiß ich, dass die beiden es schaffen können.

Ich erinnere mich zu gut daran, wie Elena auch mir einmal Energie geschenkt hat und meine Krankheitssymptome linderte. Da kommt mir ein Gedanke.

„Glaubst du, Elena und Phil könnten unsere Gaben verstärken?“, flüstere ich Manuel zu. Er streicht sich eine Strähne hinters Ohr und blickt über seine Schulter. Zwar haben wir Higgins als Spion ausgeschlossen, dennoch sind wir vorsichtig, da hinter jeder Ecke jemand mithören könnte.

„Wie meinst du das?“, fragt Manuel und ich weiche einem scharfkantigen Felsen aus.

„Elena hat dich doch aufgepäppelt, als deine Kraft im Kampf abnahm. Sie hat dir neue gespendet und so konntest du den Schutzschild länger aufrechterhalten.“ Manuel nickt und die kleinen Lampen, die den Gang erhellen, werfen tiefe Schatten auf sein Gesicht.

„Stell dir vor, Elena hätte ihre zusätzliche Energie nicht in dich gesteckt, sondern deinen Schutzschild.“

„Ich verstehe, worauf du hinauswillst. Aber würde es nicht auf dasselbe rauskommen, ob die Zwillinge mich oder meine Magie unterstützen?“

Nachdenklich zucke ich mit den Schultern. „Keine Ahnung. Wobei ich mir vorstellen kann, dass sich etwas ändert. Magie verbindet sich mit Magie ganz anders und Elenas Energie müsste nicht den Umweg über dich gehen, sondern könnte direkt wirken.“

„Stimmt, mein Körper setzt die neue Kraft nicht nur für den Schutzschild ein. Sie wird vielmehr dahin verteilt, wo sie gebraucht wird.“ Manuel trinkt noch einen Schluck. „Gute Idee, Laurie. Das sollten wir in den nächsten Tagen mal testen.“

„Ohne Zuschauer“, präzisiere ich seinen Vorschlag und er nickt. „Möglicherweise können wir unsere Kräfte alle miteinander teilen.“

„Es wäre einen Versuch wert.“

Wir treten durch den Ausgang hinter dem Bild und machen uns dann auf den Weg in den jeweiligen Flügel. Ich treibe mich zur Eile an und springe die Stufen nach oben bis endlich die Tür in Sicht kommt. Nachdem ich aus der Dusche gesprungen bin, binde ich mein Haar notdürftig zusammen, schlüpfe in etwas Bequemes und eile in den Speisesaal. Mit jedem Schritt, den ich näher komme, steigt Nervosität in mir auf. Es ist zwar nicht lange her, dass Aura und ich uns das letzte Mal gesehen haben, dennoch waren die Erlebnisse, die wir dazwischen bewältigen mussten, für uns beide einschneidend. Was, wenn sie sich verändert hat? Wenn das Erlebte etwas hinterlassen hat, das sie nicht verarbeiten kann?

Ich betrete den Speisesaal und lautes Lachen klingt mir entgegen. Mir ist sofort klar, was das bedeutet: Es hat sich rein gar nichts verändert. Erleichtert atme ich auf und steuere unseren Tisch an. Aura entdeckt mich aus einiger Entfernung, springt auf und kommt zu mir. Sie fällt mir in die Arme und ich drücke sie fest an mich.

„Du hast mir so gefehlt", flüstere ich und streiche ihr über das lange blonde Haar.

„Ihr mir auch. Diese Schule ist mein Zuhause, ihr seid meine Familie."

Wir lösen uns voneinander und ich lasse einen Arm um Auras Schulter liegen, während wir zu unseren Freundinnen gehen. „Geht's dir wieder gut?", frage ich und Aura nickt.

„Die ersten Tage waren furchtbar. Ich dachte, jemand zieht dauernd an meinem Kopf. Außerdem musste ich mich ständig übergeben und hab mich so erschlagen gefühlt. Als das überstanden war, ging es mir stetig besser. Meine Muskeln sind manchmal noch schwach, aber das sollte mit etwas Sport und Gymnastik wieder hinzubiegen sein."

Beim Gehen prallen wir immer wieder gegeneinander, doch es stört mich nicht, ganz im Gegenteil. „Zum Glück. Wir haben uns solche Sorgen gemacht."

„Ja, wer hätte gedacht, dass mal jemand in unsere Schule einbricht?"

Ich schüttle den Kopf, weiß nicht, was ich darauf antworten soll. Das sind die Momente, in denen ich meinen Freundinnen gerne die Wahrheit sagen würde. Natürlich ist das unmöglich, trotzdem wird der Wunsch von Tag zu Tag größer. Vor allem jetzt, wo sie offensichtlich ebenfalls in Gefahr sind.

„Aurora!", erklingt Bens Stimme von der Tür und wir drehen uns zu ihm um. Während ich mich zu den anderen setze, begrüßt Aura ihren Projektpartner. Sie sieht so glücklich aus, dass ihr am Abend sicher die Wangen vom ständigen Grinsen wehtun werden. Und selbst ich kann Ben heute nicht als Verdächtigen betrachten, denn er hat sich augenscheinlich ebenfalls Sorgen um Aurora gemacht. Ein Punkt für ihn.

„Wollen wir am Wochenende einen Filmabend anlässlich Auras Rückkehr machen?", schlägt Francesca vor und ich blicke sehnsüchtig zum Buffet. Allerdings möchte ich an der Planung beteiligt sein, deswegen drücke ich mir die Hand auf den Magen und höre aufmerksam zu.

Lächelnd schiebt Samira mir ihren Teller zu. „Bin satt, du kannst gerne meine Reste essen."

„Wirklich?"

Sie nickt und ich ziehe den Teller zu mir, mache mich über das Gemüse und den Nudelauflauf her. Mein Magen hüpft vor Freude und ich schiebe direkt den nächsten Bissen hinterher.

„Gute Idee, wir können um Popcorn und Knabberzeug bitten", erwidert Diana.

„Was meinst du, Aura?", fragt Samira an unsere Freundin gewandt. „Filmabend am Freitag? Du darfst den Film aussuchen, wir kümmern uns um den Rest."

„Toll, aber vielleicht können wir eher eine Party machen?" Aura lehnt sich mit den Händen auf die Tischplatte, schaukelt leicht vor und zurück. „Dann könnten wir auch Ben und seine Kumpel einladen? Einfach eine große Runde, in der wir Musik hören, uns unterhalten ..."

„Und Mario Kart spielen", werfe ich ein und strecke die Faust in die Höhe. „Ich kann die Royals sicher überreden, dass wir ihren Gemeinschaftsraum nutzen dürfen."

Aura grinst mich fröhlich an und ich kaue abwartend auf einer Paprika herum. Die Idee ist toll, außerdem kann ich Samira und Lucas auf die Art etwas Starthilfe geben und beide in die richtige Richtung schubsen.

Einige Sekunden ist es still, dann räuspert Samira sich. „Sicher, dass eine Party das Richtige ist?" Zuerst denke ich Samira meint den Angriff des Fremden, dann wird mir klar, dass ihr Auroras Gesundheitszustand Sorge bereitet und ich ziehe die Augenbrauen zusammen. „Du bist gerade erst aus dem Krankenhaus gekommen, Aura. Vielleicht solltest du dich schonen?"

„Nein, lasst uns richtig feiern", sagt Aura und streicht sich eine Strähne aus dem Gesicht.

„Feiern?", echot Samira ungläubig.

Ich lege meine Gabel auf den Teller und lehne mich zurück. „Warum nicht? Klingt nach einer tollen Idee."

Betreten sehen sich Francesca und Diana an und Aura lässt sich neben Letztere fallen. „Ach, kommt schon."

„Aura, geht's dir wirklich gut?", fragt Francesca und beugt sich leicht vor Diana, damit sie ihre Freundin mustern kann. Aurora laufen tausend Emotionen übers Gesicht und ich finde mich in jeder einzelnen wieder. Nein, ihr geht es nicht gut. Sie hat etwas Traumatisches erlebt, mit dem sie wahrscheinlich eine ganze Weile beschäftigt sein wird. Dennoch ist sie im

Moment glücklich und will den Schatten keine Macht geben, will sich an dem festhalten, was ihr Hoffnung gibt. Ihre Freunde, diese Schule und das Leben. Die guten Zeiten, die die schlechten überdecken.

„Ja", sagte Aura und entscheidet sich für den einfacheren Weg, anstatt ihre Freunde mit der Wahrheit zu belasten. „Wieso nicht, Francesca? Weil ich mein Leben feiern, die Zeit mit meinen Freunden genießen möchte?"

Francesca sieht verlegen auf den Tisch. „Klar, bloß ist in den letzten Tagen so viel passiert ..." Ich höre ihren Zweifel, verstehe ihn vollkommen.

„Kommt schon, Leute", meine ich und versuche die anderen zu animieren. In Auras Augen glänzt der Wunsch sich einen Abend frei zu fühlen. Einen Abend lang zu vergessen, was geschehen ist und die Dunkelheit hinter sich zu lassen. Mein Herz zieht sich schmerzhaft zusammen, denn ich kann ihr Anliegen so gut nachvollziehen. Auch wenn gerade vielleicht nicht der richtige Zeitpunkt für eine Party sein mag. Seit Tagen war ich nicht mehr so euphorisch. Die Aussicht darauf, meine Sorgen einige Stunden hinter mir lassen zu können und abzuschalten, beflügelt mich regelrecht. Mein Herz beschleunigt sich allein bei dem Gedanken.

Diana klatscht in die Hände. „Ich bin dabei."

„Gut", meint Samira und lächelt. „Womöglich habt ihr recht. Ablenkung könnte uns guttun. Die Lernerei macht mich sonst wahnsinnig."

Auch der Rest stimmt ein und ich stoße mit der Schulter gegen Samira, freue mich jetzt schon auf den nächsten Freitag. Zwar bin ich todmüde und sicher wird das

Training nicht leichter, trotzdem tut etwas Normalität zwischen all den übernatürlichen Dingen ganz gut.

„Ich geh noch mal zum Buffet", sage ich und nachdem ich aufgestanden bin, setzt Ben sich auf meinen Platz.

Beim Gemüse treffe ich auf Lucas und Cassy. Perfektes Timing. „Was haltet ihr von einer Party? Zu Auras Rückkehr", erzähle ich, aber Cassy sieht wenig begeistert aus. „Wir könnten dabei auch ein Auge auf Ben werfen", füge ich daher schnell hinzu. Eventuell überzeugt sie der Aspekt, einen möglichen Spion zu enttarnen. Zwar war das nicht der Grundgedanke, allerdings fügt sich die Idee gerade gut ein.

„Ist eine Party wirklich das richtige?", entgegnet Cassy und ich verdrehe die Augen. Alles Spielverderber.

Lucas kommt zu mir. „Wen wolltet ihr denn einladen?", meint er und wendet sich dann interessiert einer Zucchini zu. Zu interessiert. Ich weiß genau, worauf er hinauswill und verkneife mir ein Lachen.

„Die Mädels, also Francesca, Diana, Aura – logisch – und Samira. Außerdem die Jungs unserer Lerngruppe. Ist das okay?", frage ich zuckersüß. Lucas legt sich eine gebratene Paprika halb auf die Hand, anstatt auf den Teller.

„Ich bin dafür", sagt er.

„Schon klar", murmle ich und grinse.

Verliebt zu sein, kann so schön sein.

Cassy dreht sich zu mir und beinahe kugelt eine Tomate von ihrem Essensberg. „Wo wollt ihr denn feiern?"

„Hm … das ist eine berechtigte Frage … na ja … ihr wisst ja, dass ihr den coolsten Gemeinschaftsraum habt … und die Jungs haben ja eine Switch, also …"

„Mit anderen Worten und ohne Stottern – du hast unseren Gemeinschaftsraum vorgeschlagen?“, errät Lucas.

Ich zucke mit den Schultern, hoffe, dass er nicht Nein sagen kann, jetzt wo er weiß, dass er einen ganzen Abend mit Samira verbringen wird. „Vielleicht.“

Cassy lacht. „Zuerst hatten wir hier keine Freunde und jetzt sind wir die coolen Kids. Wann ist das passiert, Lucas?“

„Keine Ahnung“, entgegnet er und schüttelt den Kopf. „Aber es gefällt mir.“

Ich schnaube. „Ihr wart schon immer die coolen Kids, ihr habt es nur nicht gemerkt.“

„Mir gefällt es auch“, gibt Cassy zu. „Ich mag deine Freundinnen, Laurie. Trotzdem bin ich mir unsicher, ob eine Party ...“

„Doch, Cassy!“, werfe ich ein. „Es ist das Richtige. Zusammen abzuhängen, sich zu unterhalten, Musik zu hören, vielleicht sogar zu tanzen, macht Spaß. Punkt. Nein, besser Ausrufezeichen. Wir sollten die Gelegenheit nutzen und unsere Akkus aufladen.“

„Finde ich auch“, stimmt Lucas mir zu und ich nicke ihm dankbar zu. Es ist mir ein Bedürfnis Aurora diesen Wunsch zu erfüllen, denn ich mache mir immer noch Vorwürfe, dass wir nicht da waren, um sie zu beschützen.

„Gut, überredet“, sagt Cassy und gibt nach. Meine Mundwinkel ziehen sich beinahe bis zu meinen Augen, schieben meine Wangen derart hoch, dass ich verschwommen sehe.

Zurück an unserem Tisch rutscht Ben zur Seite und ich quetsche mich zwischen ihn und Samira. „Die

Location steht", erzähle ich und blicke zu Ben. „Seid ihr dabei?"

„Klar."

„Super. Ich kümmere mich um den Gemeinschaftsraum und die Snacks", meine ich.

Samira sieht zu mir. „Dann helfe ich dir. Freitags liegt meine Motivation, nach dem Unterricht noch zu lernen, sowieso bei minus unendlich."

„Apropos Unterricht", meint Diana und beißt von ihrem Apfel ab. Sie kaut und ich mustere sie gespannt, warte auf ihre Frage. „Wie ist das Zusatzzeug? Kaum zu glauben, dass du mittlerweile gar keine Kurse mehr mit uns Normalsterblichen hast."

„Normalsterbliche?", echoe ich panisch und halte inne. Meine Gabel schwebt in der Luft, während meine Lunge sich zusammenzieht.

Erneut beißt sie in den Apfel und kaut. Quälend langsam tropfen die Sekunden vom Zeiger. „Na ja, eben der Durchschnitt im Gegensatz zu euch Intelligenzbolzen."

„Du bist nur neidisch", meint Samira und Erleichterung überschwemmt mich. In meine Hand kommt wieder Bewegung. Sie klatscht auf den Tisch, das Essen fällt von der Gabel und rollt bis zu Francesca, die es angewidert anstarrt.

Peinlich berührt, nehme ich meine Serviette und umwickle die Nudel damit. „Tut mir leid. Muskelkater vom Sport", lüge ich.

„Diana hat recht", bemerkt Samira. „Letzte Woche wolltest du unbedingt in einigen normalen Kursen bleiben und jetzt hast du dich plötzlich umentschieden?"

Ich zucke mit den Schultern. Manche Entscheidungen werden eben für einen getroffen, ohne dass man ein Mitspracherecht hat. Anstatt das zu sagen, atme ich tief durch und wiederhole die Worte, die Higgins sich überlegt hat: „Meine Lehrer haben beschlossen, der komplette Wechsel wäre besser. So gewöhne ich mich schneller ans Lernpensum."

„Wirst du jetzt auch umziehen?", murmelt Samira und mein Kopf schießt zu ihr herum.

„Niemals! Nichts auf dieser Welt könnte mich dazu bringen, mein Zimmer aufzugeben", meine ich und beiße mir dann auf die Zunge. Das letzte Mal als ich Samira ein Versprechen gegeben habe, habe ich es schon Sekunden später gebrochen. Nichtsdestotrotz werde ich mich bemühen dieses zu halten, denn Samira ist meine beste Freundin und ich liebe es, mit ihr ein Zimmer zu teilen.

Erleichtert greift Samira nach meiner Hand, drückt sie kurz. „Gut, wer saugt mir morgens sonst die Müdigkeit aus dem Gehirn?"

„Ich hab doch versprochen, mich von deinem Gehirn fernzuhalten", entgegne ich und stehe auf, um mir eine Wasserflasche zu holen. Zombie-Laurie werde ich vermutlich nie wieder los.

***

Am nächsten Freitag sitze ich auf Lucas' Bett und beteuere zum tausendsten Mal, dass das T-Shirt ihm hervorragend steht.

„Wie ist das?", fragt er und ich sehe von meinem neuen Smartphone auf, das Allory mir geschickt hat. Es ist ihr altes Handy, das ich dankend angenommen habe. Ohne Musikplayer ist mein Leben einfach nicht dasselbe. Leider war beim Einschalten weiterhin keine Nachricht von Blake darauf. Die Traurigkeit darüber saß tief, tut es weiterhin. Trotzdem habe ich beschlossen Blake gehen zu lassen. Unsere Freundschaft ist offenbar vorbei und ich klammere mich lediglich an den Gedanken, was einmal gewesen ist, will nicht aufgeben, was wir einmal waren. Selbst wenn Blake sich melden sollte, wird es nie wieder wie früher sein. Wir haben uns verändert, sind gewachsen, haben neue Ansichten und Standpunkte entwickelt. Vielleicht muss ich ihn hinter mir lassen, nicht nur um meinetwillen, sondern um unseretwillen.

„Laurie?", fragt Lucas und ich blinzle die Gedanken weg.

Mein bester Freund hat eine schwarze Jeans an, die eng um seine Beine liegt. Dazu hat er jetzt das dritte weiße T-Shirt anprobiert. Zumindest denke ich, dass er das Shirt gewechselt hat, denn ich sehe keinen Unterschied.

„Sieht gut aus", meine ich ehrlich und halte den Daumen hoch.

„Sicher? Nicht zu viel?" Er macht eine Geste mit der Hand, die sein Outfit umfasst und ich schüttle den Kopf.

„Es ist genau richtig."

„Hm, okay ... vielleicht versuche ich noch das." Mit dem Oberkörper ist er erneut im Schrank verschwunden, bevor ich mich wieder meinem Handy zuwenden kann. Dieses Spiel vollführen wir jetzt seit über dreißig Minuten. In einer Stunde werden die Mädels kommen und dann geht es richtig los. Bis dahin sitze ich gerne hier und berate Lucas, der kaum nervöser sein könnte.

Normalerweise macht er sich nichts aus Klamotten, allerdings möchte er heute Abend gut aussehen, wenn er Samira schon mal außerhalb des Schulalltags trifft.

Ich nutze die Gelegenheit, um meine Musikbibliothek zu aktualisieren. Mittlerweile laufen wir jeden Abend mindestens eine Runde durch den Wald, an der äußeren Grundstücksgrenze entlang. Die ersten Tage war es beinahe unerträglich, da ich keine Musik auf den Ohren hatte, die mich anfeuerte, sondern lediglich meinen keuchenden Atem. Deswegen erstelle ich mir gerade eine neue Playlist, extra fürs Joggen.

„Laurie?", fragt Samira vom Flur aus und Lucas erstarrt. Er versucht so schnell wie möglich aus seinem Schrank zu kommen, verheddert sich dabei aber in einem Hemd und fällt rückwärts direkt auf den Popo.

„Aua", entfährt es ihm gequält, dann erinnert er sich an Samira. Mit großen Augen sieht er mich an und schüttelt leicht den Kopf.

Ich stehe auf, hechte zur Tür und spähe hinaus, damit Lucas Zeit hat aufzustehen. Dabei verkneife ich mir ein Lachen, denn ehrlich gesagt finde ich Lucas' Benehmen ziemlich niedlich.

„Bin hier", sage ich an Samira gewandt und sie dreht sich einmal um ihre eigene Achse. Sie hat ein langes, blaues Sommerkleid an, das locker um ihren Körper fällt und bis zum Boden fließt. In Kombination mit ihrem dunklen Haar wirkt sie wie eine Wassernymphe.

Samira lächelt mir zu und ich werfe einen schnellen Blick über die Schulter. Hinter mir steht Lucas unbeholfen im Zimmer und lässt seinen Blick hilfesuchend durch den Raum gleiten. Am Schrank bleibt er hängen.

„Da kommst du nicht nach Narnia", bemerke ich leise und Lucas zuckt ertappt zusammen. „Entspann dich. Alles wird gut."

„Brauchst du noch Hilfe?", fragt Samira und ich wende mich ihr wieder zu, schüttle den Kopf.

„Im Grunde sind wir fertig. Komm, du kannst mit uns chillen, bis die Ersten eintrudeln." Die Kupplerin in mir reibt sich zufrieden die Hände, denn sie hat einen Plan, den sie in die Tat umsetzen wird. Und niemand – nicht einmal ich – wird sie davon abhalten können. Und schließlich liegt mir kaum etwas ferner. Meine zwei besten Freunde mögen sich ... Wieso sollte ich ihnen also im Weg stehen?

„Das ist Lucas' Zimmer", erkläre ich, als wir eintreten und deute überflüssigerweise auf Lucas. Scheu grinst er und nickt Samira zu.

„Oh, ist es okay, wenn ich hier bin?", meint sie und ich verdrehe die Augen. Ab und zu vergesse ich, das Kingswood Castle in einigen Punkten im Mittelalter stecken geblieben ist.

Lucas überschlägt sich beinahe, zupft seine Bettdecke zurecht, hebt die Klamotten vom Boden auf und schiebt den Schreibtischstuhl zurecht. „Natürlich. Setz dich, mach's dir bequem. Fühl dich wie Zuhause ... also du musst nicht hier einziehen, das sagt man nur so."

„Samira kennt die Redensart", meine ich lachend zu Lucas und bedeute Samira, auf dem Bett Platz zu nehmen. Dann gehe ich zu Lucas und lege ihm beruhigend die Hand auf die Schulter.

„Oh ... die Girlanden", sage ich schockiert – gespielt schockiert versteht sich, denn die Girlanden hängen längst. „Die hab ich total vergessen, bin gleich zurück."

Samira macht Anstalten aufzustehen, doch ich strecke die Hände nach ihr aus. „Danke, ich brauch keine Hilfe, das dauert nicht mal zwei Minuten."

„Okay", antwortet Samira und ich lächle ihr zu. Jetzt haben die beiden etwas Zeit für sich. Zufrieden verlasse ich den Raum und schaue mich unschlüssig um. Da ich gelogen habe, brauche ich eine andere Beschäftigung.

Deswegen schlage ich den Weg zu Cassy ein. Sie steht vor ihrem Bücherregal, ein Buch in der Hand, in dem sie gerade liest.

„Hey", sage ich und mache so auf mich aufmerksam. „Was machst du?"

„Ich war in Kiras Zimmer und habe nach einem Lexikon über die Tiere des Olymps gesucht. Stattdessen habe ich das gefunden." Sie hält ein dünnes Heftchen in die Höhe und ihr Ton sagt mir sofort, dass etwas nicht stimmt. Dass ihr Fund etwas verändert hat. „Das ist eine Aufzeichnung über eine geheime Organisation. Menschen, die in den Olymp gelangen und dort leben wollen. Die Götter sollen vertrieben und mithilfe von Zaubern getötet werden."

„Vielleicht ist es nur fiktive Schullektüre?"

„Nein, davon wüsste ich."

„Meinst du ...", beginne ich, lasse den Satz jedoch in der Luft hängen. Die Worte auszusprechen fällt mir schwer, denn eigentlich stand mittlerweile für mich fest, dass Kira entführt worden ist. Wieso sollte uns sonst jemand angreifen?

Cassy zuckt mit den Schultern. „Ganz ehrlich? Ich weiß es nicht. In den letzten Wochen ist so viel passiert, dass Wahrheit und Lüge verschwimmen.

Möglicherweise war Kira eine Fremde für uns, die uns nur etwas vorgespielt hat."

Es zieht in meinem Magen. Ein ungutes Gefühl beschleicht mich, und mir wird übel. Ich lehne mich gegen die Wand und presse die Lippen aufeinander, bis sich mein Magen beruhigt. Cassy greift nach meinem Arm und mich durchzuckt ein Bild. Kaum eine Sekunde, dann verlassen Cassys Finger meine Haut und die Szene verschwindet. Es ging derart schnell, dass ich nicht verstehe, was ich gesehen habe. Das Bild entzieht sich mir, bevor mein Hirn es verarbeitet hat. Lediglich das Gefühl bleibt. Beklemmung. Ich drücke meine Handflächen gegen die Wand, muss mich ablenken. „Du kanntest Kira beinahe dein halbes Leben, glaubst du wirklich, sie wäre zu so etwas imstande?"

„Warum hat sie das dann in ihrem Zimmer?"

„Eventuell wollte sie sich informieren? Oder jemand hat die Organisation erwähnt und sie war neugierig? Es gibt tausend Gründe, Cassy. Lass dir nie von jemandem oder etwas einreden, dass du Kira nicht kanntest, nur weil sie verschwunden ist. Sie ist das Mädchen, das mit euch den Brokkoli-Schwur geleistet hat. Das Mädchen, das die Augen verdreht hat, sobald ich den Mund aufmachte und das Mädchen, dem nichts wichtiger war als ihre Freunde." Letzteres kann ich auf mein Leben beschwören, denn ich weiß es aus meiner Unterhaltung mit Kira. Sie zu verteidigen fühlt sich richtig an und endlich gibt mein Magen Ruhe. Im Training mit Darius haben wir viel zu unserem inneren Gleichgewicht und Bauchgefühl gelernt. Das Sprichwort, der erste Eindruck zählt, trifft es demnach genau, denn in der Sekunde, in der unser Verstand die Situation noch bewertet, hat unser Gefühl seine Entscheidung schon getroffen. In den meisten Fällen entscheiden wir uns gegen den Bauch, weil die Argumente des Kopfes immer präziser sind und das Herz eine andere Sprache spricht. Darius hat uns eingeimpft, dass wir auf unser Gefühl vertrauen müssen. Und das tue ich gerade. „Nehmen wir mal an, Kira sei abgehauen, um sich dieser Gruppe anzuschließen, warum offenbart sie sich nicht und stellt sich offen gegen uns?"

„Vielleicht hat sie Angst?"

„Das sind mir momentan zu viele *Vielleichts*, *Eventuells* und *Womöglichs*, Cassy. Höre in dich hinein. Was sagt deine innere Stimme?"

„Dass sie nichts damit zu tun hat."

Ich nicke. „Meine auch."

In wenigen Schritten bin ich bei Cassy und nehme ihr das Heftchen aus der Hand. Es trägt keinen Titel, die Seiten sind eng beschrieben und der Text wirkt beinahe wie ein Werbeflyer. „Klingt, als wäre es einem Fantasyroman entsprungen", bemerke ich, nachdem ich die erste Seite überflogen habe.

„Ihr Ziel ist es wirklich, die Götter zu ersetzen."

Sofort muss ich an Kronos denken, der seinen Vater entmachtete und dann Angst hatte, dass seine Kinder dasselbe tun würden, weswegen er sie aß. Und an Zeus, der dann seinen Vater Kronos entmachtete, um seine Schreckensherrschaft zu beenden.

„Ohne eigene göttliche Fähigkeiten ganz schön ambitioniert", meine ich. „Glaubst du, die Organisation hat etwas mit dem Angriff zu tun?"

„Bevor du mich gefunden hast, war ich der festen Überzeugung, Kira sei übergelaufen und würde gegen uns kämpfen, damit sie am Ende im Olymp Cocktails schlürfen kann. Doch jetzt ... keine Ahnung."

Ich drehe das Heft und mustere die Seiten. Sie sind vergilbt und die Worte wurden von Hand geschrieben. „Selbst wenn es die Organisation einmal gegeben hat, kann ich mir kaum vorstellen, dass sie bis in unsere Zeit überdauert hat. Falls sie wirklich derart stark sind, haben die Frourá sie sicher auf dem Schirm. Dann hätten wir aber wahrscheinlich bereits etwas von ihnen gehört, oder? Stattdessen sind die Frourá ebenfalls ratlos, wer hinter der Entführung und den Angriffen stecken könnte."

„Danke, Laurie", meint Cassy auf einmal und ich sehe auf. „Dass du für Kira eingestanden bist, sie hätte sicher nicht dasselbe getan."

„Doch, ich denke schon."

„Hast du den Vorfall im Gemeinschaftsraum vergessen? Kurz nachdem sie erfahren hat, dass du ein Kind Poseidons bist?"

Nein, niemals werde ich diesen Tag vergessen. „Ihr Angriff resultierte aus ihrer Furcht. Sie hat der Wut den Nährboden geliefert. Genau wie bei dir gerade. Du hast Angst um Kira, daher deine Zweifel."

Stille kehrt ein und ich lege das Heftchen auf die Bücher im Regal, entdecke die Pfeile, greife nach einem und schließe die Tür. Dann konzentriere ich mich auf meine Gefühle, auf die Unsicherheit, meine eigene Angst und die Wut einem Fremden gegenüber. Außerdem denke ich an Moira, die mir weitere Rätsel aufgegeben hat, anstatt endlich eins zu lösen. Ich werfe den Pfeil und mit ihm löst sich ein Teil der negativen Energie von mir. Cassy reicht mir den nächsten, so lange, bis alle Pfeile in der Scheibe stecken und ich schwer atme. Es tut gut, sich bewusst zu machen, was einem auf der Seele liegt und sich dann frei davon zu machen.

„Jetzt du", sage ich, sammle die Pfeile ein und gebe sie an Cassy weiter. Nachdem meine Gedanken etwas leichter sind, kann ich mich auf die Party freuen. Darauf, einen Abend mit meinen Freunden zu verbringen. Nur Maris fehlt. Doch bei seinem letzten Traumbesuch hatte er mir versichert, dass das Gleichgewicht im Raum der Schicksale beinahe wiederhergestellt sei. Er wird also bald zurück auf die Erde kommen können. An dem Gedanken halte ich mich fest, denn ich vermisse ihn.

Ich drehe mich, blicke noch mal zu dem dünnen Heftchen und entdecke dabei etwas anderes. Ein schmales grünes Buch, das einen ganz bestimmten Farbton hat, den ich bereits kenne. Deswegen ziehe ich es hervor und mustere den Einband. Es handelt sich um dasselbe Buch, das auch Kira und Manuel besitzen und von dem ich zuerst dachte, es würde eine Rolle bei Kiras Verschwinden spielen.

„Habt ihr alle so eins?", frage ich und Cassy wendet sich mir zu.

Sie nickt. „Ja, ein Weihnachtsgeschenk von Higgins. Es sind Tagebücher."

Beinahe hätte ich gelacht. Eine so simple Erklärung und ich hatte mir damals im Flur eine Verschwörungsgeschichte ausgedacht. Kopfschüttelnd lege ich das Buch zurück.

„Apropos Higgins", meine ich. „Er hat uns Popcorn gespendet und Cola."

Seit unserem letzten Besuch, habe ich Higgins nur
einmal getroffen, um ihn um die Erlaubnis zur Party zu
bitten. Zwar hielt sich seine Begeisterung in Grenzen,
dennoch stimmte er zu.

„Laurie?", meint Cassy und ich blicke auf, sehe, wie sie
an der Tür steht und auf mich wartet. „Kommst du?
Gleich werden alle eintrudeln."

„Oh, klar."

Und Cassy behält recht, denn die Tür zum Treppenhaus geht gerade auf, als wir ihr Zimmer verlassen.
Aura und der Rest meiner Freundinnen kommen uns
kichernd entgegen. Sie haben sich alle herausgeputzt,
Make-up aufgelegt, das Haar frisiert. Aurora trägt ein
dunkles Kleid, das über den Boden gleitet und den An-
schein erweckt, sie würde schweben. Diana hat sich bei
Francesca untergehakt, die missmutig dreinschaut.
Ihre Bluse ist ein echter Hingucker. Dunkelroter Stoff
umschmeichelt ihren Oberkörper. Die Puffärmel und
der kleine Stehkragen verleihen ihr Eleganz und die
eng nebeneinanderliegenden Knöpfe in der Mitte lassen das Kleidungsstück vintage wirken.

„Was ist dir denn über die Leber gelaufen?", frage ich
sie.

„Nicht was, wer", entgegnet sie, während die anderen
in den Gemeinschaftsraum gehen.

„Gut, also *wer* ist dir über die Leber gelaufen?"

„Erin."

„Erin?"

„Ja, sie hat gesagt, ich sehe aus wie eine große Tomate."

„Wie fies."

„Wahrscheinlich war sie nur neidisch, weil wir sie nicht eingeladen haben.“

Ich lege den Arm um Francescas Schultern. „Kein Grund gemein zu sein.“

Wir folgen den anderen und ich stelle überrascht fest, dass Ben und seine Freunde bereits da sind.

„Wow, Laurie, das sieht toll aus“, stellt Francesca fest und ich lächle scheu.

„Danke, ich wollte es für Aurora so schön wie möglich machen.“

Ich habe die Sofas und anderen Möbel an den Rand des Raums geschoben. Nur eine Couch habe ich vor der Switch und dem Fernseher stehen lassen, damit Mario Kart gespielt werden kann. Dann habe ich bunte Lichterketten aufgehängt und über die Leuchter, die von der Decke hängen, habe ich weißen Tüll geschwungen, den ich in einem Schrank im Gemeinschaftsraum der Mädchen gefunden habe. Das dämpft die Helligkeit und taucht den Raum in ein sanftes Licht. Auf den Tischen am Rand habe ich Knabbereien und Getränke verteilt, sodass sich überall Grüppchen zusammenfinden können. Im Hintergrund läuft leise Billie Eilish, die die Gäste erst mal begrüßen soll, bevor wir zu etwas Stimmungsvollerem übergehen.

„Das hast du geschafft“, versichert Francesca mir und endlich erkenne ich ein Lächeln auf ihren Lippen. Nicht einmal die blöde Zicke Erin schafft es, uns diesen Abend zu vermiesen.

Ich greife nach Francescas Hand und ziehe sie hinter mir her. Vor einem der Tische mit den großen Schüsseln voller Popcorn, Chips und Salzstangen bleibe ich stehen. Nervennahrung ist genau das, was ich brauche.

Denn irgendwie habe ich die ganze Zeit Angst, dass etwas passieren könnte. Dass der Leuchter Feuer fängt und die Schule niederbrennt, dass jemand zu viele Süßigkeiten isst und sich übergibt, oder … keine Ahnung. Dieses Gefühl habe ich seit meiner Kindheit jedes Mal bei einer großen Feier. Wahrscheinlich ist es einfach die Nervosität.

Die verfliegt jedoch, als ich Samira und Lucas den Raum betreten sehe. Sie lachen und strahlen vor Glück. Na Gott sei Dank – oder eher: den Göttern sei Dank. Ein kleiner Hoffnungsschimmer in dem Chaos, das unser Leben gerade darstellt. Liebe kennt eben keine Herkunft oder Abstammung, Liebe passiert einfach. Sie ist echt und ehrlich.

„Hey", meint Ben plötzlich neben mir und ich drehe mich zu ihm.

„Hey, gefällt dir die Party?"

„Ja, ich hab gerade eine Runde gegen Mario gewonnen", entgegnet er und ich grinse.

„Verstehe, das hebt die Laune natürlich."

„Schildkrötenpanzer durch die Gegend zu schießen, ist tatsächlich ziemlich entspannend."

„Das kann ich bestätigen."

„Wohnst du jetzt hier?", fragt er plötzlich und mein Lachen gefriert. Irgendwie hat Ben etwas an sich, das eine Alarmglocke in mir zum Schrillen bringt. Er ist nicht der, für den er sich ausgibt, das spüre ich. Dass ich jedoch so schnell die Gelegenheit bekomme, ihn auszuquetschen hätte ich nicht gedacht.

Allerdings muss ich die Ruhe bewahren, wenn ich etwas aus ihm herausbekommen will. „Nein", antworte ich kopfschüttelnd. „Kiras Zimmer bleibt ihr Zimmer.

Sie wird sicher in den nächsten Wochen zurückkehren und ihren Abschluss machen.“

Ben schaut mich zweifelnd an. „Hm.“

Ich beuge mich zu ihm, kann mein Misstrauen keine Sekunde länger zügeln. „Was soll das heißen? Du kanntest sie doch überhaupt nicht, meinst jetzt aber, besser Bescheid zu wissen als ich?“

Ben rudert zurück, er bringt Abstand zwischen uns und hebt die Arme in die Luft. „Das ist ein Missverständnis.“

„Das glaube ich nicht“, zische ich leise, sodass uns niemand hört und packe Ben am Ärmel seines Hemdes. Er verschweigt etwas und was es ist, werde ich jetzt aus ihm herausbekommen. Deswegen ziehe ich ihn hinter mir her in eine ruhige Ecke des Raums und fahre zu ihm herum, zwinge mich zur Konzentration. Obwohl ich aufgebracht bin, darf ich nicht vergessen, dass er ein Mensch ist. Er hat keine Ahnung von den Halbgöttern und dem übernatürlichen Kram und dabei soll es auch bleiben. Wenn ich zu übereilt ausplappere, was mir in den Sinn kommt, verrate ich uns womöglich.

„Was weißt du über Kira und ihr Verschwinden?“, frage ich forsch.

Ben mustert mich schweigend. Ich ziehe die Augenbrauen nach oben und halte dem Blick stand.

„Gut, hör zu“, meint er und ich beuge mich instinktiv nach vorne, während mein Herz schneller schlägt. „Die Wahrheit ist, dass mein Freund Ed was mit Kira hatte. Für ihn ist die Welt zusammengebrochen an dem Tag, an dem Kira spurlos verschwunden ist. Sie meldet sich nicht bei ihm und er traut sich nicht, bei euch nachzufragen, deswegen habe ich das übernommen.“

„Das ist alles?", entfährt es mir und ich lasse seinen Ärmel los. Jegliche Kraft hat meine Faust verlassen.

Ben zuckt mit dem Schultern. „Er ist verliebt und glaubt einfach nicht, dass sie ihm auf die Art das Herz brechen würde. Egal was ich sage, er widerspricht, aber wenn du mich fragst, ist Kira eine egoistische Ziege." Ben verschränkt die Arme vor der Brust und ich starre ihn weiterhin ungläubig an, traue meinen Ohren kaum. Kira hat sich in einen Mitschüler verliebt? Kira hat sich in einen Mitschüler verliebt! Der Schock sitzt tief. Kira, die Lucas von mir fernhalten wollte, hat sich selbst mit einem Menschen getroffen. Kira, die Angst davor hatte, ihr wahre Herkunft könnte offenbart werden, hatte selbst die größten Geheimnisse. Die Offenbarung ist gleichzeitig gut und schlecht für Kira. Denn mal ehrlich, jetzt können wir uns hundertprozentig sicher sein, dass sie nicht freiwillig abgehauen ist. Zumindest hätte sie in dem Fall vorher mit dem Kerl Schluss gemacht, denn seine Nachfragen wären für eine Flüchtende immer ein Risiko gewesen. Zum anderen stellt das Kira in ein anderes Licht und langsam frage ich mich, ob Cassy nicht recht hatte: Kannten sie ihre Freundin überhaupt?

Mein Blick schweift zu den Royals. Zu Manuel und Phil, die sich neben Francesca und Sarah gesetzt haben. Zu Elena, die sich gerade mit Diana über das Popcorn hermacht und zu Lucas und Cassy, die mit Samira und Aurora bei den Getränken stehen und herzhaft lachen. Lucas hat seine Hand gerade auf Samiras Arm gelegt und sie kommt ihm leicht mit dem Oberkörper entgegen.

Nein, Kiras Liebe zu einem Menschen ändert nichts. Und auch, dass sie ihr Geheimnis für sich behalten hat, macht keine andere Person aus ihr. Die Royals sind in dem Glauben aufgewachsen, dass es in ihrem Leben außerhalb der Gruppe keinen Platz für Liebe, Freundschaft und Normalität gibt. Seit ihrer Kindheit wurden sie darauf gedrillt, das Tor zu den Schicksalen zu beschützen und mussten dafür einiges einstecken. Jeder von ihnen verheimlicht etwas, in dem Glauben, die anderen würden das nicht verstehen, da sie so erzogen wurden. Nur der Auftrag zählt, nur die Reinhaltung des Blutes ist wichtig. Misstrauen vor Vertrauen, Macht über Freundschaft, Blut gegen Liebe.

Traurigkeit kämpft sich in mir hoch und ich wünsche mir ein anderes Schicksal für meine Freunde. Doch leider sind wir, wer wir sind, können unsere Abstammung nicht ändern. Unsere Zukunft jedoch schon. Deswegen werde ich alles daransetzen, meine Freunde glücklich zu machen. Die Royals haben es verdient, lieben zu dürfen, wen sie möchten und leben zu können, wie sie es sich immer vorgestellt haben.

Ben wedelt mit seiner Hand vor meinen Augen herum und ich stelle meine Sicht scharf, fokussiere ihn. „Laurie?"

„Ja?"

„Alles in Ordnung?"

„Nein … Ja", stottere ich. Eine weitere Erkenntnis kämpft sich an die Oberfläche: Ben hat nichts mit all dem zu tun. Weder war er an Kiras Verschwinden beteiligt noch ist er der Spion. Sein Interesse an Kira entsprang ganz normalem Teenagerkram. Unfassbar, aber wahr. Darauf wäre ich nie gekommen, schon gar nicht, da es um Kira ging. Mir fehlen die Worte, sie stecken irgendwo zwischen Gehirn und Mund fest. Hätte ich Ben einfach direkt zur Rede gestellt, wären uns einige Spekulationen erspart geblieben. Gleichzeitig beginnen wir nun wieder bei null. Es gibt keinen Verdächtigen, niemand, der mit dem Angreifer in Verbindung stehen könnte.

„Bist du sauer?", meint Ben und zieht damit meine Aufmerksamkeit wieder auf sich. „Es war wirklich ..."

Ich lache, unterbreche ihn damit. Eine Empfindung wie sauer wäre viel zu eindimensional, um all die Gefühle, die mich die letzten Minuten durchströmt haben zu beschreiben. „Schon okay, Ben. Du hast nichts falsch gemacht."

Augenblick entspannt er sich und seine Mundwinkel ziehen sich nach oben. „Wollen wir uns was zu trinken holen?"

„Klar", sage ich.

Er geht vor, dreht sich erst bei den Getränken wieder um. „Was willst du?"

„Cola."

Er schenkt einen Becher ein und reicht ihn mir, dann füllt er sich selbst einen mit Fanta. Eigentlich ist Ben ziemlich nett. Und jetzt, da ich den Hintergrund seiner Fragen kenne, kann ich mir sogar vorstellen, mit ihm befreundet zu sein.

Nachdem er den ersten Schluck getrunken hat, grinst er mich verschmitzt an, prostet mir mit seinem Becher zu. „Cola küsst Orange."

„Was?", frage ich verwirrt und verenge die Augen zu Schlitzen. „Ist das eine Anmache?"

„Wenn du das fragen musst, wohl keine gute? Aber eigentlich musste ich nur an die Werbung denken, du weißt schon ... Immer wenn ich Fanta trinke und jemand anderes Cola, kommt mir der Spruch ‚Cola küsst Orange‘ in den Sinn. Dass es wie eine Anmache klang, war gerade ein Bonus.“

„Wie du schon sagtest, keine gute“, erwidere ich trocken und nippe an meiner Cola.

Ben nickt. „Gut, dann zurückspulen und von Anfang.“

„O Gott, hast du etwa noch mehr von den Sprüchen auf Lager?“, frage ich und Ben zuckt mit den Schultern.

„Natürlich, die werden bei der Geburt frei Haus mitgeliefert.“

„Dann war mein Paket wohl beschädigt.“

Ben lacht. „Du solltest dich mal über den Lieferumfang beschweren.“

„Das wollte ich dir auch gerade raten“, meine ich lachend und sehe zu Lucas, der uns entgegenkommt. „Na? Konntest du dich losreißen?“

„Meine Kehle ist ganz trocken, ich brauch unbedingt etwas zu trinken“, erklärt er und hebt seinen leeren Becher in die Luft.

Ich lege ihm eine Hand auf die Schulter. „Gut, dass du da bist. Ben wollte mir gerade verklickern, Anmachsprüche gäbe es gratis bei der Geburt dazu.“

Zuerst lässt Lucas seinen Blick verdutzt zwischen uns hin und her gleiten, dann grinst er ebenfalls, versteht die Blödelei. „Stimmt. Außerdem gibt’s noch ’n Handbuch.“

„Was? Ist das so ein Männerding? Gibt’s das etwa nur bei Kerlen? Frechheit“, empöre ich mich gespielt. „Dann lasst doch mal hören.“

„Hey, wenn ich dich sehe, bleibt mir das Herz stehen, kannst du mich wiederbeleben?", haut Ben raus und mir klappt die Kinnlade runter. Mir fehlen die Worte. Zum zweiten Mal an diesem Abend.

„Das kann ich besser", meint Lucas und ich ziehe die Augenbrauen nach oben, in dem Glauben, er würde lügen. Ich irre mich. „Harry Potter muss dein Vater gewesen sein, wie sonst hast du mich gerade verzaubert?"

Ich breche in schallendes Gelächter aus und Lucas klatscht sich in die Hände. „Tja, Alter, der Punkt ging an mich."

„Die waren beide so dumm, dass ich nicht mal weiß, was ich dazu sagen soll."

„Aber darum geht's ja, Laurie. Das Eis ist gebrochen und man kommt ins Gespräch", erklärt Ben und ich wiege unschlüssig den Kopf hin und her.

„Ein Kompliment würde euch viel weiterbringen oder einfach die Wahrheit. Anstatt so ein dummes Geschwätz."

Lucas zuckt mit den Schultern. „Barney Stinsons *Das Playbook* spricht da eine andere Sprache."

Ich schnaube. „Barney Stinson? Lucas ... du bist verloren ... und ich dachte wirklich, ich würde dich kennen."

Wir brechen in schallendes Gelächter aus und ich genieße es, endlich wieder unbeschwert zu lachen, mich über Klischees und Dummheiten lustig zu machen, einfach herumzublödeln. Es tut so gut und ist wie Medizin für mein Herz und meine Seele.

Irgendwann wechsle ich die Musik, steige auf etwas um, zu dem man tanzen kann und sofort bildet sich eine kleine Gruppe in der Mitte des Raums. Ich geselle mich dazu, bewege meinen Körper zu den Klängen, die mir ein Gefühl von Freiheit geben. Schwitze den Stress der letzten Wochen aus und schöpfe neue Kraft für alles, was noch kommen mag. Samira nimmt meine Hand, reißt sie in die Luft und dreht mich im Kreis. Ausgelassen lache ich und schließe die Lider, lasse mich von der Musik tragen.

Das ist das Leben, das ist es, wofür es sich zu kämpfen lohnt. Es sind diese Momente, die Hoffnung in der Dunkelheit streuen und uns immer wieder aus der Verzweiflung ziehen. Pures Glück, das ich mir am liebsten mit beiden Händen greifen und in ein Einmachglas stecken würde.

# Kapitel 14

## Geheimnisse sind keine Rudeltiere,
## sie sind Monster …

Den Weg durch die Flure zurück zu unserem Zimmer verbringe ich summend und mit einem Grinsen im Gesicht. Meine Wangen tun mir weh vom vielen Lachen und meine Stimme ist ganz heiser, weil ich die Lieder natürlich mitgrölen musste. Zum Glück liegt der Flügel der Royals etwas abseits, so hatten wir kein Problem wegen des Lärms. Tatsächlich wurde die Stimmung irgendwann so ausgelassen, dass wir etwas lauter waren als beabsichtigt.

Müde ziehe ich mich das Geländer nach oben und bleibe an der letzten Stufe hängen. Ich stolpere und selbst die Kraft, um mit den Armen zu rudern, fehlt. Trotzdem beschleunigt sich mein Puls sofort, während mein Magen in der Luft zu hängen scheint. Plötzlich greifen Arme nach mir, halten mich auf meinen Beinen und drücken mich an eine Brust. Verwirrt drehe ich mich um und schaue in Maris' blaue Augen, die durchdrungen werden von kleinen, goldenen Tupfern.

Mein Herz schlägt weiter im Stakkato, doch jetzt vor Glück.

„Du bist hier, mein Held“, meine ich glücklich und drehe mich so, dass ich Maris besser ins Gesicht sehen kann.

Er lacht. „Du bist aber leicht zu beeindrucken.“

„Was machst du in Kingswood Castle?“, übergehe ich seine Bemerkung.

„Das Gleichgewicht ist wiederhergestellt, ich kann die Schicksale guten Gewissens alleine lassen. Deswegen bin ich hier, mitten in der Nacht.“

„Du wolltest mich so schnell wie möglich sehen“, schlussfolgere ich und quietsche gleichzeitig total laurieuntypisch. „Das ist so süß.“ Ach du große Güte. Die Müdigkeit hat mich in ihren Fängen und macht ein kleines Fangirl aus mir. Wobei, ein Maris-Fangirl bin ich immer, allerdings mit mehr … nennen wir es Klasse: ein Fangirl mit mehr Klasse.

„Geht’s dir gut? Oder wirst du krank? Du sagst so komische Sachen“, meint Maris und küsst mich grinsend.

Automatisch fallen meine Lider zu und ich genieße die Berührung, heiße die Ameisen, die unter meiner Haut tanzen, willkommen. In meiner Mitte zieht es verdächtig und ich drücke mich gegen Maris, will kein bisschen Luft zwischen uns. Auf einmal ist meine Müdigkeit verschwunden. Zumindest, bis er sich von mir löst und mir eine Strähne aus dem Gesicht streicht.

„Du erscheinst mir wenig zurechnungsfähig“, bemerkt er und nimmt mich an der Hand.

„Was soll das denn heißen?“

„Dass du gleich aus den Latschen kippst.“

„Punkt für dich.“

„Komm, ich bring dich ins Bett.“

Ich lasse mich von Maris mitziehen, merke, wie mein Sichtfeld an den Seiten bereits verschwimmt. „Maris?“

„Ja?“

„Können wir noch mal zu den Orakeln?“, nuschle ich.

„Das ist im Moment ziemlich gefährlich. Solange wir nicht wissen, wer hinter den Angriffen steckt, sollten wir so wenig Magie wie möglich nutzen und keine geheimen Orte besuchen.“

„Ich muss dorthin. Dort liegt der Schlüssel.“

„Der Schlüssel wofür?“

„Zu Moiras Worten“, entfährt es mir und ich weiß, dass es ein Fehler war, das laut auszusprechen, allerdings verbirgt sich mir der Grund, wieso.

Ich schwanke, lehne mich gegen Maris. Mittlerweile haben wir unser Zimmer erreicht und ich sehe durch das Fenster, wie die Sonne sich am Horizont nach oben kämpft. Ein dünner Streifen kündigt ihre Ankunft an. Mir war gar nicht klar, wie spät es ist. Wir haben die komplette Nacht durchgefeiert.

Samiras Bett ist leer, sie lag bereits auf einem der Sofas und schlief. Dabei hatte sie ein Lächeln auf den Lippen und ich wollte sie nicht wecken.

„Komm, Laurie“, meint Maris und ich drehe mich derart schnell zu ihm um, dass ich beinahe das Gleichgewicht verliere. Er schlägt die Decke auf, legt sich in mein Bett und breitet die Arme aus. Ich schlüpfe zu ihm und schlafe ein, noch bevor er die Decke über uns legen kann.

***

Die Sonne kitzelt meine Nase und ich drehe mich, versuche ihr zu entkommen. Dabei stoße ich gegen die Wand und öffne schlagartig die Augen. Keine Wand, Maris. Er lächelt mich an, sieht unverschämt gut aus, dafür, dass wir gerade in meinem Bett sind und mein Haar sicher in alle Richtungen absteht.

„Guten Morgen", sagt er und ich murmle eine Erwiderung, lasse meinen Kopf zurück aufs Kissen sinken. Ich habe viele gute Eigenschaften, aber fröhlich aufstehen gehört nicht dazu. Morgenmuffel ist mein zweiter Vorname und würde es einen Preis für den grummeligsten Menschen vor dem ersten Tee geben, wäre ich garantiert Weltmeisterin. Trotzdem zwinge ich mich dazu, die Augen offen zu halten und mustere Maris. Er sieht zur Decke, bewegt dabei leicht seinen Kiefer.

„Was denkst du?", frage ich und räuspere meine Stimme erst mal von der Nacht frei.

Er wendet mir seinen Kopf zu und beinahe stoßen unsere Nasen zusammen. Deswegen rücke ich ein Stück zurück, um ihn wieder scharf zu sehen.

„Gestern Abend, hast du etwas erwähnt ...", erklärt Maris und mir wird schlagartig kalt. Er war gestern Abend bereits hier?

„Gestern Abend?", echoe ich und die Erinnerungen kommen, sobald ich die Worte ausgesprochen habe. Scheiße, dabei wollte ich Maris doch den Besuch seiner Mutter verschweigen. Hat ja wunderbar geklappt. „Moira war bei mir", gebe ich zu und setze mich auf. „Sie hat mich im Traum besucht."

„Wieso hast du nichts gesagt?"

Ich zucke mit den Schultern. „Wir hatten so viele Sorgen, ich wollte die Zeit mit dir genießen, zumindest solange du bei den Schicksalen gefangen warst."

„Laurie." Seine Stimme ist ganz sanft, legt sich dennoch wie eine Hand um mein Herz und drückt zu. „Gibt es noch mehr Lügen?"

„Es war keine Lüge", stelle ich klar. „Ich habe lediglich etwas für mich behalten, von dem ich dachte, dass es zu dem Zeitpunkt keine große Rolle gespielt hat."

Maris schnaubt und ich verstehe ihn. Wahrscheinlich würde ich mich ebenfalls hintergangen fühlen. Den Plan hatte ich nicht bis zum Ende gedacht, egal wie gut gemeint meine Motivation gewesen sein mag.

„Es tut mir leid", entschuldige ich mich und greife nach Maris' Finger, drücke einen Kuss darauf. „Ich wollte uns lediglich etwas Zeit stehlen."

„Schon gut", entgegnet er und legt seine Hand an meine Wange. „Ich verstehe dich. Was wollte meine Mutter von dir?"

„Keine Ahnung. Sie hat mir nur noch mehr Rätsel mit auf den Weg gegeben, anstatt eine große Hilfe zu sein."

Maris stutzt. „Eigentlich war ihr Besuch ein großes Risiko. Was auch immer sie wollte, muss eine Bedeutung haben."

„Sie hat mich gewarnt, sagte, dass ich mein Schicksal auf keinen Fall ändern dürfte. Warum, wann oder wieso hat sie nicht erwähnt." Die Sonne wirft einen Schatten ins Zimmer und ich ziehe mir die Decke um die Schultern. Mittlerweile ist es morgens kühl und der erste Frost wird nicht mehr lange auf sich warten lassen.

Maris setzt sich ebenfalls auf, lehnt sich mit dem Rücken gegen die Wand. „Hast du sie gefragt, was ihre Worte zu bedeuten haben?“

„Klar, allerdings hat mich das keinen Schritt weitergebracht. In Rätseln zu sprechen, hast du eindeutig von ihr gelernt“, meine ich.

Lachend fährt sich Maris übers Gesicht. Es klingt hohl, unecht. „Bei der Meisterin höchstpersönlich. Wundert mich nicht, dass sie dir nichts Genaues offenbart hat. Jemanden zu lenken, ist ihr verboten. Allein die Warnung könnte etwas im Schicksalsverlauf verändern und somit das Gleichgewicht ins Wanken bringen.“

„Sie hat versprochen, es sei sicher. Was denkst du, wieso hat sie es trotz des Risikos getan?“

„Die Beweggründe meiner Mutter haben sich mir nie erschlossen“, bemerkt Maris und ich höre die Resignation aus seiner Stimme. Das Verhältnis zwischen ihm und seiner Mum macht mich traurig. Vor allem, weil ich eine gute Beziehung zu meinen Eltern hatte, weiß, wie es ist, wenn Eltern einen lieben und sich um ihr Kind kümmern. Ich würde meine Familie für nichts auf der Welt aufgeben.

„Sie hat etwas erwähnt, das mich nicht mehr loslässt, Maris. Eventuell bin ich am Tod meiner Eltern schuld. Deswegen muss ich zu den Orakeln, ich muss sehen, was sie meint“, erkläre ich und Maris meidet meinen Blick. „Es könnte die Lösung meiner Herkunft sein, eine Frage beantworten, die uns so lange beschäftigt. Mir ist klar, dass es ein gewisses Risiko birgt. Doch du bist ein Gott, kannst uns verbergen und das Portal rufen, ohne großes Aufsehen zu erregen.“

„Ich weiß nicht, Laurie. Lieber würde ich jede Gefahr vermeiden."

„Glaubst du, mir geht es nicht genau so? Allerdings fühle ich, dass es wichtig ist. Irgendetwas verbirgt sich hinter Moiras Worten und die Orakel können uns helfen, das Rätsel zu lösen."

Maris streicht sich mit der Hand über die Unterlippe, denkt nach. Währenddessen rutsche ich unruhig auf der Matratze hin und her. Innerlich bin ich gespannt wie ein Drahtseil. Würde er Nein sagen, verstünde ich es. Trotzdem gebe ich die Hoffnung nicht auf.

„Bitte", flüstere ich und sehe, wie Maris' Fassade bröckelt. „Vertraue auf deine Stärke, denn ich tue es längst."

„Gut, gehen wir."

Innerhalb weniger Sekunden hat er das Portal direkt in meinem Zimmer geöffnet und wir sehen den Raum mit den Orakeln. Mein Herz schlägt derart schnell, dass man es sicher im ganzen Internat hören kann. Zusammen gehen wir ins Innere und ich sehe mich nach den Orakelbüchern um. Jetzt, wo ich hier bin, zögere ich. Diese Bücher enthalten die Wahrheit. Sie wissen alles über die Vergangenheit, können jede Lüge und jedes Detail aufdecken. Plötzlich frage ich mich, ob ich überhaupt wissen will, ob meine Geburt den Grundstein für den Unfall meiner Eltern gelegt hat.

„Ich hab Angst", gebe ich zu.

Maris kommt zu mir, nimmt meine Hand und verflicht unsere Finger. „Wovor?"

„Der Wahrheit."

„Verstehe. Ich bin bei dir, egal was es ist, wir schaffen es."

Kaum zu glauben, aber mein Herz beschleunigt seinen Rhythmus bei Maris' Worten und springt mir beinahe aus der Brust. Das Atmen fällt mir schwer, denn auf meinem Oberkörper scheint ein Monster zu sitzen, das meinen Brustkorb zusammendrückt. „Egal wie grausam die Wahrheit sein mag, egal was du herausfindest, wir bleiben wir.“

„Wir bleiben wir“, wiederhole ich und endlich beruhigt sich die Panik, schaltet einen Gang zurück. Augenblicklich spüre ich das Summen. Die Orakelbücher rufen nach mir. Ich folge ihrem Ruf und greife nach einem weiter vorne in der Reihe. Das Zeichen auf dem Einband gräbt tiefe Furchen und verändert sich nur langsam.

„Bleibst du bei mir?“, frage ich Maris und sehe ihn flehend an.

Er nickt. „Wo auch immer du hingehst, ich bin direkt hinter dir.“

Sein Versprechen brennt sich in mein Inneres, hinterlässt Spuren, die niemals verschwinden werden, und ich schließe die Lider, klappe das Buch auf und lege es auf den Tisch. Maris tritt hinter mich, legt seine Arme um mich und seine Finger auf meine Hände. Dann berühre ich die Oberfläche der dicken Seiten, sinke ein und denke fest an den Moment, den ich sehen will. Stelle die Frage, deren Antwort ich zugleich ersehne und fürchte.

*Welche Auswirkungen hatte meine Geburt auf die Gegenwart?*

Das Orakel fackelt nicht lange, entführt mich direkt in die Vergangenheit. Die Szene entfaltet sich direkt auf meiner Netzhaut und ich sehe meine Mutter vor mir. Sie ist viel jünger, vielleicht gerade so alt wie ich. Ihre Lippen ziert ein Lächeln und einige Strähnen hängen ihr ins Gesicht.

„Sind wir sicher?", fragt sie und ich drehe mich um, wende mich demjenigen zu, den sie anspricht, erwarte meinen Vater – und werde bitter enttäuscht.

„Higgins", murmle ich schockiert und Maris nickt. Ich spüre die Bewegung an meinem Kopf. Leicht wiegt er auf und ab.

„Ja, keiner wird uns stören."

„Oder umbringen", sagt Mum. „Denn das wird passieren, wenn sie uns finden."

„Lass uns an was anderes denken", entgegnet Higgins und greift nach Mums Kleid, zieht sie daran zu sich. „Oder gar nicht denken", flüstert Mum und drückt sich gegen Higgins Oberkörper. Sie küssen sich und ich erstarre. Woher kannten die beiden sich? Waren sie ein Paar? Hatten sie eine gemeinsame Vergangenheit? Wieso hat Higgins das nie erwähnt?

Die Szene verschwimmt, wechselt an einen späteren Zeitpunkt. Das Haar meiner Mutter ist kürzer, Higgins etwas älter, vielleicht Anfang zwanzig.

„Was meinst du?", fragt Higgins.

„Lass uns verschwinden", bittet Mum ihn und ihre Augen flehen Higgins an. „Byron, bitte. Wir müssen das hinter uns lassen und endlich zu unseren Gefühlen stehen."

Higgins lacht erstickt auf und ich erkenne den Schock in seinen Zügen. Er kann nicht glauben, was Mum von ihm verlangt. „Verschwinden? Wir wären mittellos und ohne Wurzeln."

„Aber zusammen."

„Wie stellst du dir das vor?“

Mum schlägt mit den Fäusten auf den Tisch. „Wie stellst *du* dir das vor? Irgendwann werden sie uns verheiraten, wir werden nie frei sein können.“

„Frei? Frei wovon?“

„Den Zwängen, den Regeln und dieser Art zu leben. Für meine Kinder wünsche ich mir etwas anderes. Byron, bitte.“

Higgins kommt auf meine Mutter zu, legt ihr die Hand an die Wange und küsst sie auf die Nasenspitze. „Jenny, es gibt keine Zukunft ohne Vergangenheit. Was wären wir ohne unsere Abstammung, ohne unsere Familien im Rücken?“

„Du wirst nicht mitkommen, oder?“, flüstert Mum und ihre Hände zittern. Eine Träne läuft ihr über die Wange. „Ich bin schwanger.“

„Was?“ Higgins entgleiten die Gesichtszüge. Er blinzelt unkontrolliert, starrt Mum wortlos an und mir stockt der Atem einige Sekunden. Ein Kind, Mum hat noch ein Kind bekommen, bevor ich kam. Ich habe einen Halbbruder oder eine Halbschwester.

„Von ...“, beginnt Higgins, doch Mum unterbricht ihn sofort.

„Wag es nicht zu fragen, ob dieses Kind von dir ist, Byron, sonst schreie ich so lange, bis ich tot umfalle.“

„Es tut mir leid, ich dachte nur ... es wäre einfacher.“

„Einfacher“, wiederholt Mum ungläubig und tritt einen Schritt zurück, bringt Abstand zwischen sich und Higgins.

„Jenny, dieses Kind wird kein schönes Leben haben. Es ist das Produkt zweier verschiedener Götternachkommen. Was denkst du, werden sie mit ihm machen?

Das gab es bisher noch nie, es wurde immer penibel darauf geachtet. Wir wissen nicht, wie die Macht sich vermischt, welche Auswirkungen es haben wird."

„Es ist ein Kind, Byron. *Unser* Kind."

Higgins hört Mum gar nicht zu. Er sieht sich im Raum um, als überlege er seine nächsten Schritte und geht zum Schreibtisch. „Ihr müsst verschwinden."

„Davon rede ich ja die ganze Zeit."

„Ich werde hierbleiben. Ansonsten schöpfen sie vermutlich Verdacht und sollte das der Fall sein ..."

„Sie werden ihm doch nichts tun?"

Higgins zuckt mit den Schultern und endlich sehe ich Gefühle in seinem Gesicht. Sie spiegeln sich in seiner Mimik. Von Schock, über Freude und Leid. Mir läuft es eiskalt den Rücken hinunter. Was würde mit dem Kind passieren, wenn die Familien davon erführen? Würden sie es erforschen? Oder sogar ... nein, daran darf ich nicht denken. Irgendwo sitzt gerade mein Halbbruder oder meine Halbschwester und wartet sicher nur darauf, dass ich auftauche.

„Ich weiß es nicht, Jenny." Higgins geht erneut auf Mum zu, streicht ihr eine Strähne aus dem Gesicht und küsst sie. „Es tut mir leid. Wir sind in eine Welt geboren, die unsere Liebe nicht verdient hat. Unser Kind soll es besser haben. Ich werde dir neue Papiere beschaffen und einen Freund kontaktieren. Er weiß nichts von den Halbgöttern, wird dir aber dennoch helfen. Du kannst ihm vertrauen."

Mum schluchzt und der Schmerz, der sich in ihrem Inneren gesammelt hat, dringt an die Oberfläche. „Wie soll ich es ohne dich schaffen?"

„Du warst immer die Stärkere von uns beiden, hattest den Mut gegen die Regeln zu verstoßen und deinem Herzen zu folgen. Mich musstest du stets mitziehen, weil ich nie das sehen konnte, was du gesehen hast: den einzigen Grund, für den es sich zu leben lohnt – die Liebe." Higgins schließt seine Arme um Mum und erneut wechselt die Szene.

Es ist dunkel, lediglich eine Straßenlaterne spendet etwas Licht. London zeigt sich von seiner besten Seite. Es regnet in Strömen und sicher würde die Kälte durch meine Klamotten dringen, wäre es keine Erinnerung, in der wir uns befänden. Am Ende der Gasse erkenne ich eine Gestalt, sie trägt einen dicken Mantel und sieht sich hektisch um. In ihrer Hand hält meine Mutter ein Blatt Papier. Was darauf steht, bleibt mir verborgen. Trotzdem ist mir klar, dass Mum etwas sucht. Vielleicht den Mann von dem Higgins sprach.

„Miss?", dringt die Stimme eines jungen Mannes zu uns und Mum zuckt zusammen, wirbelt herum und drückt sich gegen die Wand. „Kann ich Ihnen helfen?"

Ich erkenne ihn sofort. Das Lachen, die fröhlichen Augen und das stets verstrubbelte Haar, das auch jetzt, klatschnass vom Regen, in tausend Richtungen steht.

„Entschuldigen Sie", meint er, nachdem ihn Mums erschrockener Blick getroffen hat. „Sie sahen nur so suchend aus. Ich dachte ... es tut mir leid. Brauchen Sie Hilfe?"

Dad geht einen Schritt zurück, bringt Abstand zwischen sich und der jungen Frau ihm gegenüber. Offensichtlich verleiht ihr das Sicherheit, denn sie strafft die Schultern und nimmt ihren Mut zusammen.

„Ja, ehrlich gesagt bin ich auf der Suche nach dieser Adresse."

„St. James Square ist ganz in der Nähe. Darf ich Sie dorthin begleiten?"

Mum nickt. „Gern."

Ich lehne mich zurück, sinke gegen Maris und genieße seine Anwesenheit. Mein Herz schmerzt in meiner Brust, ist zu seiner dreifachen Größe angeschwollen und hat kaum noch Platz. Auf einmal geben meine Knie nach und ich sinke zu Boden, während sich meine Hände von dem Buch lösen, landen wir wieder in der Realität.

„Es tut mir leid", flüstert Maris gegen mein Haar und schließt mich fest in seine Arme.

Was ist nur mit dem armen Kind passiert? Hat Mum es den Halbgöttern überlassen? Lebt es bei Higgins? Geht es auf ein anderes Internat? Ich muss es finden! „Wo werden die anderen Halbgötter unterrichtet?"

„Auf normalen Schulen. Würde man sie hierherbringen, käme es nur zu Machtkämpfen untereinander. Wieso fragst du?"

Ich schließe meine Lider, sinke in die erholsame Dunkelheit. „Weil ich dieses Kind finden muss."

„Welches Kind?"

„Du warst doch gerade dabei, oder nicht?"

„Oh, Laurie ..." Maris schiebt mich an den Schultern von sich. Sein Griff brennt sich in meine Haut, sein Blick in mein Herz. Etwas stimmt nicht, etwas ist mir entgangen. „*Du* bist dieses Kind", sagt er und besiegelt damit mein Schicksal. Spricht aus, was mein Hirn bereits erahnt, mein Herz aber verdrängt hat.

„Nein", flüstere ich. „Nein, das ist unmöglich."

„Im Gegenteil, es ergibt Sinn. Deswegen kannst du Dinge, die den anderen Götterkindern unmöglich sind. In dir vereinen sich die Kräfte zweier Götternachfahren.“

Ich schüttle den Kopf, während mir unaufhörlich Tränen über das Gesicht laufen und von meinen Wangen auf meine Oberschenkel tropfen. „Nein, Maris. Es ist unmöglich, denn es würde bedeuten, dass ... dass ...“ Der Satz schwebt in der Luft, ich kann ihn nicht beenden, bringe die Konsequenzen der Erkenntnis nicht über die Lippen. Mein Dad ist nicht mein Dad. Er ist ... nicht ... mein ... Dad.

Langsam verarbeitet mein Verstand die Information, versucht die Erinnerung des Orakels Lüge zu strafen. Vergebens. In mir bricht etwas, zersplittert in tausend Teile und sehnt sich danach, wieder komplett zusammengesetzt zu werden. Meine Muskeln verkrampfen sich automatisch und meine Lunge verweigert die Atmung, hält einfach inne, steht still.

„Laurie“, haucht Maris und streicht mir die Tränen von den Wangen.

Ich lehne meinen Kopf gegen seine Brust und sauge schmerzhaft Luft in mich, bettle meine Lunge an, ihren Dienst wieder aufzunehmen. Sie gehorcht und ich breche zusammen, gönne mir einige Minuten, in denen ich mich der Hoffnungslosigkeit in mir hingebe.

Warum? Warum haben sie das getan? Warum haben sie mir nie etwas gesagt? Und warum bin ich jetzt hier? Die Fragen drehen sich in meinem Schädel, brechen durch meine Hirnwindungen und lassen keine anderen Gedanken zu.

Maris streicht mir über den Rücken, drückt von Zeit zu Zeit einen Kuss auf mein Haar und gibt mir den Raum, den ich brauche.

Seit ich Kingswood Castle besuche, wird mir dauernd der Boden unter den Füßen weggezogen. Dennoch hatte ich stets eine Wahrheit, auf die ich mich besinnen konnte: meine Eltern. Die Kindheit, die ich in vollen Zügen genießen konnte. Ich balle die Hände zu Fäusten. Dass mir das nun genommen wird, lässt mich innerlich erstarren. In der Welt der Halbgötter ist nichts, wie es scheint, nicht einmal meine Vergangenheit. Wie konnte es mir entgehen, dass meine Eltern ein derart großes Geheimnis vor mir hatten? Und wieso dachten sie, es vor mir verbergen zu müssen?

Irgendwann versiegen die Tränen, die Schluchzer werden leiser und nur noch unsere Atemzüge sind zu hören. Ich richte mich auf, streiche mir übers Gesicht und beseitige die Spuren der letzten Minuten so gut es geht. „Also ist Higgins mein Vater?"

„Nein, im Grunde ist er nur dein Erzeuger. Du hast einen Dad, der dich aufgezogen hat und für immer lieben wird. Vielleicht wird Higgins irgendwann ein Teil deines Lebens sein, bisher ist er es nicht", bemerkt Maris und erneut verschwimmt meine Sicht. Dieses Mal dränge ich die Tränen zurück, ziehe die Nase hoch und bleibe stark.

„Wieso haben sie es für sich behalten, Maris?"

Er schüttelt seinen Kopf. „Aus Angst? Deine Mutter und Higgins haben ein großes Verbrechen begangen. Sie haben die Blutlinien vermischt. Der Direktor hatte recht. Wärst du im Kreis der Halbgötterfamilien und der Frourá geboren worden, wärst du in Gefahr gewesen. Wahrscheinlich hätten sie dich weggesperrt, bis klar gewesen wäre, ob du eine Bedrohung für die Erde darstellst."

„Eine Bedrohung", echoe ich und reiße die Augenbrauen nach oben.

„Ja, wir wissen schließlich bisher nicht, was geschieht, wenn sich die Magie vermischt."

„Wie ist es möglich, dass es diesen Fall noch nie gab?"

Maris massiert sich die Schläfe. „Die Familien verabscheuen einander. Sie buhlen seit dem ersten Mal, als die Götter die Erde betraten, um Macht."

„Wie die Capulets und die Montagues?"

Maris lächelt traurig. „So ähnlich. Schon in der Kinderstube wird den Nachkommen eingeimpft, sich von den anderen fernzuhalten. Sie hassen sich und wollen ihre Feinde immer übertrumpfen."

Ich drehe und wende die Erkenntnisse in meinem Kopf und auf einmal rastet etwas in meinem Hirn ein. Die Rädchen drehen sich nun ineinander, ergeben einen Sinn. Die Ereignisse begannen mit meiner Ankunft. Kurz danach sah Maris einen Schatten über der Schule und wir wurden zum ersten Mal angegriffen, Kira wurde entführt.

„Ist es meine Schuld?", spreche ich meine Befürchtungen laut aus. „Wirkt sich meine Vergangenheit auf die Zukunft von uns allen aus?"

„Wie meinst du das?"

„Die Angriffe begannen kurz nach Schulbeginn. Ich war erst einige Tage anwesend, da hast du ein Unheil gespürt. Vielleicht hat Higgins seine Meinung geändert, sieht mich ebenfalls als Gefahr und will mich umbringen?"

Maris verengt die Augen. „Ehrlich gesagt, kann ich mir das kaum vorstellen. Was hätte es für einen Sinn, dich hierherzubringen, direkt vor die Nase sämtlicher Halbgötter und der Frourá? Nehmen wir an, Higgins ist das Monster, das du in ihm zu sehen glaubst, hätte er dich ihnen dann nicht einfach ausgeliefert?“

„Keine Ahnung, Maris. Trotzdem ist es gerade der einzige Anhaltspunkt, den ich habe. Womöglich war die Entführung ein Versehen?“

„Wie das?“

Ich zucke mit den Schultern, bin selbst ratlos. „Was, wenn es ein Versuch war, *mich* zu töten. Higgins hat nicht damit gerechnet, dass wir uns verlieben und ich unter deinem Schutz stehe. Deswegen konnte er mich nicht einfach auf dem Gelände angreifen. Er nutzte die Gelegenheit, obwohl Kira anwesend war.“

„Selbst wenn, aus welchem Grund sollte Higgins sie statt dich entführen?“

Ich schüttle den Kopf, will Maris’ Argumente nicht hören, denn sie sind schmerzhaft. Alleine den Namen von meinem … dem Direktor zu hören, tut weh. In meinen Ohren, in meinem Kopf und in meiner Seele.

„Was weiß ich? Womöglich hat sie ihn damals gesehen? Beim ersten Angriff auf uns, kurz bevor Kira verschwand. Deswegen muss er sie so lange festhalten, bis er sein Werk vollbracht hat.“

Maris schweigt und es kehrt Ruhe in den Raum ein. Lediglich die Vibration der Bücher und Artefakte ist zu spüren, durchdringt die Luft wie feine Fäden, die leicht hin und her schwingen.

„Ja, der Punkt geht an dich", räumt Maris ein. „Dennoch frage ich mich, warum er dich nach Kingswood Castle hätte holen sollen?"

„Lass es uns herausfinden", entgegne ich und stehe auf. Auf der einen Seite ist mit Higgins zu reden das Letzte, das ich gerade will. Auf der anderen Seite scheint es mir das Einzige zu sein, das Sinn ergibt. Endlich kann ich jemanden nach meiner Vergangenheit fragen, endlich hat jemand den Schlüssel zu allen Antworten. Diese Gelegenheit kann ich mir nicht entgehen lassen, auch wenn mir mein Herz blutet.

Maris zögert einige Sekunden, dann erschafft er das Portal und wir kehren in mein Zimmer zurück.

Mittlerweile dämmert es und ich drücke den Lichtschalter, schicke Maris vor die Tür und schlüpfe in frische Klamotten. Deo richtet es wie immer. Ich kuschle mich in meinen schwarzen Hoodie und binde mein Haar zu einem Knoten. Tausend Gedanken schwirren mir durch den Kopf, allerdings schiebe ich sie zur Seite, nehme ihnen jeglichen Raum, denn sonst verliere ich den Verstand. Higgins muss es mir selbst sagen, er muss zugeben, wer er ist. Erst dann werde ich den Orakeln glauben.

Ich reiße die Tür auf. Draußen wartet Maris auf mich. Er hat die Arme vor der Brust verschränkt und schaut nachdenklich zur Decke.

„Das wird schrecklich", prophezeie ich und nehme seine Hand, suche den Halt, den ich brauche, um die nächsten Minuten durchzustehen. Mit vielem habe ich gerechnet, nur nicht damit, dass Higgins mein Vater ist. Die Orakel hätten kaum etwas Furchtbareres offenbaren können. Hängen die jüngsten Ereignisse wirklich mit mir zusammen? Steckt Higgins hinter den Angriffen? Irgendetwas scheint nicht richtig zu passen und Maris' Argumente für den Direktor machen mich stutzig. Trotzdem spüre ich, dass wir der Sache langsam auf die Spur kommen.

Wir gehen durch die Tür, verlassen den Flügel und steigen die Treppen hinunter. Die Porträts an den Wänden starren mich mit großen, leeren Augen an, scheinen mich zu verhöhnen. Einige Schüler kreuzen unseren Weg, weichen uns automatisch aus und nehmen keinerlei Notiz von uns. Maris' Fähigkeiten erweisen sich wirklich als nützlich, obwohl ich die meiste Zeit vergesse, dass er ein Gott ist. Für mich ist er Maris, der Junge, den ich liebe. Der Junge, dem mein Herz gehört, weil er es immer wieder zusammensetzt, egal wie viele Risse es hat.

In der großen Halle zögere ich. Mir ist übel.

„Ich kann das nicht", gestehe ich Maris.

„Dann drehen wir um."

Ich schüttle den Kopf. „Nein, ich kann nicht, aber ich muss, verstehst du? Es ist der einzige Weg, die Ungewissheit zu beenden. Der einzige Weg, endlich herauszufinden was hinter allem steckt."

„Erinnerst du dich, was Higgins über deine Mutter gesagt hat? Sie sei die Stärkere von ihnen, die, die den Mut hatte, ihre Liebe über alles zu stellen und dafür zu kämpfen. Ihr Herz war offen für die wesentlichen Dinge auf dieser Erde. Du bist wie sie, hast hinter meine Fassade gesehen, mich durchschaut. Du hast mich geliebt, ohne zu wissen, wer ich bin. Du hast mit deinem Herzen entschieden. Deswegen schaffst du, was du dir vornimmst. Vergiss nie, wie stark du bist. Solltest du es doch einmal tun, stehe ich neben dir und werde es dir ins Ohr flüstern. Versprochen!"

Maris zieht leicht an meiner Hand und wir gehen weiter. Mit jedem Schritt, den wir vorankommen, pocht sich mein Herz in Rage. Mir geht so viel durch den Kopf, dass er sicher gleich platzt. Wie soll ich anfangen? Was soll ich zu Higgins sagen?

Die braune Holztür erscheint viel zu schnell in meinem Blickfeld und ich hebe zögernd die Hand, halte in der Bewegung inne und lasse sie in der Luft schweben. Sobald ich geklopft habe, gibt es kein Zurück mehr.

„Deine Vergangenheit lässt sich sowieso nicht ändern, Laurie. Die Zukunft jedoch liegt in deiner Hand. Du kannst entscheiden, wie du die Dinge siehst, wie du mit der Situation umgehst", sagt Maris. Ich straffe die Schultern und atme tief durch. Er hat recht. Wer meine Eltern sind, wie sie sich verhalten haben und was damals geschehen ist, steht bereits geschrieben. Trotzdem muss ich herausfinden, wieso meine leiblichen Eltern auf diese Weise gehandelt haben. Muss verstehen, was sie sich dabei dachten, nur so kann sich in der Zukunft etwas ändern.

Das Klopfen hallt laut in meinen Ohren wieder, vermischt sich mit meinem Puls. Zuerst rührt sich nichts, dann höre ich das Kratzen eines Stuhls. Sekunden später geht die Tür auf.

„Laurie? Maris?", sagt Higgins verwirrt. „Kann ich euch helfen?"

Scheiße, ich habe mich noch nicht entschieden, was ich zu Higgins sagen will. Mit der Tür ins Haus fallen? Langsam herantasten? Erst mal für mich behalten, was ich weiß, und nur Andeutungen machen?

„Ja, ich denke, das kannst du, Dad", entgegne ich und stürme, Maris hinter mir herziehend, an ihm vorbei. Das heißt wohl, die Würfel sind gefallen, mein Mund hat eine Entscheidung getroffen.

Vor dem Schreibtisch halte ich inne, drehe mich zu Higgins um. Er steht an der Tür, den Blick von uns abgewandt. Seine Hand krampft sich um die Türklinke. Dann wendet er sich uns zu, ein Lächeln auf den Lippen.

„Ich weiß nicht, was du meinst."

„Ach nein?"

„Deine Eltern sind bei einem Unfall ums Leben gekommen, Laurie. Das ist ein schlimmes Schicksal. Ich verstehe, dass –"

Genervt hebe ich die Hand, bringe ihn damit zum Schweigen, während er an uns vorbei hinter die große Tischplatte geht. „*Du* verstehst gar nichts. Lügen ist zwecklos, ich kenne die Wahrheit." Mein Körper zittert, meine Stimme ebenfalls. Mir ist kalt, während mein Gesicht vor Hitze glüht.

„Woher?"

„Spielt das eine Rolle? Du hast Mum einfach weggeschickt, dabei hätte sie deine Hilfe dringend gebraucht."

Higgins bricht in sich zusammen. Er sinkt in seinen Schreibtischstuhl, stützt die Hände auf die Tischplatte und rauft sich das Haar.

„Wieso hasst du mich so sehr?", sprudeln mir die Fragen über die Lippen und endlich verstehe ich, was mich die ganze Zeit so sehr umtreibt. Seine Abneigung mir gegenüber, die mich mitten ins Herz trifft, denn anders kann ich mir sein Verhalten nicht erklären. „Warum hast du mich hierhergebracht? Wieso zerstörst du mein Leben, nachdem du es bereits bei Mum getan hast?"

Higgins sieht auf, sein Blick ist wild, huscht hilfesuchend durch das Zimmer und bleibt schließlich an mir hängen. „Es stimmt. Ich bin dein Vater. Deine Mutter und ich … Wir haben uns zufällig auf der Schule kennengelernt. Mir hatte bis dahin niemand die Meinung gesagt, jeder wollte mit mir befreundet sein, man ließ mir alles durchgehen. Bis auf deine Mutter. Sie war anders, sie teilte mir direkt zu Beginn des Schuljahres mit, dass sie mich und meine Art verabscheute." Higgins lehnt sich zurück, blickt an die Decke. „Ich dachte, es läge daran, dass ich ein Nachkomme von Poseidon bin und sie einer Hades' war. Aber ich lag falsch. Bei einer Party machte sie deutlich, wie sehr sie mein Ego anwiderte. Da war es um mich geschehen. Ich kämpfte mit mir, rang um Beherrschung, wollte auf keinen Fall die Regeln der Frourá verletzen. Die Gemeinschaft ist meine Familie und nach ihren Prinzipien zu leben, liegt mir im Blut. Aber deine Mum, Laurie … sie war ihrer Zeit voraus und schließlich freundeten wir uns an, obwohl uns bewusst war, dass wir damit gegen die Regeln der Frourá verstießen. Zu spät erkannte ich, dass es die Regeln aus einem guten Grund gibt, denn es geschah, was niemals hätte geschehen dürfen – wir verliebten uns. Hätte meine Familie die Wahrheit herausgefunden, wäre das ein Skandal gewesen. Die Frourá hätten uns verstoßen. Wer hätte sich dann um meine Geschwister gekümmert? Meine Mutter, die mit einem Herz aus Eis geboren wurde? Das konnte ich nicht zulassen."

Ich klammere mich an Maris Hand, dränge das aufkeimende Mitleid nieder. Er hat uns im Stich gelassen. Einfach so.

„Deswegen haben wir unsere Beziehung verschwiegen. Als Jenny mir sagte, sie sei schwanger, brach für mich eine Welt zusammen. Gleichzeitig hatte ich zum ersten Mal in meinem Leben das Gefühl, das Schicksal meinte es gut mit mir. Bis mir klar wurde, was es für dich heißen würde. Deswegen schickte ich euch weg, kaufte ein Zugticket nach London und behielt euch stets im Blick. Natürlich diskret. Deine Mutter war offiziell verschwunden. Abgehauen, weil sie den Druck nicht länger aushielt. Wir besorgten euch neue Identitäten, so konntet ihr in der Großstadt untertauchen. Niemand wusste von deiner Existenz. Danach bewarb ich mich hier, setzte alles daran, Direktor zu werden, um meinen Teil zu leisten. Ich wollte die Kinder hier beschützen, wollte wenigstens für sie eine Vaterfigur sein, weil ich es für dich nie sein konnte.“

Das grüne Notizbuch kommt mir in den Sinn, das er den Royals geschenkt hat. Jeder von ihnen nutzt es, hat ein gutes Bild von Higgins und schätzt ihn. Sie alle haben ihre Hand für ihn ins Feuer gelegt und keine Sekunde an ihm gezweifelt. Weil er für sie da war, weil er die Wahrheit sagt, auch wenn es weh tut.

„Ich hatte einen Dad“, murmle ich. Mein Hirn ist überfordert, genau wie mein Körper. Maris drückt meine Finger, versucht mir Kraft zu geben.

„Das weiß ich, Laurie. Er hat tolle Arbeit geleistet. Du bist eine wundervolle junge Frau und ich bin stolz darauf.“

„Was nicht dein Verdienst war", schleudere ich Higgins entgegen. Ich bin wütend, denn selbst wenn alles zu meinem Schutz geschah, wieso hat er mir die Wahrheit auch nach meiner Ankunft auf Kingswood Castle verschwiegen?

„Du hast recht", meint Higgins und ich schüttle den Kopf, bekomme die Fakten einfach nicht zusammen. Es ergibt keinen Sinn. Wenn er mich die ganzen Jahre wirklich im Auge behalten hat, wieso schleppt er mich unter Vorspiegelung falscher Tatsachen hierher und attackiert mich? Zweifel drängen sich zwischen meine Theorie, reißen sie auseinander und zerlegen sie in ihre Einzelteile. Maris hat recht, irgendetwas daran stimmt nicht. Womöglich hat mich meine Verzweiflung vorhin dazu getrieben, die Teile so zusammenzusetzen, dass Higgins der Böse ist. Ich *wollte* ihn gerne als Monster sehen.

„Warum hast du das Stipendium erfunden? Du hättest mir nach dem Tod von Mum und Dad einfach die Wahrheit sagen können."

Higgins schüttelt den Kopf. „Ich mag dein Vater sein, mit dem Rest habe ich nichts zu tun. Ganz im Gegenteil, ich habe versucht dich von hier fernzuhalten, damit niemand herausfindet, wer du wirklich bist. Wie kannst du etwas anderes glauben?"

„Wieso sollte ich es nicht glauben? Ich kenne dich kaum und das ist deine Schuld. Du hättest mit uns kommen können."

„Nein", beteuert Higgins. „Zusammen hätten wir zu viel Aufsehen erregt und allen wäre sofort klar gewesen, wieso wir abgehauen sind. Man hätte nach uns gesucht. So sehr ich es auch wollte, ich hatte keine Wahl."

„Das klingt verdammt nach einer Ausrede, denn wenn das Herz etwas will, gibt es immer eine Chance", spucke ich ihm entgegen. Hatte ich gerade noch Mitleid mit ihm, ist es nun verraucht. Die Wut übernimmt wieder. „Sag endlich die Wahrheit, keine Geheimnisse mehr. Willst du mich töten? Dann tu es. Hier und jetzt. Lass meine Freunde in Frieden und gib verdammt noch mal Kira zurück."

„Laurie", flüstert Maris und ich wende ihm meinen Blick zu, atme durch den Mund ein und versuche meinen Herzschlag dadurch zu beruhigen. Meine Muskeln zittern weiterhin unkontrolliert und ich schaffe es nicht, sie zu beruhigen. „Ich glaube ihm."

„Wie kannst du das? Nach allem, was er getan hat?"

„Vielleicht hat er damals eine falsche Entscheidung getroffen, doch jetzt und hier ist er ehrlich. Er hat nichts mit den Angriffen zu tun."

Ich presse die Lider einen Moment aufeinander, mustere Maris dann. „Du musst dich irren."

„Nein, es tut mir leid", beharrt er und meine Schultern sacken nach unten.

In mir herrscht ein schwarzes Loch. Es verschlingt alles, das mich ausmacht. Meine Gedanken, meine Gefühle, meine Seele und mein Herz. Zurück bleibt eine Leere, die mich vollkommen ausfüllt. Plötzlich ist der Raum zu eng. Zu viele Menschen für zu wenig Sauerstoff. Mir geht die Luft aus, egal wie sehr ich meine Lunge dazu zwinge, einzuatmen. Deswegen reiße ich mich von Maris los, stürme aus der Tür und lasse die beiden Männer zurück. Einige Meter vom Büro entfernt bleibe ich stehen, schlage mit beiden Händen gegen die Wand und schreie auf, als der Schmerz meine Muskeln durchzuckt.

„Scheiße, scheiße, scheiße", rufe ich. Meine Eltern haben mich mein Leben lang belogen. Bisher dachte ich nur, es ging darum, dass sie mir verschwiegen haben, was ich wirklich bin. Und alleine der Gedanke hat mich beinahe um den Verstand gebracht. Nun zu wissen, dass ihr Geheimnis viel tiefgehender war und sie mir jeden Tag meines Lebens vorgespielt haben, mein Dad wäre mein Dad, bringt mich beinahe um den Verstand. Ich raufe mir das Haar, lege meine Stirn gegen die kühle Wand und spüre auf einmal Arme um meine Schultern. Maris zieht mich an sich. Verzweifelt vergrabe ich meinen Hinterkopf an seiner Schulter.

„Wer bin ich jetzt?", flüstere ich.

„Du bist du, Laurie. Das hat nichts an dir als Person verändert. Lediglich die Fakten haben sich verschoben."

„Glaubst du?"

„Ich weiß es. Liebst du mich immer noch?"

Verwirrt löse ich mich von ihm, drehe mich um und blicke ihn ernst an. „Natürlich."

„Und die Royals sind dir weiterhin wichtig?"

„Wie eine zweite Familie."

„Samira ist deine beste Freundin, Allory deine Tante und deine Heimat London? Fleisch zu essen widert dich an, du liebst Billie Eilish und nur Musik hilft dir wirklich abzuschalten?"

„Ja", entgegne ich und ahne worauf Maris hinauswill. Er hat recht. An mir hat sich nichts verändert. Lediglich ein Geheimnis weniger, das mir auf die Seele drückt. Ich weiß nun, woher meine Kräfte kommen, verstehe, wieso ich mich von den anderen abhebe. „Danke, Maris."

Ich schließe ihn fest in meine Arme, danke Moira dafür, dass sie ihn mir an die Seite gestellt hat. Maris sagte einmal, dass er mich viel mehr braucht, als ich ihn. Er irrt sich, wir brauchen uns gegenseitig.

„Immerhin wissen wir nun mit Sicherheit, wieso meine Kräfte sich derart von denen der anderen unterscheiden", stelle ich fest. „Ich bin ein Mischling." Meine Mundwinkel versuchen sich an einem Lächeln.

„Für mich bist du eine Göttin", meint Maris und küsst mich. „Wir sollten zurück, Laurie."

„Wieso?"

„Bevor du deine Hände gegen die Wand geknallt und aus Leibeskräften deinen Frust rausgeschrien hast, hat Higgins mir offenbart, dass er einen Verdacht hat, wer hinter dem Angriff stecken könnte. Er ist sich sicher, es ist jemand in unserem Umfeld. Er sagte etwas von einer familiären Tragödie."

Ich richte mich auf. „Das bedeutet, es gibt keinen Informanten. Der Angreifer ist einer aus unseren eigenen Reihen."

„So scheint es."

„Was geschieht jetzt?", spreche ich eines der Dinge aus, das mir am meisten Sorgen bereitet. „Werden sie mich wegsperren?"

„Das würde ich niemals zulassen. Du stehst unter meinem Schutz, das solltest du wissen. Niemand wird dir etwas antun, nicht so lange ich lebe."

„Also bis in alle Ewigkeit", bemerke ich und ziehe einen Mundwinkel nach oben. Maris hat sein Versprechen gehalten. Er steht mir bei, komme was wolle.

„Bis in alle Ewigkeit", bestätigt er.

„Und was ist mit mir? Welche Konsequenzen hat meine Herkunft für mich? Verfalle ich irgendwann dem Wahnsinn oder zerplatze an meiner eigenen Macht, weil sie zu groß ist für meinen Körper?"

Maris lacht. „Du bist zu viel auf Netflix unterwegs."

„Das ist unmöglich." Deswegen liebe ich uns beide so sehr. Wir schaffen es, in den dunkelsten Momenten nicht nur für den anderen da zu sein, sondern ihm auch wieder die Hoffnung ins Bewusstsein zu pflanzen und einen Vorgeschmack auf die momentan abhandengekommene Leichtigkeit zu geben.

„Es wird Aufsehen erregen und wir werden Probleme bekommen, oder?", vermute ich und Maris bewegt seinen Kopf ganz langsam auf und ab.

„Wahrscheinlich wird es ein schwerer Kampf, den wir gegen die Frourá antreten. Sie werden ..."

Ein Knall unterbricht ihn und ich blicke aus dem Fenster, erwarte das Leuchten eines Feuerwerks. Stattdessen bleibt der Himmel unverändert und ich höre Schritte, drehe mich um und sehe Maris rennen, bevor er einfach verschwindet.

Die Erkenntnis trifft mich wie die Kugel, deren Knall gerade durch das Schloss gehallt ist. Ich stürme hinter Maris her, versuche zu verstehen, was passiert.

Auf dem Boden des Direktorzimmers liegt Higgins. Aus seinem Kopf tritt Blut aus, das langsam über den Holzboden läuft und vom dunklen Teppich vor dem Schreibtisch aufgesogen wird. Neben ihm erkenne ich die Waffe, die wenige Zentimeter von seiner Hand entfernt ruht, scheinbar unschuldig, als wäre sie nicht das

Mordinstrument, das gerade jemandem das Leben aus-
gehaucht hat.

„Er lebt. Ruf einen Krankenwagen, Laurie. Ich kann
die Blutung verlangsamen, ihn allerdings nicht heilen.
Wenn ich zu schnell zu viel Magie anwende, könnte er
einen größeren Schaden davontragen, als wenn er von
einem menschlichen Arzt Hilfe bekommt."

Wie ferngesteuert laufe ich zum Telefon, wähle die
Notrufnummer und schildere in knappen Sätzen, was
geschehen ist, ohne es wirklich zu wissen. Meine
Hände zittern, ich kann den Hörer kaum am Ohr halten.

„Soll ich jemanden holen?", frage ich Maris, nachdem
ich aufgelegt habe.

„Keine Ahnung, vielleicht einen weiteren Lehrer? Wir
brauchen jemand, der dem Rettungsteam den Weg
weist", meint Maris und ich nicke, laufe aus dem Raum
und direkt in Christas Arme.

„Um Himmels willen, Laurie. Geht's dir gut?" Sie
packt mich an den Schultern, mustert mich von oben
bis unten. Dann schielt sie an mir vorbei in das Zimmer
des Direktors. „Was ist passiert?"

Wie oft habe ich diese Frage in den letzten Wochen
gehört? Und wie oft konnte ich lediglich mit den Schultern zucken, weil ich keine Antwort darauf wusste?

Christa stürmt an mir vorbei. Ich folge ihr, sehe, wie
sich ihre Lippen bewegen, höre allerdings keinen Ton.
Sie geht neben Higgins und Maris in die Knie, nickt und
verlässt uns daraufhin wieder. Deswegen nehme ich ihren Platz ein, greife nach der Hand meines Vaters und
drücke sie. Zu mehr fehlt mir die Kraft.

Keine Ahnung, wie lange es dauert, bis der Rettungswagen kommt und die Sanitäter dicht gefolgt vom Notarzt eintreffen. Sie schieben mich weg, drängen mich mit dem Rücken an die Wand, wo ich einfach auf dem Boden sitzen bleibe. Maris neben mir. Wir starren sie an, schauen zu, wie sie Higgins an Schläuche anschließen, ihn auf eine Trage heben und danach verschwinden. Keiner achtet auf uns. Erst nachdem alle längst verschwunden sind, verstehe ich, dass Maris uns verborgen hat.

Dann stelle ich sie selbst, die Frage, auf die ich keine Antwort weiß: „Was ist geschehen?"

„Was die Behörden glauben werden? Ein Selbstmordversuch. Auf dem Tisch liegt eine Notiz mit den Worten ,Es tut mir leid'. Wenn du mich fragst, hat der Verräter Higgins kaltblütig niedergeschossen, weil er ihm auf die Schliche gekommen ist und versucht nun uns in die Irre zu führen."

Ich sehe, wie Maris Lippen sich bewegen, doch kein weiteres Wort erreicht mich. In meinen Ohren rauscht es derart laut, dass jede Silbe ungehört verklingt. Auf einmal dreht sich die Welt, kippt einfach zur Seite und reißt mich mit. Ich falle, unaufhörlich, in ein tiefes, dunkles Loch, aus dem es kein Zurück mehr gibt.

Habe ich heute zum zweiten Mal meinen Vater verloren?

# Kapitel 15

## Verbeugt euch vor Queen C, der Göttin des Chaos

„Schließt den Direktor in eure Gebete ein, dann wird er sicher unbeschadet zurückkehren", sagt Christa und beendet damit den kleinen Gottesdienst, der zu Higgins Ehren, einen Tag nach seinem *Anfall*, einberufen wurde. Erneut wurde den Schülern eine Lüge aufgetischt, um unser Geheimnis zu wahren.

„Furchtbar", murmelt Samira. Sie geht derart dicht neben mir, dass unsere Arme sich berühren. „Ein Herzinfarkt in seinem Alter."

Stocksteif marschieren wir aus der Kapelle, deren Charme heute wirkungslos ist und steuern auf die Schule zu. Am liebsten würde ich mich einfach in meinem Bett vergraben, erst wieder hervorkommen, wenn die ständige Ungewissheit ein Ende hat.

Stattdessen verabschiede ich mich in der großen Halle von meiner besten Freundin. Bevor ich jedoch weit komme, tritt Christa in mein Blickfeld. Sie stellt sich mir in den Weg, versperrt breitbeinig den Flur.

„Du bist mir eine Erklärung schuldig", raunt sie. „Was hast du in Higgins Büro gemacht. Hast du etwa auf ihn geschossen?"

„Bitte?", entfährt es mir und mein Kinn klappt nach unten.

„Er hätte niemals Selbstmord begangen, dazu ist er nicht der Typ."

Mein Blut kocht und ich stemme die Hände in die Hüfte. „Offensichtlich kanntest du ihn nicht so gut, wie du dachtest. Ich wollte ihn zu den Tierwesen befragen, deinem Vorschlag folgen und mich weiterbilden. Nach unserem Gespräch habe ich den Raum verlassen. Kaum war ich auf dem Flur, hat es geknallt. Ich rannte zurück und habe ihn gefunden. Ohne zu zögern habe ich den Notruf gewählt und wollte Hilfe holen, da tauchte Maris auf und du bist mir in die Arme gelaufen."

Christa scannt mein Gesicht, sucht Anzeichen für eine Lüge. Vergeblich. Denn mittlerweile habe ich eins perfektioniert – das Schwindeln. Es ist mir ins Blut übergegangen und eins meiner größten Talente.

„Hast du jemanden gesehen?", bohrt sie weiter nach und ich lasse den gestrigen Abend Revue passieren.

„Nein, dort war niemand", erkläre ich, dann fällt mir ein Detail auf. „Allerdings stand das Fenster offen, als ich ihn auf dem Boden fand. Bisher habe ich gedacht, Higgins hätte es nach meinem Weggang geöffnet ... nur ... na ja, es könnte auch jemand dort hinausgestiegen sein."

„Ist das alles?"

„Ja. Mehr weiß ich nicht."

„Sicher?"

„Natürlich."

Christa kommt einen Schritt näher und es scheint mir beinahe, als überlege sie, mich zu umarmen. „Dem werde ich nachgehen, danke. Es tut mir leid, dass ich dich beschuldigt habe. Diese Schule ist in den letzten Wochen wirklich verflucht. Wir müssen dem einen Riegel vorschieben."

„Hast du was aus dem Krankenhaus gehört?" Vor dieser Frage fürchte ich mich, seit der Knall die Luft zerrissen hat.

„Die Operation verlief gut. Die Ärzte haben ihn in ein künstliches Koma versetzt, damit sich sein Gehirn regenerieren kann. Ob er bleibende Schäden davontragen wird, ist fraglich."

„Wann wissen wir mehr?"

„Sobald er aufwacht. *Wenn* er aufwacht."

Ich schaudere. „Besteht dieses Risiko?"

„Leider ja."

Dann kommt mir etwas in den Sinn. Ein absurder Gedanke, den ich dennoch aussprechen muss. „Kann ich ihn besuchen?"

„Wieso?"

*Weil ich seine Tochter bin. Weil die letzten Worte, die ich zu ihm sagte, durchtränkt waren von Wut. Weil ich nicht auch noch ihn verlieren will.* Das behalte ich jedoch für mich. „Vielleicht tut ihm eine vertraute Stimme gut", behaupte ich stattdessen.

Christa kräuselt ihre Lippen, verschränkt die Arme hinter ihrem Körper. „Mal sehen. Zuerst sollte er Ruhe haben, um sich erholen zu können."

„Was wirst du nun tun? Immerhin glaubst du, ein Mörder treibt in der Schule sein Unwissen."

„Die Frourá habe ich heute Morgen bereits kontaktiert. Sie werden Leute vorbeischicken, die sich um eure Sicherheit kümmern und die Schule beschützen. Zumindest bis zu einem gewissen Grad."

„Vielleicht sollten wir ... sie schließen?", werfe ich ein.

Christa verneint. „So wie ich das sehe, gibt es keine Beweise, dass jemand anders als Higgins geschossen hat. Bis wir etwas Genaueres wissen, bleibt alles, wie es ist. Bald sind Weihnachtsferien, die meisten werden zu ihren Familien fahren und bis sie zurückkehren, hat sich die Situation entweder derart zugespitzt, dass ich keine andere Wahl habe oder der Übeltäter wurde gefasst."

„Das heißt, wir warten ab?", frage ich empört.

„So sieht es aus."

Sie dreht sich auf dem Absatz um und lässt mich stehen. Wenn sie denkt, ich würde das einfach so hinnehmen, hat sie in den letzten Wochen kaum etwas über mich gelernt. Doch dafür habe ich später Zeit. Zuerst möchte ich zu meinen Freunden, bevor mich der Mut verlässt.

Deswegen steuere ich den Flügel der Royals an. Bisher kennen sie nur die halbe Wahrheit und das möchte ich ändern. Zwar haben Maris und ich beschlossen, meine Herkunft vor den Frourá und unseren Lehrern geheim zu halten, dennoch will ich es meinen Freunden sagen. Ihnen kann ich vertrauen, vor ihnen brauche ich keine Angst zu haben.

Ich finde sie im Gemeinschaftsraum der Jungs. Manuel und Cassy sitzen vor der Switch und spielen Mario Kart. Allerdings sind sie mit den Gedanken woanders, denn Manuel fährt dauernd gegen die Wand, während Cassy keinem einzigen Geschoss ihrer Gegner ausweicht. Der Rest schaut schweigend zu.

„Hey", murmle ich und setze mich zu ihnen. Maris taucht auf, erscheint aus dem Nichts und hebt die

Hand. Letzte Nacht hat er mir versprochen, bei diesem Gespräch dabei zu sein, denn ich kann immer noch nicht glauben, was in den vergangenen vierundzwanzig Stunden ans Tageslicht gekommen ist.

Ich räuspere mich, presse meine Oberschenkel nervös zusammen und spiele am Saum meines Hoodies. „Ich muss euch etwas sagen."

„Was du wirklich in Higgins Büro gemacht hast?", fragt Cassy.

„Ja, gestern waren zu viele Leute dort. Niemand darf erfahren, was ich euch gleich sagen werde, okay?"

Lucas richtet sich auf, streckt seine Hand nach vorne. „Brokkoli-Ehrenwort."

„Brokkoli-Ehrenwort", wiederholt Manuel und legt seine Finger auf Lucas'. Die anderen tun es ihnen gleich und ich atme erleichtert auf.

„Wir haben gestern Abend herausgefunden, von wem ich wirklich abstamme", meine ich und stocke.

Cassy legt den Controller zur Seite. „Nicht von Poseidon?"

Ich wende mich ihr zu, suche nach den richtigen Worten. „Doch. Aber nicht nur." Dann lasse ich die Bombe einfach platzen, druckse nicht länger herum. „Higgins war mein Erzeuger. Der Mann, der mich großgezogen hat und bei dem Autounfall starb, war nicht mein biologischer Vater."

Stille legt sich wie eine schwere Decke über den Raum und droht uns zu erdrücken. Dann bricht Elena das Schweigen, nimmt der Offenbarung etwas an Gewicht. „Und deine Mutter?"

„Sie war eine Nachkommin Hades'."

Cassy lehnt sich neugierig nach vorne. „Das heißt, du bist ein Kind zweier unterschiedlicher Halbgötter?"

„Ja."

„Deswegen haben sie es dir verschwiegen. Es hätte deinen Tod bedeutet, hätten sie dich nicht vor den Frourá verborgen."

Maris legt seine Hand auf meinen Oberschenkel und Wärme durchströmt mich. „Das sind lediglich Vermutungen."

„Nein", widerspricht Cassy. „In meiner Familie gibt es eine Geschichte, in der es heißt, dass vermischtes Blut unausweichlich zum Tode führt."

„Sorry, aber ich hänge an der Info fest, dass Higgins dein Vater ist", gibt Lucas zu. „Wieso hat er sich dann erschossen?"

„Hat er nicht", meint Maris und nimmt mir das Reden ab. Dankbar lehne ich mich gegen ihn. Höre einfach nur zu und beobachte meine Freunde, denen jegliche Emotionen an der Mimik abzulesen sind. Sie durchleben Wut, Hass, Unglaube, Schock, Angst.

„Das heißt, wir können jetzt wirklich niemandem mehr vertrauen. Aber nicht, weil der vermeintliche Spion uns verraten könnte, sondern weil er womöglich ein Messer dabeihat, das nur darauf wartet, direkt in unserem Rücken zu landen", fasst Cassy zusammen, nachdem Maris geendet hat.

„So scheint es", bemerkt er. „Wobei diese Information auch etwas Gutes hat. Der Angreifer wohnt ziemlich wahrscheinlich im Schloss. Vielleicht finden wir also etwas, wenn wir nach und nach die Zimmer der Lehrer und Schüler durchsuchen."

Cassy reibt sich über die Nase. „Gute Idee. Wir sollten eine Liste zusammenstellen mit Personen, die in engem Kontakt mit Higgins stehen."

„Wieso?", frage ich.

„Weil ihm bei diesen Leuten am ehesten aufgefallen sein könnte, dass sie sich seltsam benommen haben, oder irgendetwas geschehen ist, dass Higgins misstrauisch werden ließ", erklärt Maris.

Das hätte ich nie in Betracht gezogen. Für mich ist kein Muster offensichtlich, jeder an dieser Schule könnte der Angreifer sein. Jeder. Nun gut, bis auf meine Freundinnen. Für sie lege ich die Hand ins Feuer. „Außerdem sollten wir notieren, wem wir halbwegs vertrauen. Samira zum Beispiel kann ich ausschließen."

„Sicher?", fragt Elena und ich lege meine Stirn in Falten.

„Sicher! Genauso wie meine anderen Freundinnen. Keine von ihnen wäre dazu in der Lage."

Lucas steht auf, holt ein kleines Notizbuch und einen Stift aus dem Schrank neben der Tür. Die Schublade quietscht entsetzlich.

„Gut, dann lasst uns anfangen. Je früher wir fertig sind, desto eher können wir mit den Nachforschungen beginnen und Kira finden. Außerdem helfen wir Higgins am meisten damit, indem wir denjenigen finden, der ihm eine Kugel in den Schädel gejagt hat", sagt Lucas und setzt sich wieder vors Sofa. Bei seinen Worten schaudere ich. Obwohl ich keinen näheren Bezug zu Higgins habe, klebt die Tatsache, dass er mein Vater ist, an jedem Gedanken. Mir vorzustellen, wie er in einem Krankenhausbett liegt und ein

Beatmungsschlauch zwischen seinen Lippen steckt, lässt eine Gänsehaut über meinen Körper laufen.

Lucas schlägt das Notizbuch auf, streicht die Seite glatt und schreibt den ersten Namen auf die Liste.

Wir gehen jeden Schüler, jeden Lehrer und das ganze Personal durch. Selbst der Gärtner bekommt einen Platz, denn war's der nicht immer?

Gähnend strecke ich meine Arme in die Luft und lasse die Schultern kreisen.

Der Sonntag ist beinahe komplett vergangen und vor dem Montag graut es mir bereits. Das Training geht wie gewohnt weiter, die Welt dreht sich Millimeter für Millimeter vorwärts, denn sie interessiert sich kaum für unsere Belange. Es kümmert sie wenig, ob ein Mensch stirb, ein Halbgott die Welt ins Chaos stürzt oder eine Pizza in Italien zu Boden fällt. Sie dreht sich immer weiter, darauf kann man sich verlassen, egal was kommt.

Lucas steht auf, kommt zu mir und reicht mir die Hand. Ich ergreife sie, lasse mich nach oben ziehen. „Dann bist du jetzt Super-Laurie? Nicht mehr halb Mensch, halb Gott, sondern halb Gott und ... halb ein anderer Gott? Macht dich das eigentlich zu einer Göttin?", blödelt er herum und stößt mit der Schulter gegen meine.

„Ja, zur Göttin des Chaos", erwidere ich. „Anarchie ist meine Religion und der Wind des Wirrwarrs meine Waffe. Du darfst dich verbeugen und mich Queen C. nennen."

Schallendes Gelächter bricht aus und mir wird klar, dass ich mich auf noch etwas verlassen kann: auf die Menschen in diesem Raum. Sie sind meine Familie, mein Halt und meine Zuflucht. Zusammen werden wir

den Angreifer besiegen und Kira endlich nach Hause
holen.

# Epilog

### *Ca. 1179 vor Christus*

Das Schlachtfeld steht still. Keiner bewegt sich, nicht einmal die Luft. Niemand wird Sarpedon zu nahe kommen, nur über meine Leiche.

Ich strecke meine Finger nach der leuchtenden Energie aus, bin gerade im Begriff, sie zu umfassen und daran zu ziehen.

„Zeus!", schreit meine Tochter direkt neben mir. Moira hat die Hände in die Hüften gestemmt, schwebt einige Zentimeter über dem Boden und ihr eiskalter Blick durchfährt mich. In mir brodelt die Hitze. Niemand wird mich aufhalten, nicht einmal die Schicksalsgöttin. Ich bin Zeus, ich bin der mächtigste aller Götter.

„Wage es nicht!", sagt Moira gefährlich leise und zwischen ihren Fingern materialisieren sich zwei leuchtende Schwerter.

Wütend balle ich die Hände zu Fäusten. „Er wird sterben."

„Das ist sein Schicksal."

„Aber er ist mein Sohn."

„Und ich deine Tochter." Moira kommt einen Schritt näher. Sie weiß genauso gut wie ich, dass Worte mich nicht überzeugen werden. Worte werden niemals reichen, um das Loch der Trauer in mir zu schließen.

Stattdessen breite ich meine Arme aus, beschwöre einen Blitz herauf und schleudere ihn Moira entgegen. Mutig stemmt sie sich dagegen, verschränkt die Schwerter vor ihrem Körper und schützt sich damit.

„Wage es nicht", wiederholt Moira empört und jegliche Emotion ist aus ihrem Gesicht gewichen.

„Was fällt *dir* ein? Du vergisst, mit wem du sprichst", entgegne ich und schnaube. Ich bin ihr Ursprung, sie sollte etwas mehr Dankbarkeit zeigen.

„Dankbarkeit?", gibt sie meine Gedanken wieder. „Dankbarkeit dafür, dass du die Entscheidung, wer die Schönste ist, nicht treffen konntest und sie einem harmlosen Menschen aufgebürdet hast? Es ist deine Schuld, Zeus. Sarpedons Tod kannst du nur dir alleine zuschreiben. Hättest du die Göttinnen im Zaum gehalten, wäre dieser Krieg nie entbrannt und kein Blut vergossen worden."

In mir bricht etwas. Sie hat recht. Es lag in meiner Verantwortung, war ein weiterer Fehler auf einer langen Liste, die uns bis hierhergeführt hat. Allerdings werde ich das nicht zugeben. Denn ich bin und bleibe Zeus. Mir unterwirft sich die Welt.

Erneut feuere ich einen Blitz in Moiras Richtung, schlage mit der Faust auf den Boden und bringe ihn zum Zerbersten. Die Schicksalsgöttin weicht aus, rollt sich über den Boden und rennt dann auf mich zu. Sie schwingt ihre Schwerter durch die Luft, während ich geschickt mit meinen Armen pariere. Wunden, die sie mir zufügt, verheilen in Sekunden, sind längst weg, bevor neue entstehen.

„Du würdest das Schicksal der Menschheit und der Götter derart leichtfertig aufs Spiel setzen?", presst

Moira hervor und ich drücke ihre Schwerter gegen meine Arme. Ich halte stand, schnaube. Auf einmal lässt Moira ihre Waffen fallen, schließt ihre Arme um mich und schmiegt ihren Kopf gegen meine Brust. „Es tut mir leid, Vater", flüstert sie und ich streiche ihr übers Haar. Ihre Einsicht kommt spät, trotzdem rührt sie mich.

Erst da bemerke ich den nächsten Fehler. Moira greift hinter mich, zieht an meinem eigenen Schicksal und bindet mir einen Strick daraus. Noch nie war die Metapher des Schicksalsfadens treffender. Gefesselt versuche ich mich zu befreien, gefangen von meiner eigenen Energie, gegen die ich nicht ankomme.

„Wehr dich nicht", meint Moira und blickt mich traurig an. „Zerstörst du die Energie, bist du dem Tode geweiht."

Erschrocken halte ich inne. Bevor ich weiter darüber nachdenken kann, setzt die Zeit wieder ein. Die Krieger bewegen sich, das Pferdegetrampel kommt näher. Ich schreie, kreische und winde mich, trotzdem wage ich es nicht, meine volle Kraft einzusetzen, aus Angst zu sterben. Ohne Schicksal habe ich keinen Platz im Universum. Verlöre ich es, würde ich mein eigenes Todesurteil unterzeichnen.

„Nein!", schreie ich. Zu spät. Sarpedon verliert seinen Kopf, gleitet zu Boden. Sein letzter Atemzug verlässt ihn und ich sehe, wie die Energie seines Schicksals verblasst, lediglich die Erinnerung an das, was einmal gewesen ist, bleibt zurück.

Meine Fesseln lösen sich und ich stürze auf die Knie.

„Das werde ich dir niemals vergessen."

# Ende
## Weiter geht's in Band 3!

# Danksagung

Ich kanns kaum glauben, dass wir schon wieder bei der Danksagung angekommen sind. Wann ist das passiert? Hab ich nicht gerade erst mit dem Schreiben angefangen? Verrückt – genau wie das Jahr 2020.

Der größte Dank geht an meine Familie. Danke, dass ihr mir den Rücken frei haltet und alles möglich macht, damit ich meinen Träumen nachjagen kann. Ihr steht an meiner Seite, bis zum Mond und zurück. Ich liebe euch.

Was wäre dieser Roman ohne meine Brokkolischwestern Lisa Rosenbecker und Jenny Pieper? Genau, wahrscheinlich immer noch nicht fertig ;). Danke für jeden Arschtritt und all die Motivation. Seine Familie kann man sich nicht aussuchen, Freunde schon. Ich hatte in beiden Fällen Glück, denn ich habe nicht nur die beste Family der Welt, sondern auch euch beide.

Ein weiteres Dankeschön geht an den dp DIGITAL PUBLISHERS und vor allem an Anne. Ihr habt dieses Projekt zu etwas Besonderem gemacht. Und wehe das Cover von Band drei wird pink :P.

Wenn man einen Roman tausend Mal liest, sieht man irgendwann den Wald vor lauter Bäumen nicht mehr. Danke Janina, dass du Band zwei zusammen mit mir aufpoliert und in Form gebracht hast.

Never judge a book by its cover. In diesem Fall gilt das nicht, denn Vivien Summer hat es erneut geschafft, dass perfekte Cover zu zaubern. Danke.

Und zuletzt: Danke liebe Leser*Innen. Danke, dass ihr mich bis heierher begleitet habt. Danke, dass ihr Laurie

und die wilde Truppe genau so sehr ins Herz geschlossen habt wie ich. Bleibt, wie ihr seid.
Wenn du noch mehr über mich oder meine Bücher erfahren möchtest, dann schau doch mal auf www.alexandra-fuchs.net vorbei. Oder besuche mich auf meiner Instagramseite.